# the Silence between US

LINDA
KAGE

# the Silence between US

*Traduit de l'anglais (États-Unis) par*
Joséphine ADLER

ROMAN

&H

*Titre original :*
THE QUIET



HARPERCOLLINS FRANCE
83-85, boulevard Vincent-Auriol, 75646 PARIS CEDEX 13.
www.harlequin.fr

ISBN 978-2-2805-0795-0 — ISSN 2271-0256

# TRIGGER WARNINGS

Attention : ce roman explore de nombreux sujets sensibles. Il fait notamment mention de harcèlement, de violences physiques, morales et sexuelles, et de profonds traumatismes psychologiques. Si ces sujets vous touchent de près ou de loin, lisez-le avec la plus grande précaution.

# Prologue

*Zac*

L'ecchymose qui encerclait l'œil de maman n'avait pas encore tout à fait disparu lorsque nous arrivâmes en ville cette année-là.

— Zac, m'interpella-t-elle depuis le siège avant.

La voiture ralentit à l'abord d'un virage, ce qui me tira de ma sieste.

— Zac, bébé, réveille-toi. On est presque arrivés. Recoiffe-toi un peu et défroisse ta chemise, s'il te plaît. Il faut que nous soyons présentables pour le nouveau patron de maman, OK ?

Je plissai les yeux, vaseux d'avoir dormi dans la voiture. Je me redressai, étirai mes bras au-dessus de ma tête et essuyai un peu de bave sur le côté de ma bouche.

La route était plus bruyante et cahoteuse ici. En regardant par la fenêtre, je ne vis rien d'autre qu'une étendue d'herbe morte couleur avoine.

— Il ne pleut jamais ici ? demandai-je, les sourcils froncés.

Je ne voyais pas comment tout ce chiendent avait pu pousser si haut. Il me serait probablement arrivé à la taille si je m'y étais aventuré.

Peut-être n'avaient-ils pas de tondeuses à gazon dans cette région du monde.

— Comment ça ? interrogea maman en se redressant sur son siège de façon à croiser mon regard dans le rétroviseur. N'oublie pas tes cheveux..., soupira-t-elle finalement. On dirait qu'une famille de rats a élu résidence au sommet de ta tête.

Je fronçai les sourcils et me résolus à arranger mes cheveux comme je le pouvais, tapotant le haut de mon crâne. Puis mon regard se posa à nouveau sur le triste paysage desséché.

— Ils devraient arroser plus souvent, leur herbe est toute morte et ratatinée.

— Ce n'est pas de l'herbe. C'est du blé. Et à cette période de l'année, c'est censé ressembler à ça. Les agriculteurs vont bientôt venir le récolter et le moudre pour le transformer en farine. Puis en toutes sortes de pains délicieux.

Mon froncement de sourcils s'intensifia tandis que j'écoutais ses explications. Je secouai la tête, refusant de croire à une histoire aussi farfelue.

— Ça ne ressemble pas à du blé, déclarai-je, certain qu'elle devait se tromper.

Miss Paty, la dame qui s'occupait de moi après l'école en attendant le retour de maman, avait des épis de blé dans un vase sur sa table de cuisine, avec un tas d'autres fausses fleurs. Et ça ne ressemblait pas du tout à de l'herbe morte.

Maman se contenta de rire.

— De plus près, si. Crois-moi.

Je grimaçai, toujours méfiant, mais ne pris pas la peine de la questionner davantage.

La voiture s'arrêta à une nouvelle intersection. Celle-ci croisait une route goudronnée, et mon attention se porta sur un panneau où étaient inscrits deux mots blancs sur fond vert. Je me concentrai sur les lettres du premier mot, essayant de les déchiffrer.

— Béé... euh... Oo...

— Beaumont, dit maman en réalisant ce que j'essayais de lire. Le comté de Beaumont. Ce sera notre nouvelle maison. Et la ville où nous allons vivre s'appelle Peril. Ça sonne bien, non ? Peril...

Je grimaçai de nouveau parce que, pour moi, Peril sonnait plutôt comme un avertissement. *Attention, surtout n'entrez pas.* Mais ça n'avait pas l'air de déranger maman. Alors je haussai les épaules et décidai de l'appeler « l'endroit des herbes mortes ». De toutes les façons, nous ne restions jamais assez longtemps quelque part pour que je me soucie des villes ou que je me souvienne de leurs vrais noms.

Quand maman s'engagea sur une autoroute et que nous commençâmes à approcher d'une ville, je m'efforçai de regarder autour de moi, espérant apercevoir un fast-food avec son aire de jeux. Mes jambes étaient tout engourdies, et j'étais prêt à sortir de cette voiture. En plus, j'avais faim.

— Bienvenue à Peril, Nebraska, dit maman, la voix haute et enjouée, comme lorsqu'elle voulait faire croire que tout allait bien.

Comme la fois où Boyd l'avait giflée. Après avoir épuisé ses forces sur elle, il s'était effondré en regardant la chaîne sportive dans le fauteuil du salon, une bière à la main. C'est à ce moment-là que nous avions fait nos bagages, le plus discrètement possible, et que nous étions passés devant lui sur la pointe des pieds, jusqu'à atteindre la porte d'entrée.

Maman avait pris la même voix tandis que nous montions dans la voiture.

— Partons à l'aventure, avait-elle dit. Chouette, non ?

Une semaine plus tard, je réalisai que je n'étais pas une personne très aventureuse, parce que franchement j'avais juste envie d'arrêter de rouler. Nous étions sur la route depuis une éternité, et j'avais besoin de courir, de jouer. Mais surtout, j'avais besoin de me débarrasser de cette foutue ceinture de sécurité.

Mais tandis que nous passions le premier bâtiment, mes espoirs de trouver un McDonald's ou un Burger King s'évanouirent. L'endroit ressemblait à l'un de ces westerns que Boyd aimait regarder. Je m'attendais soudain à ce qu'il sorte d'entre les portes d'un saloon, coiffé d'un chapeau de cow-boy, des bottes aux pieds et un flingue à chaque hanche. Sauf qu'il y avait des voitures garées le long des trottoirs – pas un cheval en vue – et que le feu rouge devant nous gâchait complètement le tableau.

Tout ça n'avait aucun sens. Trop d'ancien se mêlait à trop de moderne.

Après s'être garée entre un grand 4×4 rouge et une voiture familiale, maman se tourna vers moi.

— Nous allons d'abord devoir passer à mon lieu de travail et récupérer les clés de notre nouvelle maison. D'accord ?

Je ne répondis pas, car ce n'était pas vraiment une question. Mais alors qu'elle éteignait le moteur, mon estomac se serra d'effroi.

Quelque chose dans l'air de cette ville...

J'avais l'impression que la brise me murmurait à l'oreille : « Tu n'es pas à ta place. »

Je frissonnai et tentai de chasser le froid qui s'était emparé de moi. Si je ne voulais absolument pas rester avec Boyd, je n'avais certainement pas prévu de venir dans une ville d'herbes mortes qui n'arrivait pas à décider si elle était *old school* ou moderne.

— Allez, bébé. Retire ta ceinture et sors de la voiture, tenta de m'encourager maman.

Je m'enfonçai dans mon siège.

L'anxiété monta d'un cran.

Voilà qu'il fallait encore rencontrer quelqu'un de nouveau. Je détestais rencontrer de nouvelles personnes. Et pire encore, je savais que maman voulait impressionner ce type, puisqu'il allait devenir son patron.

Elle ne l'avait jamais vu auparavant, mais un ami d'un ami connaissait un homme qui avait besoin d'une nouvelle secrétaire. Et il avait accepté de donner le poste à maman après un seul entretien téléphonique. *Les mendiants ne peuvent pas faire leur difficile*, avait-elle dit.

Sur le siège avant, elle ne bougea pas, alors je restai immobile moi aussi. Elle entreprit de se maquiller l'œil – tamponna l'hématome dans l'espoir de le faire disparaître. Moi je le voyais encore, et sa joue était plus enflée que l'autre. À mon avis, elle n'allait berner personne. Mais elle ne me demanda pas ce que j'en pensais.

— Bon, allons-y, annonça-t-elle, à nouveau joyeuse.

Elle replaça la poudre dans son sac, passa la sangle par-dessus son épaule et poussa sa portière avant d'ouvrir la mienne une fois dehors.

J'hésitai une seconde, mais elle me lança un regard sévère.

— On ne traîne pas, Zac. Pas aujourd'hui.

Avec un gémissement, je sautai à contrecœur hors de la voiture. Je grimaçai tandis que le choc se répercutait le long de mes côtes douloureuses.

Ses bleus à elle, on pouvait les voir. Les miens, non.

Maman prit ma main, et nous montâmes ensemble sur le trottoir.

— Nous y voilà. C'est ici, murmura-t-elle, un demi-pâté de maisons plus loin.

Elle s'arrêta et poussa une porte qui fit tinter une cloche à l'intérieur. Elle me décala devant elle, mais après quelques mètres je me stoppai, décidant que c'était bien suffisant. Je me retournai alors et cachai mon visage dans la taille de maman, en entourant ses hanches de mes bras.

Ça sentait le vieux ici. Le moisi.

Je n'aimais pas ça.

— Tout va bien, mon chéri, chuchota maman en posant sa main sur mes cheveux.

Une voix s'éleva depuis une autre pièce.

— J'arrive tout de suite.

Je levai la tête prudemment et vis un bureau. Il avait l'air enseveli sous les papiers, sûrement importants, mais personne n'y était assis.

Un homme apparut à travers la porte, derrière le bureau. Il était vêtu d'une chemise blanche boutonnée, d'une cravate à rayures vertes et noires et d'un pantalon chic. Un donut à la bouche, il s'arrêta brusquement à notre vue, comme s'il ne s'attendait pas à trouver de véritables personnes à la porte.

Maman s'éclaircit la gorge.

— Euh... M. Everett ? demanda-t-elle.

Il hocha la tête sans parler.

Elle sourit et s'avança, m'entraînant avec elle.

— Bonjour, dit-elle en tendant la main. Je suis Grace Topper. Votre nouvelle assistante.

Il laissa tomber la main qui tenait son beignet.

— Vraiment ?

Maman hocha la tête.

— Oui, monsieur.

Je restai accroché à elle, pas prêt à la lâcher.

— Eh bien…

M. Everett resta planté là, la zieutant de haut en bas. Je contournai maman jusqu'à me retrouver tremblant derrière elle, espérant qu'il arrêterait bientôt de la regarder comme ça, parce que c'était tout de même bizarre. Ce qu'il finit par faire. Il se mit à sourire.

— Brenda Sue m'a dit que vous étiez très compétente sur un ordinateur, mais elle ne m'a pas dit à quel point vous étiez jolie.

— Oh…

Maman pressa une main contre sa poitrine, et je pouvais entendre le rougissement dans sa voix quand elle ajouta :

— Merci, M. Everett. Je…

— Non, appelez-moi Jude, dit-il en souriant plus encore. Juste Jude.

— Jude, murmura-t-elle en me ramenant vers elle jusqu'à ce que je sois de nouveau à ses côtés.

Puis elle posa sa main sur mon dos.

— Euh… Voici mon fils, Zac.

Elle m'incita à lever les yeux pour faire face à l'homme, mais je ne bougeai pas.

— Salut, Zac.

M. Everett se pencha légèrement et m'offrit un de ces sourires que les infirmières arborent juste avant de vous faire une piqûre.

Un sourire qui n'inspirait pas confiance.

— Quel âge as-tu, fiston ?

Je plissai les yeux et m'enfouis plus fort contre ma mère.

— Il a sept ans, répondit-elle à ma place, la main dans mes cheveux. Et il devrait être prêt pour le CE1 à la rentrée.

— Le CE1, hein ? marmonna M. Everett, hochant la tête.

Il s'immobilisa à la vue de mes phalanges.

Elles étaient encore enflées et égratignées d'avoir frappé Boyd. C'était la première fois que je m'en prenais à lui. Il avait maltraité ma mère.

En retour, Boyd m'avait donné un coup de pied avec la pointe en acier de sa chaussure de chantier. Voilà pourquoi j'avais à présent l'impression que mes côtes étaient entourées d'une bobine de fil de fer barbelé.

Chaque fois que je respirais, c'était l'agonie.

Mais M. Everett devait penser que c'était moi qui avais frappé maman, car son regard remonta jusqu'à son œil bouffi avant de revenir sur ma main et se noircit en signe de reproche.

— Oui, en CE1, dit maman, sans prêter attention à sa grimace. Nous espérions donc qu'il y ait une école pas trop loin d'ici.

— Hmm ?

M. Everett détacha son regard de moi et le ramena sur maman.

— Oh. Bien sûr, bien sûr. Il y en a trois en ville. Deux écoles privées : une catholique et une luthérienne. Elles accueillent toutes deux des classes jusqu'au CM2. Et puis il y a l'école publique qui, bien sûr, va jusqu'à la terminale.

— Très bien, acquiesça maman en me donnant une tape dans le dos pour m'encourager. L'école publique me semble parfaite.

— Elle l'est, assura M. Everett. Mes deux filles y vont. Patience a deux ans de plus que Zac, et Lula a un an de moins.

Son regard redescendit sur moi puis il baissa la voix, comme s'il pensait que cela m'empêcherait d'entendre.

— Il n'a pas besoin... d'une classe spéciale, si ?

Son ton laissait entendre que quelque chose n'allait pas chez moi. Mais maman n'eut pas l'air de s'en apercevoir.

— Pardon ? souffla-t-elle, l'air confus, avant de sursauter. Oh ! non, non. Bien sûr que non. Zac est brillant. Il est juste timide ces temps-ci.

— Timide ? répéta lentement M. Everett, haussant un sourcil en signe de désaccord avant de reporter son regard sur mes phalanges. Hmm. Je suppose que c'est une phase dont ils peuvent sortir en grandissant, au moins.

La main de maman sur mon dos semblait particulièrement protectrice et sécurisante.

— Je suppose, murmura-t-elle vaguement. J'ai cru comprendre que nous devions nous arrêter ici pour une clé ?

— Hein ? demanda M. Everett, forcé de détourner son attention de moi. Une clé ? Ah oui. Pour la location. Bien sûr. Je vais la chercher. Je reviens tout de suite.

Et il disparut à nouveau dans son bureau.

Par l'embrasure de la porte, je le vis poser son beignet et s'essuyer les mains sur ses hanches avant d'ouvrir des tiroirs et de commencer à les fouiller.

— Je vais peut-être en avoir pour un moment, dit-il. J'ai un peu laissé le désordre s'installer. Preuve que j'ai bien besoin d'une assistante. J'espère que vous êtes prête à travailler dur.

— Oh ! je n'ai rien contre une honnête journée de travail, lui assura Maman.

Il lui sourit.

— Tant mieux. Je vais perdre la tête sans quelqu'un pour me dire où je l'ai laissée chaque matin. Mais comme la folie court dans ma famille, je suis peut-être une cause perdue.

Maman rit à son tour, puis se pencha vers moi.

— Je pense que nous allons nous plaire ici, chuchota-t-elle.

Je levai des yeux sceptiques vers elle.

Elle m'offrit un signe de tête encourageant, mais des larmes étaient visibles sous ses paupières.

Elle voulait que ça marche. Elle voulait s'intégrer et trouver un foyer.

Un endroit où s'installer, enfin.

Je hochai donc la tête en retour. Tant que, dans cette ville aux herbes mortes, personne ne lui faisait de mal, je ferais en sorte que ça marche aussi.

# Chapitre 1

*Mariana*

La première fois que Zac Topper m'adressa la parole, j'avais quinze ans. C'était l'été entre ma première et ma deuxième année de lycée et peu après qu'*Abuelito*, mon grand-père, avait été victime d'une crise cardiaque et décède.

Mes parents nous avaient quittés il y avait plus de cinq ans, et je vivais depuis sur un canapé dans le bureau d'*Abuelito*. Mais lorsque ma grand-mère devint veuve, je commençai à dormir auprès d'elle chaque nuit afin de l'aider à surmonter les cauchemars qui la tourmentaient.

Le décès de mon grand-père avait été très difficile pour elle. J'essayais d'être le plus souvent possible à ses côtés, au cas où elle aurait besoin de quelque chose.

Ce qui fut le cas. Souvent.

Le jour même des funérailles, après être tous rentrés chez nous, *Lita* me renvoya au cimetière avec une poignée de dahlias jaunes fraîchement cueillis, pour les déposer sur sa tombe.

— Les dahlias étaient ses fleurs préférées, m'expliqua-t-elle. Et je n'en ai pas vu pendant la cérémonie. Alors, vas-y, Mariana. Apporte-les-lui. Il va avoir besoin de quelque chose pour l'accompagner dans ce voyage au pays des morts.

Je partis aussitôt.

Il faisait chaud. C'était le début du mois d'août, les sauterelles hurlaient autour de moi tandis que je parcourais les cinq kilomètres qui nous séparaient du cimetière, depuis l'ensemble des trois mobile homes que notre famille avait placés en forme de U pour contenir l'ensemble du clan Ruiz. Mes tongs tapaient contre le gravier de la route, projetant la poussière sur mes chevilles, et la sueur coulait le long de ma colonne vertébrale.

À mon arrivée, les dahlias étaient déjà fanés depuis vingt minutes.

Une motte de terre fraîche était encore entassée à côté de la concession funéraire. Je ralentis, réalisant que le trou béant qui abritait le cercueil d'*Abuelito* n'avait pas encore été comblé.

Sans que je comprenne bien pourquoi, le fait de le savoir encore exposé fit battre mon cœur un peu plus fort.

Lorsque toute ma famille était autour de moi, ce n'était pas pareil. À présent, je frissonnai et avançai à petits pas, ne voulant pas m'approcher davantage. Dès que je fus à portée de main, je jetai les fleurs fanées et les regardai disparaître dans le trou.

Puis je sortis une note de la poche de ma robe et pris une grande inspiration. Ne pouvant pas exprimer mes adieux à voix haute, j'avais mis à l'écrit tout ce que je voulais dire. Mais lorsque je jetai le papier dans le trou, la brise l'attrapa et l'emporta vers la droite, loin de la tombe, puis le fit virevolter jusqu'au tas de terre qui attendait à côté.

Avec un gémissement de frustration, je lançai un regard noir à ce fichu mot qui se refusait à aller là où il était supposé aller.

Mais je ne pouvais le laisser ici, à l'air libre, là où n'importe qui pouvait passer et le lire. Si l'un de mes cousins venait à mettre la main dessus, il se moquerait de moi sans vergogne. Ça ne faisait aucun doute.

Tout en retenant mon souffle, je fis un pas en avant. Voyant que celui-ci ne m'avait pas tué, j'en fis un autre, puis encore un, jusqu'à me trouver debout, juste au-dessus du cercueil d'*Abuelito*.

Je ravalai ma salive, regardant la mort à mes pieds. J'en oubliai ma...

— Hé ! cria une voix indignée derrière moi.

D'un bond, je me retournai. Mais, ce faisant, mon pied manqua de glisser dans le trou. Avec un couinement de peur, je m'éloignai de la tombe. J'aperçus aussitôt une silhouette élancée, qui fonçait sur moi.

— Putain de bordel de merde, qu'est-ce que tu fous... Oh ! merde.

Le garçon leva sa main pour protéger ses yeux du soleil et s'arrêta net à l'instant où il me reconnut.

Je savais moi aussi qui il était, bien entendu. Tout le monde le connaissait. Il avait été dans la classe de mon cousin Camilo, ce qui lui donnait dix-huit ans à l'heure actuelle.

Honnêtement, Zac Topper n'était pas de ceux que l'on remarque dans une foule, si ce n'était pour le fait qu'il était considéré comme le pire personnage de la ville. Il était grand – sa bouche aurait probablement touché mon front si nous étions face à face –, un peu maigre mais plein de muscles. Ses cheveux étaient d'un blond indéfini tirant sur le châtain, ses yeux d'un noisette banal, ses sourcils auraient bien eu besoin d'être épilés, tandis que ses dents n'étaient pas aussi droites qu'elles auraient pu l'être. Mais avec cette aura de mauvais garçon qui vibrait autour de lui et cet air de défi perpétuel dans les yeux, il était plus attirant que de raison.

Cela étant, à cause de sa mauvaise réputation, il n'arrivait pas à trouver un travail décent et finissait par effectuer tous les petits boulots manuels et salissants que personne d'autre ne voulait faire. Comme creuser et recouvrir les tombes à la pelle dans ce vieux cimetière qui n'aurait pas supporté que des pelleteuses le traversent en grondant et en arrachant la terre.

La plupart des gens pensaient qu'il avait incendié la vieille maison de Runicker quelques mois plus tôt. Elle était abandonnée depuis des années, mais cela ne changeait rien ; la rumeur le disant coupable avait circulé, et les gens aimaient murmurer « pyromane » chaque fois que Zac passait près d'eux.

J'étais assez persuadée que Lula Everett était à l'origine de ces ragots, car la mère de Zac était la secrétaire du père de Lula depuis des années, et il était de notoriété publique que Grace Topper faisait bien plus que du secrétariat pour Jude Everett.

En retour, Lula défoulait sur le pauvre Zac sa rage de voir son père être infidèle à sa mère.

Comme je ne parlais jamais, les gens semblaient penser que je n'entendais pas non plus. Ils disaient les choses les plus incriminantes en ma présence, sans avoir l'air de se soucier du fait que j'étais là. Et il m'était arrivé de surprendre Lula en train de raconter de sacrées énormités concernant Zac.

En revanche, j'avais beau savoir qu'il ne pouvait pas être coupable de toutes les malversations que tout le monde en ville lui imputait, je reculais tout de même d'un pas, surprise par l'état de colère dans lequel il semblait se trouver, au point que je faillis trébucher à nouveau sur la tombe d'*Abuelito*.

Devant ma réaction, Zac jeta la pelle qu'il portait sur son épaule et leva les deux mains en l'air pour me montrer qu'il n'allait pas me faire de mal.

— Je n'avais pas vu que c'était toi, dit-il. Je pensais que quelqu'un était en train de voler ton grand-père.

Comme je me contentais de cligner des yeux, il se racla la gorge et se frotta la nuque avant de faire un signe en direction de la tombe ouverte.

— J'allais juste remplir le trou, expliqua-t-il en faisant le geste de creuser.

Je fis un pas de côté pour m'éloigner du trou, incapable de détacher mon regard inquiet de lui. Il rougit une seconde avant d'agiter sa main.

— Non, vas-y, reste. Ce n'est pas grave. Tu veux probablement lui offrir tes derniers... hé !

Il interrompit sa phrase, puis secoua la tête et la pencha sur le côté.

— Tu m'as entendu arriver, s'exclama-t-il avec surprise. Tu m'as entendu et tu t'es retournée pour me faire face.

Je plissai les yeux et acquiesçai.

Il secoua de nouveau la tête, l'air toujours aussi perplexe.

— Mais tu n'es pas censée être sourde ? lâcha-t-il enfin.

Je soupirai et levai les yeux au ciel. Ce n'était pas la première fois que quelqu'un faisait cette présomption erronée.

J'avais toujours un stylo et un bloc de papier sur moi, alors je les sortis de ma poche et y écrivis :

*Je suis muette. Pas sourde.*

Je me retournai pour lui montrer le mot, et il cligna des yeux devant le bloc-notes. Puis il jeta un regard sur mon visage avant de s'avancer avec hésitation pour lire ce que j'avais écrit.

Une seconde plus tard, il releva ses yeux étonnés sur moi.

— Sérieusement ? Mais tout le monde dit que tu es sourde.

Je hochai la tête et me remis à écrire.

*Clairement, tout le monde a tort.*

Le coin de sa bouche se leva en signe d'amusement.

— Voilà qui est vraiment étonnant, rétorqua-t-il avec ironie.

Lorsqu'il reprit le contact visuel, quelque chose dans son regard noisette sembla découvrir un point d'accroche avec moi, comme s'il réalisait soudain que je pouvais le comprendre mieux que quiconque. Nous savions tous les deux à quel point dans cette région les ragots devenaient des vérités plus rapidement que les faits.

— Ils ont souvent tort, n'est-ce pas ? ajouta-t-il dans un murmure chaleureux, presque intime.

Son ton me serra l'estomac. Jamais je ne m'étais sentie aussi connectée à quelqu'un auparavant.

C'était enivrant.

Ne voulant pas que ce moment se termine, je levai un doigt avant de griffonner rapidement :

*Tu dois le savoir mieux que quiconque.*

Après avoir lu ma note, il secoua la tête en signe d'incompréhension.

Je repris alors mon stylo.

*J'ai entendu dire que tu ne savais pas lire.*

Ses sourcils se levèrent de surprise à la vue de ma phrase.

— Sérieusement ? s'enquit-il avec intérêt. Alors pourquoi t'es-tu donné la peine de m'écrire ?

Je haussai les épaules avant d'écrire à nouveau.

*Pour voir si tout ce que Lula Everett dit de toi est vrai ou non.*

À la vue du nom de Lula, il plissa les yeux.

— Hmm. Eh bien...

Il recula d'un pas et fit un signe vers la tombe.

— ... Je vais y aller. Je te laisse passer un moment seule avec ton grand-père avant de le recouvrir. Prends le temps qu'il te faut.

Alors qu'il se retournait et s'apprêtait à s'éloigner, je tendis la main et saisis son poignet.

Je sentis ses muscles se contracter de surprise sous mes doigts, mais il ne recula pas. Il haussa les sourcils en signe d'interrogation.

Je fis un geste vers la tombe.

— Tu veux dire que tu as déjà fait tes adieux ? supposa-t-il.

J'acquiesçai. Il hocha la tête lui aussi.

— D'accord. Je m'y mets.

Alors qu'il prenait sa pelle, j'écrivis :

*Merci de le couvrir. Il n'a jamais pu dormir sans couverture.*

Après avoir lu les mots que je lui montrai, il marmonna un vague « oui » et baissa la tête, comme gêné par ma gratitude.

M'ignorant désormais, il enfonça la pointe de la pelle dans la terre et se mit au travail.

Je le regardai pendant un moment, puis pris une grande inspiration et me tournai en direction du complexe familial. Mais je n'avançai que de quelques pas avant de me souvenir...

Ma note !

Horrifiée, je fis demi-tour, espérant que Zac ne l'avait pas vue en pelletant. Dans le meilleur des mondes, il ne l'avait même pas remarquée et l'avait déjà déposée dans la tombe avec un tas de terre, là où elle était censée finir de toute façon, sans que personne s'en aperçoive. Mais en contournant un cyprès, je réalisai qu'il était trop tard.

Il l'avait déjà trouvée.

Je m'arrêtai d'un coup en le voyant s'accroupir, se pencher en avant, le bras tendu, jusqu'à se retrouver avec la feuille blanche pliée entre les doigts.

— Qu'est-ce que c'est ?

Pressant une main sur ma bouche, je secouai la tête. À cet instant précis, j'aurais tant voulu pouvoir crier un avertissement, l'implorer de ne pas la lire. Mais il était déjà en train de déplier la note et d'en parcourir le contenu.

Je reculai d'un pas, gênée, me demandant ce qu'il devait penser de moi à présent. Probablement que j'étais une gamine un peu idiote, dont il se moquerait maintenant chaque fois qu'il la croiserait dans la rue.

Il s'immobilisa, pointa la note du doigt et lança un regard sur le cercueil d'*Abuelito*.

— Je crois que ça vous était destiné, l'ami, dit-il à mon défunt grand-père. Vous voulez que je vous la lise à haute voix ?

Je clignai des yeux, surprise qu'il propose de faire une telle chose. Curieuse de voir s'il irait jusqu'au bout, je ne bougeai pas et tentai de rester le plus discrète possible, retenant mon souffle, jusqu'à ce qu'il s'éclaircisse la gorge et se lance.

— *Que... rido Abuelito*, ânonna-t-il lentement, écorchant horriblement la formule de politesse. Je suppose que cela signifie « Cher grand-père », ajouta-t-il en levant les yeux.

Je souris et acquiesçai - sans qu'il puisse me voir. Puis il reprit, avec bien plus de fluidité, le reste étant écrit en anglais.

> Plus rien n'est pareil ici, sans toi. *Lita* te réserve toujours une place à table puis fait ensuite comme si tu n'avais jamais existé. Nous n'avons pas le droit de prononcer ton nom en sa présence, et elle passe la plupart de ses journées à errer, perdue.

En ton absence, tes fils se battent pour la place de patriarche. En secret. Sans que leur *mamá* s'en aperçoive. Mais, de toute façon, ils pourraient crier et se battre qu'elle ne s'en apercevrait probablement pas... Je pense qu'une partie d'elle est partie avec toi.
C'est le soir que ton absence est la plus bruyante, quand *Lita* allume la télévision pour toi, mais que personne ne s'assied dans ton fauteuil pour la regarder.
C'est ta voix rauque qui me manque le plus, ou peut-être tes mains noueuses et ridées qui ne me tapoteront plus jamais tendrement la tête. Ou peut-être même ce sourire que tu m'envoyais en secret chaque fois que *Lita* et *Tío* Franco se disputaient.
Je te souhaite tout le bonheur possible dans ton voyage vers l'au-delà, même si, égoïstement, j'aurais préféré que tu restes parmi nous plus longtemps. Je doute que quelqu'un me donne un jour en cachette un bout de sa barre chocolatée préférée comme tu l'as toujours fait. Mais ton chemin prend une autre direction maintenant, et j'essayerai de le respecter, même si ma tristesse est oppressante et douloureuse.
Si tu vois *mamá* et *papá*, dis-leur bonjour de ma part. Ils me manquent aussi. Je te promets de tout faire pour aider *Lita* à ne pas se perdre complètement. Et je tâcherai de

me souvenir de tous les sages conseils que tu m'as donnés. Prends soin de toi au Pays des Morts. On se voit pour le *Día de los Muertos.*

*BESOS Y ABRAZOS,*

Mariana

Une fois de plus, Zac avait trébuché sur la formule de politesse, mais je m'en moquais bien. J'avais des larmes plein les yeux et je voulais simplement le remercier d'avoir fait cela pour moi : d'avoir dit tout haut ce que je ne pouvais dire avec ma propre voix.

— Hum, murmura-t-il en repliant soigneusement la lettre. Si quelqu'un un jour m'offrait de tels adieux...

Il souleva la lettre tout en continuant à parler à *Abuelito.*

— ... je me considérerais comme un homme bien chanceux.

Je reniflai à travers un sourire larmoyant et essuyai mes yeux.

Sauf que Zac m'entendit.

Il se retourna brusquement, les yeux écarquillés.

— Merde, marmonna-t-il. Je... Je... Écoute, je sais que j'ai lu ton mot... *Wow !*

Il s'interrompit, surpris de me voir me précipiter vers lui. Ses yeux étaient inquiets, comme s'il avait peur que je m'en prenne à lui. Je m'arrêtai à nouveau, et il déglutit.

Essayant de lui sourire à travers mes larmes, je posai ma main droite sur mon menton, puis la descendis vers le bas, le remerciant en langue des signes.

La panique la plus totale se dessina sur son visage.

— C’est la langue des signes ? demanda-t-il en faisant un pas prudent en arrière. Parce que je n’ai pas la moindre idée de ce que tu viens de dire. Tiens...

Il me tendit la lettre dans l’idée de me la rendre.

— Je ne voulais pas te blesser. Je voulais seulement...

Il ne comprenait pas.

Et je ne pouvais pas le laisser croire que j’étais contrariée par ce qu’il avait fait. Je me précipitai à nouveau vers lui.

— Qu’est-ce que... ?

Ses yeux s’écarquillèrent plus encore, et il plaça son avant-bras devant lui, comme pour m’empêcher de le gifler. Ignorant son geste de protection, je me faufilai derrière afin d’enrouler mes bras autour de sa taille et de le serrer dans mes bras.

— Euh...

Il se figea à mon contact puis leva les deux mains, cette fois-ci, comme pour montrer au monde que tout cela était de *mon* fait, pas du sien.

Je restais accrochée à lui pendant près de dix secondes, jusqu’à ce que je sente ses muscles se détendre légèrement. Il acceptait enfin mon étreinte pour ce qu’elle était. Alors, et seulement alors, je le relâchai et levai mon visage vers lui. Ses yeux noisette pâle, pleins d’incertitude, me regardaient, interrogateurs.

Je lui offris mon sourire le plus reconnaissant et pris son visage entre mes mains avant d’embrasser chacune de ses joues.

Lorsque je m’éloignai, ses lèvres étaient écartées et ses yeux encore sous le choc. Et cet éclat d’émerveillement dans son expression fit de lui la plus belle personne que j’avais jamais vue.

Puis ses sourcils se levèrent.

— Donc... Tu me *remercies* d'avoir lu la lettre à haute voix ? Parce que tu ne pouvais pas.

J'acquiesçai et souris, à nouveau, avant d'essuyer la larme qui se faufilait sur ma joue. Puis je replongeai contre son torse pour un nouveau câlin.

Un rire étranglé sortit de sa gorge, mais il m'accueillit maladroitement.

— Ah, on recommence. Euh... OK. Tu es, euh... De rien, je suppose.

Il recula d'un pas pour remettre de la distance entre nous mais, voyant que je refusais de le lâcher, il s'arrêta.

Sans que je comprenne bien pourquoi il était impératif pour moi de lui apprendre à correctement serrer quelqu'un dans ses bras.

Je continuai donc à m'accrocher à lui, le forçant à supporter l'étreinte. Et tandis que je posais mon visage contre son épaule, soupirais, libérant toute la tristesse et le chagrin qui m'habitaient, Zac, au fil des secondes, sembla comprendre.

Un bras vint timidement se placer autour de moi, suivi lentement par le second, jusqu'à ce qu'il m'enlace complètement.

— De rien, murmura-t-il alors, avec plus de certitude.

Lorsque je me détachai enfin de lui, il lâcha un petit soupir, comme réticent à rompre le contact. Puis il chancela légèrement avant de se redresser complètement.

Je restai un petit moment devant lui, à un mètre de distance, admirant ses yeux clairs et enivrants une dernière fois.

Il semblait captivé par moi. Soudain, il leva la main pour toucher doucement ma joue, et la sensation traversa mon corps de bas en haut. Et à cet instant précis, je sus... Je sus que Zac Topper n'était pas aussi mauvais que tout le monde le pensait. Qu'il n'était pas même un peu mauvais.

Tout en lui adressant un sourire sincère et lumineux, j'arrachai le mot qu'il venait de lire d'entre ses doigts et le jetai dans le trou où il était supposé finir. Puis, je me retournai brusquement et partis en courant, le laissant à son travail.

Je l'entendis rire derrière moi.

— Vraiment, y a pas de quoi, Mariana Ruiz, lança-t-il alors.

Sans me retourner, je levai le pouce pour lui faire comprendre que je l'avais entendu.

# Chapitre 2

*Mariana*

Trois années s'écoulèrent avant que je revoie Zac.

Du moins, jusqu'à ce que j'aie un véritable échange avec lui.

Je l'avais aperçu en ville, bien sûr. Il avait continué à faire des petits boulots jusqu'à ce que Mitchell Harvey, le propriétaire du garage automobile et service de remorquage à la périphérie de la ville, perde une jambe et doive, à contrecœur, embaucher Zac pour l'aider.

Zac y travaillait depuis un peu plus d'un an maintenant et semblait bien s'en sortir – même si chaque fois que je passais devant l'atelier, il affichait une mine renfrognée tout en s'agitant, un outil à la main. Mais, au fond, Zac était sûrement un gars naturellement taciturne et grincheux.

Je n'avais pas réellement discuté avec lui depuis notre étreinte au cimetière, à l'exception d'une fois où nous nous étions presque rentrés dedans dans la queue de la caisse de l'épicerie. Sa seule réaction avait été de s'immobiliser brusquement, surpris, et de me faire signe de passer devant lui en marmonnant un vague « vas-y ».

Mais je n'appellerais pas cela une réelle conversation.

Aussi, lorsqu'il entra dans le diner lors de ma toute première semaine de travail, mon estomac se noua immédiatement, et je l'accueillis avec un grand sourire, espérant que nous aurions enfin l'occasion de nous parler.

Cependant, j'avais, chaque fois, l'impression de le prendre au dépourvu.

Quand il m'aperçut dans mon uniforme, un petit tablier noir autour des hanches, il s'arrêta dans l'embrasure de la porte, alors que la sonnette retentissait encore au plafond, et me regarda d'un air étonné.

Je lui souhaitai la bienvenue, avant de remplir une tasse de café à une table voisine.

Puis, cafetière à la main, je le suivis jusqu'au comptoir où il prit place à côté de la caisse enregistreuse.

Tout en m'appuyant sur le tabouret à côté de lui, je lui fis un nouveau signe de la main, sourire aux lèvres.

Il leva un sourcil en signe d'interrogation. Je sortis les cartes préécrites que j'avais rangées dans ma poche gauche et lui présentai la première.

*Bienvenue chez Ginger ! Puis-je commencer par vous proposer quelque chose à boire ?*

Il indiqua le pot que je tenais à la main d'un geste du menton.

— Je vais en prendre un peu.

J'acquiesçai puis me hissai sur la pointe des pieds et me penchai vers lui afin d'attraper une tasse vide dans la pile qui trônait sur le comptoir. Ce faisant, ma poitrine effleura - tout à fait négligemment - le côté de son bras.

Il jeta un coup d'œil à l'endroit où nos corps étaient

entrés en contact avant de reporter son attention sur mon visage.

— Depuis quand tu travailles ici ?

J'attendis d'avoir versé son café pour parcourir mes cartes et lui en montrer une :

*C'est mon quatrième jour de travail. Veuillez m'excuser pour mes erreurs.*

Ses lèvres se soulevèrent légèrement en signe d'amusement. J'attrapai alors une autre carte plus loin dans ma pile.

*Ma Lita m'a promis qu'elle me laisserait trouver un emploi après avoir obtenu mon diplôme. Et maintenant que c'est le cas, je suis très enthousiaste à l'idée d'entrer enfin dans la vie active.*

Tout en lisant, il hocha lentement la tête. Puis il leva sa tasse vers moi en signe d'encouragement.

— Eh bah, bienvenue dans la déception du monde réel. J'espère que tu l'apprécieras plus que moi.

Et il prit une longue gorgée de café, l'avalant quasiment cul sec.

Sans sucre, ni crème, ni rien. Je fronçai le nez devant ses goûts étranges sans le quitter des yeux, fascinée.

Il était encore trop tôt pour que la foule habituelle du midi commence à affluer, si bien que je n'avais que deux autres tables pour le moment. Et les clients en question semblaient satisfaits avec ce qu'ils avaient devant eux.

Cela signifiait que je pouvais rester plus longtemps

avec Zac. Excitée, je me hissai sur le tabouret à côté du sien, ce qui l'incita à lever les sourcils.

*Vous savez déjà ce que vous désirez manger ?* demandai-je avec une autre carte.

Il posa sa tasse et se racla la gorge.

— Oui, je vais prendre le plat du jour à emporter, s'il te plaît. C'est à peu près ce que je risque de commander à chaque fois.

*C'est noté*, lui dis-je, à travers mes notes.

Après avoir sauté du tabouret, je passai derrière lui pour aller enregistrer sa commande et, ce faisant, laissai ma main glisser le long de son dos.

Ce que je vis, gravé dans le fond noisette de ses yeux, criait la tristesse et l'envie. Il était clair qu'il aimait le contact humain, mais qu'il n'y était pas habitué. Il ne devait pas en recevoir beaucoup. Cela me donna envie de dédier une journée entière à le caresser de mes mains thérapeutiques.

C'est très certainement l'une des raisons pour lesquelles je me sentais si attirée par lui. J'aimais toucher les choses : les surfaces, les textures, les tissus, les gens.

Et lui était comme une éponge desséchée qui avait besoin d'une vie entière de thérapie par le toucher pour compenser ce qui lui avait manqué jusqu'à présent.

Enfin, ça et le fait qu'il n'avait jamais été méchant avec moi ou qu'il ne m'avait jamais traitée comme un membre inférieur de l'espèce humaine.

La plupart des gens de la région pensaient que je n'étais pas en mesure de penser ou raisonner comme une personne normale puisque je ne pouvais pas parler. Ils se comportaient le plus souvent comme si j'étais invisible.

Pas Zac. Il avait beau être ombrageux et amer aux yeux du monde, il était aussi respectueux et courtois à mon égard qu'il était *troublé* par moi. Il ne devait pas comprendre pourquoi j'étais gentille avec lui.

Il n'était clairement pas habitué aux tempéraments rayonnants et joyeux, ce qui me donnait envie de lui sourire plus encore.

Je retournai sur le tabouret à côté du sien, m'enfonçai dans le siège recouvert de vinyle et posai mes coudes sur le comptoir à un centimètre à peine des siens.

Alors que je lui offrais un sourire, il me jeta un regard méfiant et suspicieux. Triste paranoïa. Il devait toujours être persuadé que le monde entier lui voulait du mal.

Il est vrai qu'il avait ses raisons. Il n'était pas très apprécié dans le coin, et personne ne lui octroyait le bénéfice du doute. Mais cela, bien sûr, ne faisait que renforcer mon envie d'être gentille avec lui.

Je sortis un nouveau bloc-notes de mon tablier, le posai sur le comptoir à côté de nous et commençai à écrire.

*Tes cheveux sont de plus en plus hirsutes. Tu as besoin d'une coupe.*

Lorsque je lui montrai les mots, il passa la main sur sa tête.

— Oui, effectivement.

Je tendis mes doigts pour attraper une mèche qui commençait à friser. Ce faisant, je remarquai un tatouage à l'intérieur de son poignet. Oubliant ses cheveux, je saisis son bras et retournai sa main, paume vers le haut, pour mieux voir les petites empreintes noires imprimées sur sa peau.

Elles étaient vraiment adorables.

Sous mes doigts, ses muscles se contractèrent, et il commença à s'éloigner, comme poussé par l'instinct de fuir. Mais il s'arrêta, se forçant à me laisser m'amuser.

Après avoir dégluti difficilement, il balaya du regard le restaurant, mais personne ne nous prêtait attention, alors il se retourna vers moi.

Je lâchai son bras pour pouvoir écrire.

*Tu as l'habitude d'aller quelque part en particulier pour te faire couper les cheveux ? Ou c'est ta mamá qui te les coupe ?*

— Euh...

Il se racla la gorge, mal à l'aise.

*Non ! Ne me dis pas que tu te coupes les cheveux toi-même.*

— D'accord, dit-il lentement, avec une grimace. Je ne te le dirai pas, alors.

*NOOON !*

J'écrivis ce dernier mot en majuscules et le soulignai deux fois.

*Je suis désolée, mais je ne peux pas te laisser couper tes PROPRES cheveux. Plus jamais. Ce n'est pas acceptable. Je te les couperai moi-même plutôt que de te laisser massacrer ces magnifiques et précieuses boucles. Tu m'entends ?*

La cloche du restaurant sonna, laissant entrer de nouveaux clients. Je jetai un coup d'œil et vis entrer une famille de quatre personnes.

J'arrachai de mon bloc-notes la feuille sur laquelle j'avais écrit, la laissai à Zac pour qu'il la lise avant de sauter de mon tabouret et de me dépêcher d'accueillir la famille en souriant. Je leur fis signe de s'asseoir où ils le souhaitaient.

La plupart des habitants de la ville étaient déjà au courant de ma situation et s'y étaient habitués. Cela ne me permettait pas de gagner des concours de popularité, bien sûr, mais cela faisait de moi une sorte de paria que la plupart des gens ignoraient et laissaient de côté. Je n'étais donc jamais vraiment malmenée ou harcelée, juste méprisée.

Mais Peril n'était situé qu'à un kilomètre de l'autoroute qui menait au lac, et les voyageurs qui en avaient assez des fast-foods, avaient besoin de se dégourdir les jambes ou de s'échapper de leur camping-car, arrivaient parfois jusqu'à nous.

Après avoir installé la famille, servi des verres d'eau glacée, je leur présentai ma première carte, leur souhaitant la bienvenue et leur demandant comment je pouvais les aider.

Les parents clignèrent des yeux, manifestement déconcertés, et l'un des petits garçons s'empressa d'intervenir.

— Maman, pourquoi elle ne parle pas ?

Je m'aperçus alors que j'avais oublié une carte, que je me dépêchai de leur montrer.

*Je m'appelle Mariana et je suis muette. Mais je peux vous servir tout ce dont vous avez besoin aujourd'hui. Promis.*

La mère sembla révoltée d'être obligée de lire. Elle parcourut alors la salle des yeux.

— N'y a-t-il pas quelqu'un ici qui puisse nous parler ? demanda-t-elle sans la moindre discrétion.

Au comptoir, Zac se tourna vers elle et la dévisagea.

Mortifiée, le visage rouge, je sortis mon bloc-notes vierge.

*Bien sûr, madame. Naomi devrait arriver à 11 h 30 pour aider au service du déjeuner, si vous voulez bien attendre.*

La femme jeta un coup d'œil à l'horloge sur le mur, puis laissa échapper un soupir. Apparemment, elle ne voulait pas attendre dix minutes de plus l'arrivée de Naomi, qui, elle, pouvait parler.

— Je voulais juste sortir de ce foutu 4×4 pendant une demi-heure et profiter d'un repas chaud, marmonna-t-elle avec amertume.

Son mari posa sa main sur la sienne pour la réconforter et se chargea de la commande, en s'adressant directement à moi.

— Je sais ce que je veux. Pour moi ce sera un cheeseburger avec tous ses accompagnements, des frites et du ketchup. Les enfants prennent toujours des nuggets de poulet et des macaronis au fromage. Et... Ma chérie... ? demanda-t-il à l'intention de sa femme. Une salade Cobb ?

Elle poussa un nouveau soupir et se frotta le front.

— Oui, si tu veux, peu importe.

Quand l'homme reporta son attention sur moi, il m'offrit une petite grimace.

— Et une salade Cobb, s'il vous plaît, dit-il faiblement.

Je hochai la tête en signe de compréhension et me sentis presque mal à l'aise lorsque je dus lui montrer la carte qui demandait quel type de sauce elle voulait. Mais je tins bon. Le temps que je me rende au passe-plat pour accrocher leur commande sur la roue, Sal sonnait la cloche pour m'informer qu'un autre repas était prêt.

À la vue de la viande en sauce aux petits pois – le plat du jour – je me réjouis et m'en emparai immédiatement, tout excitée à l'idée d'un nouvel échange avec Zac.

Je ravalai ma danse de joie intérieure et me mordis la lèvre pour ne pas trop sourire. Je portai l'assiette de Zac et la posai devant lui.

Il jouait sur son téléphone portable pour se couper du reste du restaurant. Mais quand le plat apparut à côté de son coude, il recula et le regarda d'un air interrogateur avant de lever son visage vers moi.

— Je, euh, j'ai commandé à emporter.

Il fit un signe vers la porte, me faisant comprendre qu'il était impatient de partir.

Je le suppliai du regard, battis même des cils, pleine d'espoir, avant de griffonner une nouvelle note que je m'empressai de lui tendre.

*Mais j'ai vraiment besoin que tu restes.*

Il fronça les sourcils, confus. Je tournai la page pour en trouver une vierge.

*Ce n'est que ma première semaine de travail.*

Puis une autre.

*Tu n'imagines pas à quel point j'ai besoin d'un visage amical en ce moment.*

Sur ce, il me jeta un regard sec, me faisant comprendre qu'il ne voyait pas en quoi il pouvait être considéré comme un visage amical.

Déjà préparée à cette réponse, je lui montrai la feuille suivante.

*Tu l'es ! La famille là-bas n'est pas la seule à traiter la fille muette comme une cinglée. Mais tu ne l'as jamais fait, TOI.*

Il se redressa et jeta un œil aux quatre personnes qui attendaient leur repas. Puis il posa un regard compatissant sur moi.

Je lui montrai donc une autre feuille.

*Si je t'offre un morceau de pain de maïs au jalapeño, tu restes ?*

— Ah, mon Dieu, marmonna-t-il.

Après un soupir, il attrapa sa fourchette et m'envoya un regard noir.

— C'est bon. T'as gagné. Je reste.

Ravie, je signai un *merci*.

Il devait se souvenir - trois ans après - de ce que cela signifiait, car il grommela un « De rien », avant de plonger dans son assiette.

# Chapitre 3

*Zac*

Après le déjeuner, je retournai au travail. Je n'avais que quatre pâtés de maisons à parcourir jusqu'à l'atelier mais, parfois, cela s'apparentait à une randonnée de quatre-vingts kilomètres… Et ce n'était pas à cause de l'altitude ou du terrain.

Alors que je passais devant le supermarché, je vis une ancienne professeure d'anglais que j'avais eue en seconde et sa petite fille en sortir. Elle entama un sourire, avant de reconnaître la personne qu'elle saluait. Instantanément, son visage se figea dans une expression d'horreur et elle saisit la main de sa fille afin de l'écarter de mon chemin.

Je reniflai d'un air acerbe et continuai ma route. Sérieusement… Vous faites saigner *un* type des deux oreilles pendant son cours sur Faulkner, et la femme vous considère comme un vaurien à vie. Elle n'avait que faire du fait que l'abruti l'avait bien cherché.

Le petit voyou sortait avec Lula à l'époque, et le meilleur moyen qu'il avait trouvé pour l'impressionner était de me chercher des noises chaque fois qu'il en avait l'occasion. Il s'était alors assis juste derrière moi dans tous les cours que nous partagions, donnant des coups de pied dans ma chaise, me tirant les cheveux, me poignardant le dos avec des crayons et d'autres conneries du même genre.

Je l'avais laissé faire pendant près d'une semaine et lui avais donné deux avertissements, mais ce jour-là, dans la classe d'anglais, la goutte d'eau avait fait déborder le vase. Je ne l'avais même pas frappé ; j'avais simplement lâché le stylo avec lequel j'écrivais et avais crié : « Je t'ai dit de me laisser tranquille, putain ! » Et je m'étais retourné pour frapper avec mes mains en coupe de chaque côté de sa tête.

J'avais crevé ses deux tympans.

Cela m'avait valu deux semaines d'exclusion, alors que l'autre gamin n'avait pas eu la moindre punition.

Une putain d'injustice, à mon avis.

Un pâté de maisons plus loin, deux vieux schnocks assis sur un banc devant le salon de coiffure faisaient signe à quelqu'un de l'autre côté de la rue. Probablement à un parfait inconnu. Mais lorsqu'ils me virent, ils baissèrent les bras et affichèrent une mine désapprobatrice.

Je ne sais pas exactement quel était leur problème, à eux. En général, les ragots à mon sujet étaient une excuse largement suffisante pour me tenir à l'écart.

Certes, je n'étais pas parfait. Mais bon sang, ils dépassaient toutes les bornes. Non pas que je me soucie de ce qu'ils pensaient. Tous les habitants de ce trou paumé auraient pu manger de la merde et mourir, cela m'importait peu.

Tout le monde, sauf peut-être trois personnes.

En passant devant la façade vitrée d'un bureau, je jetai un coup d'œil à l'une des personnes en question. La porte était grande ouverte, et un ventilateur encombrait l'entrée, indiquant que l'air conditionné ne fonctionnait pas... une fois de plus.

À l'intérieur, assise à son bureau, je la vis répondre au téléphone.

— Jude Everett Realty. Grace à l'appareil.

Lorsque, au milieu de sa salutation, elle leva la tête et m'aperçut, ses yeux se plissèrent, et elle baissa de nouveau le regard pour m'ignorer complètement.

— Non, je suis désolée. Il est en train de faire visiter une maison en ce moment. Je peux prendre un message ?

Je ne pus en entendre plus, car j'avais dépassé le bureau. Mais à l'endroit de ma poitrine où mon cœur était censé se trouver, un pic de douleur me transperça et me fit littéralement grimacer, m'obligeant à prendre une inspiration.

Grace ne m'avait pas parlé depuis huit mois, et cela faisait peut-être un an et demi qu'elle ne m'avait pas dit quelque chose de relativement *gentil*. Ce qui ne semblerait pas si terrible si nous ne vivions plus ensemble dans cette maison délabrée qui nous accueillait depuis déjà quatorze ans, à Peril.

Elle était aussi la seule et unique raison pour laquelle je n'avais pas quitté la ville dès mes dix-huit ans.

J'avais le désagréable pressentiment que ma mère ne survivrait pas à l'année si je l'abandonnais ici toute seule. Et je n'avais pas réussi à la convaincre de quitter son pouilleux de patron pour venir avec moi – c'était d'ailleurs pour ça qu'elle ne m'adressait pas la parole en ce moment.

Soit. Peu importe. Je n'aimais pas y penser. Alors,

tandis que j'approchais de chez Harvey, je redirigeais mon esprit vers les moteurs de voiture.

J'ouvris le rideau de fer du garage et me rappelai qu'il me fallait vérifier si les dents du volant d'inertie n'étaient pas endommagées sur la voiture dont je remplaçais le démarreur. La forte odeur d'huile de moteur m'accueillit, et je jurai dans ma barbe en m'arrêtant à l'établi pour choisir une clé à molette.

Je m'approchai de la voiture sur laquelle je travaillais lorsqu'une voix grave gronda à l'entrée du garage.

— Tu as pris une pause déjeuner plus longue que d'habitude aujourd'hui.

Je me retournai d'un bond pour faire face à mon patron, un sourire d'excuse aux lèvres.

— Oui, désolé.

Il se servait de ses béquilles, aujourd'hui. Il avait du mal à trouver une prothèse suffisamment confortable à son goût. Alors, ces derniers temps, il s'en passait et se contentait de boiter à l'aide de ses cannes.

— J'ai décidé de manger au restaurant, pour une fois.

Je ne prenais leurs plats du jour que les mardis et jeudis, généralement, car c'étaient mes préférés de la semaine et que je ne pouvais pas me permettre d'y aller plus souvent. Mais je les prenais *toujours* à emporter, et ils étaient à moitié terminés lorsque je rentrais au garage, ce qui me permettait d'avoir une pause déjeuner plus rapide.

Mais pas aujourd'hui.

— Ah oui ? demanda Harvey avec un sourire complice. Tu as enfin remarqué à quel point le paysage s'y est amélioré ces derniers temps, n'est-ce pas ? Dis-moi, est-ce qu'elle porte toujours cette tenue beaucoup trop moulante, ou est-ce qu'ils lui ont enfin trouvé un uniforme à sa taille ?

Comprenant qu'il parlait de Mariana, je m'éclaircis la gorge.

— Je ne sais pas, marmonnai-je en agitant la clé à molette que je tenais en direction de la Ford. Je m'apprêtais à installer le nouveau démarreur dans cette voiture, à moins que vous n'ayez besoin de moi pour autre chose.

— À vrai dire, oui. J'ai besoin de toi. Un appel vient d'arriver pour notre service de remorquage. Un pneu crevé près du pont. Ils vont avoir besoin d'une dépanneuse pour les ramener jusqu'ici. Tu peux t'en charger ?

Je fus frappé d'étonnement. Harvey ne m'avait jamais demandé d'assurer seul le remorquage. Je l'avais déjà accompagné pour l'aider, mais c'était la première fois qu'il m'offrait l'occasion de le faire seul.

— Bien sûr, dis-je. Sans problème.

— Bien, acquiesça-t-il en donnant un coup de béquille à sa jambe dont il manquait la moitié inférieure. J'ai un autre rendez-vous avec le prothésiste aujourd'hui pour voir si on peut enfin trouver une prothèse qui fonctionne. Si je ne suis pas de retour à l'heure de la fermeture, tu n'as qu'à fermer à clé, d'accord ?

Je baissai la tête brusquement tandis que l'étonnement s'amplifiait. Voilà qui était une autre première. C'était énorme à mes yeux qu'il m'accorde ce genre de confiance et de responsabilité.

Ce qui plaçait soudain Harvey au deuxième rang des personnes que je ne détestais pas dans le comté de Beaumont.

— Oui, je fais ça, répondis-je en essayant de jouer la

carte de la décontraction, comme si la confiance qu'il me témoignait n'avait rien d'extraordinaire.

Je replaçai la clé à molette dans son tiroir et allai chercher celle de la dépanneuse sur le crochet au mur.

— Merci, petit, me dit Harvey. Et n'oublie pas que l'embrayage reste bloqué en troisième.

— Je l'ai ! dis-je en lui présentant la clé en guise d'adieu.

Il s'avéra que notre client était un père de famille qui se dirigeait vers le lac pour retrouver sa femme et ses enfants pour le week-end. Il venait à peine de sortir de l'autoroute lorsque le voyant de basse pression des pneus s'était allumé, mais le pneu avait explosé avant même qu'il ait pu traverser le pont pour entrer en ville et faire examiner son véhicule.

Comme il n'était pas du coin, il me traita décemment et, au lieu de le ramener au garage, je remplaçai son pneu par celui de secours qu'il avait à l'arrière, juste là, sur le bord de la route.

Le gars était suffisamment satisfait du service – et du fait qu'il n'avait pas eu à payer de frais de remorquage – pour me donner 20 dollars de pourboire en plus.

Sa générosité raviva mon envie de quitter ce comté et d'aller quelque part où personne ne me connaissait, où je pourrais repartir à zéro.

Mais j'étais présentement dans la voiture de Harvey. Je retournai donc à Peril et réinstallai la dépanneuse à sa place au garage avant de me remettre au travail sur le démarreur.

Du reste de la journée, seul un autre client me dérangea. Maeve, qui tenait la bibliothèque, voulait faire changer son huile. Ça aurait dû être un travail assez facile, sauf qu'elle se posta au-dessus de mon épaule du début à la fin, remettant en question chacun de mes gestes.

Étant la tante de Fran Everett, la femme de Jude, elle me détestait par principe. À cela s'ajoutait le fait qu'elle était une vieille femme d'un naturel pinailleur.

— Qu'est-ce que c'est que ça ? Qu'est-ce que vous faites ? demanda-t-elle toutes les trente secondes. Je ne veux pas que vous manipuliez des pièces que vous ne comprenez pas et que vous encrassiez ma voiture alors qu'elle fonctionne parfaitement.

— Je retire le bouchon de vidange, répondis-je en serrant les dents avant de sortir de sous sa voiture. J'imagine que vous préférez que je vide le fond d'huile usagée avant de mettre la neuve, n'est-ce pas ?

Elle grommela et leva le nez comme si je l'avais offensée, *elle*. Puis elle me demanda si j'étais sûr d'avoir le bon type d'huile.

— Parce qu'il y en a de différentes sortes, vous savez.

— Je sais, rétorquai-je, ignorant sa remarque.

J'entrepris de mettre un nouveau filtre.

— Eh bien, qu'est-ce que vous faites maintenant ? interrogea-t-elle. Je n'ai pas demandé de pièces supplémentaires. N'essayez pas d'en faire plus pour me faire payer davantage, alors que tout ce que je voulais, c'était une vidange.

N'en pouvant plus, je me retournai et la fusillai du regard.

— Madame, si vous avez un problème avec le travail que je fais, n'hésitez pas à emmener votre foutue voiture à North Platte et à utiliser l'un de leurs services de vidange hors de prix.

— Excusez-moi ? s'exclama-t-elle en clignant des yeux de surprise.

— J'ai déjà rempli la moitié de l'huile neuve, lui dis-je. Mais si vous voulez, je peux la retirer pour que vous puissiez aller ailleurs. Ça ne me pose aucun problème.

— Bien sûr que non, siffla-t-elle. Ne vous avisez pas de faire une chose pareille, jeune homme. J'ai toujours fait ma vidange ici, chez Harvey. Il n'y a aucune raison que ça change. Je ne comprends juste pas pourquoi Mitchell a dû embaucher un…

Lorsque je levai les sourcils, curieux de savoir comment elle allait m'appeler, elle plissa les yeux.

— Où est-il, d'ailleurs ?

— Il est chez le médecin, il se fait poser une nouvelle jambe.

Je levai une main en signe d'impatience.

— Donc ? Vous voulez revenir demain, quand il sera de retour, ou vous voulez un nouveau filtre avec votre vidange ?

— Oh ! peu importe… Vous avez déjà commencé. Autant finir.

— Alors, reculez, fermez-la et laissez-moi faire mon travail.

Le souffle coupé, elle se redressa du haut de son mètre cinquante et leva le menton en signe d'indignation.

— Eh bien… Jamais on ne m'a…

J'avais franchement du mal à la croire. Car s'il lui arrivait de parler à des gens ne serait-ce qu'à moitié aussi grossièrement, quelqu'un, quelque part, avait forcément dû lui rendre la pareille.

Elle ne posa aucune question et ne se plaignit de rien d'autre durant le reste de mon travail. Jusqu'à me tendre l'argent dû à la fin et marmonner dans sa barbe en s'éloignant.

— Et vous pouvez être sûr que Harvey entendra parler de ça. Quel manque de tenue.

— Oui, c'est le moins qu'on puisse dire..., lui rétorquai-je.

Elle sursauta et jeta un coup d'œil en arrière, surprise. Puis elle cligna des yeux et s'éloigna précipitamment.

Je soupirai, content qu'elle soit partie. Je repris mon travail sur le démarreur, puis commençai à remplacer les plaquettes de frein.

À l'heure de la fermeture, j'étais prêt à rentrer chez moi.

Le connard qui vint chercher sa voiture réparée essaya de marchander les prix jusqu'à ce que je lui montre le devis que Harvey avait écrit à la main et qu'il lui avait déjà donné.

Je n'étais vraiment pas fait pour le service client. J'attendais avec impatience le retour de mon patron pour ne plus avoir à m'occuper de véritables personnes et pour pouvoir retourner à mon travail : réparer des objets. C'était plus dans mes cordes.

Je venais de fermer le bureau et j'allais verrouiller les portes quand j'aperçus quelqu'un qui se dirigeait vers le rideau de fer encore ouvert.

Grommelant intérieurement de devoir parler à une personne de plus aujourd'hui, je l'apostrophai.

— Désolé, mais nous sommes fermés pour la...

Les mots restèrent bloqués dans ma gorge alors que je réalisai qu'il s'agissait de Mariana.

Bon sang, c'était comme un coup de poing au plexus solaire chaque fois que je la voyais.

Elle était vraiment devenue putain de jolie.

Et elle était trop gentille pour Peril, bien trop gentille.

Ça me rassurait de savoir qu'il y avait des gens comme elle sur Terre, sincèrement adorable, et j'espérais qu'elle le reste, mais j'étais toujours mal à l'aise en sa présence. J'étais à peu près certain que je ne pouvais qu'entacher sa perfection avec ma personnalité amère et corrompue.

Elle n'avait qu'à tenir sa pureté éloignée de moi, et tout irait bien.

— Euh... hé, dis-je en reculant d'un pas, de peur de la salir d'une manière ou d'une autre avec la graisse que j'étais sûr d'avoir sur moi. Qu'est-ce que tu... ?

Je m'arrêtai dans ma lancée, réalisant qu'elle était venue seule et qu'elle n'avait pas apporté de voiture avec elle.

— Qu'est-ce que tu fais ici ?

Elle leva une paire de ciseaux dont je n'avais pas remarqué la présence, avant de mimer une coupe de cheveux. Et elle avait une serviette de bain pliée sur son avant-bras gauche.

Mes sourcils se froncèrent.

— Quoi ? Tu étais sérieuse ?

Elle hocha simplement la tête et sourit.

— Euh...

Je me grattai la nuque, ne sachant pas trop comment refuser quoi que ce soit à cette fille.

Ça aurait été un peu comme briser les ailes d'un papillon. Je pouvais faire à peu près n'importe quoi, sauf être méchant avec Mariana Ruiz.

De toutes les façons, elle ne me donna pas l'occasion de refuser son offre. Elle prit simplement les choses en main en se dirigeant vers une vieille chaise de cuisine posée contre le mur, en la ramassant avant de la traîner jusqu'au centre de la pièce.

Après l'avoir placée là où elle le voulait, elle me sourit d'un air encourageant et tapota le siège.

Je laissai échapper un couinement de surprise.

— Quoi ? Ici ? Tout de suite ?

Elle se contenta de hausser les épaules comme pour me demander : *Quand, sinon ?* Je soupirai, comprenant que j'allais me faire couper les cheveux ce soir. *Au garage.*

# Chapitre 4

*Zac*

Je ne voulais pas me donner en spectacle devant les passants dans la rue et je ne voulais pas non plus que quelqu'un d'autre entre, pensant que l'atelier était encore ouvert. Alors je fis un signe en direction des portes du garage.

— Ça te dérange si je les ferme ?

À l'instant où je posai la question, je craignis qu'elle pense que j'essayais de la piéger à l'intérieur, seule avec moi, pour profiter de la situation. Mais elle leva volontiers le pouce, pas du tout inquiète des intentions obscures que je pouvais avoir. Mon Dieu, cette fille était bien trop innocente. Quelqu'un allait, un jour prochain, profiter d'elle et la mener à sa perte.

J'en étais sûr. Et rien qu'à cette idée, j'avais déjà envie de casser la gueule au mec en question.

Chassant cette pensée de ma tête, je fermai l'atelier et le verrouillai de l'intérieur. Puis j'essuyai mes mains sur mon jean et jetai un coup d'œil hésitant à Mariana.

Elle sourit et tapota à nouveau la chaise, m'invitant à m'asseoir. Je déglutis et fis un pas dans sa direction.

L'idée de ses mains sur moi – de ses doigts dans ma

tignasse et de ses ongles sur mon cuir chevelu – accéléra la circulation du sang dans mon corps. Je pouvais sentir la chaleur se répandre dans mes veines, et une lourdeur lancinante commençait à se développer entre mes jambes.

Elle était putain de bien fichue, avec sa taille minuscule et ses hanches pleines qu'on aurait aimé agripper. L'uniforme qu'elle portait était trop petit d'au moins une taille, à peine capable de contenir ses seins généreux, qui faisaient alors pression sur les premiers boutons de sa chemise.

Au moment où j'atteignais la chaise, j'étais déjà tellement excité que, lorsqu'elle attrapa mon bras et m'aida à m'asseoir, je frémis et dus prendre une profonde inspiration. Puis elle ouvrit la serviette qu'elle avait apportée et la disposa sur mes épaules telle une cape de barbier improvisée.

Je la vis tourner autour de moi, prenant à l'occasion une mèche de mes cheveux et la passant entre ses doigts. Visiblement, elle tenait vraiment à ce que le travail soit bien fait.

Lorsque son regard perdu dans ses réflexions se posa sur mon visage – comme en train de décider mentalement du style à me donner –, je réalisai que ce qu'elle ferait de ma chevelure n'avait plus d'importance. Elle pouvait me raser complètement la tête, cela ne me dérangerait pas. Tout ce qui comptait, c'était la façon dont ses yeux marron foncé me regardaient.

Ils semblaient vraiment *me* voir. Ils connaissaient ma réputation peu reluisante et passaient outre tout cela pour *me* voir vraiment.

Ces yeux sombres qui semblaient omniscients

me hantaient depuis notre première rencontre au cimetière, des années auparavant. D'un seul regard, ils m'avaient dit tout ce qu'elle savait de moi. Que je n'étais pas parfait. Que j'étais faillible. Faible, même, de la pire des façons. Craintif là où je ne devrais pas l'être, avide de choses que je ne pourrais jamais avoir. Et pourtant, rien n'était grave. Ces imperfections me rendaient simplement humain, et je méritais tout de même un sourire.

*Son* sourire.

Et c'est pour cela que cette fille pouvait faire de moi ce qu'elle voulait, devenant la troisième personne de Peril que je ne méprisais pas.

Mariana souriait maintenant, comme si elle savait exactement quel pouvoir elle avait sur moi. Puis elle sortit un peigne de son tablier. Après avoir incliné ma tête, elle passa celui-ci dans une mèche, s'arrêta à la longueur voulue, glissa ses ciseaux et fit la première coupe.

L'infime bruit des lames qui se rencontraient ricocha dans mes oreilles comme s'il s'agissait du son le plus érotique que j'aie jamais entendu, et mon pénis se mit à enfler.

C'était horriblement gênant. Jamais je n'avais bandé pendant une foutue coupe de cheveux.

Mais, heureusement, Mariana n'eut pas l'air de s'en apercevoir, et elle se contenta – inconsciente de ce qui se jouait – d'avancer à tâtons jusqu'à avoir terminé sa tâche.

Je n'avais pas la moindre idée du tableau final, mais lorsqu'elle sourit et leva le pouce en signe de satisfaction, je sus que c'était de loin la meilleure coupe que j'avais jamais eue.

Après avoir retiré la serviette, elle la secoua vigoureusement, faisant pleuvoir des mèches de cheveux d'un blond foncé. Puis elle la plia méthodiquement et fit un geste mimant le fait de balayer.

— Le petit balai est par là, répondis-je. J'y vais.

Je me précipitai pour aller le chercher, ainsi que la pelle, et quand elle essaya de me les prendre, je résistai.

— Non, c'est bon.

Tandis que je commençais à rassembler les cheveux en tas, elle replaça la chaise à l'endroit où elle l'avait trouvée.

Nous terminâmes en même temps. Après avoir remis le balai en place, je me tournai vers elle et la vis en train d'écrire sur son bloc-notes.

En l'attendant, mal à l'aise, je passai la main dans mes cheveux fraîchement coupés, avant de m'arrêter et de réaliser qu'elle m'avait donné un tout nouveau look. Elle avait laissé le dessus relativement fourni, mais avait taillé les côtés et l'arrière plus court que je ne l'avais jamais fait auparavant.

Mariana me surprit en train de vérifier ma coupe. Je fis tomber aussitôt ma main et la fourrai dans la poche arrière de mon jean.

Elle se remit à écrire, un sourire aux lèvres, jusqu'à ce qu'elle ait terminé et me montre ce qu'elle avait à dire.

*Ça te va bien.*

Un sourire se dessina sur mon visage.

— Merci, dis-je après m'être éclairci la gorge. Alors, euh, qu'est-ce que je te dois ?

Ses sourcils se froncèrent en signe de confusion, puis ils s'arquèrent tandis qu'une idée lui vint. Elle écrivit un peu plus puis tourna le bloc-notes vers moi.

*Tu as entendu parler de cette fille aux informations ? Celle qui a disparu alors qu'elle campait avec ses amis.*

— La fille disparue ? m'étonnai-je, me demandant ce que cela pouvait bien avoir à voir avec le fait de payer une coupe de cheveux.

Je haussai les épaules.

— Euh, oui. Je pense que oui. Celle dont on suppose qu'elle s'est noyée dans un accident de canoë et a été emportée quelque part en aval, c'est ça ?

Mariana hocha la tête en signe d'affirmation.

*Et si elle n'avait pas eu d'accident ? Et si quelqu'un l'avait enlevée ou tuée ?*

— Mouais...

Je laissai échapper un rire et me grattai la nuque, puis fis remonter ma main sur mon crâne, ayant toujours adoré la sensation de mes cheveux fraîchement coupés.

— Je veux dire, c'était probablement un accident, laché-je, me demandant si, finalement, elle ne commençait pas à être nerveuse à l'idée d'être seule avec moi. Ils ont trouvé son canoë chaviré coincé sous un arbre tombé dans l'eau.

Après une grimace de désaccord, Mariana se remit à écrire.

*Mais ils ne l'ont jamais retrouvée, ELLE. Je ne sais pas. Ces histoires m'ont toujours fait peur. Elles me font craindre de rentrer seule chez moi après le coucher du soleil.*

Elle avait souligné « seule » et repassé sur les lettres plusieurs fois.

Je jetai un coup d'œil à travers la fenêtre du magasin. Il faisait encore jour et il restait une heure ou deux avant le coucher du soleil. Je savais où elle vivait – à environ un kilomètre de la ville, dans le complexe de mobile homes de sa famille. Elle avait encore largement le temps d'y arriver avant la tombée de la nuit.

Mais quand je redescendis mon regard sur elle, elle se mordit la lèvre et me répondit par de grands yeux me suppliant de lui tenir compagnie.

Je soupirai, éreinté.

— Tu veux que je te raccompagne ? proposai-je à contrecœur. En guise de paiement pour la coupe de cheveux ?

Son visage s'illumina immédiatement, heureuse que j'aie deviné ce qu'elle voulait. Puis, avec un grand sourire satisfait, elle hocha la tête vigoureusement.

Je ne pus m'empêcher de rire, sentant bien qu'elle s'était jouée de moi – mais sans être franchement contrarié non plus. Raccompagner une jolie fille chez elle ? Comment un homme pouvait-il vraiment s'opposer à cela ?

— OK, je suppose que je peux faire ça, dis-je alors.

Elle se pencha à nouveau sur son bloc-notes et me montra sa prochaine requête.

*Génial ! Mais est-ce qu'on peut d'abord aller voir la rivière ?*

— La rivière ? répétai-je dans la plus grande confusion.

C'était dans la direction complètement opposée à celle où elle vivait.

Elle acquiesça, me faisant comprendre que je n'avais pas mal lu.

— Pourquoi ? Tu veux aller chercher le corps de la fille disparue ou quelque chose comme ça ?

Mariana recula d'horreur et fit une grimace qui me força à rire. Puis elle écrivit :

*Pas question. Mais il y a eu tellement de cumulus et de cirrus en haute altitude aujourd'hui que le coucher de soleil sur l'eau ce soir va être spectaculaire. Il faut ABSOLUMENT que je le voie.*

Je fis une grimace, n'y croyant pas.

— *Absolument* ?

Elle acquiesça.

Je clignai des yeux, ne sachant pas trop ce qu'elle essayait d'obtenir de moi. Cependant, je n'avais pas de bonne raison de lui dire non, et franchement, je n'en avais même pas envie. L'idée de passer un peu de temps seul avec elle ne me rebutait pas le moins du monde. Et ce n'était pas comme si j'avais autre chose à faire.

Elle serra ses mains l'une contre l'autre comme pour me supplier et se mit à battre des cils.

J'émis un son amusé et secouai la tête.

— Tu as l'habitude d'obtenir tout ce que tu désires, n'est-ce pas ?

Elle se contenta de sourire ; j'avais ma réponse. Mais elle alla encore plus loin. Elle m'attrapa par le bras et se rapprocha, heurtant ses seins contre mon coude tout en continuant à me supplier du regard.

Bon sang, il fallait qu'elle fasse attention avec ce

genre de choses. Quelqu'un d'autre pourrait prendre sa supplication pour une sorte d'invitation sexuelle.

Je savais pourtant qu'il n'en était rien et je levai simplement les yeux au ciel avant de céder.

— D'accord, très bien. Marchons jusqu'à l'eau et regardons le coucher de soleil.

Mariana me lâcha pour applaudir joyeusement, pleine d'enthousiasme. Puis elle se hissa sur la pointe des pieds et déposa un baiser rapide sur ma joue.

Je touchai l'endroit humide où ses lèvres s'étaient posées, vis ses yeux brillants et déglutis péniblement.

— Laisse-moi juste m'assurer que j'ai tout verrouillé ici, et nous pourrons partir, soufflai-je d'une voix rauque. D'accord ?

Elle acquiesça puis me suivit à chaque entrée que je vérifiais, tel un chiot fidèle. Lorsque j'ouvris la dernière porte et lui fis signe de sortir en premier avant que j'éteigne les lumières, elle franchit à peine le seuil avant de s'arrêter à nouveau pour m'attendre. Je me demandai alors si elle avait en réalité vraiment peur d'être seule.

Mais lorsque je la suivis et fermai la dernière porte derrière moi, elle sourit d'un air si radieux qu'il me fut difficile d'imaginer que cette fille si joyeuse puisse avoir peur de quoi que ce soit.

Je lui fis signe d'ouvrir la marche, mais elle ne sembla pas vouloir passer la première. Elle me prit la main et se mit en route, me faisant marcher *à ses côtés*.

Je lui jetai alors un coup d'œil en arquant un sourcil, et elle se contenta de sourire innocemment. Si cela avait été n'importe qui d'autre, j'aurais dit qu'elle me draguait. Mais Mariana Ruiz était tellement innocente et candide que je ne la croyais pas capable d'avoir des pensées sales ou peu vertueuses, de penser au sexe, à la débauche.

Ce qui était fort dommage parce qu'elle avait un corps fait pour le plaisir et que le sexe était globalement la seule chose à laquelle je pensais quand elle était là. Son décolleté était si plein sous sa chemise qu'il me fallait un effort surhumain pour ne pas le regarder et espérer qu'un bouton saute au gré de l'un de ses pas sautillants.

Elle retira sa main de la mienne. Je levai les yeux et me rendis compte qu'elle avait pris le bloc-notes pour écrire quelque chose. Un instant plus tard, elle le tourna dans ma direction.

*Tu veux apprendre « rivière » en langue des signes ?*

— Euh... oui, répondis-je.

Pourquoi pas ? Me concentrer sur ses mains m'aiderait à détourner mon attention de ses seins.

Elle leva trois doigts et tapota l'index deux fois sur ses lèvres, puis elle utilisa ses deux mains, paumes vers le bas, et les fit slalomer en remuant les doigts, comme si elles descendaient une rivière.

J'acquiesçai.

— C'est logique.

Elle sourit et hocha la tête à son tour, puis me donna un petit coup de coude et me fit signe d'essayer.

— Oh..., dis-je en levant mes deux mains. Non, c'est pas la peine.

Mais Mariana fronça les sourcils d'un air sévère.

— Ou... d'accord, me repris-je. Je vais essayer.

Je tapotai mes lèvres avant de faire slalomer mes mains dans des rapides imaginaires.

Cela me donna l'impression d'être un idiot absolu - une sensation inconfortable qui ne fit qu'empirer lorsqu'elle m'applaudit pour me féliciter.

— Merci, grommelai-je, sentant mon visage rougir.

Mariana continua à écrire :

*Tu veux apprendre mon prénom ?*

— Pourquoi pas, soupirai-je.

Je me sentais déjà comme un parfait crétin, ça ne pouvait pas être pire.

À côté de moi, Mariana sourit béatement. Elle utilisa trois doigts, les pressant les uns contre les autres, le pouce coincé entre l'auriculaire et l'annulaire, puis elle les fit glisser partant de son front, le long de ses cheveux, jusqu'au sommet de son épaule, comme pour dessiner un voile.

Je répétai l'opération, sans la moindre incitation cette fois-ci. Avec un sourire, elle approuva. Puis elle écrivit :

*En fait, c'est pour Notre-Dame de Guadalupe. Tout le monde m'appelle Mari, ce qui est assez proche de son nom, alors… c'est comme ça que je m'appelle en ASL[1].*

— Ah. C'est comme ça que tu préférerais que je t'appelle, alors ? Mari ?

Elle haussa les épaules, puis acquiesça et reprit ma main.

— Ça marche, murmurai-je. Mari.

1. *American Sign Language.*

Nous marchâmes alors en silence.

Le tronçon le plus proche de la rivière se trouvait à moins d'un kilomètre de la ville, de l'autre côté d'un bosquet. Beaucoup d'habitants du comté de Beaumont venaient pêcher ou pique-niquer sur les berges, et un chemin était creusé. Même un véhicule tout-terrain pouvait y passer.

Lorsque nous atteignîmes la clairière qui s'ouvrait sur la rivière, l'endroit était déjà occupé par un pêcheur qui se tenait dos à nous, les pieds dans l'eau. Il portait des cuissardes et lançait une ligne dans le courant.

La déception m'envahit ; j'aimais bien être seul avec Mari. Or, je supposais que la présence du pêcheur ne la dérangerait pas – elle avait l'air d'être du genre à penser que *plus on est de fous, plus on rit*.

Mais au moment où elle l'aperçut, elle ralentit et me jeta un coup d'œil. Elle mit un doigt sur sa bouche, me faisant taire, avant de m'écarter sur la gauche et de m'entraîner dans un sentier étroit entre les arbres, parallèle au ruisseau.

Mon cœur s'emballa, heureux qu'elle aussi préfère partager ce moment de solitude avec moi.

Au bout d'un moment, le sentier bifurqua vers la rive. Nous marchâmes sur des cailloux, de l'herbe et des racines d'arbres, puis nous prîmes un virage, jusqu'à ce que j'aperçoive un petit ponton, une plate-forme en bois posée sur l'eau qui ne devait pas faire beaucoup plus de trois mètres sur trois.

Mari me lâcha la main pour écrire :

*Ça te va ? C'est le ponton de M. Henderman, mais il est trop vieux pour y venir. Et je n'ai jamais vu personne dans le coin. On a tout l'endroit pour nous.*

Je haussai les épaules.

— Ça me va.

Honnêtement, c'était parfait. Il s'agissait d'une partie abandonnée de la rivière. Aucune compagnie de canoës n'y était installée et, ces dernières années, la rivière s'était tellement asséchée qu'elle était devenue trop étroite et trop peu profonde pour y faire naviguer quoi que ce soit de plus grand qu'un canot pneumatique.

Avec un sourire satisfait, Mari se retourna pour remonter la passerelle et trouver un endroit où s'asseoir. Dès qu'elle fut installée, jambes croisées, elle griffonna encore sur son bloc-notes puis le brandit.

*Il y a une magnifique vue sur le coucher de soleil ici. Tu verras.*

— Si tu le dis.

Je m'assis à côté d'elle, un genou levé pour pouvoir poser un coude dessus. Le soleil était déjà bas, et le ciel se remplissait d'un éventail de couleurs.

J'arrachai un roseau qui poussait dans l'eau à côté du quai.

Mari écrivit, les sourcils froncés :

*Tu as l'air sceptique.*

— Pas sceptique, répondis-je en haussant les épaules et en m'appliquant à découper le bout brun du roseau avec l'ongle de mon pouce. C'est juste que… je ne sais pas. Regarder le coucher de soleil, ce n'est pas vraiment mon truc.

Une fois la fleur suffisamment ouverte pour que l'intérieur jaillisse, Mari me montra son bloc-notes.

*C'est probablement parce que tu n'en as jamais regardé un correctement.*

Je laissai échapper un petit rire et posai mon regard sur elle.

— Oui, peut-être, convins-je.

Mari sourit et leva les yeux au ciel avant d'attraper ce qu'il restait de mon roseau. Elle tira sur le contenu cotonneux comme s'il s'agissait d'une barbe à papa et laissa de petites touffes s'envoler dans la brise.

Soudain, j'eus tant aimé pouvoir faire preuve de cette fascination enfantine qu'elle semblait avoir pour tout. C'était probablement une façon de vivre bien plus agréable que toute l'amertume et le ressentiment qui m'habitaient.

Mari me donna un coup de coude, me tirant de mes pensées.

Elle leva son bloc-notes pour que je le lise.

*N'est-ce pas incroyable ?*

Lorsqu'elle fit un geste vers le ciel et soupira d'aise, je me surpris à la regarder elle au lieu des nuages.

Elle était complètement captivée par la vue, et... moi aussi. Oubliant ce que nous étions venus voir, j'admirais l'émerveillement sur son visage, et ma poitrine se gonfla et s'emplit d'une chaleur enivrante. Son regard était si pur. Ses yeux marron chocolat étaient pleins d'une joie non dissimulée, comme si chaque petit détail l'enthousiasmait.

Et elle était aussi sensuelle que passionnée. Ses

plaisirs innocents me faisaient toujours penser à du sexe brut, à des baisers brûlants, à des corps transpirants qui s'ébattent des heures durant, incapables de s'arrêter, cherchant sans cesse de nouvelles façons de se faire plaisir l'un à l'autre.

Ma peau se mit à chauffer, et mon jean se rétrécit autour de mon sexe.

Je me raclai la gorge, mal à l'aise, et détournai mon regard d'elle pour admirer le ciel.

— Euh, ouais..., marmonnai-je. C'est agréable.

Elle soupira de contentement et se pencha pour poser sa joue sur mon épaule, puis se blottit plus encore pour passer son bras autour du mien.

Mari avait raison, c'était le plus beau coucher de soleil que je n'avais jamais vu.

# Chapitre 5

*Zac*

Je me promis de ne plus approcher du restaurant à partir de maintenant. J'étais devenu un peu trop obsédé par la nouvelle serveuse qui y travaillait. J'avais besoin d'une pause, de ne plus la voir pendant un temps, même s'il s'était déjà passé une semaine entière depuis que nous avions regardé le coucher de soleil ensemble sur le ponton.

Sept jours n'avaient pas atténué mes pulsions. Je n'avais qu'une envie : revoir son lumineux sourire, ses yeux bruns presque noirs, ses hanches plantureuses et ses seins généreux. J'avais besoin de plus de temps pour me calmer et me débarrasser de ce béguin pathétique que j'avais développé.

Je réussis à me tenir à l'écart jusqu'au jeudi, mais quand le mardi suivant arriva, j'eus envie de m'échapper du garage bien avant midi.

Et avant même de savoir ce que j'avais l'intention de faire, j'étais en train de crier :

— Hé, Harvey, je vais aller déjeuner chez Ginger. Vous avez besoin de quelque chose ?

— Non. C'est bon, répondit-il. Prends ton temps.

Prendre mon temps ? Je murmurai les mots en question, me demandant ce que cela signifiait.

J'avais la forte impression qu'il cautionnait mon obsession pour Mariana et qu'il m'encourageait à nourrir mon besoin de fantasmer sur elle.

Bien sûr, il aurait pu vouloir dire par là que c'était une journée calme – c'était le cas – et qu'il n'y avait aucune raison pour que je me dépêche. Mais comme ces derniers temps, toutes mes pensées tournaient autour d'une certaine serveuse, j'étais presque sûr qu'il me donnait la permission de reluquer *le nouveau paysage* agréable du diner à ma guise.

D'ailleurs, j'étais tellement impatient de la revoir que je faillis oublier de jeter un coup d'œil à la vitrine de l'agence immobilière de Jude alors que je passais devant. Malheureusement, je m'en souvins au dernier moment et le regrettai aussitôt.

Grace n'était pas rentrée à la maison hier soir. La femme de Jude, Fran, s'était donc probablement encore absentée. Elle semblait rendre souvent visite à sa sœur durant l'été.

Et quand sa femme était absente, sa maîtresse venait toujours s'amuser avec lui.

À travers la vitrine, je vis Grace et Jude dans la zone de réception. Il posait sa main sur le dossier de la chaise de Grace et se penchait par-dessus son épaule pour voir ce qui s'affichait sur l'écran de son ordinateur. Ils étaient en pleine conversation et ne remarquèrent même pas que je les épiais.

Je pris une grande bouffée d'air et me retournai, bien décidé à ne pas penser à Grace et à ses choix de vie douteux.

Étonnamment, ce ne fut pas si difficile : dès que j'entrai dans le restaurant, je vis Mari. Et soudain, tout le reste disparut.

Le diner était plus fréquenté que d'ordinaire, la plupart des tables étaient occupées, et Mari me tournait le dos, prenant la commande d'un client à une table. Cela me donna l'occasion de la regarder à la dérobée alors que je me dirigeais vers ma place habituelle au comptoir.

Moins d'une minute plus tard, elle passa devant moi, m'agrippant le bras pour me saluer.

Une dose d'adrénaline pure se propagea jusqu'à ma queue.

Rationnellement, je savais qu'elle n'était pas en train de me draguer ou de me faire des avances. Je l'avais suffisamment observée avec les autres clients la semaine dernière pour me rendre compte qu'elle était du genre tactile. Elle ne s'approchait jamais d'un enfant sans lui caresser la tête et elle tapotait le bras ou la main de presque tous les adultes, hommes ou femmes. Cela ne signifiait rien de particulier lorsqu'elle le faisait avec moi.

Mais, mon Dieu, mon corps ne semblait pas le comprendre. Il était avide du moindre contact, comme s'il considérait que Mari n'existait sur Terre que pour me toucher.

Je serrai le poing contre le comptoir en me traitant de tous les noms. Pourquoi diable avais-je décidé de me torturer en venant ici ?

*Salut beau gosse avec une super coupe de cheveux*, lus-je sur une note apparue sur le comptoir devant moi.

Mon pouls s'emballa, et je sus exactement pourquoi j'étais là.

Parce qu'elle était là.

Je passai la main dans mes cheveux tandis qu'elle posait une tasse de café devant moi et me servait.

En me montrant l'une de ses cartes préécrites, elle me demanda :

*Savez-vous déjà ce que vous voulez manger ?*

Je fis signe que oui.

— Juste le plat du jour, encore une fois.

Elle hocha la tête et nota sur son carnet de commandes.

— Je suppose que tu ne vas pas me laisser le prendre à emporter, n'est-ce pas ? ajoutai-je.

Elle leva les yeux, surprise. Puis elle haussa les sourcils, sourit et fit non de la tête.

Et bon sang, qu'elle était belle. Chaque fois qu'elle m'offrait ce sourire, ma poitrine se serrait au point de ne plus savoir comment respirer.

— C'est ce que je pensais, marmonnai-je, essayant de paraître grognon, mais sans succès.

Elle sortit un autre bloc-notes de son tablier et griffonna un message avant de le retourner pour me le montrer.

*On peut regarder une nouvelle fois le coucher de soleil ce soir ?*

Je laissai échapper un petit rire.

— Encore ?

Elle acquiesça, inclina la tête, ses deux mains sous son menton, et battit des cils d'un air amusé.

Je ris franchement, ouvris la bouche pour répondre quand la clochette de la porte retentit. Mari leva un doigt, m'invitant à suspendre ma phrase, et elle tourna son attention vers le nouveau client.

Pressant mes lèvres l'une contre l'autre, j'attrapai mon café et en bus une gorgée. Je pris un moment pour calmer mon cœur devenu fou. Mais il se mit à battre encore plus vite, et ma respiration s'accéléra.

Seule Mari pouvait me mettre dans cet état, sérieusement.

Derrière moi, j'entendis une voix railleuse.

— Tiens, tiens. Voilà une gentille petite *mamacita* !

Je fronçai immédiatement les sourcils et jetai un coup d'œil au nouveau venu pour constater qu'ils étaient trois et qu'ils avaient l'air d'un trio d'imbéciles à l'esprit mal tourné, en train de profiter d'un week-end entre mecs loin de leurs épouses.

Tandis qu'ils s'installaient à une table, Mari serra les menus contre sa poitrine et recula d'un pas.

Lorgnant ouvertement ses jambes, l'un d'eux donna un coup de coude au type à sa droite.

— Je t'avais dit que ça avait l'air d'être un bon endroit pour manger.

Son ami siffla.

— Bon sang, tu ne t'es pas trompé. J'ai soudain une envie folle de tacos au poisson.

Lorsqu'il tendit la main, comme s'il s'apprêtait à lui taper sur les fesses, Mari esquiva habilement et posa les menus sur la table avant de reculer précipitamment pour mettre plus de distance entre eux.

— Dis-moi que c'est *toi* le plat du jour ? demanda le premier sale type avec un regard lubrique. Parce que j'en prendrai deux dans ce cas.

Mariana secoua la tête. Déplaçant son poids d'un pied à l'autre, elle se mit à feuilleter ses cartes nerveusement avant de leur en montrer une.

Le type le plus proche d'elle plissa les yeux et se pencha en avant.

— Qu'est-ce que ça dit ?

Alors qu'elle se rapprochait un peu plus pour l'aider à lire, son voisin ricana.

— Tu ne connais pas l'anglais, chéri ?

Le connard d'en face tendit le genou et se tapota le haut de la cuisse.

— Pourquoi ne viens-tu pas t'asseoir sur les genoux du vieux Howie, hein, chérie ? Je suis sûr que tu sauras traduire ce que je désire vraiment.

Les trois gars s'esclaffèrent, riant de leur propre blague. Mariana, paniquée, tenta de s'éloigner. Son attention se porta sur Naomi qui, de l'autre côté du restaurant, était occupée à servir une autre table. C'est alors que l'un des hommes l'attrapa par la taille et commença à la tirer vers lui.

C'en était trop pour moi

— Vous avez environ *deux* secondes, dis-je, attirant leur attention, mais aussi celle de deux autres tables autour d'eux, pour commencer à vous comporter correctement avant que je vienne casser quelque chose à chacun d'entre vous, je vous le jure.

L'homme lâcha immédiatement Mariana, qui s'éloigna en courant et se plaça à mes côtés.

À la table, les trois connards se redressèrent avec indignation, les yeux plissés.

— T'as un problème, mec ? demanda l'un d'eux.

— Oui, admis-je sans hésitation. J'attends mon repas, tranquille, et vous m'emmerdez.

— Hé, hé ! cria Naomi, remarquant enfin la tension

qui régnait de ce côté du diner. Pas de bagarre dans mon resto.

Elle me jeta un regard noir, mais se tourna ensuite vers les clients assis à la table.

— Vous trois... Dehors !

— Nous ? s'écrièrent-ils avec indignation. Qu'est-ce qu'on a fait ? On voulait juste commander un déjeuner.

Naomi ne sembla pas s'en soucier.

— Personne ne traite nos serveuses de cette façon, vous m'entendez !

— Oh ! allez, quoi. On s'amusait juste un peu.

— Alors pourquoi je ne la vois pas sourire ? demanda Naomi. C'est tout ce que cette fille fait toute la journée. Et vous avez effacé ce fichu sourire de son visage.

Lorsque les trois hommes jetèrent un coup d'œil à Mariana, elle se cacha derrière moi et se rapprocha craintivement jusqu'à ce que je sente sa main au milieu de mon dos.

— Voici les options qui s'offrent à vous, leur dit Naomi. Vous pouvez soit vous excuser et commencer à vous comporter décemment, soit vous lever et sortir d'ici, tout de suite.

Tout le monde dans le restaurant semblait retenir son souffle, attendant la réponse des trois mecs.

J'aurais pensé qu'ils allaient se plier à la réprimande de Naomi, présenter leurs excuses et commander leur repas, mais après avoir échangé des regards, ils poussèrent un ricanement et se levèrent d'un pas traînant.

— Sortons, les gars. Il y a quelque chose qui ne *sent* pas bon ici.

— Ouais, répondirent les deux autres en se dirigeant

vers la porte. Je parie que la nourriture a un goût de merde.

Quand l'un d'entre eux marmonna un « Merci beaucoup, salope » en passant devant Mariana – qui se tenait toujours contre moi –, je levai ma botte et lui donnai un petit coup de pied au cul, l'encourageant à se diriger vers la porte un peu plus vite.

Il trébucha.

— J'ai dit : pas de bagarre dans mon resto ! cria Naomi en me pointant du doigt.

Je haussai simplement les épaules, au moment où le type fit volte-face, les yeux brillants de rage. Lorsqu'il fit un pas mesuré dans ma direction, Mari gémit, agrippant le dos de ma chemise avec inquiétude. Mais l'inconnu aperçut une femme assise à l'une des tables en train de le filmer sur son téléphone, et il se calma enfin.

Mari soupira bruyamment et appuya son front contre l'arrière de mon épaule.

Un instant plus tard, la porte du fond s'ouvrit, laissant entrer l'un des hommes les plus grands et les plus costauds de la planète. Il avait des cheveux bouclés d'un rouge éclatant et une barbe rousse touffue.

— Tout va bien ici ? Sal est venu me chercher pour me dire qu'il y avait des problèmes.

— Tout va bien, Ginger, répondit Naomi en soulevant une paire d'assiettes pour les servir aux clients. J'ai juste dû mettre à la porte quelques crétins qui s'en prenaient à Mari. Mais on s'en est occupés.

Le patron du restaurant lui sourit en signe de remerciement.

— On voit que tu as l'habitude, Nam, dit-il avec un signe de tête admiratif.

Puis son regard se porta sur Mari, qui se tenait toujours craintivement derrière moi.

— Ça va, petite ? demanda-t-il. Tu as besoin d'une minute pour reprendre ton souffle ?

Lorsque je jetai un coup d'œil vers elle par-dessus mon épaule, elle leva son regard vers moi, comme à la recherche d'un conseil sur la façon de répondre, mais elle se retourna ensuite vers Ginger et secoua la tête.

Elle sortit son carnet de son tablier, défroissa sa chemise et s'approcha de l'une de ses tables pour voir s'ils avaient besoin de quelque chose.

— D'accord, alors. Très bien, dit Ginger avant de disparaître à nouveau.

Et à partir de là, tout revint à la normale.

Cela étant, j'observai Mari quelques secondes de plus. Son sourire semblait forcé, mais elle continua courageusement, montrant à ses clients une gentillesse qu'ils ne méritaient pas forcément à mes yeux - surtout après être restés là sans rien faire pendant qu'elle se faisait harceler.

Lorsqu'elle m'apporta mon repas, elle laissa un mot à côté de mon assiette à la place de mon addition.

On pouvait y lire :

*Pas d'addition pour mon héros du jour. Merci.*

Cette gratuité signifiait seulement qu'elle avait l'intention de payer mon repas avec ses propres pourboires, et il en était hors de question. Je m'apprêtai à froncer les sourcils avec sévérité, mais elle me prit de court en déposant un baiser rapide sur ma joue.

Je clignai des yeux, trop décontenancé pour répondre. Puis je posai la main sur la trace humide qu'elle avait laissée, juste pour m'assurer que le trou qu'elle venait de faire dans mon âme n'était pas visible à la surface de mon visage. Je la regardai alors se presser pour aller saluer quelques clients locaux qui venaient d'entrer.

Sérieusement, si elle continuait à m'embrasser la joue comme ça, cette fille allait me faire complètement craquer.

Je terminai mon déjeuner sans que nous ayons eu l'occasion d'échanger, car la foule du midi s'accrut et occupa tout son temps. Elle ne s'arrêta dans la zone du comptoir que pour compléter mon repas, puis repartit. Je tentai de lui faire signe de s'approcher afin de lui dire en face que je refusais la gratuité.

Mais elle évita – délibérément – de me regarder dans les yeux, probablement pour m'en empêcher.

Avec un soupir, je renonçai et me levai pour me diriger vers les toilettes. Dès que je mis le pied dans le couloir, j'entendis Naomi parler.

— Je ne m'approcherais pas trop de ce Topper, si j'étais toi, Mari. Il n'a que des problèmes et se fait souvent arrêter.

— Il est aussi trop vieux pour toi, ajouta une autre femme que je ne connaissais même pas. Il attendra de toi plus que ce que tu peux lui donner.

Je serrai les dents et secouai la tête en me frayant un chemin jusqu'à la salle de bains. Ces commères devraient apprendre à se mêler de leurs affaires. Je savais que j'étais trop abîmé pour une personne aussi pure que Mariana Ruiz. C'était ce pourquoi je n'aurais jamais rien tenté avec elle. Les fouineuses n'avaient rien à craindre de moi.

Après m'être soulagé et avoir lavé les mains, je retournai dans le restaurant. Il y avait beaucoup plus de monde, et j'avais la nette impression de ne plus être le bienvenu depuis un moment déjà. Je sortis mon portefeuille et me dirigeai vers mon assiette. Après avoir laissé assez d'argent pour couvrir mon repas, je repartis à la recherche de monnaie, afin de laisser un pourboire.

J'avais deux billets de 1 dollar, un de 5, un de 10 et un de 20. Je marquai une courte pause avant de prendre le billet de 20. Quelqu'un y avait dessiné un symbole de paix au stylo rouge. Je le glissai sous mon assiette pour qu'elle le trouve plus tard, rangeai mon portefeuille dans ma poche et me tournai vers la sortie. Ce faisant, mon regard s'égara dans sa direction.

Elle me jeta un coup d'œil à l'instant même où je la repérai. Lorsqu'elle sourit et me fit un signe de la main, mon cœur fit un bond dans ma poitrine. Mais je ne souris pas en retour : pas certain d'être fan de toutes ces émotions qu'elle faisait naître en moi. Je hochai simplement la tête et ouvris la porte.

Je sortis par ce temps inhabituellement humide de juin : après deux mètres, la sueur collait déjà ma chemise à mon dos. Au troisième pas, quelqu'un m'attrapa le bras et faillit me le déboîter tant il le tira avec force.

— Il faut qu'on t'apprenne les bonnes manières, mon garçon, dit-il juste avant qu'un poing s'abatte sur ma joue.

# Chapitre 6

*Zac*

— Fils de pute !

Je vacillai, faillis perdre l'équilibre et me serais étalé de tout mon long si quelqu'un ne m'avait pas rattrapé.

Je ne sais pas comment je vis le deuxième poing venir dans ma direction alors que j'avais déjà la vision bien troublée par le premier coup. Mais j'étais prêt, cette fois-ci, et j'entendis presque le bruit du poing fendant l'air.

J'esquivai à la toute dernière seconde, en me baissant, et le poing du connard atterrit sur la figure du type à côté de moi. Mon premier assaillant se plia en deux de douleur, et j'en profitai pour cogner le connard numéro deux dans les noix. Il tomba au sol comme un arbre qu'on abat, louchant de douleur, recroquevillé sur lui-même. Cela me donna une chance de me remettre debout et de regarder autour de moi, à la recherche de leur troisième pote, dont j'étais certain qu'il ne devait pas se trouver très loin.

— Espèce de fils de pute, grogna-t-il, indiquant dans le même temps l'endroit où il était tapi.

Je fis un tour sur moi-même.

Il avait déjà préparé son poing et armé son bras. Je le cognai au visage, d'un *jab* rapide, avant qu'il puisse faire partir son coup.

Son nez se mit à saigner, une sirène de police hurla, et des flashs de lumière rouge et bleue vinrent éclairer mon visage.

Je grognai en découvrant que c'était le shérif en personne, accompagné de l'un de ses adjoints, qui venait de faire crisser ses pneus juste devant nous.

Je lançai un regard aux trois hommes qui m'avaient sauté dessus. Ils saignaient tous les trois en se tordant de douleur. Ils ressemblaient à des poupées cassées, éparpillées au sol autour de moi. Je compris que le fait que je sois le seul debout n'allait pas jouer en ma faveur.

— Merde, Topper ! s'écria l'adjoint amusé en descendant de la voiture. C'est de pire en pire si on ne peut même plus rouler tranquillement dans cette foutue rue sans tomber sur toi en train de te bagarrer.

Je fis un pas vers le flic, m'éloignant des trouducs qui m'avaient attaqué, et levai les mains pour lui montrer que je n'étais pas armé.

— *Hey*, ce n'est pas moi qui ai commencé.

— Évidemment, ce n'est jamais toi, n'est-ce pas ? répondit le shérif en sortant lui aussi de la voiture, dégageant une paire de menottes de sa ceinture.

— Je suis sérieux, insistai-je. Je n'ai fait que me défendre. Ils m'ont tendu une embuscade au moment où je sortais du diner sans embêter personne.

— Sans embêter ni provoquer personne, c'est ça ? Ouais, sûr. Qu'est-ce que tu as foutu, Topper ?

— Je n'ai rien fait du tout. Ils étaient chez Ginger, ils harcelaient Mariana et ils se sont fait virer à cause de ça.

— Mariana ? demanda le shérif en secouant la tête.

— La fille sourde qui vient de commencer à travailler là-bas, intervint l'adjoint.

— Ah, dit le shérif en se tournant vers moi avec un sourire narquois. Alors on a le béguin pour la jolie petite serveuse, hein ? Et tu as pensé que tu allais l'impressionner avec ce fabuleux crochet du droit ?

— Non, grognai-je. Ils ont posé leurs sales pattes sur elle, et personne ne faisait quoi que ce soit pour la défendre, alors je leur ai dit d'arrêter.

— *Wow*, murmura l'adjoint, avec un faux air d'admiration. En fait, tu es un genre de chevalier blanc, c'est ça ?

— Oui, OK, elle est bien ton histoire, convint le shérif, mais à présent tourne-toi et mets les mains derrière le dos.

— Putain, mais vous êtes sérieux ? m'écriai-je. C'est moi qui me suis fait agresser par ces gros débiles et c'est moi que vous allez arrêter ?

— T'inquiète pas, Topper, on les embarque eux aussi. Calme-toi un peu.

Les derniers mots du shérif me raisonnèrent un peu. J'obéis et collai mes poignets l'un à l'autre derrière mon dos. À peine les menottes s'étaient-elles refermées autour de ma chair que je vis Mari qui se précipitait hors du diner, le visage plein de larmes.

Elle fit de grands signes au shérif et attrapa son bras dès qu'il sentit sa présence. Elle pointa un doigt dans ma direction et secoua énergiquement la tête, essayant de faire comprendre aux flics qu'ils faisaient une erreur. Mais pour eux, cela pouvait aussi bien signifier que c'était moi le responsable.

Le shérif avait l'air de s'en ficher totalement, de toute façon.

— Calmez-vous, calmez-vous, mademoiselle Ruiz, dit-il en levant la main. On va au commissariat tirer tout ça au clair, ne vous inquiétez pas.

Elle secoua la tête et désigna les trois autres garçons que l'adjoint venait de rassembler et commençait à interroger. Ses grands gestes, auxquels je ne comprenais absolument rien, ne parvinrent qu'à faire rigoler le shérif. Il posa ses mains sur les épaules de Mari et la tira en direction de chez Ginger.

— Ça va aller, je vous le promets, lui dit-il avant de la pousser à repartir d'où elle venait.

En partant, elle lança un regard noir au shérif pardessus son épaule, puis me regarda, moi.

Je me sentis touché par son air inquiet et les larmes dans ses yeux. Mais c'était peut-être la culpabilité que j'y trouvais qui m'affecta le plus, comme si elle se sentait responsable de tout ce qui venait d'arriver. Et ça, je ne pouvais pas le supporter. Je lui adressai donc un sourire narquois et levai les yeux au ciel comme si le fait d'être arrêté n'avait aucune importance.

Elle sembla se détendre un peu. Elle essuya ses yeux, me montrant que j'avais réussi à la rassurer. Mais elle lança tout de même un dernier regard assassin au shérif avant de retourner sagement au diner.

L'un des connards menottés, visage en sang, lui jeta un regard mauvais.

— C'est elle la salope qui a tout commencé.

Fort heureusement, l'adjoint du shérif lui mit une grande claque sur la nuque pour le faire taire.

Je l'observai disparaître dans le diner quand quelque chose attira le coin de mon œil.

Grace avait quitté l'agence Everett et se dirigeait vers nous, suivie d'une petite foule curieuse de voir ce qui se passait.

Ma mère croisa mon regard juste au moment où le shérif me forçait à baisser la tête pour me faire rentrer dans la voiture.

Elle sembla d'abord surprise, puis ses yeux se firent de glace. Elle fit alors brusquement demi-tour et repartit d'un pas raide.

Je poussai un juron qui fit rire le shérif.

— Ta maman n'a pas l'air ravi de te voir encore une fois avec les menottes aux poignets. Je n'ai pas l'impression qu'elle va venir payer ta caution et te sortir de là, cette fois-ci.

Puis il referma la portière sur moi avant que j'aie eu le temps de lui envoyer un regard insolent.

Par la fenêtre, je vis une autre voiture de police arriver et se garer dans le virage. Le shérif s'arrêta pour faire signe à l'officier de se diriger vers son adjoint qui avait fini de menotter les trois autres.

Affalé sur la banquette arrière, je fermai les yeux, laissant aller ma tête à pendouiller lamentablement, et poussai un petit grognement. Cette histoire allait *clairement* me faire virer. J'étais à peu près sûr qu'aller directement en prison sans passer par la case départ n'était pas exactement ce que Harvey avait en tête quand il m'avait dit de prendre mon temps pour le déjeuner.

Cinq pâtés de maisons et trois virages plus loin, le shérif gara sa voiture après avoir passé une grille métallique. Il nous amena jusqu'à une rampe conduisant à une porte de garage qui s'ouvrait sous le tribunal.

Le garage menait directement aux cellules.

— Enfermez-le pour l'instant, Gladys, dit le shérif à sa geôlière. Il ne restera peut-être pas longtemps.

Je lui lançai un regard surpris qu'il ignora totalement, se contentant de me remettre entre les mains de Gladys.

— *Hey*, Top ! m'accueillit-elle avec un hochement de tête. Qu'est-ce que tu as foutu cette fois-ci ?

— Me suis fait agresser devant chez Ginger, répondis-je sèchement.

Elle grogna, l'air de s'en foutre complètement.

— Eh bien, la prochaine fois, regarde bien des deux côtés de la rue avant de traverser, hein ?

Je secouai la tête, amusé par son ton froid et désinvolte.

— Oui, j'imagine que ce serait mieux.

La cellule était vide, Gladys m'y poussa simplement. Je soupirai et m'installai derrière les barreaux. Parce que, oui, cette cellule était si ancienne qu'elle avait encore de bons gros vieux barreaux en métal. Après un nouveau soupir, je m'assis sur le banc qui se trouvait au fond.

Aucune idée du temps que j'allais pourrir ici.

J'étais adossé au mur de béton, les yeux fermés, essayant de me détendre en sifflotant doucement quand, enfin, quelqu'un vint me voir.

— C'est bon, Topper, tu peux partir, me dit-on.

Et j'entendis les clés jouer dans la serrure.

J'ouvris les yeux mais ne pris pas la peine de me lever. J'étais certain qu'il s'agissait d'une erreur.

— Comment ça ? Vraiment ?

— Oui, oui, vraiment, me répondit sèchement l'officier

de police qui me regardait sévèrement, attendant que je daigne me lever. Allez !

— OK, d'accord.

Je quittai la cellule d'un pas nonchalant, puis suivis le flic dans le hall en direction des admissions où, j'imaginais, on allait enfin me mettre à l'ombre pour de bon. Mais, aussitôt arrivé au guichet, je vis qui était là, à m'attendre. Je m'arrêtai soudain.

— Non, dis-je.

Jude se tourna vers moi et leva un sourcil interrogateur.

Je lui lançai un regard noir avant de me tourner vers l'officier.

— Je ne veux pas qu'il paye ma caution. Est-ce que je peux refuser ?

— Refuser quoi ? demanda-t-il en haussant les épaules. Il n'y a pas de caution, puisque vous n'avez techniquement pas été incarcéré. On a eu pas mal de témoins qui nous ont dit que tu n'avais fait que te défendre. Tu es libre.

Je fis un geste en direction du type marié qui servait d'amant à ma mère.

— Alors qu'est-ce qu'il fout là, lui ?

L'adjoint au shérif haussa les épaules, et Jude s'avança.

— J'étais bien là pour payer ta caution. Mais on m'a dit que ce n'était pas nécessaire. J'ai quand même attendu pour te raccompagner en voiture.

Je plissai les yeux pour lui envoyer un regard froid et le tins jusqu'à ce qu'il se mette à se tortiller, mal à l'aise.

— Je vais marcher, dis-je en regardant le policier. Nous en avons bien terminé, n'est-ce pas ?

L'officier hocha la tête, je me dirigeai donc vers la sortie en les effleurant, lui *et* Jude. Gladys, de l'autre côté de la pièce, se trouvait, elle, bien occupée avec les trois connards qui m'avaient agressé. Pendant qu'on lui prenait ses empreintes digitales, l'un d'entre eux me regarda d'un œil mauvais. Je répondis par un petit salut triomphant avant de pousser la porte.

Malheureusement, Jude m'avait suivi.

— Zac, attends une seconde, mon grand, tu veux bien ?

Je fis un tour sur moi-même pour le regarder dans les yeux.

— Combien de fois je t'ai dit d'arrêter de m'appeler comme ça ?

Il rougit et leva une main en guise d'excuse avant de se racler la gorge, visiblement gêné.

— Oui, désolé, tu as raison, j'avais oublié. Mais je...

Je tournai les talons et partis à grandes enjambées. Il se précipita derrière moi.

— J'aurais vraiment aimé que nous ayons une discussion, toi et moi.

Moi, je n'avais aucune envie de discuter avec lui, aussi, je poursuivis mon chemin.

Jude courait pour rester sur mes talons.

J'avais vraiment envie de détester ce salopard qui avait fait de ma mère la maîtresse la plus connue de la ville, mais une grosse partie de moi avait de la peine pour lui. Sa fille aînée, Patience, s'était suicidée pendant sa dernière année de collège, ce qui, j'en étais sûr, avait dû foutre complètement en l'air sa famille et l'avait probablement poussé dans les bras de ma mère pour y trouver du réconfort. Cela expliquait sans doute pourquoi il pensait ne pas pouvoir quitter sa femme et pourquoi ma mère pensait qu'elle ne pouvait pas le quitter *lui*.

Il n'était même pas tellement méchant avec Grace. Il ne lui faisait jamais aucun mal, il lui parlait avec respect, il la couvrait de cadeaux, et dans sa tête, il devait même penser qu'il l'aimait. C'était peut-être le cas. Je n'en savais rien. Ce que je savais, en revanche, c'est qu'il était marié... à quelqu'un d'autre. Et que cela exposait ma mère à la pire merde possible. Et ça, je ne pouvais pas le pardonner.

— Tu croyais quoi ? grognai-je par-dessus mon épaule tout en continuant de marcher. Tu croyais quoi en venant jusqu'ici pour payer ma caution ? Je suis certain que ce n'est pas Grace qui t'a demandé de faire ça.

— Eh bien non, c'est vrai, répondit-il hésitant. Mais je sais qu'elle n'aime pas quand tu te retrouves sous les verrous.

Je reniflai et me retournai vers lui.

— Ce n'est pas non plus mon passe-temps favori, dis-je avant de reprendre la marche, toujours à vive allure.

Il essayait de suivre, haletait, transpirait.

— Je veux seulement qu'elle soit heureuse, Zac, je te le jure...

— Heureuse ? m'écriai-je, incrédule.

Je m'arrêtai à nouveau et me retournai totalement vers lui pour le regarder bien en face.

— Si tu voulais la rendre heureuse, tu ne crois pas que... je ne sais pas... tu pourrais peut-être quitter ta femme, par exemple ? Comme tu le lui as promis il y a deux ans, quand Lula a eu dix-huit ans. Ou l'année dernière quand...

— OK, OK, dit-il en levant les mains comme pour se rendre. Je comprends ce que tu dis. Et non, tout ça n'est pas juste pour Grace. Mais c'est exactement ce que je suis en train d'essayer de te dire.

— Me dire quoi ? clamai-je, moqueur. Que tu as quitté ta femme ? Aujourd'hui ? Après tout ce temps ?

Je n'y croyais pas. Il n'avait aucune raison de se séparer de sa femme maintenant. Il avait tout ce qu'il voulait et il savait que ma mère n'allait pas le quitter, qu'il décide de divorcer ou non. Et puis, de toute façon, Fran n'hésiterait pas à le plumer jusqu'au dernier sou, s'il s'imaginait la quitter.

— Euh, non..., dit-il en marmonnant. Elle m'a quitté.

OK, les choses devenaient tout à coup très intéressantes.

— Fran t'a quitté ? demandai-je, sourcil levé.

Il acquiesça et rougit, visiblement plein de culpabilité. Ou alors c'était le fait de l'avoir forcé à courir qui avait mis son visage dans cet état.

— Oui, donc... Ta maman va venir s'installer avec moi. Mais je voulais que tu saches que tu peux rester dans la maison si tu veux. Je ne vais pas t'expulser ou je ne sais quoi. Tant que tu payes le loyer, tu peux rester autant que tu veux.

Mes yeux se mirent à cligner bizarrement. Sans doute à cause de l'idée que ma mère s'apprêtait à me quitter pour partir vivre avec lui.

Je ne savais vraiment pas quoi en penser. Aussi, je décidai de n'en rien penser du tout. Sans prononcer un mot, je me retournai à nouveau et repris ma route, abandonnant Jude derrière moi. Cette fois, il ne me suivit pas.

— Donc j'imagine que ça signifie que tu es d'accord pour devenir le locataire unique de la maison ?

Je ne me donnais pas la peine de répondre, mais il savait pertinemment que j'acceptais. Je n'avais pas le choix de toute façon. Où aller, sinon ? Si Grace restait à Peril, il fallait bien que moi aussi, je reste dans cette foutue ville.

— OK, alors, ajouta-t-il l'air un peu mal à l'aise. Le loyer est dû le premier mardi du mois.

Je le savais déjà, puisque je le payais depuis trois putains d'années. Je ne me donnai donc pas la peine de répondre.

Dieu merci, il me laissa partir sans rien ajouter.

Dix minutes plus tard, j'étais de retour au garage. Harvey travaillait sous le capot d'une Ford et me regarda à peine quand j'apparus.

— Déjà de retour ? lança-t-il avec nonchalance.

— Ouais, je suis désolé du retard, commençai-je en sautillant d'un pied sur l'autre.

Je fis une pause, essayant de trouver la meilleure façon de lui présenter les choses, mais il le fit à ma place.

— T'étais trop occupé à te faire arrêter pour pouvoir rentrer à une heure décente, c'est ça ?

Mes épaules s'affaissèrent. Et je marmonnai :

— Tu as entendu ?

— Oh que oui...

Il sortit enfin la tête de sous le capot de la voiture, reposa bruyamment l'outil qu'il avait dans la main et me regarda fixement d'un air mauvais.

— Juste au moment où je commençais un peu à te

faire confiance. Mais qu'est-ce qu'il t'est passé par la tête, gamin ?

— Je suis désolé, répondis-je, mais ce n'était pas ma faute. J'ai été...

— Agressé, oui, je sais. Par trois étrangers qui passaient en ville. J'ai déjà entendu l'histoire.

J'eus un petit geste de recul, ne sachant pas quoi dire de plus.

— Alors... vous allez me virer ou pas ? lui demandai-je finalement avec un haussement d'épaules.

Il fronça les sourcils, me lançant un regard encore plus dur, avant de renifler.

— Non, je ne vais pas te virer. Tu as la main la plus fiable que j'aie jamais engagée. Mais il va falloir que tu fasses quelque chose pour calmer un peu tes ardeurs.

— Ils harcelaient...

— Oui, je sais ! me coupa-t-il. Mais ça ne veut pas dire qu'il faut que tu ailles fourrer ton nez dans les affaires de tout le monde.

— Alors quoi ? J'aurais dû rester là à ne rien faire, à attendre tranquillement qu'on me serve pendant qu'ils la violaient au milieu du restaurant ? Parce que, crois-moi, personne d'autre n'avait l'intention de s'interposer.

Harvey eut comme un haut-le-cœur.

— Non, je ne pense pas non plus qu'il fallait faire ça, marmonna-t-il.

— Alors ? répétai-je, attendant qu'il me dise ce que j'aurais dû faire.

Pour toute réponse, il serra les dents, marquant sa mauvaise humeur.

— Eh bien, dit-il, reprends le travail. Ce foutu moteur ne va pas se réparer tout seul.

— Donc, c'est sûr, vous n'allez pas me virer ?

— Non, pas aujourd'hui. Allez, au boulot.

Je poussai un soupir de soulagement si profond que cela me fit tourner la tête. Je ne savais vraiment pas ce que j'aurais fait s'il m'avait fichu à la porte.

J'étais très heureux de ne pas avoir, finalement, à me poser la question.

— D'accord, monsieur.

J'attrapai l'outil qu'il avait posé avec humeur et repris le travail là où il l'avait laissé.

J'avais gardé la tête sous le capot de la voiture, ne m'occupant de rien d'autre jusqu'à la fin de la journée de travail, quand Harvey quitta son bureau et vint me parler.

— J'imagine que tu vas partir maintenant que c'est l'heure ?

— Je peux rester encore un peu si vous voulez, dis-je sans lever la tête, comme je serrais les derniers boulons du moteur sur lequel je travaillais. Rattraper le temps que j'ai perdu plus tôt dans la journée.

— Tu fais comme tu veux, répondit-il visiblement indifférent. Mais je me suis juste dit que tu n'aurais pas envie de faire attendre la demoiselle.

— La demoiselle ? Quelle... ?

Je levai la tête et vis Mari qui s'approchait de l'atelier.

— Merde.

Je me saisis d'un torchon et nettoyai mes mains pleines de graisse à toute allure. Mon patron me regarda faire d'un air amusé.

— Bon sang, elle te mène déjà à la baguette ! Je ne peux pas vraiment t'en vouloir d'être sur les dents. Tu dois avoir l'impression d'être un poisson au bout d'un hameçon, conscient que tu peux gigoter autant que tu veux, et que ça ne l'empêchera pas de te tirer de l'eau.

— Taisez-vous ! grognai-je, en jetant un regard de rage à ce fichu torchon qui ne nettoyait absolument pas la crasse que j'avais sur les doigts.

Avant que j'aie eu le temps d'aller au lavabo pour enlever correctement toute la graisse, Mari me vit et se mit à courir. Je levai mes mains pour la prévenir et lui montrer comme elles étaient sales.

— Attends, je ne suis pas pr...

Elle s'en fichait. Elle se jeta sur moi et me serra si fort, presque tremblante, que je dus moi aussi passer mes bras autour d'elle pour la rassurer, pour lui montrer que j'allais bien.

Et sentir quelqu'un s'inquiéter pour moi fut une sensation plus agréable que je ne l'aurais imaginé.

# Chapitre 7

*Mari*

Je m'étais inquiétée du sort de Zac toute la journée. La fin de mon service semblait ne jamais vouloir arriver.

Ne sachant pas vraiment où le chercher en premier – la prison, son travail, sa maison –, je décidai de commencer en allant là où il vivait avec sa maman. Mais l'habitation avait l'air vide, et personne ne répondit quand je cognai à la porte. Puis j'allai jusqu'au tribunal et traînai devant pendant un moment avant de me décider à entrer et demander de ses nouvelles. On m'annonça qu'il avait été libéré depuis déjà plusieurs heures.

Mon dernier recours était l'atelier de Harvey. Quand je l'aperçus, dans le garage, près d'un capot encore levé, nettoyant ses mains pleines de graisse, je ne m'étais jamais sentie aussi soulagée de ma vie. Je me précipitai vers lui. Il fallait que je le sente physiquement pour m'assurer qu'il allait bien.

Tandis que je m'approchais de lui, il leva les paumes, essayant de me montrer qu'il était bien trop sale pour un câlin, mais je m'en fichais. Je l'attrapai et l'étouffai, au point de lui arracher un petit « ouf » tant je le serrais fort. J'aurais pu rester comme ça toute la journée. Et quand il me prit dans ses bras en retour, murmurant « tout va bien », mes yeux s'emplirent de larmes.

Après l'avoir relâché, je tentai de lui expliquer en signant à quel point je m'étais inquiétée, et à quel point j'étais en colère, terrifiée, et à quel point j'avais eu envie de crier sur les flics et sur les hommes qui l'avaient agressé. À quel point j'aurais voulu pouvoir empêcher qu'il ne se fasse arrêter...

Il me regardait agiter les mains, avec une sorte de stupeur. Il valait sûrement mieux qu'il n'ait aucune idée de la façon dont j'appelais les hommes qui s'en étaient pris à lui ; il ne m'aurait probablement jamais regardé de la même manière.

— Ben, mon garçon, elle a l'air de sacrément t'enguirlander, se moqua Harvey, arborant un grand sourire.

Zac lui lança un rapide regard noir et tendit finalement les mains pour attraper les miennes et arrêter mes élucubrations.

— Je suis désolé, dit-il en me regardant dans les yeux. Je suis désolé, d'accord ?

— *Quoi ?* prononçai-je consternée, incapable de croire qu'il pouvait imaginer que j'étais fâchée contre *lui*.

Je me mis à secouer la tête très fort pour lui montrer qu'il n'était pas à l'origine de ma colère.

Peut-être à part pour...

Je tirai le billet de 20 dollars de ma poche, celui qu'il m'avait laissé en pourboire et sur lequel était dessiné le symbole de la paix. Après le lui avoir remué devant le nez, j'essayai de le lui rendre. Mais il recula et leva encore les mains, pour montrer son refus.

— Hors de question. Cet argent, tu l'as gagné à la dure.

Je le grondai du regard et tendis la main pour mettre le billet dans la poche avant de son jean.

— *Hey !*

Il bondit comme un chat échaudé, puis se mit à rire nerveusement, attrapant mes mains pour m'arrêter. Puis son regard glissa jusqu'à son patron qui était encore en train de nous observer. Me tenant toujours les mains, mais sans serrer, il se tourna à nouveau vers moi.

— Je veux que tu gardes cet argent, me dit-il les yeux plongés dans les miens, profondément sérieux.

Et, oh mon Dieu, mes cuisses se resserrèrent d'elles-mêmes, et mes tétons durcirent d'un coup à cause de ce seul regard. J'étais prête à baisser ma culotte pour lui ici et maintenant.

Je me surpris à hocher la tête, j'avais déjà oublié l'objet de notre discussion.

Le coin de ses lèvres se releva, triomphant, et j'eus envie d'embrasser cette bouche si fort que je dus me mordre l'intérieur des joues pour m'en empêcher.

Il relâcha mes mains, et je remis le billet dans ma poche. Il avait un plaisir évident à me voir remettre l'argent là d'où je l'avais sorti.

Puis, je ne pus m'empêcher de signer le mot « rivière ».

Zac hocha la tête en riant.

— Oui, d'accord, nous pouvons retourner voir le coucher de soleil.

Il lança un regard à M. Harvey avant de poursuivre :

— Je crois que ma journée est terminée.

Son patron rigola et lui fit un signe de la main pour lui dire au revoir.

— Oui, je m'en doutais. Allez, amusez-vous bien, les enfants.

Je fis moi aussi un signe à Harvey. Il me lança une phrase sur un ton trop bourru pour que je comprenne et fit demi-tour pour retourner à son bureau.

Zac insista pour se laver les mains avant de partir. C'était fascinant à voir. Il se nettoya jusqu'en haut des avant-bras avec un savon spécial, appelé Fast Orange, qui faisait exfoliant aussi. Je m'approchai, l'odeur était… intéressante, mais elle me piqua le nez. Je sentis quelques notes du fruit qui avait donné son nom au produit.

À partir de là, j'eus envie d'essayer par moi-même, pour tester la texture granuleuse du produit.

Devant ma curiosité, Zac secoua la tête, amusé. Il se poussa sur le côté pour que je puisse mouiller mes mains tandis qu'il continuait de se récurer depuis le bout des doigts jusqu'au coude. J'aimais être là, à me laver tout à côté de lui. Je nous imaginais en vieux couple marié, faisant ces mêmes gestes dans vingt ans. Telle une routine du soir, après le brossage des dents, avant le coucher. C'était rassurant, confortable. Agréable.

Je lui souris et me poussai pour lui laisser la place de se rincer.

Il secoua la tête comme s'il ne comprenait pas ce qu'il pouvait y avoir de si jubilatoire dans le fait de se nettoyer les mains. Quand il eut terminé, je lui tendis une serviette en papier bleu. Il murmura un remerciement silencieux et se sécha avant de jeter la serviette dans la poubelle et de se tourner vers moi.

— Prête ?

J'acquiesçai. J'étais plus que prête à passer du temps

seule avec lui. J'entrelaçai nos doigts et le conduisis hors de l'atelier, balançant nos bras. Après quelques pas, je levai sa main jusqu'à mon nez pour sentir à nouveau cette odeur d'orange. Ce n'était pas désagréable du tout.

— Tu trouves vraiment du plaisir partout, non ? lança-t-il en riant.

Je trouvais surtout du plaisir quand il était dans les parages. Mais je ne pouvais pas lui dire ça. Je ne voulais pas l'effrayer dès notre deuxième rendez-vous.

Je lâchai sa main pour prendre mon téléphone. Je n'avais plus envie d'écrire – même si, généralement, j'écrivais plus vite que je ne tapais –, mes doigts n'en pouvaient plus de tenir un stylo. J'ouvris mon application Notes sur mon téléphone et mis mes deux pouces au travail.

> Je suis encore plus curieuse de savoir comment tu fais pour sourire en ce moment même. Tu as été injustement arrêté aujourd'hui. Comment peux-tu être aussi calme ?

Zac lut la question et haussa les épaules.

— Je suis habitué maintenant. C'est... Peu importe.

Il secoua la tête, soupira, regarda dans le lointain pendant quelques secondes avant de se reprendre.

— Oui, OK, tu as raison, ça m'énerve. J'ai vraiment envie de me barrer de cette putain de ville.

Quand j'entendis ces mots, un nœud se forma dans mon estomac.

Je ne voulais pas qu'il parte.

Mais je comprenais très bien pourquoi il en avait envie. Les gens du coin m'ignoraient, moi, mais ils n'ignoraient pas Zac. Ils le méprisaient.

Ce qui m'amena à ma question suivante.

Pourquoi être resté si longtemps ?

Zac rougit, comme s'il était gêné, ce qui me fit penser que c'était à cause de sa mère. Il ne pouvait pas la quitter, *elle*.

Mais il me répondit tout autre chose en marmonnant :

— L'argent, j'imagine. Une fois une partie des factures de Grace payées, je ne peux même pas payer un crédit de voiture avec ce qu'il me reste.

Mais l'argent n'avait rien à voir là-dedans, je le savais.

Je lui demandai alors, pour rigoler :

Tu veux que je t'aide à dévaliser une banque ?

Zac gloussa et me lança un regard suspicieux.

— Je n'arrive pas du tout à t'imaginer assez méchante ou intimidante pour forcer les gens à te donner leur argent.

Je levai les poings, en position de boxeur, mais cela le fit rire encore plus.

— Je ne sais pas. Je doute de toute façon qu'il y ait assez d'argent dans la banque de Peril pour me payer ne serait-ce que le voyage jusqu'à la frontière du Kansas.

Je me mis aussi à rire, puis notai :

Je pense que nous devrions partir vers l'est. J'ai toujours rêvé de connaître le Wyoming.

Quand il tourna son regard vers moi, je m'inquiétai soudain de l'entendre dire quelque chose concernant le fait que je parte *avec* lui.

Je m'empressai de taper aussi vite que possible pour ne pas lui laisser le temps de répondre.

Mais le Colorado n'est qu'à quarante-cinq minutes, si ce qui t'importe, c'est de quitter l'État.

Je me mordis la lèvre mais me risquai finalement à croiser ses yeux. Le regard qu'il me lança était pour le moins étrange.

J'en étais sûre, je l'avais effrayé. Il allait me trouver pot de colle, dire que je précipitais les choses, puis tourner les talons et prendre ses jambes à son cou.

Mais quand je fronçai les sourcils, d'un air interrogateur, comme pour lui demander silencieusement la raison de son étrange regard, il secoua légèrement la tête.

— Tu as... rigolé, dit-il, un brin perplexe.

Je fronçai les sourcils encore plus, secouai la tête à mon tour et écrivis :

Et c'est quoi le problème ?

— Absolument rien, me jura-t-il catégoriquement. J'ai adoré ça. Je... Je ne savais juste pas que tu *pouvais*.

Et pourquoi est-ce que je ne pourrais pas rire ?

— Euh...

Il eut un petit rire embarrassé.

— Parce que tu es muette.

Je levai les yeux au ciel avant de taper sur mon clavier.

Oui. Mais j'ai quand même des cordes vocales.

— Ah bon ? dit-il en penchant sa tête avec un air curieux. Alors tu as juste... *choisi* de ne plus parler ? À cause de l'accident de tes parents ?

Ce fut à mon tour de lui jeter un regard plein de surprise.

Il haussa les épaules.

— J'ai entendu dire que tu parlais. Et que tu as arrêté le jour où tes parents sont morts dans un accident de voiture.

Oh... J'avalai ma salive. Me revinrent en mémoire les cris, le verre brisé, le sang et, ô Dieu, la douleur.

— Ça a été dur ? demanda Zac avec gentillesse.

J'acquiesçai. *J'étais avec eux quand c'est arrivé*, lui expliquai-je, m'empressant d'effacer les mots une fois qu'il les avait lus.

— Bon sang, murmura-t-il. Ça a dû être sacrément traumatisant. Je ne suis pas sûr que j'aurais eu envie de reparler après ça moi non plus.

Ce n'est pas ça. Je me suis cogné la tête dans l'accident. J'ai une lésion au cerveau qu'on appelle une dysarthrie de Broca. Mon cerveau comprend très bien ce qu'on me dit et sait parfaitement ce que je voudrais répondre, mais il n'arrive pas à faire coopérer ma bouche.

— Vraiment ? s'exclama-t-il en ouvrant de grands yeux. Ça doit être terrible.

Je hochai la tête.

C'est aussi pour ça que je n'écris pas très bien. J'écorche les mots et je forme mes lettres bizarrement.

— Ah, répondit-il avant de m'offrir un sourire. Je pensais juste que tu étais nulle en orthographe et en grammaire et que tu avais une écriture déplorable.

Je poussai un cri et lui tapai dans le bras, le déséquilibrant quasiment, ce qui le fit rire à nouveau.

Quand nous arrivâmes au bord de la rivière, la plage publique était vide, mais nous décidâmes d'emprunter la piste qui courait sur le côté, pour nous diriger vers le ponton abandonné où nous étions allés la semaine précédente. Zac s'installa cette fois-ci avec beaucoup plus d'aisance et plus confortablement. Puis il me regarda, d'un air engageant.

Mon estomac se serra d'excitation, et je me précipitai pour m'asseoir tout à côté de lui, sur le bois ferme.

Il contempla le soleil qui tombait sur l'eau et poussa un soupir satisfait. Il semblait apprécier la sensation que lui procurait la brise sur ses joues.

Et comme il semblait profiter du moment, je me mordis la lèvre avant de taper une nouvelle fois :

Je peux faire CERTAINS bruits, mais je n'arrive généralement pas à contrôler la façon dont ils sortent. Si je suis assez calme, et que je me concentre très fort, je peux parfois prononcer des mots courts.

— Vraiment ? dit-il en se tournant vers moi, sourcils levés. Tu penses que tu pourrais prononcer *mon* nom ?

Je secouai la tête, rougis instantanément, avant de baisser les yeux, me sentant soudain pleine de timidité.

— Allez, m'encouragea-t-il, me poussant d'un coup d'épaule. Essaye. Pour moi ?

Zut. Je ne pouvais pas le rembarrer alors qu'il m'avait demandé de le faire pour lui. Et qu'en plus il m'avait lancé ce regard-là.

Ça va être super moche.

— Je m'en fiche, m'assura-t-il. Quelle que soit la façon dont ça sort, je ne me moquerai pas de toi, promis.

Il était totalement concentré sur moi, complètement

investi dans la conversation. Je ne pensais honnêtement pas que je le verrais un jour aussi engagé dans l'instant présent. Zac était un garçon réservé, qui ne se plongeait dans rien qui implique d'autres personnes. Le voir, comme ça, avec moi, était… incroyable.

Et presque sans m'en rendre compte, j'ouvris la bouche et bêlai :

— Zaa…

Je ne parvins pas à faire sortir le C final. De rage, je me giflai moi-même, puis me tus.

Mais Zac semblait admiratif.

— Merde alors, lança-t-il en me regardant bouche bée. Tu l'as fait. Tu as prononcé mon prénom.

Je secouai négativement la tête et repris mon téléphone.

Non, je n'ai pas réussi à prononcer le C. J'ai essayé de toutes mes forces, mais je n'ai pas réussi.

— On s'en fout du C, me balança-t-il. Le Z et le A étaient parfaits. Ça sonnait exactement comme le début de mon prénom.

Ça sonnait comme le bêlement d'une chèvre folle.

— Pas du tout, me dit-il en riant. Une chèvre folle aurait plutôt prononcé Za-a-a…

Et il fit vibrer sa voix comme une mitraillette.

Je gloussai avant de lui cogner l'épaule pour l'horrible blague qu'il venait de faire. Mais je ne pus m'empêcher de continuer à rire.

Souriant comme s'il était content de lui-même, il s'écarta après le coup que je lui donnai, puis revint presser doucement son épaule contre la mienne.

— C'était super, m'assura-t-il. Vraiment. Bientôt, tu pourras prononcer mon prénom complet, pas la version abrégée.

Si tu veux dire Zachary, jamais de la vie.

Il me lança un sourire un peu moqueur.

— En fait, mon prénom complet est Zacchaeus.

*Vraiment ?*

Zacchaeus Topper.

J'aimais bien.

Et je me demandais quel pouvait bien être son deuxième prénom. Évitant de révéler que j'étais déjà en train de m'imaginer les faire-part de mariage pour Zacchaeus et Mariana, j'écrivis :

Ouais, aucune chance que ça arrive. Zacchaeus me paraît encore plus dur à prononcer que Zachary.

— Bon alors, tenons-nous-en à Zac.

Il me dévisagea avec des yeux brillants et chaleureux qui me brûlaient littéralement les entrailles.

Je frissonnai, repris mon souffle.

— *Hey*, lança-t-il quelques instants plus tard, pour me faire revenir à l'instant présent. Le soleil est en train de se coucher, ajouta-t-il en donnant un coup de menton en direction du ciel.

Je levai les yeux et restai bouche bée. Il avait raison. Je n'avais jamais été distraite au point de rater un coucher de soleil sur la rivière avant ce jour.

Zac était devenu mon nouveau coucher de soleil…

Je pris mon téléphone, y écrivis un nouveau message que je lui montrai ensuite.

Si tu pars, promets-moi au moins de me dire au revoir.

Il me lança un regard amusé.

— Mais pourquoi je ferais ça ? murmura-t-il en attrapant une mèche de mes cheveux. Je pensais que tu venais avec moi.

Et voilà, c'en était fini. J'étais raide dingue de ce garçon.

# Chapitre 8

*Zac*

Sur le retour vers la maison, Mariana devint un véritable moulin à paroles. Ses doigts n'arrêtaient pas de s'agiter sur son téléphone, et elle m'écrivait message après message.

Ça commença de façon très banale. Je m'excusai de ne pas avoir de voiture pour la ramener jusqu'à son mobile home, mais elle m'assura que ce n'était pas un problème du tout. Quasiment personne dans sa famille ne possédait de véhicule. Ils en avaient quatre pour tous et ils étaient nombreux. Elle était habituée à marcher.

Puis elle mentionna *Felipe*, qui économisait pour pouvoir s'acheter une voiture, et je fis l'erreur de lui demander qui il était au juste. Je me souvenais de lui à l'école, il avait un an de moins que moi, et je savais qu'il faisait partie du clan Ruiz. Mais je ne savais pas quel était son degré de parenté avec *Mari*.

Plutôt que de m'expliquer simplement qu'ils étaient cousins germains, elle se mit à me faire le détail de tout son arbre généalogique. J'étais à peu près certain que je ne me souviendrais jamais de la moitié de ce qu'elle me racontait. En revanche, ce que je n'étais pas près d'oublier, c'était son sourire pendant qu'elle m'écrivait.

Elle aimait véritablement sa famille. Et... la vie, tout simplement.

J'aurais aimé avoir ne serait-ce qu'une partie de sa joie, parce que ça avait l'air putain d'agréable. Elle était tout simplement dans son élément, ici, et je lui souhaitais de rester toujours aussi heureuse.

Quand nous arrivâmes devant chez elle, elle me prit dans ses bras pour me dire au revoir. Et je restai là, dans le noir, près des arbres à la regarder jusqu'à ce qu'elle disparaisse à l'intérieur. Puis quelqu'un sortit d'un autre mobile home, juste en face, un sac poubelle à la main, et je me décidai à partir et à rentrer à la maison.

Il me fallut vingt bonnes minutes pour arriver en ville. Je marchai dans la rue principale, à présent dans l'obscurité, passai devant le silo à grains, le diner, l'agence immobilière d'Everett, jusqu'à ce que j'atteigne le garage de Harvey. Arrivé là, je pris la direction de l'ouest et parcourus encore quatre pâtés de maisons jusqu'à parvenir à la maison.

Devant chez nous se trouvait la voiture de maman. Je fis une pause. Grace avait déménagé avec le connard, et j'étais censé vivre seul à présent.

Mais apparemment, ça n'avait pas marché.

Je n'aurais jamais osé le dire à voix haute, mais une partie de moi était heureuse de voir que c'était vers moi qu'elle revenait quand quelque chose n'avait pas marché ailleurs. Je veux dire que, d'accord, toutes ses affaires étaient là, que c'était sa maison, mais que c'était vers moi qu'elle était revenue.

Je parcourrai silencieusement la maison. Sur la pointe

des pieds, j'allai jusqu'à sa chambre dont la porte était ouverte. J'y entrai pour la contempler dormir, enfoncée sous ses draps.

Je n'aurais su dire le nombre de fois où, enfant, je m'étais réveillé au milieu de la nuit et l'avais découverte debout, au-dessus de moi, juste pour vérifier que j'allais bien. Que je respirais. Que j'étais toujours là.

À présent, c'était à moi de m'assurer qu'elle allait bien, moi qui avais peur de la perdre, moi qui craignais pour sa sécurité.

Les choses s'étaient inversées au cours de la dernière décennie.

Je soupirai, puis battis en retraite dans ma chambre. Je me débarrassai de mes chaussures et m'allongeai sur le lit, pour penser à ma mère, penser à Mariana, m'imaginer avec elles deux, quittant cet endroit, recommençant une nouvelle vie ailleurs. Et je me sentis m'endormir.

Je me réveillai le lendemain matin au bruit des portes de placard s'ouvrant et se refermant.

J'enfonçai ma tête dans l'oreiller avec un grognement, pas prêt à me lever.

Mais ma mère était à la maison, et je voulais la voir de mes propres yeux, m'assurer qu'elle allait bien, qu'elle n'avait pas de bleus, pas de marques. Il n'y en avait plus jamais eu depuis que nous nous étions installés ici, mais cela ne m'empêchait pas de rester vigilant.

Je roulais sur mon lit, quittais ma chambre et me dirigeais vers l'avant de la maison. Le soleil matinal me faisait cligner des yeux. Elle était en train de préparer le petit déjeuner. Je la vis, de dos, le regard plongé dans le réfrigérateur.

— Je croyais que tu avais déménagé, dis-je, en traversant la salle à manger jusqu'à la table de la cuisine où le tapis s'arrêtait et où un linoléum froid prenait le relais.

J'hésitai à aller plus loin, j'étais pieds nus.

Ma mère sortit une bouteille de lait du réfrigérateur et me lança un regard par-dessus son épaule pendant qu'elle en refermait la porte. Aucun hématome en vue, Dieu merci.

— Et moi je pensais que tu étais en prison...

Surpris qu'elle s'adresse à moi directement, je m'avançai d'un pas, posai mes mains sur le dossier d'une chaise et la regardai verser du lait sur ses céréales.

— Ouais, eh bien, en fait, ils m'ont relâché quand ils ont compris que je n'avais rien fait d'autre que me défendre.

Elle n'eut pas l'air très impressionnée par ma réponse. Elle tint un instant la bouteille de lait en l'air, me demandant silencieusement si je voulais qu'elle la laisse sortie. J'acquiesçai. Elle la posa sur le comptoir de la cuisine avant de prendre son bol et de l'apporter à la table.

Elle s'assit et me lança un bref regard.

— Les nouvelles vont vite, marmonna-t-elle. Qui t'a dit que je partais ?

Je n'arrivais toujours pas à croire qu'elle avait abandonné son mutisme à mon égard. Je la regardais simplement. Comme j'aurais voulu pouvoir lui dire à quel point elle m'avait manqué. Je me fichais qu'elle me dise des choses gentilles, elle me *parlait* !

Devant mon absence de réponse, elle leva les yeux et vit mon regard posé sur elle. Elle grimaça et enfourna une cuillerée de céréales.

— Quoi ? demanda-t-elle.

— Rien, bredouillai-je, en secouant la tête avant d'aller jusqu'au comptoir pour me préparer mon propre bol. C'est Jude qui m'a dit, ajoutai-je finalement. Il paraît que sa femme l'a quitté et que, du coup, tu t'installes avec lui.

Ce n'est qu'après avoir rangé le lait et être revenu à la table que je m'aperçus que Grace me regardait bouche bée.

Je m'assis en face d'elle.

— Tu parles à Jude ? finit-elle par dire.

— Quand j'y suis obligé, répondis-je en haussant les épaules.

Elle marmonna quelque chose dans sa barbe, et nous passâmes ensuite quelques minutes à manger en silence. C'était agréable.

Une fois mon bol presque fini, je me résolus à l'interroger avant qu'elle décide de ne plus me parler à nouveau.

— Alors qu'est-ce qui s'est passé ? Pourquoi es-tu là ? Fran est rentrée chez elle ?

— Non, dit Grace en levant les yeux au ciel, c'est *Lula* qui est rentrée.

— Oh ! mon Dieu, grognai-je, n'appréciant pas franchement la nouvelle de *son* retour. Je pensais qu'elle était partie à l'université.

— Ce sont les vacances d'été.

— Et alors ? dis-je incrédule. Généralement, elle se paye des super vacances quelque part loin d'ici, non ?

— Pas cet été, grommela Grace. Elle était fauchée, alors elle est rentrée à la maison.

— Génial.

Que la fille super chiante de Jude allait être dans les parages tout l'été était vraiment la dernière chose que j'avais envie d'entendre. La vie était infiniment plus belle quand elle n'était pas là.

— Ouais, répondit ma mère, tristement.

Je la regardai un instant. Je savais qu'il ne fallait pas que je dise ce qui me passait par la tête à ce moment précis. Mais elle avait dû lire dans mes pensées, ou comprendre l'expression de mon visage. Elle poussa un soupir irrité.

— Allez, vas-y, dis-le.

— Je n'allais rien dire, répondis-je en haussant les épaules.

— Oh ! mais je sais que tu *penses* quelque chose. Alors c'est bon, ne te retiens pas pour moi, dis-le, me pressa-t-elle.

— Je t'ai déjà dit tout ce que m'inspirait cette situation. Je n'ai rien à rajouter.

Et j'en avais assez de me répéter.

— Eh bien, peut-être qu'il faut que tu le dises à nouveau, me conseilla-t-elle avec un regard soudain perdu. Parce que peut-être que je t'écouterai cette fois-ci.

Je secouai la tête avec un ricanement.

— Ouais, c'est ça. Et si je te dis, foutons le camp de cette ville pourrie et partons vers le sud, tu répondras quoi ?

— Je te répondrai..., commença-t-elle en récupérant nos deux bols sur la table, que l'ouest n'est pas mal non plus.

Je tournai ma chaise, intrigué par ce que je venais d'entendre. Le bras posé sur le dossier, je l'observai rincer les bols.

— Putain, tu es sérieuse ?

J'étais trop effrayé pour y croire.

— Surveille ton langage, me réprimanda-t-elle sans même se retourner.

Je levai les yeux au ciel, heureux malgré tout de voir ma mère me reprendre sur ma façon de parler. Elle était bel et bien de retour...

Grace finit de laver la vaisselle et la posa sur l'égouttoir près de l'évier. Elle se tourna alors vers moi et croisa les bras, adossée contre le comptoir.

— Alors ? me demanda-t-elle avec un léger haussement d'épaules. Tu en penses quoi ?

— Je pense que... Qu'est-ce qui t'a fait changer d'avis ?

— Peut-être que j'ai fini par entendre ce que tu passes ton temps à me dire. Nous ne serons jamais ensemble lui et moi de la façon dont je le voudrais. Je ne passerai jamais en premier. Il ne me traitera jamais comme si j'avais une quelconque importance. Alors que c'est le cas. Je suis plus importante que ce qu'il veut bien croire. Je *mérite* plus que ce qu'il m'offre.

— Ça, c'est certain, lui répondis-je, d'un air encourageant, commençant à sentir monter l'excitation.

Peut-être – je dis bien peut-être – allions-nous finalement partir et laisser cette fichue ville dans notre rétroviseur.

— J'ai attendu patiemment pendant des années. J'ai cru à toutes les promesses. Mais là, c'est la goutte d'eau. J'ai toujours cru qu'il était différent des autres, meilleur, mais ce n'est pas le cas. Il est exactement pareil que les autres.

Je hochai la tête, la laissant sortir tout ce qu'elle avait en elle, la laissant se convaincre elle-même de le quitter. Parce qu'au bout du compte elle était la seule personne qu'elle écouterait. Je l'avais largement appris à mes dépens.

— Il ne me respecte pas. Ne m'accorde aucune valeur.

*On y est presque*, j'ai pensé. Elle était toute proche de dire : *et puis merde, on met nos affaires dans la voiture et on s'en va.*

Mon téléphone tinta. Quand je le regardai et découvris le nom de Mari, mon pouls s'accéléra.

Lorsque je lui avais donné mon numéro, la nuit précédente, je ne m'imaginais sincèrement pas qu'elle m'écrirait en dehors des moments où nous étions ensemble.

Oubliant pendant un instant le monde qui m'entourait, j'ouvris le téléphone pour lire ce qu'elle m'avait écrit.

*Rivière ? Ce soir ?*

Je tâchai de calmer l'excitation qui s'était mise à monter en moi. J'attendis un court instant avant de répondre.

*Pourquoi pas ?*

Elle m'envoya un émoji exprimant la joie et me dit ensuite qu'elle me retrouverait au garage à l'heure de la fermeture.

Je répondis par un pouce levé, et elle m'envoya un cœur rouge.

Je refermai alors ma messagerie instantanée et reposai le téléphone. Grace me regardait avec un sourcil levé exprimant clairement l'agacement.

— Serais-tu en train de sourire ? me demanda-t-elle, autoritaire.

— Quoi ? répondis-je d'un air renfrogné. Non, pas du tout.

— Avec qui tu échanges des messages ? Tu as une copine, ou quelque chose comme ça ?

— Non, lui dis-je en revenant à elle. C'est juste une...

— Oh ! mon Dieu, se mit-elle à crier en levant les mains au ciel. Un message galant et tu oublies que j'existe ? Tu sais quoi ? Tous les hommes sont pareils. Y compris mon fils.

— *Hey*, grognai-je, offensé.

— J'étais là, devant toi, à épancher mon cœur, et toi, tu étais trop occupé à organiser ton rencard avec ta copine de la semaine pour m'écouter.

— Oh ! attends. Ce n'est même pas...

— Oublie. Oublie ce que j'étais en train de te dire. Il faudrait que je sois folle pour aller n'importe où avec toi. Peril, c'est chez moi.

— Attends un peu.

Elle essaya de quitter la cuisine comme une furie, mais je me levai et me mis en travers de son chemin pour que nous puissions continuer à parler.

— Ne pars pas. J'étais vraiment en train de t'écouter. Et cette fille n'est pas ma petite copine de la semaine. Et ici, ce n'est pas chez nous. Ça ne l'a jamais été. Personne ne nous aime, ici.

Elle plissa les yeux.

— Tu veux dire que personne ne t'aime *toi*.

Aïe.

Je fis un pas en arrière, comme si elle m'avait touché physiquement.

J'aurais dû être habitué à ses piques, mais elles me prenaient encore par surprise, me coupaient le souffle et me donnaient l'impression de saigner à l'intérieur. C'était dur d'oublier la mère qu'elle avait été, la mère qui abandonnait les connards au milieu de la nuit parce qu'ils m'avaient cogné. Qui souriait malgré la souffrance, malgré un cœur brisé, juste pour garder l'illusion que nous allions bien.

Mais cette femme n'existait plus depuis des années. À un moment, je ne savais pas quand au juste elle avait arrêté de me protéger. Elle avait même commencé à m'en vouloir. Par moments, j'étais encore étonné de voir à quel point elle avait changé.

— Peut-être, si tu avais *essayé* de te mêler aux autres, de t'intégrer, dit-elle amèrement. Si tu n'avais pas résisté de manière aussi obstinée, peut-être aurais-tu fini par être accepté. Mais non... Tu voulais tellement détester Peril que Peril a fini par te détester en retour, et qu'on m'a rejetée moi aussi, par la même occasion.

En réalité, j'avais essayé de m'intégrer. Je m'étais même fait un ou deux amis, jusqu'à ce que Grace décide de baiser avec Jude Everett, vers mes douze ans, ou peut-être même avant ça, et que tout le monde soit au courant.

À partir de là, Lula Everett avait tout fait pour que je n'aie ma place nulle part dans tout le comté, pour que je ne sois pas accepté.

Quand j'essayais quelque chose, la fille de Jude le découvrait et trouvait un moyen de tout faire rater. Et même quand j'avais arrêté d'essayer, elle continuait à raconter mensonge après mensonge à mon propos.

Alors, si quelqu'un était à blâmer dans cette maison pour nos malheurs, c'était bien la femme qui se trouvait en face de moi, qui avait été incapable de dire non à un homme marié.

— Tu as raison, répondis-je avec amertume, hochant

la tête d'un air sarcastique. Tout est de ma faute. Qu'est-ce qui m'a pris de devenir le fils de la tristement célèbre dame de la nuit ? C'était vraiment une erreur. Je m'en excuse, maman. Ma faute, ajoutai-je en pressant les mains contre ma poitrine, pour accentuer la moquerie.

Elle resta interdite pendant un moment.

— Tu n'es qu'un putain de connard, grommela-t-elle ensuite.

Puis elle prit la direction de la porte.

Je n'essayai pas de l'arrêter cette fois-ci.

— *Surveille ton langage*, me contentai-je de dire.

Elle ouvrit la porte d'un coup sec, mais s'arrêta et se tourna vers moi.

— Mets au moins un préservatif avec ta petite pétasse. Parce qu'il est hors de question que je m'occupe d'un gamin si tu la fais tomber enceinte.

Après ma stimulante conversation avec Grace – où elle m'avait fait un temps espérer que nous allions quitter ce trou une bonne fois pour toutes, avant que le rêve s'effondre en un instant –, je pris une douche et m'habillai puis partis au travail.

Harvey était déjà là quand j'arrivai au garage. Parfois, je me demandais s'il ne dormait pas carrément à l'atelier. Comment expliquer sinon que le canapé contre le mur de son bureau soit aussi usé ? Personne ne s'y asseyait pendant la journée, ça, j'en étais sûr.

— Salut, marmonnai-je en me dirigeant vers la machine à café qui se trouvait sur la table collée au mur.

— Tu as des plaquettes de frein à installer sur la Chrysler, là-bas, grogna-t-il pour toute réponse.

— M'en occupe, répondis-je en prenant une gorgée de café.

J'allai à mon poste de travail la tasse à la main. Puis je me plongeai dans le travail.

Malheureusement, Lula n'attendit même pas l'heure du déjeuner pour venir au garage me harceler.

Je ne savais vraiment pas quel était son problème. C'était Grace qui baisait avec son con de père, pas moi. Mais elle ne s'en prenait jamais à ma mère, toujours à moi.

J'avais fini de remplacer les plaquettes de frein et j'avais commencé à changer une batterie quand j'entendis sa voix haut perchée et désagréable derrière moi.

— Alors, Harvey ne t'a toujours pas viré ?

Surpris, je fis un bond en arrière et cognai ma tête contre le capot ouvert sous lequel j'étais en train de travailler.

— Merde.

Lula se mit à rire. Je me tournai vers elle et lui lançai un regard noir, en me massant l'arrière de la tête.

Elle était habillée comme pour la plage ou pour une foutue séance photo ; vêtue d'un haut de bikini qui ne cachait rien, d'un short en jean ultra-court, et de sandales à talons. Ses cheveux très blonds étaient ramassés en chignon un peu lâche, et elle portait des lunettes de soleil et de grandes boucles d'oreilles créoles.

Elle était très belle, et elle le savait, ce qui la rendait encore plus énervante à mes yeux.

En entrant dans le sombre atelier, elle retira ses lunettes noires et les posa sur sa tête. Elle s'approcha en faisant rouler ses hanches.

— Oh ! tu t'es cogné la tête Zackie chou ? C'est ce qu'on récolte quand on embête de pauvres et gentilles vieilles bibliothécaires.

Dès qu'elle arriva à ma hauteur, elle posa une hanche sur la voiture dont je m'occupais et plia un bras sous sa poitrine, s'assurant que son décolleté ressortait encore un peu plus.

Je poussai un ricanement et tendis la main pour attraper la clé dont j'avais besoin. Je ne savais pas comment elle faisait ça, mais elle était toujours au courant de mes moindres faits et gestes. Elle devait passer sa vie à demander de mes nouvelles à tout le monde.

Et ça aussi, c'était carrément énervant.

Mais la bibliothécaire était sa grand-tante. Elle avait sûrement entendu parler de ma rencontre avec Maeve à un repas de famille.

— Qu'est-ce que tu fais en ville ? lui demandai-je en m'intéressant à nouveau au moteur, plongeant sous le capot et desserrant l'électrode négative de la batterie.

— Tu n'es pas au courant ? s'enquit-t-elle en essayant d'avoir l'air innocent. Mes parents divorcent. M'man a besoin de moi pour traverser cette période difficile.

Je lui lançai un regard montrant que je n'étais pas dupe. Je savais qu'elle n'était là pour personne d'autre qu'elle-même. Je secouai la tête et commençai à travailler sur l'électrode positive.

— Alors pourquoi tu es allée chez ton *père*, hier soir ? l'interrogeai-je.

— Oh ! alors tu sais où je suis allée, hein ? me demanda-t-elle avec intérêt, s'approchant encore un peu de moi, si près que mon coude toucha accidentellement son ventre alors que j'essayais de défaire les sangles de la batterie.

Je lâchai un grognement montrant mon irritation,

puis jetai un œil agacé à son ventre plat et bronzé qui me gênait. Mon regard s'attarda sur le diamant qui se trouvait dans son nombril. Je fis un pas en arrière pour finir d'enlever la sangle.

— Comment est-ce que tu sais tout ça ? Tu me surveilles, Topper ?

— Ouais, c'est ça, dis-je avec un ricanement. C'est moi qui te poursuis sur ton lieu de travail et qui me plante au milieu pour t'empêcher de faire ce que tu as à faire. Tu veux bien t'écarter un peu, bordel ?

Elle soupira avant de faire un minuscule pas en arrière.

Je levai les yeux au ciel en constatant qu'elle ne m'avait laissé que quelques centimètres de plus. Je soulevai la lourde batterie et me tournai, exprès, vers elle, ce qui la fit faire un bond en arrière d'un bon mètre pour éviter d'être touchée par la boîte graisseuse. Elle poussa un cri indigné.

Je lui lançai un sourire narquois et portai la batterie jusqu'à l'établi avant de la laisser tomber lourdement à côté de la neuve. Quand je revins avec un outil pour nettoyer la corrosion des tiges et des attaches, Lula était encore là, à me regarder.

C'était sacrément étrange.

— Tu es là pour une raison précise ? finis-je par lui demander, en mettant de côté l'outil de nettoyage avant d'aller chercher la nouvelle batterie et de tout remettre en place avec beaucoup de précision. Ou est-ce que tu es juste passionnée par la mécanique automobile ?

Comme elle ne répondait pas, je levai la tête avec un froncement de sourcils interrogateur et m'aperçus qu'elle regardait fixement mes mains qui manipulaient la batterie. Elle semblait ne pas même avoir entendu que je lui avais posé une question. Je fronçai encore un peu plus les sourcils, gêné par son regard avide. Je retirai mes mains pour les soustraire à sa vue.

Elle cligna des yeux, surprise, puis les releva. Ses joues étaient rouges, son souffle court, et sa poitrine se soulevait un peu.

Elle ouvrit la bouche en croisant mon regard, mais ne parla pas, se contentant de me fixer, avant de revenir de je ne sais quel voyage intérieur dans lequel elle s'était embarquée.

— Je suis ici pour t'avertir, évidemment, répondit-elle finalement, levant le menton avec un air de défi et me clouant sur place avec un regard qui me disait d'aller me faire foutre.

— Pour m'avertir ? Pour m'avertir de quoi ?

— Tu gardes ta saleté de mère loin de la maison de mon père ou il faudra qu'elle en subisse les conséquences, et elle ne va pas aimer ça.

— On dirait une menace, rétorquai-je en m'approchant, très près, juste au-dessus d'elle, l'obligeant à lever les yeux. Tu es en train de menacer ma mère ?

Elle soutint mon regard, sans ciller.

— C'est juste un avertissement amical, Zacchaeus. Je suis inquiète pour Grace, c'est tout. Tu as bien vu comment mon père s'est comporté avec *ma* mère. Regarde bien ce que ça a fait à Patience de vivre avec cet homme.

Je levai un sourcil réprobateur en me disant que parler comme ça du suicide de sa sœur était de très mauvais goût et franchement cavalier.

Mais elle continua à parler comme si ce n'était rien.

— J'imagine que tu n'as pas envie de voir ta mère devenir la femme brisée que ma mère est devenue, non ?

— Merci de t'inquiéter, répondis-je froidement, sachant qu'elle ne pensait pas un mot de ce qu'elle venait de dire.

Elle avait menacé ma mère, un point c'est tout.

— Mais Grace est une adulte et ton père aussi, ajoutai-je. Et je ne suis pas leur nourrice. S'ils veulent se comporter comme des idiots et emménager ensemble, eh bien, qu'ils se comportent comme des idiots et emménagent ensemble. De toute façon, rien de ce qu'on dira n'y changera rien.

Lula me sourit avant de me répondre.

— Oh ! on verra ça.

Puis elle fit courir un ongle sur ma poitrine en poussant un petit gloussement enjôleur.

— Qu'est-ce que tu fous ? grognai-je, en faisant un bond en arrière. Je crois qu'il est temps que tu partes.

— Rappelle-toi ce que je t'ai dit, murmura-t-elle, avant de me lancer un baiser, de se retourner et de partir. À bientôt, mon petit cœur.

Je la regardai s'éloigner en se déhanchant avec un regard mauvais. Je détestais tout ce que Lula Everett représentait.

— Sale pétasse, murmurai-je dans ma barbe avant de retourner à ma batterie.

Et j'entendis alors une nouvelle voix, venue du bureau.

— S'il te plaît, dis-moi que tu ne vas pas te la faire, celle-là ?

Je me retournai et lançai à Harvey un regard consterné.

— Pardon ?

— Oh ! ne fais pas semblant d'être choqué, grommela-t-il.

À chaque fois qu'elle est en ville, elle vient fouiner par ici et se frotte à toutes mes affaires, comme une chatte en chaleur. Et ce n'est pas mon attention à moi qu'elle essaye d'attirer, ça, j'en suis sûr.

Je frissonnai en pensant à l'image qu'il venait de me mettre dans la tête.

— Mon Dieu, t'es cinglé, mon vieux.

Et puis soudain me revint en mémoire le moment où elle avait regardé mes mains, comme si elle voulait les sentir sur son corps. Mouais.

— Lula Everett me déteste, affirmai-je, avec une assurance que je ne ressentais pas vraiment.

Harvey haussa simplement les épaules.

— Elle te déteste peut-être, mais elle a quand même une féroce envie de baiser avec toi.

— Franchement, si c'est le cas, je m'en fous ! criai-je en secouant la tête pour me débarrasser de cette horrible idée.

— Dis-moi que tu ne vas pas accepter ses avances la prochaine fois qu'elle viendra remuer son petit derrière devant toi.

— Quoi ? Non ! Mon Dieu, non. Je me couperai la queue avant de faire quoi que ce soit avec elle.

— Bien, répondit Harvey, l'air rassuré. Parce que je préfère de loin la jolie petite serveuse. Celle-là, tu serais idiot de la rembarrer.

— Mais bon Dieu, grognai-je, qu'est-ce qui te prend tout à coup à imaginer que tout le monde en a après moi ?

— Pas tout le monde, juste ces deux-là, m'assura-t-il. À peu près tous les habitants de la ville préféreraient que tu sois mort, mais pas ces deux filles… Elles en ont après toi. Crois-moi.

Je n'eus d'autre choix que de rire et de secouer la tête, incrédule devant toute cette histoire.

— Tu es complètement cinglé. Lula et moi on ne se toucherait pas, même avec un bâton de trois mètres de long. Et Mari... Merde, ce n'est pas pareil avec elle. Je ne suis même pas sûr qu'elle sache ce que c'est que le sexe.

— Oh ! elle le sait, crois-moi.

Harvey me lança un regard entendu auquel je répondis par des yeux noirs.

— Putain, qu'est-ce que tu veux dire par là ?

Je commençai à être sérieusement énervé. S'il manquait encore de respect à Mariana, j'allais être obligé de casser la gueule à mon boss.

Mais Harvey se contenta de ricaner.

— Tu n'es pas très fort pour saisir les perches que te tendent les femmes, dis donc. Qu'elles soient subtiles ou non.

— Bon, ça suffit, dis-je, coupant court à la conversation avant de retourner travailler.

Cela le fit rire encore plus fort.

# Chapitre 9

*Mari*

Quand je me réveillai au son des vomissements, je sus que la journée n'allait pas être bonne.

Depuis la mort d'*Abuelito*, il n'y avait que *Lita*, *Tio* Hernando et moi dans le mobile home. Mais mon cousin Camilo avait mis sa copine Lucia enceinte et elle était venue vivre avec lui. Sauf que le mobile home dans lequel il vivait avec ses parents et ses frères ne pouvait pas accueillir une personne de plus. Et du coup, Lucia et lui étaient venus s'installer chez nous. Dans mon lit. Et moi, je m'étais retrouvée exilée sur le canapé, dans la pièce principale.

J'aurais pu demander à récupérer la chambre de Camilo dans le mobile home de *Tio* Franco, mais il partageait sa chambre avec ses deux jeunes frères, et en plus, la maman de Camilo ne m'aimait pas beaucoup.

Et la maison de *Tio* Enrique était déjà pleine à craquer, avec sa femme et ses fils. Donc, j'avais dû rester là où j'étais. Mais sur le canapé.

*Tio* Hernando, mon seul oncle célibataire, travaillait de nuit à l'usine de nourriture pour chiens. Il m'avait déjà réveillé en rentrant du boulot, mais j'avais réussi à me rendormir. Jusqu'au moment où les vomissements avaient commencé.

Je grognai en silence, regardai l'heure et décidai de me lever. De toute façon, je commençais le travail au diner à 6 heures.

Je m'assis, m'étirai et me dis que, dans le fond, j'avais de la chance de ne pas être Lucia. La pauvre endurait une grossesse franchement difficile. Et ce matin, ses nausées avaient l'air particulièrement intenses. Je grimaçai, gênée d'espérer qu'elle en ait fini rapidement, parce qu'il fallait que je fasse pipi et qu'il n'y avait qu'une salle de bains dans le mobile home.

En attendant mon tour, je pliai ma couverture et la fourrai derrière le rocking-chair avec mon oreiller avant d'aller à la cuisine. Encore en pyjama, je me traînai, pieds nus, jusqu'au placard en me disant que je mangerais bien des *tetelas*.

Je mis le gril à chauffer, écrasai les haricots noirs avec une fourchette, ne voulant pas réveiller les autres en utilisant le mixeur. Je battis ensuite la pâte et fabriquai des petites boules.

J'étais en train de mettre la première boule dans la presse à tortillas quand la porte arrière s'ouvrit. Enzo entra.

Je grimaçai immédiatement, me sentant piégée.

C'était le frère de Lucia, et il me fichait vraiment la frousse. J'avais eu un gros coup de cœur pour leur frère Diego quand j'avais environ douze ans. Diego était gentil et drôle, mais je crois qu'il n'avait même pas remarqué mon existence. Finalement, il s'était avéré qu'il ne s'intéressait pas aux filles de toute façon... J'avais laissé tomber à peu près au moment où Zac Topper avait lu mon poème devant le cercueil d'*Abuelito*.

Enzo non plus n'avait visiblement jamais remarqué mon existence avant l'été précédent, quand leur cousin Javier était venu passer quelques semaines et avait tout fait pour me convaincre de lui offrir ma virginité.

Javi était un beau garçon, aisé, beau parleur. J'avais espéré qu'il pourrait m'aider à me débarrasser de ce que je ressentais pour Zac avant de disparaître. Ce qu'il avait fait, d'ailleurs – *disparaître*. Mais ce petit béguin n'avait en fait abouti qu'à une chose, c'était de pousser Enzo à penser qu'il faudrait que je couche avec lui aussi.

Ces derniers temps, Enzo se comportait comme si me mettre dans son lit n'était qu'une affaire de temps. Et il avait l'air de se moquer éperdument de savoir si j'étais d'accord ou pas.

Il ne manquait jamais de m'attraper les seins ou les fesses. Et même si Camilo l'avait déjà prévenu des dizaines de fois, il continuait à faire des sous-entendus salaces quand nous étions seuls.

Pour le dire simplement, ce garçon me donnait la chair de poule.

— *Excelente*, dit-il en entrant. Pieds nus, à moitié à poil et en train de me préparer mon petit déjeuner. Exactement ce que l'avenir te réserve.

Quand sa main se posa sur mes fesses et commença à les caresser à travers mon caleçon de nuit, je me tournai d'un coup et lui donnai une bonne gifle, puis m'éloignai aussi vite que possible pour qu'il me fiche la paix.

Mais tout ce qu'il fit fut de sourire et de me regarder avec de grands yeux.

— Oh ! *chica*, tu ne portes pas de culotte on dirait ?

Non, en effet, je n'en portais pas. Je détestais dormir avec une culotte.

Lorsqu'il s'approcha à nouveau de moi avec un regard lubrique, je reculai contre le comptoir derrière moi, prête à lui envoyer une poêle à frire dans la figure. Mais il entendit des bruits de pas et se remit à distance respectable. Il avait probablement peur qu'il s'agisse de Camilo.

Mais ce fut une Lucia au visage blême qui apparut, se tenant le ventre et gémissant.

— Salut, j'ai acheté les pilules contre la nausée que tu m'as demandées par texto ce matin.

Enzo sortit une boîte de sa poche et la secoua.

— Je dormais profondément quand tu m'as écrit. À charge de revanche.

— Oh ! mon Dieu, merci !

Lucia lui prit la boîte des mains avant de le serrer dans ses bras.

— Tu es le meilleur frère du monde.

Je doutais beaucoup que ça soit vrai et fis la grimace. Enzo me lança, lui, un sourire narquois par-dessus l'épaule de sa sœur qu'il était encore en train de serrer dans ses bras.

— Je sais, murmura-t-il tendrement, ce qui me révulsa complètement.

Chacun de ses mouvements me semblait sale, répugnant. Dès que je le voyais, il me donnait envie d'aller prendre une douche et d'utiliser une pleine bouteille de savon.

Maintenant que Lucia était là, j'étais en sécurité, cependant. Je retournai à mon petit déjeuner. J'étalai la pâte de haricots noirs, y ajoutai du fromage puis pliai la *tetela* en triangle.

Puis je la mis sur le gril. Pendant ce temps, le frère et la sœur continuaient leur conversation derrière moi, jusqu'à ce que Lucia déclare que les odeurs de cuisine lui donnaient à nouveau envie de vomir. Elle partit pour prendre son médicament et Enzo, presque immédiatement, se tourna vers moi et s'approcha très près, avant même que j'aie le temps de me pousser. Puis il me vola ma fichue *tetela* en la prenant directement sur le gril.

Je le regardai méchamment, mais il ne fit que remuer ses sourcils d'un air moqueur et souffla sur mon petit déjeuner pour le refroidir un peu avant de mordre dedans.

— Mmm..., dit-il en fermant les yeux un bref instant puis en les rouvrant avec un air narquois. Qui l'aurait cru ? La *tullida* sait baiser et cuisiner.

Je lui fis un doigt d'honneur. Il m'avait traitée de handicapée. Mais plutôt que de voir ça comme une insulte, il le prit pour une invitation.

— Oh ! tu es une vraie petite insolente, hein ? me railla-t-il en s'approchant de moi. J'ai eu des doutes quand Javi s'est vanté à ton sujet, mais maintenant, je crois que je commence à comprendre le foin qu'il faisait. Je crois que je vais adorer ta petite chatte enragée, tu ne crois pas ?

À chaque pas qu'il faisait dans ma direction, je m'éloignais, glissant contre le comptoir. Mais il finit par m'attraper vivement.

Je réussis à hurler un son inarticulé. J'essayai de crier le mot « STOP », de lui dire non de toutes les façons que je pouvais, je me débattais, mais il tenait fermement mes bras le long de mon corps. Il me retourna, jusqu'à ce que mon dos soit contre lui.

— Arrête de lutter, *chica*, me dit-il à l'oreille d'un air de réprimande. Je te promets que tu vas adorer ça. Parce que je sais de source sûre que j'en ai une encore plus grosse que celle de mon cousin.

Je me mis à geindre, épouvantée, à me tortiller dans tous les sens pour me libérer, à le cogner comme je pouvais, mais cela le faisait seulement rigoler. Puis je me baissai brusquement, espérant que j'arriverais à le faire tomber, sauf que tout ce que je réussis à faire fut de presser mes fesses un peu plus contre lui et sentir à quel point il était excité.

Puis je me raidis, horrifiée. La terreur s'était glissée jusqu'au plus profond de moi-même. Il pouvait faire de moi ce qu'il voulait, et j'étais incapable de l'en empêcher.

Je secouai la tête, le suppliant de me laisser partir. Je gémissais, regardant par-dessus mon épaule. Mais il s'accrochait à moi, grossièrement, et eut un rire rauque.

— C'est ça, Mari, tu sais exactement ce qui va suivre, n'est-ce pas ? Je parie que tu es déjà toute mouillée. Javi disait qu'il pouvait te faire haleter et commencer à te déshabiller juste en te regardant. Il disait que plus il était dur et sale, plus tu aimais ça. Ce qui signifie que tu vas *adorer* ce que je vais te faire. Et regarde, ajouta-t-il en posant un préservatif sur le comptoir, je suis venu préparé.

Il posa sa main sur mon ventre et tenta de passer sa main dans mon caleçon. J'essayais de toutes mes forces de l'empêcher de faire ce qu'il s'apprêtait à faire.

Et puis, d'un coup, je lançai ma tête en arrière, écrasant

mon crâne contre son nez. Il poussa un grognement de surprise et de douleur.

— Salope !

Son emprise se desserra un peu, j'en profitai pour me libérer et me jeter sur le porte-couteau qui se trouvait sur le comptoir. J'en tirai un et me retournai vers lui, agitant la lame de manière désordonnée. Ce fut un coup de chance si je parvins à le toucher alors qu'il essayait de m'attraper les cheveux. Mais je réussis tout de même à lui faire une belle entaille à la main.

— Aïe ! hurla-t-il en attrapant son poignet pour regarder la blessure. Putain, tu m'as coupé !

Je respirai très fort, presque en hyperventilation, puis reculai, agitant toujours le couteau, prête à l'utiliser à nouveau.

Nous entendîmes alors la voix de Lucia.

— Vous voulez bien faire moins de bruit ? Vous allez réveiller tout le monde !

Je me tournai vers elle, soulagée de la voir arriver. Mais au lieu de me venir en aide, elle plissa les yeux en voyant le couteau, puis me regarda d'un air accusateur.

— Mais qu'est-ce que… ?

— Cette *puta* m'a coupé, attaqua Enzo en attrapant une poignée de serviettes en papier pour arrêter le sang qui coulait le long de ses doigts.

Je secouai la tête pour faire comprendrc à Lucia que l'histoire n'était pas si simple, mais elle hurla :

— Pose ça tout de suite !

Avec un regard noir, je posai le couteau. La sœur d'Enzo poussa un long soupir de dégoût avant d'aller voir comment allait son frère.

— Bon sang, je t'ai dit de la laisser tranquille, *hermano*. Mari est une bête sauvage.

Je m'avançai vers elle, lui demandant en langue des signes de mettre son frère dehors. Mais bien sûr, elle ne connaissait pas un mot d'ASL. Elle leva simplement les yeux au ciel.

— Touche à mon frère encore une fois, et c'est moi qui te plante. Compris, Mariana ? Mais je ferai ça au moment où tu t'y attends le moins. Au milieu de la nuit, par exemple quand tu seras dans ton canapé, profondément endormie.

Enzo se mit à rire. Lucia lui prit le bras avec compassion.

— Viens, En. Je vais te nettoyer ça et te faire un bandage dans la salle de bains.

Il ricana en passant devant moi.

— À plus tard, murmura-t-il.

Je frissonnai de dégoût.

Quand ils disparurent tous les deux, je posai une main sur ma poitrine, pris un moment pour me calmer, puis me précipitai vers le rocking-chair. J'attrapai mes chaussures et mes vêtements de travail qui se trouvaient dans le panier juste derrière, les mains tremblantes. Une fois mon tablier en main, ainsi que mon téléphone et tout ce dont j'avais besoin pour aller travailler, je courus vers la porte de derrière, me rappelant juste au dernier moment de débrancher le gril. J'espérais que *Lita* ne serait pas fâchée contre moi d'avoir laissé tout ce bazar derrière moi. Mais j'étais de toute façon trop effrayée pour me préoccuper des humeurs de *Lita* pour le moment.

Il me fallait fuir, c'était tout ce qui comptait.

Juste avant de passer la porte, je vis le préservatif qu'Enzo avait laissé sur le comptoir. Je regardai en direction du hall. J'entendis les voix étouffées de lui et de sa sœur. J'attrapai le préservatif et l'embarquai avec moi.

Je traversai le jardin pieds nus pour me rendre jusqu'au mobile home de *Tio* Enrique. La porte était ouverte, comme d'habitude. Je me précipitai à l'intérieur et ne poussai un soupir de soulagement que lorsque la porte fut solidement refermée derrière moi.

La pièce principale et la cuisine étaient plongées dans le noir. Je compris que tout le monde dormait, mais je savais que ça ne dérangerait personne si j'utilisais leur salle de bains pour prendre une douche. Je l'avais déjà fait des dizaines de fois. Cependant, en essayant d'ouvrir la porte, je vis qu'elle était verrouillée. Et un mince filet de lumière s'échappait d'en dessous. Quelqu'un était déjà dans la salle de bains.

Je serrai contre moi mes affaires et attendis, tremblant comme une feuille, essayant de calmer mon cœur qui battait à toute allure. J'entendis la chasse d'eau puis de l'eau couler dans le lavabo.

La porte s'ouvrit sur mon cousin préféré, Felipe.

Ne s'attendant pas à trouver quelqu'un derrière la porte, il sursauta en me voyant.

— Merde alors, Mari, tu m'as fait super peur.

Je réussis à me libérer une main pour signer *désolée*.

— T'inquiète, tout va bien, me rassura-t-il. Tu as besoin de la salle de bains ? Vas-y.

Je le remerciai d'un hochement de tête. Il me sourit et se poussa pour me laisser passer. Il s'arrêta en voyant mon visage.

— Oh là ! Qu'est-ce qu'il y a ? Tu vas bien ?

Je secouai négativement la tête. Non, je n'allais pas bien. Je parvins à signer le nom Enzo avec une seule main.

Felipe passa un bras autour de mes épaules.

— Ce *pendejo* continue à te harceler ? Je pensais que Camilo lui avait parlé.

Je haussai les épaules et posai mon visage sur son épaule. Felipe embrassa ma tête, et je me sentis tout de suite infiniment mieux.

— Ne t'inquiète pas, me rassura-t-il en me tapant dans le dos, Angelo et moi, on va lui dire deux mots. Et s'il continue à t'emmerder après ça, tu me le dis, *à moi*. Compris ?

J'acquiesçai et le remerciai du regard. C'était l'un des avantages d'avoir des cousins garçons. Ils devenaient protecteurs si quelqu'un vous menaçait physiquement.

Il me sourit et posa une main sur mon épaule.

— De rien. Même si, honnêtement, tu pourrais tomber sur pire qu'Enzo. Et quand je dis pire, je pense à ce voyou qui t'a raccompagné à la maison l'autre soir. *Lui*, ce n'est vraiment pas une bonne idée, me dit Felipe en pointant sur moi un doigt accusateur.

Je soupirai, gênée. Je n'avais aucune envie d'entendre ses avertissements.

Parce que Zac n'était pas un voyou. Les gens ne le comprenaient pas, c'est tout.

— Je suis sérieux, continua mon cousin. Promets-moi que tu feras attention avec ce Zac Topper. OK ?

Je savais qu'il ne me laisserait pas tranquille tant que je n'aurais pas cédé. J'acquiesçai donc et souris.

— Parfait. Et maintenant, ajouta-t-il en me poussant

vers la salle de bains, rentre là-dedans et essaye de ne pas être en retard au travail. J'ai prévu d'emmener Martina déjeuner chez Ginger, jeudi prochain, j'ai besoin que tu n'aies pas été virée d'ici là, pour que tu puisses me faire une petite réduction familiale.

J'eus envie de lever les yeux au ciel, mais parvins quand même à lever le pouce en entrant dans la salle de bains.

Une fois seule, je pris une longue douche et me laissai aller à pleurer sous le jet d'eau chaude.

Sérieusement, qu'est-ce que j'allais faire avec Enzo ? Il venait d'une bonne famille, et donc, les miens le trouvaient très bien. Ils n'allaient sans doute pas faire beaucoup d'efforts pour me tirer de ses griffes, pensant que lui et moi avions toutes les raisons d'être ensemble.

Mais je ne voulais pas d'Enzo.

Je voulais Zac.

Et tout le monde s'en fichait éperdument.

Je frissonnai d'angoisse en coupant l'eau après m'être lavée et rincée.

J'attrapai une serviette et m'enroulai dedans confortablement. Puis je passai la main sur le miroir pour en faire partir la buée et regardai mon reflet. Je pensais à Zac.

Je me demandais si je l'aurais toujours autant désiré – lui ou quelqu'un d'autre d'ailleurs – si Enzo était parvenu à me forcer.

Il y avait une fille au bout de la rue qui avait été violée deux ans plus tôt. Elle avait complètement changé après ça. Elle s'était totalement refermée sur elle-même. Penser à elle, après ce qui venait d'arriver, me fit paniquer encore plus.

Je n'étais pas du tout prête à arrêter de vivre. Je voulais *profiter* de la vie.

Je tentai d'évacuer ma peur dans un petit gémissement et enfilai mes vêtements.

À cause d'Enzo, j'avais maintenant l'impression d'avoir une horloge au-dessus de ma tête, faisant le compte à rebours du temps qu'il me restait à vivre dans l'insouciance des jeunes filles.

Et cette idée se fit encore plus forte quand, une heure après être arrivée au travail, un petit garçon blond adorable et son grand-père vinrent prendre leur petit déjeuner chez Ginger.

Je me pâmai devant le petit, passant la main dans ses cheveux, lui filant en douce un roulé à la cannelle. Mais cela sembla autoriser son grand-père à se comporter comme un pervers avec moi.

Je le jure, à chaque fois que je m'approchais de leur table, sa main atterrissait sur mes fesses. J'eus envie de lui planter un couteau quelque part à lui aussi, mais je serrai les dents et supportai jusqu'à ce qu'ils se décident à partir, me laissant une malheureuse pièce de 25 cents pour tout pourboire.

Sale connard.

Je commençais sérieusement à m'inquiéter du fait que les hommes avaient tendance à penser que je n'étais bonne qu'à servir de la nourriture et à écarter les jambes. Ils étaient nombreux à considérer qu'ils avaient le droit de me toucher quand ça leur faisait plaisir. J'eus soudain une vision terrible de mon avenir.

Mais j'avais encore espoir d'arriver à une véritable fin de conte de fées avec le garçon pour qui j'avais le béguin depuis mes quinze ans. Et j'étais soudain plus déterminée que jamais à faire des progrès avec Zac.

C'est pour ça que, dès ma première pause, je sortis mon téléphone et lui envoyai un message.

*Rivière ? Ce soir ?*

Il ne se passa que quelques secondes avant qu'apparaissent les trois points puis que surgisse sa réponse.

*Pourquoi pas ?*

Je sautai de joie. Enfin quelque chose allait dans mon sens aujourd'hui.

Après lui avoir envoyé un émoji exprimant ma joie, je répondis :

*Je te retrouve chez Harvey à l'heure de la fermeture.*

La conversation terminée, je glissai mon téléphone dans ma poche et gardai un sourire accroché à mon visage pour le reste de la journée. Même lorsqu'une fille vomit sur sa table et que je dus nettoyer, cela n'entama pas ma belle humeur.

Parce que tout cela n'était que temporaire. Tout ce que j'avais à faire, c'était attendre la fin de mon service. Ensuite, je pourrais voir Zac, et tout irait bien à nouveau. Cela valait la peine de supporter tout ça si c'était pour finir la journée avec lui.

Lorsque sonnèrent deux heures et demie, je fonçai à la maison.

J'avais deux heures et demie devant moi pour me préparer. Je décidai de faire la totale. Me raser, tailler et mettre de la crème partout.

Sauf que, une fois arrivée devant le mobile home, je ralentis en me rappelant d'Enzo.

Je déglutis avec difficulté et lançai un regard autour, cherchant un signe de sa présence. Il travaillait à la coopérative agricole, mais je ne savais pas quel était son jour de repos. C'était vraiment nul d'avoir maintenant peur de rentrer dans ma propre maison. C'était censé être un lieu de confort et de sécurité.

Mais, visiblement, il n'y avait personne nulle part. Aussi, je courus jusqu'à la porte d'entrée et me glissai dans la maison. Seulement, à peine à l'intérieur, je sentis ses mains entre mes jambes, son souffle sur ma joue et ses doigts qui agrippaient mon poignet. Je me mis à trembler et pressai mon poing contre mon ventre pour me calmer. Je me sentis encore plus mal en découvrant que tout ce que j'avais laissé dehors après mon petit déjeuner avait été rangé et la cuisine nettoyée.

Quelqu'un apparut dans l'entrée. Je poussai un cri muet et fis un pas en arrière. Mais ce n'était que *Lita*. Elle avait l'air extrêmement en colère.

— La voilà ! dit-elle en faisant un geste de la main qui montrait son dégoût. Celle qui met du bazar, qui ne finit même pas de préparer son petit déjeuner et qui ne range pas, et ne nettoie rien.

Pendant qu'elle débitait ses griefs dans sa langue maternelle, je baissai la tête et tentai de m'excuser par signes. Mais elle n'en avait visiblement rien à faire.

Elle me dit que ce serait à moi de préparer le dîner ce soir, en guise de punition. J'acceptai mais me mordis la lèvre. Comment allais-je faire pour préparer le dîner *et* retrouver Zac au garage à 5 heures ?

L'inspiration me tomba du ciel, et je sortis la mijoteuse électrique pour préparer un plat qui cuirait à petit feu et serait prêt quand quelqu'un aurait envie de manger.

Je saisis du poulet avant de le mélanger à du quinoa,

de la sauce enchilada, des haricots noirs, des tomates, du maïs, des poivrons, du fromage et mes épices préférées. Une fois tout mis dans la mijoteuse, je pus aller prendre le contrôle de la salle de bains où je jouai du rasoir dans tous les sens.

Ensuite, je passai ma lotion hibiscus-noix de coco sur mes jambes, mes hanches, mon ventre et mes bras. Puis ce fut le tour du maquillage, juste assez pour mettre mes yeux et ma bouche en valeur. Je finis en séchant mes cheveux auxquels je tentai de donner la parfaite ondulation.

Je choisis pour vêtement ma robe préférée, d'un léger bleu-vert, qui s'arrêtait à quinze bons centimètres au-dessus de mes genoux et qui avait un décolleté plongeant. Elle était bordée de volants couleur crème. Elle était légère, fine, parfaite pour batifoler l'été et m'allait merveilleusement bien. Et elle avait des poches.

Je renonçai à porter des sous-vêtements. Après avoir enfilé un ensemble de bracelets et orné mon cou de colliers assortis, je pris un anneau turquoise qui venait de ma mère et finalement glissai mes pieds dans une paire de sandales à lanières.

En me regardant dans le miroir, je hochai la tête, satisfaite. Si je n'arrivais pas à faire tomber Zacchaeus Topper à la renverse habillée comme ça, alors je n'y arriverais jamais.

J'étais prête à partir. Je vérifiai l'heure. Quatre heures et demie. Parfait. Je pouvais retourner tranquillement en ville sans me presser, sans transpirer, et arriver à l'heure où il quittait le travail. J'avais un peu envie de le voir faire son rituel de lavage de mains, avec son drôle de savon orange.

J'attrapai mon livre de poésie, mon téléphone et le préservatif qu'Enzo m'avait *donné*, et je quittai la maison.

La chaleur n'était pas trop forte, et il y avait peu de nuages dans le ciel. Le coucher de soleil allait être parfait ce soir. La légère brise jouait avec les bords de ma robe et maintenait une certaine fraîcheur.

Je traversai la ville, et voilà, j'y étais, c'était juste devant moi : l'atelier de M. Harvey.

Quand je vis Zac qui portait un seau pour le vider dans l'herbe, mon cœur sauta dans ma poitrine. Il était tout ce dont je rêvais, chaleureux, sécurisant. Je ne pus m'en empêcher. Je me mis à courir vers lui, j'avais besoin de le toucher, tout de suite.

Je voulais poser mes mains sur quelque chose de bon, de brillant, de réconfortant.

# Chapitre 10

*Zac*

Mari arriva environ cinq minutes avant la fermeture. Elle ne portait pas de soutien-gorge. Sa poitrine se balançait joyeusement sous sa robe quand elle se mit à courir vers moi, tout excitée. Je pouvais distinguer le contour sombre de ses tétons à travers le très fin tissu.

J'avalai ma salive et m'obligeai à regarder plus haut, essayant d'être un gentleman, mais elle me prit par surprise et me sauta dans les bras, me serrant comme une folle.

Ses seins vinrent se presser contre moi, et oui...

Je suis devenu dur comme de l'acier.

— S... Salut, dis-je avec difficulté, en essayant de garder mes hanches à distance respectable pour éviter de faire un trou dans son estomac avec ce qui se passait dans mon bas-ventre.

Elle ne savait probablement même pas ce que c'était que de bander.

Elle recula enfin et me lança un *salut* muet. Puis elle passa une mèche de cheveux derrière son oreille en un geste timide. Elle rougit comme si elle se rendait compte qu'elle y était allée un peu fort.

— Salut, répondis-je, me sentant plus tranquille maintenant que le risque de la poignarder sans le faire exprès avait disparu.

Je soulevai le seau que j'avais à la main pour lui montrer.

— J'ai encore une dernière chose à faire, ensuite je me lave et je suis prêt, d'accord ?

Elle hocha la tête, visiblement ravie de ma réponse.

J'en arrivai à me demander s'il arrivait que quelque chose lui *déplaise*.

Elle me suivit dans le garage et me regarda ranger mes outils. Puis, quand je me rendis jusqu'au lavabo pour me nettoyer, elle m'emboîta le pas. Et elle se lava les mains avec le savon orange.

Nous étions en train de nous sécher les mains quand Harvey se montra sur le seuil de son bureau.

— Tu t'en vas ? me demanda-t-il avant de s'apercevoir que Mari était avec moi.

Il se redressa et lui fit un signe de la main.

— Oh ! eh bien, bonjour, jeune fille. Je ne t'avais pas entendue arriver.

Elle fit un geste de la main, montrant qu'elle s'était faufilée, lui faisant comprendre qu'elle était furtive.

Harvey rigola.

— Oui, c'est vrai que tu es une discrète, toi.

Il posa à nouveau son regard sur moi, et j'en profitai pour répondre à sa question.

— Oui, j'y vais, à moins que vous n'ayez besoin d'autre chose. Nous allons à la rivière. *Quelqu'un*..., lançai-je en montrant la fille à côté de moi, aime regarder le coucher de soleil là-bas.

— Le coucher de soleil, hein ? dit Harvey en regardant Mari avec attention.

Elle hocha la tête avec enthousiasme, ce qui provoqua un sourire affectueux chez le vieux grincheux.

— Eh bien, c'est vrai, qui n'aime pas un beau coucher de soleil ?

— D'après Mari, seulement les gens pas normaux, répondis-je en lui donnant un petit coup de coude moqueur.

Elle me sourit puis posa sa tête sur mon épaule en m'attrapant le bras.

Je rougis d'un coup, pas vraiment habitué à ses démonstrations publiques d'affection. Quand je regardai à nouveau mon boss, il me sourit simplement.

— Amusez-vous bien alors, dit-il en tapant sur l'encadrement de la porte avant de disparaître à nouveau dans son bureau.

Mari serra mon bras pour me signifier qu'elle était prête à partir. Je la laissai nous conduire jusqu'au chemin.

Pendant quelques minutes, nous marchâmes d'un pas tranquille, profitant simplement de la compagnie de l'autre. Elle laissa sa tête posée sur mon épaule et resta accrochée à mon bras, le caressant de temps à autre.

C'était bien trop agréable pour que je reste concentré sur cette sensation, aussi, je m'éclaircis la gorge et pris la parole.

— Hier soir, je suis allé sur le Web et j'ai regardé ce qu'était la dysarthrie de Broca.

Mari leva les yeux vers moi, visiblement agréablement surprise. Elle leva les sourcils pour me faire comprendre qu'elle ne s'était pas attendue à ça, mais que mon intérêt pour son problème lui plaisait beaucoup.

Je hochai la tête.

— Ouais, et ils disent que plus tu essayes de parler dans un environnement apaisé, plus tu persistes, plus tu auras de chances de réussir à dire les mots que tu veux prononcer. Donc, je voulais que tu saches que si tu as envie de t'entraîner avec quelqu'un, tu peux le faire avec moi. Je ne dénigrerai jamais tes efforts.

Elle inclina la tête et me regarda pendant un moment, pensive, avant de passer sa main dans la poche de sa robe et d'en sortir le téléphone.

Après avoir tapé quelque chose, elle m'envoya le texto :

*Tu as vraiment envie que je parle, n'est-ce pas ?*

Je haussai les épaules.

— Non. Pas vraiment. J'ai juste trouvé ça fascinant d'entendre ta voix, hier. Mais tu n'es pas du tout obligée de t'entraîner. Aucune pression de ma part, promis.

L'expression de son visage avait l'air de dire qu'elle n'avait aucune envie de s'entraîner, mais ensuite elle m'envoya un nouveau texto :

*Quand j'essaye, ma voix est vraiment horrible. Je déteste ma voix.*

— Ta voix est très bien, répliquai-je, mais elle me lança un regard dur, me montrant clairement que je n'allais pas la faire changer d'avis sur le sujet. OK, très bien, dis-je en riant et en levant les mains en signe de capitulation. Je ne t'embête plus avec ça. Mais une autre partie de l'article a attiré mon attention. Ça disait que rester assis en silence au milieu de la nature aide à mieux se concentrer. Et je me suis demandé si c'est pour ça que tu aimes tant venir ici.

Elle hocha la tête avant d'écrire à nouveau :

*Tout à fait. Les endroits avec beaucoup de monde, beaucoup de vacarme, comme le diner, me font mal à la tête. J'ai plus de mal à me concentrer et à comprendre ce que me disent les gens quand mes sens sont trop sollicités comme ça.*

— Je m'en doutais, répondis-je. Mais comment tu fais pour travailler là-bas tous les jours ?

Pour toute réponse, Mari haussa les épaules.

— Tu es juste douée, j'imagine.

Elle me regarda, surprise. Je la gratifiai d'un bref sourire.

— Tu sais, au début, je pensais que tu voulais absolument aller sur ce ponton isolé pour ne pas être vue avec moi.

Elle fronça les sourcils comme si ce que je venais de dire était complètement absurde. Puis elle secoua la tête pour me faire comprendre que ce n'était pas du tout le cas.

Elle retourna une main, paume en l'air, pour me demander pourquoi j'avais pensé une chose pareille.

— Je n'en sais rien. Je me suis dit que, peut-être, ta famille n'approuverait pas qu'on traîne ensemble, marmonnai-je.

Elle leva les yeux au ciel avant de répondre :

*Ma famille n'approuve pas grand-chose, me concernant, donc ce n'est pas toujours un facteur que je prends en compte quand je prends une décision.*

— Ah. Oui, c'est compréhensible, répondis-je avec un sourire en coin. Je ne suis donc pas ton vilain petit secret. Quel dommage. Je trouvais ça un peu coquin.

Mari éclata de rire et vint cogner son épaule contre la mienne, m'éjectant du sentier.

Je ris à mon tour. J'aimais ce son. Je cognai moi aussi mon épaule contre la sienne.

Elle gloussa et se vengea en refaisant la même chose. Mon cœur chantait. Nous jouâmes comme ça pendant quelques minutes jusqu'à nous broyer les épaules. Nous déclarâmes match nul.

Elle soupira d'aise et me prit le bras. Elle me serrait de très près au moment où nous arrivâmes au bord de l'eau. Mais au lieu d'aller vers la gauche, comme nous avions l'habitude de le faire, Mari me poussa à aller vers la droite.

— On va de ce côté-là ce soir ? demandai-je en levant un sourcil avant de hausser les épaules. OK, ça marche pour moi.

Je la suivis volontiers, pendant qu'elle me conduisait sur un mince sentier entre les arbres. Nous marchâmes le long de la rive jusqu'à arriver à une petite cascade qui faisait la hauteur d'un homme. Elle me sourit et s'arrêta pour enlever ses sandales avant de m'indiquer de la tête les pierres qui s'alignaient au-dessus de la cascade.

— Tu veux traverser ici ? questionnai-je. Pieds nus ?

Elle hocha la tête, m'encourageant avec l'un de ses irrésistibles sourires.

Je soupirai et commençai à délacer mes chaussures de travail.

— OK, mais je te préviens tout de suite... Si tu sens une odeur de pieds désagréable, ça ne vient pas de moi, OK ?

Elle secoua la tête et me fit signe de continuer à délacer mes godasses.

Une fois pieds nus, elle me prit la main. Nous

traversâmes la rivière avec les chaussures dans une main et nos doigts enlacés.

Les pierres étaient assez grandes et plates pour la plupart. Sauf qu'il y avait un immense vide entre deux, et je faillis perdre l'équilibre. Mais Mari serra ma main plus fort, et je réussis à me rétablir avec un soupir de soulagement.

Elle me lança un regard pour vérifier que tout allait bien. Je ris et levai mes pompes.

— Je vais bien, ne t'inquiète pas.

Elle hocha la tête, se retourna pour continuer le chemin, et ses cheveux attirèrent alors mon attention.

Mon regard s'attarda malgré moi sur l'arrière de la robe qu'elle portait. Je poussai un soupir. Mon Dieu. Cette fille. Elle était renversante, *autant* à l'intérieur qu'à l'extérieur. J'eus envie de la prendre dans mes bras et de ne plus jamais la lâcher.

Une fois arrivés de l'autre côté de la rivière, elle nous conduisit un peu sur la droite, jusqu'à un petit banc de sable, dont une partie était au sec.

— Tu connais tous les chouettes endroits dans le coin, n'est-ce pas ? la complimentai-je pendant que nous quittions l'eau froide.

Mari me regarda alors avec un sourire mystérieux. Puis elle s'assit sur le sable sec, et je fis de même.

Une fois assis près d'elle, je jetai un œil autour de nous et m'aperçus immédiatement à quel point nous étions isolés. Nous étions presque totalement entourés par des arbres.

— Euh… Tu es sûre que nous allons pouvoir admirer le coucher de soleil d'ici ? demandai-je.

Mari ignora ma question et écrivit sur son téléphone. Un instant plus tard, le mien vibra à l'arrivée du message.

*Est-ce que je peux te montrer quelque chose que je n'ai jamais montré à personne ?*

Mon esprit pervers pensa immédiatement qu'elle avait envie de me montrer ses seins. Mais mon esprit logique reprit vite le dessus, sachant que ça n'allait certainement pas être le cas. Aussi, je m'éclaircis la gorge et hochai la tête.

— Ouais, bien sûr.

Elle se mit à respirer très fort. Elle semblait soudain très nerveuse, peu sûre de ce qu'elle voulait faire. À présent, même mon esprit logique commençait à se demander quel vêtement elle s'apprêtait à retirer en premier.

Puis, elle glissa sa main dans la poche de sa robe et en tira... un carnet.

Je ne m'étais pas du tout attendu à ça.

Mari prit un moment avant de se décider. Elle passa la main sur la couverture entoilée sur laquelle il n'y avait rien d'inscrit, seulement un dessin coloré. Finalement, elle ouvrit et tourna le carnet vers moi pour me montrer ce qu'elle avait écrit. Je penchai la tête et compris qu'il s'agissait d'un poème. Je lus : « La silencieuse » par Mariana Ruiz.

— Tu écris de la poésie ? la questionnai-je légèrement intrigué.

Elle hocha la tête en me regardant intensément.

Je compris immédiatement à quel point c'était important pour elle. Elle ne voulait pas simplement partager un poème avec moi. Elle voulait partager une partie d'elle-même.

Réalisant l'honneur qu'elle me faisait, je lui pris délicatement le carnet des mains.

— Je peux le lire ? demandai-je.

Elle hocha la tête une nouvelle fois, mais elle avait l'air si effrayé que je m'attendis à la voir refermer ses mains sur le carnet et me l'arracher des mains.

Cependant elle me laissa le prendre sur mes genoux. Et je lus ses mots à voix haute :

*Dans le silence de la rivière, qu'entends-tu ?*

*Ferme les yeux.*

*Voilà.*

*Tes oreilles les ont-elles saisis ?*

*Le craquement du bois, la vague paresseuse sur la rive ?*

*La plainte des chaînes sur la passerelle ?*

*Peut-être détecteras-tu le murmure des pas du héron sur le banc de sable, tout à côté.*

*Ou le son pincé de son bec, fouillant l'eau pour se nourrir.*

*Autre chose ? Oui, sans doute y a-t-il bien d'autres sons.*

*Comme le cancanement grognon des canards dans le courant.*

*Le frottement des roseaux sous la brise.*

*Les rames des kayaks giflant l'eau.*

*Les rapides, au loin, s'engouffrant dans le canyon.*

*Le doux ronron d'un moteur de bateau.*

*Les rires feutrés sur la plage, derrière la boucle de la rivière.*

*L'entends-tu ?*

*C'est la tranquillité.*

Après avoir lu les derniers mots, je respirai un grand coup et fermai les yeux, bien décidé à entendre toutes ces choses qu'évoquait son poème. J'en repérai immédiatement une partie - les clapotis de l'eau, le vent dans les roseaux. J'en eus le souffle coupé.

— Putain de merde, murmurai-je.

C'était vraiment une sensation de tranquillité. Rester là, à écouter les bruits alentour dans le calme de la fin de journée.

J'ouvris les yeux et regardai, bouche bée, la fille en face de moi.

— Comment as-tu… ? dis-je avant de me reprendre. C'est juste que… C'est comme si tu avais pris tous ces sons, ternes et ordinaires, ces sons que j'ai entendus toute ma vie, et que tout à coup, ils étaient nouveaux. Comme si je les entendais pour la première fois.

Elle sourit en m'entendant. Des larmes perlèrent au coin de ses yeux.

*Merci*, signa-t-elle.

Je tendis la main et passai une mèche de ses cheveux derrière son oreille.

— C'est quoi le signe pour dire merveilleuse ?

Elle rougit et mit sa main à demi fermée devant son visage, deux fois.

Je l'imitai et la désignai ensuite du doigt.

Rayonnante, elle me prit le carnet des mains et le rangea dans sa poche.

— Oh ! dis-je en voyant le carnet disparaître, j'imagine que je n'ai le droit d'en lire qu'un à la fois, c'est ça ?

Elle hocha la tête solennellement en se tournant vers moi.

Lorsqu'elle me regarda dans les yeux, je faillis avaler ma langue. Elle était tellement belle. Ses lèvres semblaient si douces et pleines, comme couvertes de rosée. J'avais une folle envie de l'embrasser. Je crois que je n'avais jamais rien désiré autant.

Elle passa sa langue sur ses lèvres, les faisant briller de sensualité. Je portai alors immédiatement mon attention sur ses yeux. Mais ce n'était pas mieux. Même ses yeux semblaient me supplier de la goûter.

Ma peau se mit à fourmiller, tous mes sens étaient concentrés exclusivement sur elle. Elle *était* le monde entier.

Elle me sourit, comme si elle savait exactement l'effet qu'elle me faisait.

Il me fallait m'enfuir avant de faire quelque chose de complètement idiot comme d'essayer de l'embrasser et briser notre amitié – ou quel que soit le nom qu'on pouvait donner à cette relation.

Je refusais de la perdre.

Je regardai le ciel pour me délivrer de son emprise. Je compris qu'il était tard et me levai d'un bond.

— Oh ! merde, on est en train de rater le coucher de soleil. Viens !

Je lui tendis la main.

Elle eut l'air surpris sur le moment, puis, comme à contrecœur, elle me donna la main pour que je l'aide à se remettre debout.

— Je pense qu'on peut encore le voir si on fait vite.

Je la tirai derrière moi, et nous passâmes à nouveau la rivière pieds nus, en marchant sur les pierres au-dessus de la cascade.

Quand nous arrivâmes de l'autre côté, je m'arrêtai et me retournai vers elle.

— Voilà, dis-je.

Nous étions arrivés juste à temps pour voir le meilleur moment.

Debout, côte à côte, nous regardâmes le ciel en silence. Je me laissai envahir par les bruits de la rivière autour de nous. Et tout avait tellement plus de sens après avoir lu son magnifique poème.

Je me penchai vers elle, jusqu'à ce que nos épaules se touchent. Je m'attendais à ce qu'elle me prenne le bras, ou qu'elle pose sa tête sur mon épaule.

Mais elle ne fit rien de tout ça.

Je la regardai pour m'assurer que tout allait bien, mais la nuit était à présent tombée, et je ne distinguais plus les traits de son visage.

— Prête à rentrer ? demandai-je.

Mari hocha la tête, comme résignée, et se pencha immédiatement pour enfiler ses sandales. Je mis plus de temps à remettre mes chaussures. Quand j'eus fini, elle m'attendait, bras croisés.

— Tu as froid ? la questionnai-je, en m'apercevant que l'absence du soleil avait légèrement rafraîchi l'air.

Elle haussa les épaules. Je passai un bras autour d'elle et la tirai à moi pour la réchauffer.

Elle laissa son téléphone dans sa poche pendant tout le retour. Je n'avais pas moi non plus envie de remplir l'atmosphère de paroles inutiles. Nous fîmes donc le chemin en silence.

Arrivé devant les mobile homes des Ruiz, je la serrai dans mes bras et la remerciai de m'avoir fait lire son poème.

J'avais l'impression que cela m'avait changé. Certes, rien dans ma vie n'était différent – ma mère me détestait toujours, la ville entière me détestait toujours, et j'avais envie de vivre n'importe où plutôt qu'à Peril –, mais ce soir, tout cela ne semblait pas si terrible. Parce que ma façon de voir les choses avait changé.

Je respirais, j'avais une jolie fille avec qui partager les couchers de soleil, et peut-être une chance d'une vie meilleure qui m'attendrait.

Et tout ce dont j'avais eu besoin, c'était que Mari me montre ça, qu'elle instille un peu d'espoir en moi à nouveau.

Le monde avait besoin de plus de gens comme elle – des étoiles scintillantes dans le ciel nocturne qui nous guident à travers l'obscurité.

— Bonne nuit, murmurai-je, en lui tapant dans le dos.

J'attendis au bord du jardin qu'elle entre dans le mobile home. *Merci d'être toi*, ajoutai-je silencieusement.

Lorsqu'elle eut disparu, je fis demi-tour et rentrai chez moi, en sifflotant pour moi-même.

Parce que la vie était belle.

# Chapitre 11

*Mari*

La vie, quelle merde !

J'étais humiliée. J'étais une idiote.

J'avais fait tout ce que j'avais pu. J'avais partagé un de mes poèmes avec Zac, j'avais mis ma plus jolie robe, n'avais ni soutien-gorge ni culotte, et je lui avais donné toutes les occasions du monde de m'embrasser. Mais il ne s'en était pas saisi.

C'était affreux d'être rejetée ainsi.

Pourtant, tout avait été parfait. La façon dont il avait réagi à mes mots si intimes, la manière dont il m'avait regardée dans les yeux, ce sentiment que nous étions parfaitement en phase.

Dans mon esprit, un baiser était la seule façon logique de terminer cette soirée. Nos bouches collées l'une à l'autre, hors d'haleine, le désir si grand que nous n'aurions pas pu arrêter de nous toucher – jusqu'à ce que nos étreintes l'amènent à s'enfoncer en moi avec un grognement de plaisir et que je m'arc-boute, que je crie, que mes orteils s'enroulent sur eux-mêmes au moment d'un orgasme qui serait monté du plus profond de mon être.

Mais apparemment, il ne me voyait pas comme ça.

Et ça faisait mal.

Je savais qu'il se montrerait chez Ginger pour déjeuner le jour suivant. Mais je ne pouvais pas me retrouver face à lui après avoir compris qu'il ne s'intéressait pas à moi de la façon dont je m'intéressais à lui. Aussi, quand je vis *Lita* sortir de sa chambre en vacillant, en toussant, avec l'air de quelqu'un qui va mourir, j'envoyai un texto à Ginger, lui demandant si je pouvais rester à la maison pour m'occuper d'elle. Dieu merci, il accepta de prendre mon service.

Mais je n'allais pas pouvoir toujours éviter Zac. Pas sans perdre mon travail en tout cas.

Heureusement, il ne venait au diner que deux fois par semaine. J'avais tout le week-end pour me préparer à notre prochaine rencontre.

Et le mardi suivant, quand la clochette sonna et que l'atmosphère du diner changea, j'étais prête.

J'avais le dos tourné, mais je savais que c'était lui qui venait d'entrer. Mon radar à Zac fonctionnait au maximum de ses capacités.

Je fis semblant de ne pas en avoir conscience, cependant. Je ne me retournai pas pour accueillir le nouveau client, ne regardai pas dans sa direction, fis comme si je ne le connaissais pas.

Froide, professionnelle, distante. Voilà comment j'allais me comporter.

S'il ne voulait pas de moi, eh bien moi, je ne voudrais pas de lui non plus.

Après un long moment, presque au point d'être impolie, je me retournai finalement.

Et merde. Ses yeux noisette étaient fixés sur moi,

l'air troublé, perdu. Mais il était tellement beau, comme un souffle d'air frais sous le soleil après avoir été enfermé dans un sous-sol étouffant et sentant le renfermé pendant un mois.

Mes seins durcirent immédiatement, je serrai les cuisses, ma culotte était trempée.

*Mierda*. Je voulais cet homme en moi. *Et vite.*

— Salut, dit-il gentiment quand je m'approchai de lui sans sourire.

Son regard avide passa sur moi, inquiet.

— Je ne t'ai pas vue jeudi.

J'étais furieuse contre mon corps qui me trahissait, devenant de plus en plus chaud à mesure que je m'approchais de lui. Il était comme la clé de mon moteur. Plus il me regardait, plus la clé tournait, faisant vrombir mes hormones.

Je baissai les yeux, essayant de briser la connexion entre nous et d'arrêter la machine à hormones, puis haussai les épaules. Puis, je me décidai enfin à sortir mon carnet et à écrire : *Ma* Lita *était malade.*

— Oh ! merde, souffla-t-il, les yeux pleins d'inquiétude. C'est grave ? Elle n'est pas en train de... mourir, non ?

Dieu comme j'aurais aimé qu'il soit moins bienveillant. Zac m'écoutait et me connaissait. Il savait à quel point *Abuelita* était importante pour moi et à quel point je serais détruite si je devais perdre un nouveau membre de ma famille. Nous étions amis.

J'avais juste espéré que nous devenions *plus que ça.*

Incapable de le laisser dans son angoisse, j'écrivis : *Elle va bien. C'était juste un rhume d'été.*

— Oh ! dit-il, les sourcils froncés.

Il semblait ne pas comprendre. Il secoua légèrement la tête et se pencha vers moi et baissa d'un ton.

— Mais alors, qu'est-ce qui ne va pas ? On dirait que tu viens de perdre ton meilleur ami.

Mon estomac se serra. Je venais *en effet* de perdre mon meilleur ami.

Je secouai la tête pour lui faire comprendre qu'il n'y avait rien de grave et posai une tasse vide devant lui. Avant que j'aie le temps de lui servir son café, il m'attrapa le poignet. Mais avec beaucoup de douceur. Il me touchait à peine et pourtant, je le sentis dans tout mon corps. Entre mes jambes, à l'intérieur de mes cuisses, dans mes tétons qui saillaient.

Ce n'était vraiment pas juste. Il suffisait qu'il me touche pour me mettre en feu, j'étais à deux doigts de jouir dans mon uniforme de serveuse. Alors que lui n'avait même pas envie de me donner ne serait-ce qu'un pauvre baiser.

— Mari ? murmura-t-il.

Je fermai les yeux. Mon corps entier frissonna de désir.

J'étais capable de tenir. Je pouvais parfaitement ignorer ce besoin qui surgissait en moi. Je pouvais être professionnelle. Je pouvais survivre à ça.

J'ouvris à nouveau les yeux et lançai un regard perçant à sa main, lui demandant silencieusement comment il osait me toucher sans mon consentement.

Zac reçut le message fort et clair. Il retira ses doigts, et je pus lui verser son café. Puis j'écrivis sur mon carnet : *Tu prendras la même chose que d'habitude* ?

Il lut la question et j'eus l'impression qu'il allait se mettre à pleurer, là, au milieu du diner. Je faillis en avoir le cœur brisé. J'avais beau essayer, je ne pouvais pas à la fois être distante *et* gentille. Je ressentais les choses beaucoup trop fort, et ces sentiments devaient sortir, d'une façon ou d'une autre. Alors la méchante en moi refit surface.

Ce n'était pourtant pas du tout ce que je voulais. Mais c'était mieux que de sangloter dans mon coin sous prétexte qu'il m'avait brisé le cœur.

Il eut donc droit à la connasse.

Il hocha la tête en silence, me faisant comprendre que oui, il prendrait sa commande habituelle, puis la baissa, rentrant en lui comme s'il voulait fuir un environnement hostile.

Je me retournai pour punaiser sa commande, puis m'occupai avec beaucoup d'attention de deux autres tables. Quand Sal fit sonner la cloche pour me dire que la commande de Zac était prête, mon téléphone vibra dans ma poche.

Je le sortis en espérant que ce ne soit pas *Lita* me disant qu'elle n'allait pas bien. Mais c'était un message de Zac.

*Tu es fâchée contre MOI ?*

Je soupirai, regardai dans sa direction, prise d'un doute. Mais merde. Il n'avait vraiment pas la moindre idée de ce qui n'allait pas ? Et maintenant, c'était *moi* qui n'étais pas juste parce que je ne lui disais rien.

Je pris son assiette et la portai à sa table avant de la poser devant lui. Le pauvre garçon avait l'air d'un chiot maltraité. Je crois que je n'avais jamais vu quelqu'un d'aussi abattu. Quand il leva vers moi ses yeux pleins de chagrin, je fondis littéralement.

Je sortis à nouveau mon téléphone et écrivis, à contrecœur : *Pas fâchée.*

Il eut un air perplexe en lisant la réponse.

Alors je me décidai à ajouter : *Juste triste.*

Il me regarda alors droit dans les yeux. Le comptoir se trouvait peut-être entre nous, mais j'avais l'impression qu'aucune distance ne nous séparait.

— À propos de quoi ? dit-il dans un demi-murmure.

Je laissai échapper un profond soupir avant de lui répondre :

*J'ai été blessée que tu ne veuilles pas m'embrasser.*

À peine avais-je appuyé sur la touche « envoyer » que Zac était en train de lire ma réponse.

— Quoi ?! cria-t-il en me regardant, bouche ouverte, comme assommé.

Je devins toute rouge et, en regardant autour de moi, je m'aperçus que les autres tables nous observaient avec curiosité.

Je baissai la tête, gênée, et remplis la tasse de Zac avant de m'enfuir.

Comme je m'occupai à aller voir les autres tables, je sentis encore une fois mon téléphone vibrer dans ma poche. Deux fois. Mais je décidai de l'ignorer. Ce ne fut que lorsque mon pot de café fut vide que je retournai au comptoir, où il se trouvait, pour le remplir.

Zac m'attendait.

— Mari, murmura-t-il en se penchant au-dessus du comptoir, essayant d'attirer mon attention. Merde, dit-il d'une voix rauque, avant de parler plus fort. Ce n'est pas vrai.

Je m'arrêtai soudain, espérant que cela signifiait ce que j'espérais. Mais je faisais déjà tellement la tête que j'étais déterminée à ne pas lâcher. Après avoir rempli mon pot de café, je fis demi-tour et me dirigeai vers la dernière table.

Ma poche vibra encore une fois.

Et encore.

Et ça se mit à vibrer tellement que le gars que j'étais en train de servir fit un geste du menton en direction de mon tablier et dit :

— Je crois que quelqu'un est en train d'essayer de vous joindre.

Je soupirai, irritée, et sortis mon téléphone pour lui dire d'arrêter de m'écrire ou que j'allais devoir le bloquer.

Et puis, je lus ce qu'il avait écrit :

*Quand est-ce que je n'ai pas voulu t'embrasser ?*

*Parce que ce n'est pas vrai. J'en ai très envie.*

*S'il te plaît, parle-moi.*

*Je ne comprends pas ce qui se passe, mais je n'aime pas ça.*

*Je pense qu'il y a eu un gros malentendu, et qu'il suffirait d'une conversation pour réparer tout ça.*

*Est-ce qu'on peut aller à la rivière après le travail ? Je te promets qu'on tirera tout ça au clair.*

*S'IL TE PLAÎT.*

J'étais encore en train de lire quand un nouveau message arriva.

*T'embrasser, c'est la SEULE chose à laquelle je pense.*

Je levai les yeux, pleine d'espoir.

Zac me regardait, vivement inquiet. Il signa le mot « rivière » et leva les sourcils, suppliant.

Je sentis un pincement dans mon ventre. J'espérais qu'il ne mentait pas sur cette histoire de baiser juste pour que je me sente mieux. Je haussai légèrement les épaules et hochai la tête presque à contrecœur.

Il sembla si soulagé par ma réponse que ses épaules s'affaissèrent et qu'il poussa un énorme soupir.

*Merci*, signa-t-il.

Je hochai à nouveau la tête, me sentant un peu mieux.

La clochette de la porte tinta alors, et les clients commencèrent à affluer. Je n'eus plus une seconde à consacrer à Zac pendant tout le reste de son déjeuner.

Quand il descendit de son tabouret pour partir, je pus lui lancer un dernier regard. Il inclina la tête pour me dire au revoir, puis glissa quelques billets pliés sous son assiette avant de partir. Ce ne fut que plus tard que j'eus enfin le temps de débarrasser son assiette. Je découvris qu'il avait glissé un message dans mon pourboire.

*5 heures. Chez Harvey. Tu me reconnaîtras, je suis le garçon impatient de te voir.*

Je souris malgré moi et levai les yeux au ciel.

Le reste de la journée fut infiniment meilleur. J'avais vraiment envie de le revoir.

Dès que je quittai le travail, je rentrai à la maison et pris une douche. Mais cette fois-ci, il était hors de question que je me prépare à faire l'amour. J'enfilai un soutien-gorge, un jean et une chemise couleur pêche. Après ça, j'avais prévu de quitter la maison et d'aller en ville tranquillement, de traîner un peu dans les rues de Peril jusqu'à 5 heures, mais *Lita* commença à tousser dans sa chambre.

J'allai la voir. Elle faisait une sieste, ce qui était inhabituel chez elle. Mais son front n'était pas chaud, elle n'avait donc, Dieu merci, pas de fièvre.

Elle était encore en convalescence, j'avais un peu honte de la laisser cuisiner pour Camilo, Lucia et quiconque passerait pour dîner. Aussi, je préparais une cocotte d'enchilada que je mis au four.

Elle venait tout juste de se réveiller de sa sieste quand j'étais en train de ranger les derniers ingrédients. Elle avait l'air d'aller beaucoup mieux.

Je lui souris et lui dis, en langue des signes, que je m'étais occupée du dîner.

Quand je lui demandai si elle pourrait sortir le plat du four parce que j'étais sur le point de partir, elle fronça les sourcils, inquiète.

— Partir ? Mais pour aller où ? Tu sors beaucoup ces derniers temps.

Je levai les yeux au ciel avec affection et signai pour lui dire que j'allais voir le coucher de soleil sur la rivière. Je la pris dans mes bras et l'embrassai pour lui dire au revoir.

Elle me lança alors un rire moqueur.

— Tu sens beaucoup trop bon. Je serais étonnée que tu y ailles toute seule. Ne me dis pas que tu y vas avec ce voyou du garage de M. Harvey ? Mariana Ruiz Garcia, ce garçon est un vaurien. Fais très attention à toi.

Je signai alors que Zac était mon ami, et elle grogna son désaccord.

— Tu as plein d'amis ici, dans cette famille. La prochaine fois que tu veux aller voir le coucher de soleil, emmène un de tes cousins avec toi.

J'ignorai ce qu'elle me dit, l'embrassai, lui dis que je l'aimais avant d'attraper mon cardigan favori, parce que l'air s'était un peu rafraîchi, et pris la porte.

Quand j'arrivai au garage, curieusement, Zac m'attendait déjà, adossé au rideau de fer. Il n'était pas encore tout à fait 5 heures pourtant.

Il me vit arriver, se redressa et vint vers moi.

— Prête ? demanda-t-il sans sourire, mais tapotant nerveusement ses doigts sur ses cuisses.

Je hochai la tête, nerveuse moi aussi.

Il me prit la main, en me regardant attentivement pour s'assurer que j'étais d'accord. Je lui offris un léger sourire, et il soupira avant de nous conduire sur le sentier. Il ne dit pas un mot tandis que nous marchions au milieu des arbres. Je gardai mon carnet et mon téléphone dans mes poches, trop inquiète pour dire quoi que ce soit moi aussi.

Arrivés au ponton Henderman, nous prîmes la passerelle et nous installâmes, jambes croisées. Nous ne nous faisions pas vraiment face, mais nos corps étaient orientés l'un vers l'autre. Pendant quelques minutes, nous restâmes simplement assis là, mains sur les genoux, à contempler la rivière et tout ce qui nous entourait, évitant de nous regarder l'un l'autre.

Finalement, Zac poussa un long soupir et passa sa main dans ses cheveux.

— OK, dit-il. Il va falloir que tu m'aides à comprendre pourquoi est-ce que tu penses que je n'ai pas envie de t'embrasser. Et à *quel moment* tu penses que j'aurais *dû* le faire.

Gênée, j'émis un petit gémissement et sortis mon téléphone à contrecœur. Je voulais absolument pouvoir effacer ces horribles mots après les avoir tapés, aussi, j'ouvris l'application Notes et me mis à écrire :

*Mercredi dernier*, commençai-je. *Sur le banc de sable.*

— Vraiment ? demanda-t-il en se penchant pour mieux voir mon écran.

Il semblait ne toujours pas comprendre.

Je lui lançai un regard sévère avant de continuer : *Je pensais que tu allais m'embrasser ce jour-là.*

— Eh bien, dit-il, avec un rire gêné, tout en se grattant la nuque. J'en avais *envie*, convint-il.

Je le regardai, les sourcils froncés.

*Alors pourquoi ne l'as-tu pas fait ?*

Zac grogna, visiblement embarrassé, avant de hausser les épaules.

— Putain, j'en sais rien. Je pense que j'attendais que tu fasses le premier pas.

Moi ? Je plissai les yeux devant cette réponse nulle et inclinai la tête. Voyant qu'il n'avait rien d'autre à ajouter, j'écrivis : *Mais c'est toi le garçon. Est-ce que ce n'est pas à TOI de faire le premier pas ? Prendre l'initiative ?*

Il fit une drôle de tête.

— Je pense que cette idée est carrément dépassée. Et en plus... j'ai bien trop peur pour essayer un truc comme ça.

*Peur ? Pourquoi ?* demandai-je. *Je ne suis pas effrayante.* Une minute... *Je le suis ?*

— Oui, lâcha-t-il un peu consterné. Tu es super flippante. Tu me fous la trouille à chaque fois que je te vois. Je suis juste...

Le sentant patauger, j'inclinai la tête, le poussant à continuer.

— Tu es trop gentille, trop douce, trop innocente pour moi, maugréa-t-il d'un air maussade. Je n'ai pas le droit de vouloir t'embrasser. Je ne te mériterai jamais. Je ne peux pas... tu sais... tenter un truc avec toi. J'ai tout le temps peur de faire ou dire quelque chose d'offensant.

J'ouvris la bouche pendant qu'il lâchait un juron,

bourru, dans sa barbe, puis il passa une nouvelle fois la main dans ses cheveux.

Je secouai la tête avec insistance et tapai : *C'est complètement dingue. Je ne suis pas du tout trop bien pour toi. La plupart du temps, c'est moi qui ai l'impression de ne pas être assez bien.*

Il renifla et me lança un regard de biais.

— Tu es la décence, la gentillesse et la pureté incarnées, crois-moi.

*Mais tu veux toujours m'embrasser ?* risquai-je.

Il lut la question et eut un petit rire amusé.

— Oui, j'ai toujours envie de t'embrasser.

Bon, c'était la seule chose qui comptait.

*Mais c'est à moi de faire le premier pas ?* demandai-je pour être certaine que je comprenais bien.

— En tout cas, ça ne peut pas être moi. J'en ai trop envie. Et si j'essayais de..., dit-il en secouant la tête. Si c'est moi qui prends l'initiative, je crois que je te ferais peur. Je veux dire... qu'est-ce qui se passerait si j'essayais de t'emmener vers quelque chose que tu ne veux pas ou pour lequel tu n'es pas prête ? Tu commencerais alors à me regarder différemment et tu pourrais bien finir par ne plus me supporter. Je veux juste... Je ne peux pas supporter l'idée de t'effrayer et de te faire partir.

*Et si j'aimais ce vers quoi tu nous emmenais, au contraire ?* répliquai-je. *Ou... et si tu n'aimais pas, toi, ce vers quoi que je t'emmenais moi ?*

— Tu vois, la question est là, dit-il en remuant son doigt avec un sourire malicieux. Tu pourrais m'emmener n'importe où et j'irai avec joie. Parce que ce serait avec toi.

*Eh bien, dans ce cas...*

— Dans ce cas, qu..., commença-t-il à demander.

Mais je coupai court à sa question en l'attrapant par sa chemise et en l'attirant à moi pour coller ma bouche contre la sienne.

# Chapitre 12

*Zac*

— Mmff… Mmm.

Sa bouche était chaude, pleine de désir, et si douce que mon grognement surpris se transforma en gémissement de plaisir.

J'attrapai ses cheveux, ses boucles noires s'enroulaient autour de mes doigts, puis je me reculai pour reprendre mon souffle, avant d'y retourner, avec plus de douceur, de légèreté, effleurant sa bouche avec la mienne.

Je jouais.

Mari gémit, et je souris, satisfait. Puis je passai mes doigts autour de sa nuque et l'entrainai plus près de moi, ouvrant à peine la bouche, ne lui donnant qu'un avant-goût. Elle se rapprocha encore et se mit à respirer plus fort. Au moment où elle tira sur ma chemise, suppliante, j'enfonçai ma langue profondément, présageant de ce que ferait ma queue une fois glissée entre ses jambes.

Elle se pressa contre moi. Nos lèvres fusionnèrent. Ma langue entra dans sa bouche, caressait la sienne, en découvrit chaque recoin. J'en avais la tête qui tournait.

Ma queue était si dure que je m'étonnais de ne pas avoir déjà éjaculé dans mon jean.

Nos bouches s'écartèrent enfin, à bout de souffle. Je posai mon front contre le sien, le temps de me remettre.

— Tu es OK ? lui demandai-je, pour savoir si tout allait bien et si c'était bien ce qu'elle voulait.

Elle acquiesça avec une petite expiration. Puis elle joignit ses mains derrière ma nuque et attira ma bouche vers la sienne. Nos lèvres se trouvèrent de nouveau. Langues et dents se heurtèrent jusqu'à ce que nous trouvions un rythme qui s'alignait sur nos battements de cœur.

Elle agrippa mes épaules, se pencha en avant et essaya de venir se glisser sur mes genoux.

— *Whoa, hey*, dis-je, interrompant le baiser pour saisir ses hanches et la repousser légèrement. Attends. Euh...

Je secouai la tête avec un rire mal assuré, et Mari s'arrêta pour me regarder avec de grands yeux sombres, inquiets.

— J'aime beaucoup l'endroit où tu m'emmènes, lui dis-je. Mais j'aime peut-être un peu trop ça justement, alors... euh... Peut-être qu'on devrait ralentir un chouïa. Parce que je ne... Je suis à peu près sûr que tu n'as aucune idée de ce qui va se passer si tu me grimpes dessus comme ça.

Mari me regarda comme si elle ne comprenait pas ce que je voulais dire. Puis elle plongea sa main dans la poche de son jean, et je fus abasourdi de la voir en sortir un préservatif. Elle le mit devant mes yeux, avec un regard interrogateur.

— Merde, soufflai-je, bouche bée. D'accord... Peut-être que tu sais finalement.

Je déglutis avec difficulté.

— Et maintenant je me dis que tu en sais beaucoup plus que moi.

Mari me sourit, pleine de charme. J'étais un peu perdu. Elle essaya à nouveau de monter sur mes genoux, et cette fois, je la laissai faire.

Je saisis sa taille et la pressai contre moi. Ses hanches oscillaient en une lente et folle torture. Nous continuâmes à nous embrasser, bouche ouverte, nous dévorant. C'était si excitant que je me retrouvai très vite hors d'haleine.

Je dus toucher un endroit sensible à travers son jean parce qu'elle arracha sa bouche à la mienne, agrippa mes épaules et rejeta sa tête en arrière, extatique. J'avais une folle envie de la faire jouir sans lui retirer la moindre couche de vêtements, alors je la tirai contre moi, plus fort.

Mari gémit et se mordit la lèvre, puis elle attrapa ma queue à travers mon jean. Je haletai et perdis le rythme. Je me penchai en avant pour poser mon front sur son épaule tandis qu'elle commençait à me caresser par-dessus mes vêtements.

Elle déboutonna mon pantalon et commença à baisser la fermeture Éclair. Le son net du frottement traversa mes oreilles et fit jaillir dans mon corps un désir affamé. Je compris alors avec quelle vitesse, avec quelle fureur, nous brûlions toutes les étapes.

— Attends, attends..., dis-je, attrapant ses mains, essayant de reprendre mon souffle.

Mari me regarda comme si je venais de la gifler. La

déception que je lus sur son visage me fit comprendre que je commettais une erreur.

Je lui pris le visage pour m'assurer qu'elle me regardait bien et qu'elle n'allait pas se faire des idées – des conneries comme, par exemple, que je ne voudrais pas d'elle.

— C'est un honneur d'être avec toi comme ça. Tu n'as pas idée. Cette nuit va être la plus mémorable de ma vie. Mais bon sang, Mari. Je t'ai embrassée pour la première fois, genre il y a deux minutes à peine. Est-ce qu'on ne pourrait pas revenir en arrière et en profiter un tout petit peu plus ?

Elle eut l'air blessé, confus.

— Pas parce que je n'aime pas ça, déclarai-je en secouant la tête. Tu peux me croire, j'aime ça. Beaucoup. Mais parce que je ne veux pas sauter les étapes, aller trop vite. Je ne veux pas que tout ça devienne flou, que je puisse l'oublier. Je veux que chaque détail s'imprime dans mon esprit pour pouvoir revivre ce moment, encore et encore, à chaque fois que je penserai à toi.

Ses lèvres s'entrouvrirent, elle était comme émerveillée.

— Je veux savourer chaque étape, dis-je en hochant la tête. Est-ce que c'est d'accord ?

Elle cligna des yeux, et une larme coula sur sa joue. Puis elle eut un grand sourire et acquiesça. Elle prit mon visage dans ses mains et se pencha vers moi pour m'embrasser, longtemps, lentement.

Nos bouches s'accouplèrent à nouveau, se confondant presque, jusqu'à ne faire plus qu'une. Nos langues se touchaient, se caressaient, me faisant gémir. Ma queue durcissait et pulsait à chaque mouvement.

Nous nous embrassâmes pendant dix ou quinze minutes avant que j'ose glisser ma main sur sa poitrine.

Elle fit une pause et recula légèrement. Je ne savais pas si elle était contrariée par mon geste ou si elle l'approuvait. Mais ensuite, elle tira sur ma chemise, demandant silencieusement si elle pouvait la retirer.

— Tu veux que je l'enlève ? dis-je.

Elle acquiesça.

Je lui souris, attrapai l'arrière de ma chemise par le col et la fis passer par-dessus ma tête.

Elle me regarda faire en ouvrant grand les yeux. Puis elle posa ses deux mains sur sa bouche et hocha la tête avec enthousiasme.

Je ris.

— Tu aimes ?

Elle acquiesça avec encore plus de ferveur et tendit les mains, posant ses paumes sur mes pectoraux. Elle s'approcha et embrassa légèrement le haut de mon épaule ; ses lèvres étaient si humides et douces que je dus expirer très fort pour me contrôler. Elle continua, jusqu'à me pousser à la limite alors que ses lèvres descendirent jusqu'à mes tétons. Elle en prit un entre ses dents et mordilla légèrement. Je grognai alors en saisissant ses cheveux à pleine poignée.

— À toi, dis-je d'une voix rauque et pleine de désir.

Mari attrapa son cardigan et le retira rapidement. Puis elle agrippa son chemisier et le tira vers le haut.

Le tissu pêche glissa, puis se bloqua au niveau de ses seins. Elle tira un peu plus fort pour faire passer son chemisier par-dessus, ce qui les fit balancer dans leur soutien-gorge blanc en dentelle.

— Mon Dieu.

Je restai bouche bée devant leur perfection. Lorsqu'elle eut retiré complètement le vêtement, je déglutis. Ses longs cheveux noirs tombaient sur ses épaules, ruisselant sur ses courbes brunes parfaites.

Elle était de loin la créature la plus adorable que j'aie jamais vue.

Je voulus m'emparer de ces seins splendides et avançai une main tremblante, sachant que je ne méritais pas un tel honneur.

Juste avant que je la touche, cependant, elle secoua la tête et me fit signe d'arrêter. J'étais soudain sûr d'être allé trop loin.

J'ouvris la bouche pour m'excuser, mais Mari, visiblement toujours aussi excitée, se leva. Ne sachant quoi faire, je commençai à me lever aussi, mais elle posa un pied sur ma poitrine et appuya légèrement pour me faire comprendre qu'elle voulait que je reste assis pour la durée de son spectacle.

J'acquiesçai et me rassis alors qu'elle retirait ses sandales. Ma bouche devint sèche quand je la vis sourire avec malice et passer un doigt sous la bretelle de son soutien-gorge.

J'ouvris la bouche malgré moi, une folle excitation rugissant au cœur de mon ventre. Mais, comme un idiot, je ne pus m'empêcher de regarder autour de moi et de réaliser soudain où nous nous trouvions.

Le soleil commençait sa descente dans le ciel, le crépuscule approchait, mais il faisait encore assez clair pour que n'importe qui, passant par là, puisse distinguer nos silhouettes.

— On devrait peut-être aller dans un endroit plus intime, non ? proposai-je.

Mari fit une grimace comme pour demander : *Pourquoi intime ?* J'étais trop excité pour discuter. Honnêtement, son mépris de la pudeur m'enivrait encore plus.

— Mariana Ruiz, murmurai-je d'une voix basse et approbatrice, est-ce possible que je détecte un peu d'exhibitionnisme en toi ?

En réponse, elle leva un sourcil et abaissa la bretelle de son soutien-gorge jusqu'à ce qu'un de ses seins soit complètement libre.

Ma queue, déjà dure, enfla encore, à en devenir douloureuse. J'aurais pu percer des trous dans un arbre avec.

Elle retira la deuxième bretelle, puis dégrafa lentement le soutien-gorge – ce qui poussa sa poitrine vers l'avant. Il tomba alors à ses pieds, atterrissant sur les planches. Sa moitié supérieure était à présent complètement nue et exposée à mon regard.

Ses seins étaient parfaits. Ils ne tenaient pas dans une seule main et avaient de grandes aréoles entourant les tétons les plus élancés, les plus fermes et les plus sombres que j'aie jamais vus. Un grognement monta du fond de ma gorge. Je les regardai se balancer délicieusement tandis qu'elle déboutonnait le haut de son jean. Puis elle ouvrit la fermeture Éclair, accrocha ses pouces aux passants de ceinture, et tira le jean, le faisant glisser sur la courbe de ses hanches.

Dieu du ciel, elle avait rasé sa chatte. J'eus l'eau à la bouche en observant la petite langue rose qui dépassait à peine, visible à travers les plis entre ses jambes.

Je laissai échapper un soupir.

— Mon Dieu, tu es tellement belle.

Elle s'avança vers moi. J'étais perdu.

Un peu dépassé, je regardai ma déesse avec des yeux écarquillés, prêt à faire tout ce qu'elle m'ordonnerait, prêt à l'adorer.

L'adorer n'eut rien de difficile quand elle posa une main sur mes cheveux et joua avec mes mèches. De l'autre main, elle saisit mon poignet et me montra où elle voulait être touchée. Elle posa ma paume sur le haut de sa hanche et la fit glisser sur le creux de sa taille puis plus haut le long de son torse.

À partir de là, je savais où me diriger.

Mes doigts effleurèrent son côté. Puis je me saisis d'un sein lourd, le massai et le soupesai dans ma main, émerveillé par sa douceur et sa plénitude. Puis je m'attardai sur le téton, le roulant entre deux doigts et le pinçant de la même manière qu'elle l'avait fait avec moi.

Elle gémit, et ses hanches eurent un sursaut. Cela détourna mon attention vers le bas de son corps. Je regardai alors sa chatte, et ma bouche s'assécha. L'intérieur de ses cuisses était humide. Elle était déjà prête à me recevoir.

Mari fit glisser ma main vers le bas, me faisant comprendre qu'elle voulait que je lui caresse les fesses. Je posai les yeux sur son visage, émerveillé, et passai mes mains sur ces magnifiques monticules. Je serrai. Elle gémit à nouveau, se rapprochant encore de moi. Elle en voulait plus.

En baissant les yeux, je m'aperçus que mon visage n'était qu'à quelques centimètres de son intimité. Je déglutis très fort, et levai sur elle des yeux interrogateurs. Elle hocha la tête et saisit l'arrière de ma tête avant de pousser ma bouche entre ses jambes.

Je serrai ses fesses plus fort, et mes lèvres se posèrent sur sa chair rasée. Elle gémit. Ses hanches eurent un mouvement brusque, comme surprises par le plaisir. Alors, je l'embrassai à nouveau à cet endroit, légèrement d'abord, cherchant à savoir ce qu'elle aimait. Puis je sortis ma langue, pour voir.

Ses doigts se refermèrent sur ma chevelure, serrant plus fort, et elle avança fermement ses hanches vers mon visage. Je la léchai à nouveau, plus longuement. Mari chevaucha ma bouche, haletant, hoquetant, me faisant comprendre qu'elle en voulait plus.

Je saisis l'arrière de ses cuisses et poussai ma langue plus profondément dans ses replis, la faisant entrer dans son intimité. Cela la fit crier.

Puis elle se retira brusquement. J'eus peur d'être allé trop loin. Mais ses tétons étaient durs et sa respiration saccadée. Son regard ne laissait planer aucun doute : elle mourait d'excitation.

Elle posa à nouveau son pied nu sur ma poitrine, m'ordonnant silencieusement de m'allonger sur le dos. Je m'exécutai immédiatement, cherchant autour de moi les vêtements que nous avions abandonnés pour les utiliser comme coussins.

Une fois que je me trouvai là où elle me voulait, Mari s'assit sur mes cuisses et dézippa mon pantalon.

Cette fois-ci, plus question de lui dire de ralentir, je priais pour qu'elle se dépêche.

Elle saisit habilement le bord de mon caleçon et celui de mon jean et les tira tous les deux vers le bas. Une fois ma queue à l'air libre, je levai les yeux vers le ciel, réalisant que le soleil était en train de se coucher.

C'était généralement le moment préféré de Mari, mais

là, elle semblait plus intéressée par ce qui se trouvait dans mon pantalon que par la couleur des nuages. Et pourtant, ils étaient splendides, ce soir.

Elle regardait ma queue, et j'espérais qu'elle aimait ce qu'elle voyait.

Un sourire éclaira son visage. Elle passa sa langue sur ses lèvres, fit glisser légèrement ses doigts sur ma poitrine. Elle descendit ensuite, et nos yeux se croisèrent tandis qu'elle agrippait fermement mon sexe.

Elle commença à me masturber lentement. Je me cambrai, sachant que je ne tiendrais pas très longtemps.

Mari semblait savoir exactement ce que je voulais avant que je le sache moi-même. Un préservatif apparut dans sa main. J'étais heureux qu'elle y ait pensé. Moi j'avais complètement oublié. Elle l'ouvrit avec ses dents et tira soigneusement le morceau de latex.

Elle en pinça l'extrémité entre ses doigts et, de l'autre main, le plaça sur le bout de ma queue. Elle le déroula ensuite avec une telle facilité que je me retrouvai à balbutier :

— Tu as déjà fait ça auparavant ?

Mari s'arrêta net, sa main toujours autour de mon sexe, tenant le préservatif en place. Elle leva son regard vers le mien, ses yeux grands ouverts, comme coupables.

Elle hocha la tête lentement, inquiète, comme si elle confessait un crime. Elle avait clairement peur de ma réaction.

Je clignai des yeux.

Honnêtement, je ne m'étais pas attendu à ce qu'elle dise oui. Je l'avais imaginée innocente et intacte. Et cette pensée était tellement ancrée dans mon esprit que je fus pris au dépourvu en découvrant à quel point j'avais tort.

— O-oh, bafouillai-je.

Je me sentais totalement idiot.

Mordant sa lèvre inférieure, elle leva son index. Un. Bon, alors elle ne l'avait fait qu'une seule fois, me dis-je. Ce qui signifiait que je ne m'étais pas trompé tant que ça. Mais peu importait de toute façon ; je me sentais juste un peu bête de m'être imaginé tout savoir d'elle et de supposer que ça allait être la première fois.

Elle fronça le nez dans une grimace de dégoût.

— Alors... une fois. Mais tu n'as pas aimé ?

Elle me désigna du doigt et dit quelque chose en langue des signes que je ne compris pas. Mais j'étais presque sûr qu'elle me demandait si j'étais en colère. Je me redressai donc, agrippant ses hanches et secouant la tête.

— Non, ça va. Ne t'inquiète pas du tout pour moi. Je suis même content que tu puisses me dire ce que tu aimes.

Mari prit mon visage entre ses deux mains et plongea profondément son regard dans le mien comme pour s'assurer que je ne mentais pas.

Cette fille était tout simplement adorable.

— Viens ici, murmurai-je en l'attirant à moi pour l'embrasser.

Ses doigts se fléchirent quand mes lèvres touchèrent les siennes. Je me reculai ensuite très légèrement tout en gardant mon front contre le sien. Je levai la main, paume ouverte, face à elle, et attendis qu'elle vienne enlacer ses doigts dans les miens.

— Notre première fois ensemble va être phénoménale. Je te le garantis, lui promis-je.

Parce que j'allais faire tout ce qui est humainement possible pour m'assurer qu'elle prenne du plaisir.

Mari sembla apprécier mon assurance. Elle souleva ses hanches et saisit ma queue à sa base. Puis, elle s'abaissa lentement sur moi.

Ma bouche s'ouvrit toute seule. Elle commença à remuer le bassin jusqu'à ce que...

Oh ! mon Dieu.

J'étais complètement enfoncé en elle.

J'étais à l'intérieur de Mari.

Quand je m'étais réveillé ce matin-là, je n'avais pas du tout imaginé que la journée se terminerait ainsi. Encore moins après le déjeuner, devant la tristesse qui se dessinait sur son visage au restaurant. J'étais pratiquement certain qu'elle allait me dire que notre amitié était finie.

Et à présent, nous étions en train de faire l'amour.

Les muscles de son sexe se contractèrent autour de mon sexe, et je clignai des yeux devant la douce agonie que cela me procurait. Puis elle commença à bouger, se soulevant doucement, s'abaissant à nouveau, me chevauchant en vagues lentes et régulières.

Je grognai et agrippai ses cheveux. Je forçai sa bouche contre la mienne, nos langues étaient au diapason des allées et venues de ma queue en elle.

Au bout d'un moment, nous en voulions plus, tous les deux. Ses mouvements devinrent plus rapides, et je l'aidai, agrippant sa taille et la soulevant avant de la tirer vers le bas. Encore et encore. Et chaque nouvelle fois que je la pénétrais était meilleure que la précédente.

Les seins de Mari se balançaient contre ma poitrine, ses cuisses enserraient ma taille, ses ongles s'enfonçaient dans mon dos. Et la manière dont elle haletait à mon oreille...

Je fis glisser mes mains sur ses fesses, la faisant aller et venir sur moi plus fort et plus vite, incapable de me retenir. La vie était faite pour ça, pour que je puisse accéder au nirvana que représentait l'union de nos deux corps.

Ses muscles intérieurs serrés autour de moi, elle me tirait, me secouait, me possédait absolument. Sa chatte continuait à avaler ma queue, toujours plus serrée, plus humide. Encore et encore, le plaisir ne cessa de monter jusqu'à ce que, mon Dieu, je ne sois pas sûr de pouvoir en supporter davantage.

Mari commença à gémir. De courts cris saccadés. Puis elle s'abattit sur moi avec force. Son sexe se contracta, elle jeta sa tête en arrière, bouche ouverte, dans un cri silencieux, alors qu'elle atteignait l'orgasme.

Des sensations éclatèrent dans mon bassin. J'étais là, avec elle, jouissant fort.

J'enterrai mon visage dans ses cheveux, la serrai et explosai, me libérant dans un rugissement, la maintenant fermement contre moi, la forçant à recevoir chaque goutte que je lui abandonnais, tandis que son corps continuait à se presser contre moi, avide.

Pour la première fois de ma vie, je ressentis une véritable connexion avec quelqu'un d'autre. Une connexion qui avait un sens, un but.

J'étais heureux.

# Chapitre 13

*Mari*

Après avoir goûté à Zac, j'avais envie de lui tout le temps.

Quand je marchais dans la rue, je le sentais encore qui martelait en moi. Je sentais encore ses mains dans mes cheveux, ses doigts qui caressaient mes fesses, ses dents qui mordillaient mon épaule. Je ne pouvais même pas lever mon bras ou attraper quelque chose sans que le frottement de mes tétons contre mon soutien-gorge me rappelle les pincements de Zac.

J'avais envie de lui, à en crever.

Aussi, le lendemain, je me montrai à l'atelier à l'heure de la fermeture sans qu'il me l'ait demandé, plus prête que jamais à retourner sur les quais.

Dès qu'il leva la tête et m'aperçut à travers les grandes portes du garage, il lâcha l'outil qu'il avait en main et cria à son boss qu'il partait. Puis il courut vers moi, sans me quitter un instant des yeux.

Il ne dit pas un mot, me prit simplement la main et nous conduisit sur le chemin. Mains jointes, nous nous regardions de temps en temps, rougissant, souriant.

C'était à la fois doux et innocent.

Jusqu'à ce que nous arrivions sur le quai.

Et puis...

L'innocence mourut soudain de mort subite et laissa la place à un programme interdit aux moins de dix-huit ans.

Je lui arrachai ses vêtements, il m'arracha les miens. Nous nous déshabillâmes l'un l'autre à une vitesse défiant l'entendement, en nous serrant, léchant, mordant dans le même temps. Nous avions comme une urgence désespérée, une envie de nous consumer l'un l'autre autant que nous le pouvions.

— J'ai acheté des préservatifs, dit-il fièrement en faisant glisser mon short sur mes hanches. Toute une putain de boîte.

Il mit la main dans sa poche avant que je puisse lui retirer son jean. Il en sortit toute une ribambelle.

Il avait l'air tellement content de lui que cela me fit rire et que je l'embrassai.

Dès que nous fûmes nus, il me coucha sur le matelas de vêtements et vint sur moi, attrapa la base de son membre et tira sur le préservatif pour s'assurer qu'il était bien en place.

Puis il se fraya un chemin entre mes cuisses, me pénétrant avec une telle confiance que je gémis immédiatement et me cambrai – surprise par sa hâte après avoir été si lent et méthodique la nuit précédente.

Aujourd'hui, il ne voulait pas déguster, il voulait baiser. Fort. Salement. Vite. Et mon Dieu, j'étais totalement d'accord avec ça. Il se tenait au-dessus de moi, sans me toucher tout en me pénétrant, encore et encore, forçant mon corps à s'étirer et à s'adapter aux assauts.

Mes seins rebondissaient à chaque poussée, les

muscles de mon abdomen tremblaient. Mes cuisses brûlaient tant je les tenais écartées. Je calais mes pieds contre le ponton, faisant fi des échardes qui pourraient s'y enfoncer, me préparant à chaque impact.

C'était tellement bon. Je voulais que jamais ça ne s'arrête. Et ce regard posé sur moi, si intense... Mon Dieu.

Il ne détournait pas les yeux, me faisant captive de sa prison noisette, incapable de regarder ailleurs. La connexion entre nous était telle que mon ventre frémissait, que ma respiration s'accélérait, m'amenant peu à peu à l'orgasme.

C'était parfait, et je voulais que ça dure éternellement, mais j'avais besoin d'une apothéose. Je saisis alors ses fesses et le pressai plus profondément contre moi, contractant mes muscles autour de lui.

Ses yeux s'écarquillèrent, et il étouffa son plaisir.

— Putain. Putain. Je... Mari..., murmura-t-il alors.

Incapable de retenir son orgasme, il renversa la tête en arrière et grogna. Les veines de son cou s'épaissirent, et son visage rougit tandis que son préservatif se remplissait en moi.

Les pulsations de son éjaculation furent juste l'élément supplémentaire dont j'avais besoin pour jouir moi aussi.

— Zaa..., criai-je, submergée par une avalanche de sensations.

Les instants qui suivirent furent une pure extase qui me traversa et explosa en moi par vagues successives jusqu'à me vider complètement de toute énergie.

Quand ce fut terminé, Zac retomba lourdement, pressant ses hanches et sa poitrine contre moi, pendant qu'il reprenait son souffle.

— Putain de merde ! s'écria-t-il quand il put enfin parler. Je... J'ai adoré quand tu... J'adore comment tu...

Bien qu'à bout de souffle, il rit, puis posa son front contre le mien, me regardant dans les yeux. Il réussit finalement à réunir assez d'air dans ses poumons pour dire ce qu'il avait à dire.

— La façon dont tu as crié mon nom quand tu as joui.

Je lui souris en retour et caressai sa joue amoureusement. Puis je passai mes ongles sur sa tête avant d'enfoncer mes doigts dans sa chevelure.

Il frissonna et eut un sursaut en moi.

— Mais, bon Dieu, grogna-t-il en s'extrayant de moi et en se mettant sur le dos à mes côtés. Tu sais comment épuiser un mec. J'ai l'impression de faire une crise d'hypoglycémie.

Je ris et me retournai pour me coller à lui.

J'avais envie de lui dire de rester comme ça, allongé et détendu pour le reste de la soirée, et que je m'occuperais du reste, que je m'occuperais de *lui*. Mais j'étais trop fatiguée et j'avais la flemme d'écrire.

Il fallait vraiment que je lui apprenne la langue des signes.

Mais plus tard.

Nous fîmes une petite sieste après ça, dans le jour déclinant, et le soleil avait presque disparu quand nous nous réveillâmes. Ce n'était pas grave, j'avais autre chose que le coucher de soleil en tête. Comme découvrir comment était mon amant dans la semi-obscurité.

Il me laissa le pousser jusqu'à ce qu'il soit couché sur le dos, où je l'embrassai partout, passai mes mains sur sa chair nue, traçant le contour de ses chevilles, de ses mollets et jusqu'à ses épaules. J'évitai son entrejambe un temps, et quand je posai enfin mes mains autour de son sexe, il était turgescent et dur.

Je commençai à le masturber. Zac prit une profonde inspiration.

— Mari..., dit-il, implorant, se redressant et cherchant mes hanches.

Mais je le repoussai. Je voulais qu'il reste où il était pour pouvoir le prendre dans ma bouche.

— Oh mon Dieu, gémit-il. Mon Dieu...

Mes cheveux étaient étalés sur son ventre et ses cuisses. Je commençai à le sucer d'un rythme lent et paresseux, découvrant son goût et sa texture.

Je levai les yeux mais ne pus voir son expression dans l'obscurité. Cependant, j'entendais chaque petit gémissement qui restait coincé dans sa gorge.

Sa main s'enfonça dans mes cheveux, et son halètement se fit plus rapide. J'accélérai alors la cadence, suçant plus fort, le prenant plus profondément. J'utilisai ma main libre pour la glisser sur ses testicules et pressai le bout de mon doigt juste derrière, contre la zone du périnée. Il se cambra alors puis émit un son marquant sa surprise, essayant de m'avertir juste au moment où il remplissait ma bouche.

— Désolé ! Mon Dieu, je suis désolé, dit-il dès qu'il put parler à nouveau. Je voulais te prévenir, je te jure. Mais...

Il se redressa, me tendant la main, inquiet.

— Ça m'a complètement pris au dépourvu. Ça va ?

Cela ne me dérangeait pas. J'aimais avoir le contrôle sur lui au point de pouvoir le faire jouir sur commande.

Je hochai la tête et souris pour lui faire comprendre

que tout allait bien. Et même plus que ça. Je me blottis alors contre lui : il n'avait rien à craindre.

Il eut un soupir de soulagement.

— Tu es beaucoup trop indulgente, murmura-t-il contre mes cheveux avant de m'embrasser le front. Beaucoup trop parfaite. Et je ne te mérite pas. Mais je vais quand même te garder.

Je hochai la tête puis écrivis les mots *N'oublie pas ce que tu viens de dire* sur sa poitrine, ce qui le fit rire.

— Ne t'inquiète pas, m'assura-t-il. Je n'oublierai pas.

La nuit suivante fut très similaire. Nous marchâmes vers l'eau tranquillement, nous tenant la main, parlant à peine. Et le temps d'arriver jusqu'au ponton, nous étions déjà excités, affamés l'un de l'autre. Nous avions besoin de faire l'amour aussi vite que possible.

Cette fois, il s'assura de me faire un cunnilingus avant que nous nous assoupissions tous les deux.

Quand nous nous réveillâmes, prêts à recommencer, je lui envoyai un texto, lui demandant si nous pouvions essayer la levrette.

Il était tout à fait d'accord avec cette idée. Je me mis alors en position, à quatre pattes, puis jetai un regard d'invitation.

Il faisait bien plus sombre que la nuit précédente, et je pouvais à peine distinguer sa silhouette quand il se mit sur ses genoux, derrière moi.

— Merde, marmonna-t-il. J'aimerais tellement qu'on voie mieux, pour apprécier la vue. Je parie que tu es...

Une seconde plus tard, la lumière de son téléphone s'alluma, et il le braqua sur moi.

— Putain...

Je lui lançai un petit sourire par-dessus mon épaule

et posai la moitié supérieure de mon corps sur mes coudes, laissant mes fesses significativement plus hautes que tout le reste. Quand je lui fis un signe de la tête pour le taquiner, il gémit.

— Mon Dieu, tu es tellement...

Sa main caressait mes fesses tandis que la lumière du téléphone glissait lentement sur tout mon corps.

— Mon Dieu, je n'ai pas de mots.

Il caressa mon dos et redescendit, me faisant frissonner et gémir de plaisir.

La lumière s'éteignit brusquement, et j'entendis le bruit sourd de son téléphone qui atterrit sur le ponton. Puis l'une de ses mains rugueuses saisit ma hanche. Je le sentis me sonder par-derrière. Il attrapa sa queue avec sa main libre pour mieux viser, et quand il trouva enfin le bon endroit, je poussai un gémissement de plaisir.

Il avança juste au moment où je reculais, et nous nous rencontrâmes au milieu, chair contre chair, ventre contre fesses, son pénis pulsant en moi.

Je mordis mon poignet. Je le sentais en moi, si gros, si épais. Il dut le comprendre et ralentit son rythme, réalisant que c'était sans doute la première fois que je me faisais prendre dans cette position. Chaque centimètre enfoncé en moi semblait une éternité. Jusqu'à la garde.

Il fit alors une pause pour soupirer bruyamment.

— Putain. Tu es tellement serrée, murmura-t-il.

Je me cambrai et le nouvel angle le fit glisser encore plus profondément en moi.

Nous grognâmes tous les deux.

Il attrapa alors mes fesses, y enfonçant ses ongles avec rudesse. Il avait oublié toute délicatesse, oublié ses désirs de lenteur. Je secouai la tête sous cette légère douleur. Mais cette même douleur m'excita encore plus. Et j'en voulais toujours plus, j'étais prête pour le grand final, prête pour un orgasme qui surpasserait tous les autres orgasmes.

Nous entendîmes alors le bruit d'un moteur approcher sur l'eau, une lumière à l'avant le guidait.

— C'est quoi ce bordel ? murmura Zac, se plaçant sur moi de manière protectrice, comme une couverture humaine.

Nous nous figeâmes en pleine baise.

Nous restâmes comme ça, joints, n'osant pas bouger, avec l'espoir qu'ils ne pointeraient pas la lumière de notre côté et qu'ils passeraient devant nous sans s'apercevoir que nous étions là.

Mais le bateau ne continua pas son chemin. On arrêta le moteur et éteignit la lumière, ce qui nous plongea à nouveau dans un noir complet.

Zac poussa un juron dans sa barbe, puis nous entendîmes la voix d'une fille.

— Tu es sûr qu'on ne se fera pas surprendre ici ?

— Nan, bébé, répondit une voix d'homme, personne ne vient jamais de ce côté de la rivière. Nous sommes... tout seuls.

Ouais, c'était aussi ce que nous pensions.

— Eh bien, si tu es sûr...

— Fais-moi confiance, personne ne nous verra.

Ensuite, nous entendîmes un petit cri de femme et un gloussement.

— Oh ! Chance, tu es tellement vilain.

Pour toute réponse, son compagnon poussa un grognement et dut certainement toucher ou attraper quelque chose qu'elle aimait, parce qu'elle poussa un cri de surprise avant de commencer à gémir longuement.

— Oh ! oui, mon Dieu, oui. Oui, ici, comme ça.

— Putain, quelle merde, souffla Zac dans mon oreille, clairement contrarié. Il se souleva légèrement et il commença à se retirer et mettre un point final à *notre* plaisir à nous.

Mais j'avais été si près de jouir, et ça avait été si bon, que je serrai mon sexe autour de son membre de toutes mes forces, essayant de le forcer à rester en moi.

Il fit entendre un bref gémissement, s'immobilisa puis s'enfonça profondément en moi.

— Mari, dit-il doucement, à peine plus fort que le bruit de l'eau qui clapotait autour de nous. Fais attention.

Mais je n'avais aucune envie d'être prudente. Je voulais mon orgasme. Et je le voulais maintenant. L'autre fille semblait sur le point d'atteindre le sien ; il me fallait le mien.

— Plus vite… plus vite…, supplia-t-elle, essoufflée comme si elle utilisait toute son énergie pour rebondir sur les genoux de Chance.

Les chairs claquantes et les grognements masculins me firent arquer le dos et reculer contre Zac. Je haletais de désir, laissant les bruits sexuels de nos voisins m'envelopper à nouveau.

Zac se contracta en moi, reprenant vie également. Il se pencha, posa son avant-bras à côté du mien et chuchota à mon oreille alors qu'il commençait à aller et venir en moi.

— Espèce de petite coquine. Tu aimes ça en fait, hein ?

J'acquiesçai, sans honte.

— Putain, siffla-t-il, accélérant et frappant ses

hanches contre mes fesses plus fort pour suivre le rythme de l'autre couple. Moi aussi, admit-il à mon oreille juste avant de mordiller mon cou et d'enrouler son bras libre autour de moi pour pincer l'un de mes tétons entre ses doigts.

Je poussai un cri de surprise et de plaisir. Et il glissa sa main entre mes jambes.

Quand il saisit mon clitoris, je commençai à jouir.

— Chut..., souffla Zac à mon oreille.

Je donnais des coups de reins et tremblais, incapable de contrôler la force avec laquelle l'orgasme me prenait. Je mordis à nouveau mon poignet, ma chatte pulsait autour de son pénis pendant qu'il enfonçait son visage dans ma nuque. Il me tenait fermement, massant mon clitoris, puis il éjacula en moi.

Sur le bateau, l'amie de Chance criait : « Oui... oui... baise-moi, bébé. Juste là. Comme ça. Oh... mon Dieu... »

Je hochai la tête et souris. *Chante, ma sœur*, l'encourageai-je silencieusement. *Chante pour nous tous qui ne pouvons pas.*

Alors que Chance hurlait sa libération, Zac vibrait contre moi, et je compris qu'il riait.

Une minute plus tard, la femme annonça : « Oh ! mon Dieu, c'était tellement bon. Je ne savais pas que le risque de se faire attraper rendrait la chose encore plus excitante. »

— Elle ne croit pas si bien dire, chuchota Zac à mon oreille.

Et je dus poser ma main sur ma bouche pour étouffer un rire.

« Ma copine ne sera toujours pas en ville demain si tu veux recommencer », proposa Chance.

Zac se raidit contre moi, et je sus instantanément qu'il pensait à sa mère et à ses infidélités.

Je levai la main et caressai sa joue, espérant le calmer. Il répondit en recouvrant chaleureusement ma main avec la sienne, puis tourna son visage vers ma paume pour l'embrasser en signe de gratitude.

Le reste de la conversation du couple fut noyé par le rugissement du moteur du bateau qu'ils remirent en marche. Leur spot s'alluma à nouveau.

Zac passa ses bras autour de moi, protecteur, au cas où la lumière arriverait dans notre direction. Heureusement, le bateau se dirigea vers l'autre rive et fit demi-tour pour repartir dans la direction d'où il venait.

Zac se leva alors et jeta son préservatif dans la rivière pendant que je me dépêchais de m'habiller.

Il alluma la lumière de son téléphone pour nous aider à trier nos vêtements, puis il l'orienta vers mon visage.

— Ça va ? finit-il par demander. C'était un peu...

Je hochai la tête et pris mon téléphone.

*Je n'arrive pas à croire qu'on vient de faire ça*, avouai-je.

Il secoua la tête en rigolant.

— Ouais. Moi non plus.

Je commençai à trembler du fait de toute l'adrénaline qui circulait toujours dans mon système. Zac le remarqua et posa sa main sur mon bras.

*Je veux dire, c'était vraiment chaud. J'ai eu un orgasme vraiment fort, mais je ne sais pas si je serais prête à le refaire. Je n'arrive pas à m'arrêter de trembler.*

Zac passa une main dans mes cheveux.

— Prête à rentrer ?

Contente qu'il me comprenne, je levai les yeux vers son visage et hochai la tête.

— Je vais te ramener. Tout ira bien. Je suis avec toi.

Et je le croyais. À partir de là, mes nerfs se calmèrent, et l'anxiété passa.

L'assurance de Zac avait tout arrangé. Je ne savais pas comment il faisait, mais sa simple présence pouvait tout résoudre en moi.

Le béguin que j'avais pour lui depuis que j'avais quinze ans avait changé, évolué. Il grandissait.

Et je savais exactement vers quoi tout cela se dirigeait.

# Chapitre 14

*Zac*

Nous rentrâmes à la maison très doucement, repoussant le moment où nous arriverions aux mobile homes et devrions nous séparer.

Elle avait posé sa tête sur mon épaule, attrapé mon bras. Elle tapa un message sur son téléphone avant de me le montrer.

*Tu veux bien me parler ? J'adore entendre ta voix.*

Je laissai échapper un rire épuisé et secouai la tête.

— Euh, d'accord. De quoi tu veux que je parle ?

La seule chose à laquelle j'arrivais à penser, c'était le fait que nous ayons fait l'amour en même temps qu'un autre couple. Mais j'avais l'impression que c'était exactement ce à quoi elle ne voulait plus penser.

*Je ne sais pas. N'importe quoi. Pourquoi pas ta mère ? Tu pourrais me dire pourquoi vous ne vous entendez pas bien.*

Je lui lançai un regard surpris.

— Qu'est-ce qui te fait penser que je ne m'entends pas bien avec elle ?

*C'est TOI qui es censé parler. À toi de me dire pourquoi j'ai cette impression.*

— Probablement parce que c'est vrai, répondis-je avec un haussement d'épaules.

Mari grogna et me donna un coup dans les côtes pour avoir voulu lui faire croire qu'elle se trompait.

Je ris et m'écartai en levant les mains en signe de capitulation.

— OK, OK, je vais parler.

Je ne pouvais pas vraiment discerner l'expression de Mari, dans le noir, mais quand je l'entendis souffler en me regardant, je compris qu'elle était encore un peu fâchée que je l'aie fait marcher. Mais comme je finis par faire ce qu'elle me demandait, elle me pardonna presque aussitôt et se détendit, m'attirant à son côté pour pouvoir à nouveau enrouler son bras autour du mien et caler sa tête sur mon épaule.

J'adorais à quel point elle me faisait confiance. Je posai ma main sur la sienne, accrochée à mon biceps, puis soupirai en cherchant la meilleure façon de commencer à lui parler de ma mère.

— Je ne sais pas, ça ne s'est pas toujours mal passé entre nous. Grace était ma vie, et je *pensais* être la sienne, dis-je avec un rire amer. Je me souviens qu'elle disait que la seule chose que nous avions, c'était nous, et que c'était tout ce dont nous avions besoin. Je savais que nous n'avions pas d'argent et que nous risquions perpétuellement de nous faire expulser des endroits où nous habitions – généralement chez son copain du moment –, mais je n'étais jamais inquiet parce que j'étais avec elle. Et c'était tout ce dont j'avais besoin.

Mari soupira. Comme si ce que je lui racontais lui plaisait. Elle commença à me caresser le bras. Je poursuivis :

— Elle ne possédait pas grand-chose, mais elle me donnait tout ce qu'elle avait. Je veux dire qu'elle faisait tout son possible, qu'elle mettait toute son énergie à me rendre le plus heureux possible. Elle me fabriquait des costumes d'Halloween avec du papier journal et du scotch, ou avec des gobelets et des assiettes en carton. Avec ce qu'elle avait sous la main. On s'asseyait par terre dans la cuisine, et on passait en revue tous les détails, ensemble. Et je me fichais totalement si les autres enfants rigolaient devant nos tentatives un peu pathétiques de faire un costume. J'avais l'impression d'être le roi du monde à chaque fois que j'en portais un. Et à Noël, ajoutai-je, elle trouvait toujours une station de radio qui jouait de la musique festive, et nous décorions ensemble l'appartement dans lequel nous vivions à ce moment-là, quel qu'il soit, avec tout ce qui nous tombait sous la main. On a fait un sapin de Noël argenté avec des fourchettes et des cuillers empilées, ou fait des guirlandes en accrochant des anneaux de papier les uns avec les autres. Ce n'était pas grand-chose, mais c'était super chouette.

Mari me serra le bras, comme si elle était d'accord avec moi.

— L'été, on faisait des concours de pépins de pastèque. On s'asseyait contre un mur, côte à côte, et on voyait qui crachait les pépins le plus loin. Je me souviens du jour où je suis devenu assez grand pour cracher plus loin qu'elle. J'avais l'impression d'être un roi.

Mari décolla sa tête de mon épaule, se mit sur la pointe des pieds et m'embrassa sur la joue.

Je souris à sa silhouette dans le noir.

— Donc non, lui dis-je, ça ne s'est pas toujours mal

passé entre nous. C'était même assez *génial*. Et puis nous sommes venus vivre à Peril.

Et le reste était une tout autre histoire.

Je ne pensais pas avoir besoin d'en raconter plus là-dessus, mais Mari me fit comprendre d'un geste de la main qu'elle voulait que je continue à parler.

— Jude a été le clou qui a scellé notre lien mère-fils dans son cercueil, affirmai-je d'une voix rauque. Et le pire… c'est qu'il l'a fait avec gentillesse. Il a flatté ma mère avec des compliments et de jolis mots, lui disant à quel point elle était précieuse, irremplaçable, qu'elle était la parfaite assistante. Puis il est venu à la maison et nous a aidés à faire tous les travaux dont nous avions besoin. Il a même débouché les toilettes une fois. Il était toujours là quand elle avait besoin de lui, il avait toujours le bon mot, arrivait à la faire sourire à nouveau même quand l'école appelait pour lui dire que je m'étais à nouveau fourré dans le pétrin. Je pense qu'il n'avait pas l'intention de pourrir notre relation. Il pensait juste que j'étais un sale gosse, et il lui disait à quel point il était inquiet de la voir m'élever seule. Et comme la goutte d'eau finit par creuser la pierre, elle a fini elle aussi par croire que je n'étais qu'un sale gosse.

Je donnai un coup de pied dans un caillou sur le chemin que je distinguais à peine dans le noir.

— Je ne peux pas vraiment lui en vouloir d'avoir commencé une relation avec lui. Aucun homme n'avait jamais été aussi bon avec elle. Je suis sûr que j'aurais fait la même chose si j'avais été à sa place. Mais je… Putain, je n'étais qu'un enfant. Je me souviens de la première fois que je les ai surpris ensemble en rentrant de l'école. Elle avait oublié que je devais rentrer tôt ce jour-là, c'était le dernier jour de classe avant les vacances d'été, et je l'ai trouvée à quatre pattes sur le canapé du salon en arrivant.

Mari laissa échapper un cri et se couvrit la bouche.

— Ouais, exactement. Ça a été assez traumatisant pour moi. Je me suis retrouvé nez à nez avec ce type qui allait et venait dans le cul de ma mère avec sa...

Je frissonnai de dégoût rien que d'en parler. Et je secouai la tête avant de continuer :

— Elle poussait des couinements aigus, et j'ai cru qu'elle avait besoin d'aide. J'ai vraiment pensé qu'il était en train de lui faire du mal.

Mari émit un bruit de gorge marquant son empathie, puis serra un peu plus mon bras, tâchant de me réconforter.

— Alors, naturellement, je lui ai sauté dessus, grommelai-je. Il fallait bien que je défende ma mère, non ?

Elle hocha la tête, visiblement parfaitement d'accord.

Je poussai un très long soupir.

— Ouais, eh bien, ma mère s'est mise à me hurler dessus. C'était la première fois qu'elle prenait le parti de quelqu'un d'autre contre moi.

Une douleur sourde et ancienne me glaça les os.

Mari se remit à me caresser le bras. Je me penchai sur elle pour inhaler l'odeur de son shampoing, comme pour me réconforter. Puis je repris.

— À partir de là, elle a commencé à être de plus en plus irritée avec moi, à ne plus avoir de patience. Et ses sourires sont devenus de moins en moins fréquents, jusqu'à ce que, petit à petit, elle conduise la ville entière à penser que j'étais un bon à rien. La semaine dernière elle m'a reparlé pour la première fois en huit mois.

En apercevant la rangée d'arbres qui marquait l'entrée du jardin de Mari, je ralentis, surpris d'avoir osé lui dévoiler tant de choses sur le chemin.

— Eh bien..., dis-je, un peu tremblant, j'ai assez parlé ?

Mari se tourna vers moi et me serra très fort dans ses bras. Je la serrai à mon tour, jusqu'à ce qu'elle se détache et prenne mon visage entre ses mains, les yeux pleins de compassion.

— Je vais bien, la rassurai-je en posant mon front contre le sien. Vraiment.

Elle poussa un petit grognement marquant son désaccord et me donna un grand coup sur l'épaule qui me fit sourire malgré moi.

— OK, je ne vais pas bien, lui accordai-je. Mais je sais que je vais aller bien. Elle ne m'a pas mis dehors, ne m'a pas complètement abandonné. Il y a donc encore un peu d'espoir, n'est-ce pas ?

Elle hocha la tête, puis m'attira à elle pour un long baiser qui me fit presque gémir. Je lui attrapai les hanches. Quand j'essayai de me rapprocher encore, elle recula et me repoussa.

Nous étions trop près de chez elle pour jouer à ça.

Juste pour être sûr que c'était seulement la proximité de sa maison, que rien d'autre ne la retenait, je lui demandai :

— Tout va bien ? Tu ne vas pas t'enfuir à cause de ce que l'on a fait tout à l'heure ?

Ça avait été, de très loin, la chose la plus osée que j'aie jamais faite de ma vie.

Mais Mari secoua la tête et caressa mon menton pour

me rassurer. Puis elle s'approcha de moi à nouveau et déposa un baiser sur ma joue.

— OK. Bonne nuit, murmurai-je en lui prenant doucement les doigts avant qu'elle parte.

Elle me fit un signe de la main, puis se retourna et se pressa jusque chez elle.

Je laissai échapper un long soupir en la regardant partir. Elle me manquait déjà. Je ne m'étais jamais confié à personne de la façon dont je venais de le faire, révélant ainsi tout un pan de mon enfance.

Mais Mari était comme ça. Elle pouvait pousser un imbécile grincheux comme moi à se connecter à ses émotions. Cette fille était tout simplement une merveille.

Une demi-heure plus tard, je sifflotais doucement en arrivant devant la maison où toutes les lumières étaient éteintes.

— Et il siffle en plus, maugréa une voix dans l'allée qui me fit sursauter. Quelqu'un s'est envoyé en l'air ce soir.

En reconnaissant le ton aigri de ma mère, je plissai les yeux dans le noir jusqu'à ce que je la trouve, assise sur le capot de sa voiture, jambes repliées, dos appuyé contre le pare-brise, regardant les étoiles en sirotant une bière.

Grace buvait rarement. Donc quelque chose la tracassait. Quelque chose de grave.

— Qu'est-ce que tu fais dehors ? lui demandai-je en me dirigeant vers elle.

— Je prends l'air, dit-elle avant de reprendre une gorgée.

Je soupirai et m'appuyai contre la portière de la voiture, côté conducteur, bras croisés.

— C'est la nuit parfaite pour ça, effectivement. Regarde ces étoiles, comme elles sont belles.

Je levai les yeux vers le ciel et vis la nuit étoilée comme jamais je ne l'avais vue auparavant, en appréciant simplement sa beauté pure et majestueuse. Il y avait quelque chose dans cette immensité qui vous rendait humble. Et plus je regardais en l'air, plus j'avais une impression de vertige, comme si j'allais être happé, dégringoler dans ces profondeurs obscures, où je me perdrais à jamais.

Un frisson soudain vint courir sur ma peau. Je quittai le ciel des yeux quand Grace se mit à rire.

— Regarde ces étoiles ? m'imita-t-elle, moqueuse. Tu es vraiment sérieux là ? Qu'est-ce qui t'arrive ces derniers temps ?

Elle se tourna alors vers moi.

— Oh ! mon Dieu, tu n'as pas pris de drogue, n'est-ce pas ? grommela-t-elle.

— Non, répondis-je en lâchant un profond soupir. Je n'ai pas pris de drogue.

— C'est que tu es un peu bizarre, là...

— Parce que je regarde les étoiles ? demandai-je en rigolant.

— Non, parce que tu es... courtois, disons.

J'ouvris la bouche et m'apprêtai à répliquer que c'était *elle* qui généralement commençait les disputes, trouvant toujours *quelque chose* à me reprocher. Mais je n'avais aucune envie de me lancer dans une nouvelle engueulade, justement. Mon esprit était léger de toutes les choses que j'avais dites à Mari à son sujet. Aussi, je tentai de ne pas être sur la défensive.

— Ouais... Tu m'as pris à un moment où je suis courtois. Un coup de chance, j'imagine.

— Eh bien..., me lança-t-elle, le coup de ce soir a dû être *particulièrement* bien.

Je lui lançai un regard noir, et l'envie de me défendre me monta à la gorge, mais je la ravalai.

— Tu veux savoir ce que je faisais vraiment ? lui demandai je calmement, bien décidé à ne pas commencer une dispute, même si j'avais un peu envie de lui dire à quel point j'avais dit des choses gentilles à Mari à son sujet, juste pour la faire culpabiliser.

Mais elle pouffa.

— Non. Ça signifierait qu'il faudrait que j'en aie quelque chose à faire.

Aïe. Ça, c'était douloureux. Si douloureux que j'eus envie de lui crier : *Mais c'est quoi ton problème ? Où est passée ma mère ?*

Il fallait que je change de sujet.

— Eh bien moi, j'en ai quelque chose à faire. Je t'aime. Tu es la seule personne que j'aie jamais aimée de toute ma vie. Et je ne vais pas arrêter de m'intéresser à toi juste parce que toi tu ne t'intéresses plus à moi.

Un lourd silence suivit ma déclaration.

J'attendis un instant, espérant une réponse qui ne vint pas.

Je soupirai, déçu.

— Je ne sais pas ce qui t'arrive en ce moment. Je ne sais pas si c'est seulement à cause de ta relation avec Jude ou s'il y a autre chose qui ne va pas, mais je ne vais pas insister, puisque, visiblement, tu n'as pas envie d'en parler avec moi. Mais il me paraît évident que tu n'es pas heureuse. Et c'est pourtant ce que j'ai toujours voulu pour toi. De toutes les personnes que je connais, tu es celle qui mérite le plus le bonheur. Alors... Comme, visiblement, ma présence te rend malheureuse, je vais te laisser un peu tranquille, te laisser ton intimité. Mais je veux que tu saches... Si tu as besoin de moi pour n'importe quoi, je suis là. À tes côtés. Je serai toujours là.

Elle ne répondit pas et cela me brisa le cœur.

— Très bien, ajoutai-je, d'une voix rauque. Bonne nuit.

J'avais dit ce que j'avais à dire. Je ne voyais pas tellement ce que je pouvais faire de plus à présent. Je remplis donc ma promesse. Je lui donnai une tape affectueuse sur le genou et pris la direction de la maison.

En partant, je l'entendis qui pleurait.

# Chapitre 15

*Zac*

Le vendredi, Mari passa au garage tard dans la journée, pendant que je travaillais à l'extérieur.

Pour être tout à fait honnête, je l'attendais. Je regardais ma montre toutes les trente secondes depuis trois heures et demie. Et, à 16 h 57, elle apparut, balançant une petite glacière au bout du bras, un de ces trucs dans lesquels on met généralement des packs de bière.

Elle ne me regarda même pas en passant devant l'atelier. J'inclinai la tête avec curiosité. Mais, soudain, je vis qu'elle laissait tomber un rectangle blanc sur le sol de l'allée, quelque chose qu'elle avait dans la main.

Je souris, amusé, et courus chercher le message. Je le ramassai, le dépliai et inspirai profondément en découvrant ce qu'elle avait écrit.

*Je ne porte pas de culotte.*

Je levai les yeux, la cherchant au loin, et regardai attentivement ses fesses, qui balançaient sous sa jupe.

Déjà à moitié excité, je fourrai le message dans ma poche et lui courus après.

Elle ne regarda pas en arrière, m'ignorant totalement alors qu'elle avait dû entendre le bruit de mes pas. Elle poussa même un cri de surprise quand je la rattrapai, passai un bras autour de ses hanches et la soulevai pour la prendre contre moi.

Puis, en riant, elle se libéra et se retourna vers moi. Elle me sourit chaleureusement avant de glisser ses doigts dans mes cheveux et de m'embrasser intensément.

Je la soulevai à nouveau, et elle enroula ses jambes autour de ma taille pour que je puisse la porter hors du sentier battu, dans les arbres qui nous entouraient, à mi-chemin de la rivière. Quand nous nous fûmes suffisamment éloignés du chemin pour ne plus être visibles, je la collai contre un arbre et mis mes hanches entre les siennes, tout en l'embrassant avec force. Ma main caressait déjà ses cuisses, sous sa jupe. Elle laissa tomber sa glacière pour m'attraper par le bas du dos et m'attirer encore plus à elle.

Quand je pris ses fesses chaudes et nues entre mes mains, nous poussâmes tous les deux un gémissement.

Nos langues s'entremêlaient avec force pendant que j'essayai d'ouvrir la fermeture Eclair de mon pantalon. Elle trouva des préservatifs dans ma poche et m'en mit un.

La soulevant plus haut, je bougeai mes hanches jusqu'à ce que le bout de mon sexe en érection trouve sa chatte, humide, prête. Je retirai ma bouche de la sienne pour pouvoir la regarder au moment où j'entrais en elle.

Ses yeux brillèrent tandis que je la pénétrai soudain, ne m'enfonçant pas totalement en elle. Elle se mordit la lèvre et fit basculer sa tête en arrière.

Puis je commençai mon va-et-vient, à un rythme

régulier, et je la regardai gémir et se tordre sous mes coups de boutoir.

— C'était ça que tu voulais en me laissant ce message ? lui demandai-je. Tu voulais que je t'entraîne dans les bois et que je te baise contre un arbre, c'est ça ?

Mari hocha la tête tout en gémissant, me faisant comprendre qu'elle *aimait* que je lui dise des choses.

Je plaçai ma bouche tout près de son oreille et continuai :

— Tu m'as cherché, tu me trouves, petite Mari.

Et je m'enfonçai très fort et restai comme ça un instant, sans bouger, mon pénis en elle.

Elle reposa sa tête contre le tronc de l'arbre, ferma les yeux et serra les dents avant de laisser échapper un soupir tremblant, puis elle hocha la tête brutalement, m'enjoignant de continuer.

— Ma queue va labourer ta parfaite petite chatte si fort et si longtemps, promis-je, que tu ne sauras plus quoi faire quand je ne serai plus en toi. Tu vas te sentir vide et perdue... Tu vas mouiller, crevant d'envie que je revienne.

Elle gémit et secoua la tête de toutes ses forces, me poussant à reprendre mon mouvement et à faire ce que je lui avais promis. Mais je restai sans bouger encore un instant.

— Tu ne vas plus penser qu'à ça, tu vas en crever d'attendre la prochaine fois que je viendrai te baiser, te remplir comme personne d'autre ne sait le faire et te donner le plaisir dont tu as besoin. Parce que je suis en train d'imprimer la taille de ma queue en toi, sa forme, Mariana Ruiz. Je suis en train de te façonner la chatte pour qu'elle ne corresponde qu'à moi. Pour qu'elle ne connaisse que mon épaisseur, que ma longueur. Aucune autre bite ne te conviendra. Personne ne pourra te faire jouir comme moi je te fais jouir.

Elle hocha la tête avec ardeur, me montrant qu'elle était d'accord, même si nous savions l'un et l'autre que je ne faisais que cracher des conneries pour la faire mouiller encore plus.

Et ça marchait.

Gémissante, avide, elle attrapa mon visage et voulut l'attirer à elle pour m'embrasser, mais je voulais rester en retrait, je voulais la regarder jouir.

Je soutins fermement son regard, agrippai son cul et sortis ma queue presque entièrement avant de l'enfoncer à nouveau à fond, encore et encore, plus fort, plus profond. Je la baisai sans pitié jusqu'à ce qu'elle rejette sa tête en arrière en poussant un cri.

Les muscles de son sexe se serrèrent autour de mon membre pendant qu'elle jouissait, mais je m'enfonçai encore plus, plus durement, admirant le ravissement sur son visage, jusqu'à ce qu'elle retombe, épuisée. Je restai en elle. Elle haletait. Je touchai sa joue et observai son air presque ivre, jusqu'à ce qu'elle ouvre les yeux et m'adresse un sourire paresseux.

— Pas si vite, on n'en a pas encore terminé.

Quand mon sexe encore dur tressaillit, elle ouvrit grand les yeux, comprenant que je n'avais pas joui en même temps qu'elle.

Je me retirai alors presque entièrement, ne laissant que le bout de ma queue en elle.

Elle secoua la tête, paniquée.

— Zaa...

— Quoi ? demandai-je. Tu veux que j'arrête ?

Elle gémit avant de secouer à nouveau la tête.

Je m'enfonçai donc à nouveau en elle. Elle poussa un cri perçant et elle se mit à trembler de tous ses membres, comme si elle avait atteint sa limite. Mais à chaque fois que je me retirai, elle serrait les muscles de sa chatte autour de moi, comme si elle en voulait plus. Elle continua de gémir et de remuer la tête, me montrant que son corps pouvait encore supporter beaucoup plus.

Je pense que nous battîmes un record de temps passé à faire l'amour. À la fin, j'étais trempé de sueur et tous les muscles de mon corps étaient en feu. Mes couilles étaient pleines, dures, serrées, avaient besoin d'être vidées, et ma queue n'en pouvait plus, mais nous continuâmes. Nous baisâmes au-delà du point limite, jusqu'à ce qu'elle rejette sa tête en arrière et fasse glisser un peu plus ses hanches, pour m'engloutir encore plus profondément. Je poussai un gémissement et la tins comme ça, l'empêchant de bouger, jusqu'à ce qu'enfin, mon corps se tende et que je jouisse.

Elle poussa un petit sanglot et posa sa tête sur mon épaule, jouissant à nouveau, tirant de moi son nouvel orgasme.

Elle reposa sa tête en arrière, avant de la laisser pendre sur le côté, me regardant à travers des yeux entrouverts. Elle avait l'air droguée, hébétée.

— Mon Dieu, comme j'aime te regarder jouir, déclarai-je, me sentant tout à coup le roi du monde.

Elle hocha la tête et commença à glisser contre le tronc d'arbre. Elle avait besoin d'un bon moment de repos.

— OK, je vois, lui dis-je d'une voix rauque en la

prenant dans mes bras pour la poser à terre sans qu'elle tombe. On descend.

Nous restâmes comme ça, assis, adossés à l'arbre pendant un moment.

Quand j'eus le sentiment de m'être suffisamment reposé pour pouvoir relever la tête et la regarder, je lui demandai :

— Je t'en supplie, dis-moi que tu as quelque chose à manger, n'importe quoi, dans ta glacière, je suis affamé.

Elle me lança un grand sourire, semblant beaucoup plus alerte, joyeuse et reposée que moi. Elle leva un doigt pour me signifier d'attendre un moment, puis elle attrapa la boîte bleue et la posa sur ses genoux.

Pendant qu'elle en ouvrait le couvercle, je jetai mon préservatif au loin et refermai le zip de mon jean après l'avoir remonté. C'était le seul vêtement qui avait été enlevé.

Je m'approchai un peu de Mari et la regardai sortir une tranche de pastèque et rigoler.

Cette fille n'oubliait rien.

— J'espère que tu n'as pas prévu de me défier au craché de pépins ? dis-je quand elle souleva la tranche de pastèque assez haut pour cacher une bonne partie de son visage, me regardant par-dessus avec des yeux suppliants.

En guise de réponse, Mari baissa un peu la pastèque et hocha vigoureusement la tête, avec une expression de joie.

— Tu ne sais pas ce que tu fais, jeune fille. Je n'ai aucune pitié quand il s'agit de cracher des pépins.

Elle rit et plongea la main dans sa poche avant d'en

sortir son téléphone. Elle avait du mal à taper d'une seule main, puisque l'autre tenait la pastèque.

— Donne-moi ça, lui proposai-je en lui prenant le fruit, ricanant devant ses efforts.

Elle me lança un regard reconnaissant puis écrivit :

*La partie est lancée, monsieur. Tu vas mordre la poussière. Et puis... il faut vraiment que je t'apprenne la langue des signes, pour que je ne passe pas ma vie à taper sur mon fichu téléphone.*

— Eh bien, commençons tout de suite, dis-je. C'est quoi le signe pour la pastèque ?

Mari semblait ravie de mon désir d'apprendre. Elle tapa sur son menton avec trois doigts avant de poser son majeur sur le dos de son autre main qu'elle avait serrée en poing, comme si elle testait la maturité d'un melon.

Je l'imitai, serrant comme je pouvais le poing de la main qui tenait la tranche de pastèque. Elle hocha la tête pour me complimenter.

Je lui souris et croquai dans le fruit. Je sentis le jus dégouliner sur mon menton et lui rendis la tranche.

Elle me regarda m'essuyer du revers de la main et mordit à son tour. C'est alors que je lui lançai une question mal articulée, avec un pépin entre les dents, prêt à l'emploi.

— Tu es prête ? Tu as un pépin là-dedans ?

Elle hocha la tête. Elle avait l'air si concentrée, si pleine d'intensité, que je dus mettre ma main devant ma bouche pour me retenir de rire.

— OK alors, dis-je après avoir ravalé mon rire. On y va à trois. Un, deux, *trois*.

Nous crachâmes tous les deux en même temps, et mon pépin atterrit bien plus loin que le sien.

— Oh ! criai-je en levant les bras en signe de victoire. Nous avons un vainqueur !

Mari me lança un regard un peu impressionné. Je lui souris.

— Ne t'inquiète pas, tu auras plus de chance la prochaine fois.

Je passai mes bras autour d'elle et l'attirai sur mes genoux avant de lui donner un baiser bien mouillé sur la joue.

Elle poussa un cri, scandalisée, et se libéra. Elle partit d'un grand rire avant d'essayer de me lécher la joue.

— Beurk, dis-je en l'évitant de justesse. Tu veux jouer à ça ?

Je volai le dernier morceau de pastèque qu'elle avait dans la main et le secouai au-dessus d'elle, faisant pleuvoir des petites gouttes de jus sur sa tête.

— Zaa..., se mit-elle à crier, se couvrant la tête et se collant contre ma poitrine pour m'obliger à m'asperger moi aussi.

En rigolant, je jetai la peau de la pastèque et passai mes bras autour d'elle pour pouvoir plonger mon visage dans ses cheveux et nous balancer tous les deux lentement.

Je respirai la douce odeur de Mari, j'étais plus heureux que je ne l'avais été depuis bien longtemps. Elle m'attira plus près et posa sa tempe sur ma joue.

Nous restâmes comme ça, dans les bras l'un de l'autre pendant un moment, avant que je laisse échapper un soupir.

— J'ai vu ma mère en rentrant à la maison, hier soir,

juste après t'avoir parlé des bons moments qu'on avait passés ensemble elle et moi.

Mari leva la tête et se redressa pour mieux me regarder. Je hochai tristement la tête.

— Ouais, je ne voulais en aucun cas me disputer avec elle, alors quand elle m'a envoyé une sale pique, j'ai gardé mon calme. J'ai terminé la conversation en lui disant que je l'aimais toujours mais que je la laisserais un peu tranquille jusqu'à ce qu'elle ait à nouveau besoin de moi.

Le front de Mari se plissa. Elle me fit signe de continuer. Mais je haussai les épaules.

— C'est tout, dis-je. Elle ne m'a rien répondu, alors... je suis parti.

Je passai la main sur mon visage et avouai à Mari quelque chose que je n'avais pas voulu m'avouer à moi-même :

— Et ça m'a fait putain de mal qu'elle me laisse partir, comme ça, sans un mot.

Pleine de compassion, Mari me serra fort dans ses bras, cherchant à soigner mon cœur brisé.

— Merci, murmurai-je.

Elle hocha la tête et m'embrassa sur la joue avant de signer quelque chose qui me fit dresser les cheveux sur la tête. C'était un signe très connu, qui signifiait « amour », et quand elle l'exécuta, je paniquai un peu.

Cette fille me submergeait déjà par tout ce qu'elle avait d'extraordinaire. Le fait de la voir admettre qu'elle m'aimait aussi arrêta soudain toutes les fonctions de mon cerveau.

Ce n'était pas possible. Ce genre de belles choses ne

m'arrivait jamais à moi. Et puis, de toute façon, je ne le méritais pas.

L'homme à qui Mari offrirait son amour devait être un homme parfait.

Il fallait qu'il soit...

Il fallait qu'il soit...

En tout cas, cela ne pouvait pas être moi.

Aussi, je décidai de faire comme si je n'avais pas compris.

— Qu'est-ce que ça signifie ? m'enquis-je. Que Zac est le plus grand cracheur de pépins de ce côté-ci de la rivière ?

Elle rit, leva les yeux au ciel et hocha la tête comme pour dire : *oui, c'est exactement ça que ça veut dire.*

— Je m'en doutais, répondis-je d'un air suffisant.

Mari sortit son téléphone, et mon estomac se serra. J'avais peur qu'elle décide de me donner la vraie signification de son signe. Mais au lieu de cela, elle écrivit : *Ça suffit, je demande une revanche.*

— Tu veux vraiment rejouer ? lui demandai-je incrédule.

Elle acquiesça et prit une nouvelle tranche de pastèque pour le prouver.

— OK, très bien, dis-je. Si tu n'as pas peur de perdre une nouvelle fois, on y va.

Elle me lança un regard dur puis me tendit la pastèque pour que j'en prenne une bouchée. Je levai un doigt après l'avoir fait.

— Attends, j'ai besoin d'une nouvelle bouchée, il n'y avait pas de pépin dans la précédente.

Elle m'en redonna une.

Quand nous fûmes prêts tous les deux, je lançai le

compte à rebours. Mais au moment où je disais « trois », Mari me donna un coup sur la poitrine.

Le pépin sauta de ma bouche.

— Faute ! hurlai-je en riant avant de commencer à la chatouiller, ce qui la fit hurler à son tour.

Quelques secondes plus tard, je cherchai dans le feuillage alentour où nos pépins avaient atterri.

— Eh bien, en fait, je crois que j'ai craché *encore plus loin* grâce à ce que tu as fait.

Mari secoua la tête énergiquement et commença à signer, l'air furieux, pour m'expliquer à quel point j'avais tort.

Je me mis simplement à rigoler et m'adossai à nouveau à l'arbre, la contemplant, ravi. Quand elle s'aperçut que je ne faisais que l'observer, sans chercher à comprendre, elle fronça légèrement les sourcils et inclina la tête pour me demander à quoi je pensais.

— Je prends juste plaisir à te regarder être toi, dis-je en haussant les épaules.

Elle rougit et me lança un regard faussement timide avant de se remettre sur mes genoux, chevauchant mes cuisses, pour se mettre face à moi. Je laissai échapper un soupir de plaisir en sentant la chaleur qui irradiait d'entre ses jambes. Je me rappelai alors qu'elle ne portait pas de culotte. Je passai mes mains sur ses cuisses, puis sous sa jupe et attrapai ses fesses à pleines mains. Puis je la serrai un peu plus, pour qu'elle sente à quel point je bandais à nouveau.

— J'imagine que tu as envie que l'on aille à la rivière, maintenant, demandai-je en caressant ces deux monticules de chair nue, jusqu'à ce qu'elle commence à onduler contre moi, se frottant contre ma braguette.

Je ris quand Mari secoua la tête pour me dire que non, elle ne voulait aller *nulle part*.

Elle pencha sa tête en arrière, faisant tomber ses cheveux sur son dos, et se mordit la lèvre, prenant simplement plaisir au fait de me chevaucher.

— Tu es sublime, lui dis-je, ne pouvant m'empêcher de la détailler. La seule chose qui serait encore mieux serait que tu sortes tes splendides seins pour que je puisse les sucer.

Mari me lança un mystérieux sourire puis, docilement, dénoua le ruban de son chemisier. Elle enleva le vêtement facilement, m'offrant ses seins, dont les tétons déjà durs dardaient en direction de ma bouche, suppliant que je les lèche.

— Oh mon Dieu, oui, grognai-je en me penchant vers eux.

Je suçai le premier, y enroulant ma langue.

Mari gémit et attrapa mes cheveux. Quand je passai au suivant, je fis glisser ma main de ses fesses à sa fente, jusqu'à sentir sa moiteur. Je glissai un doigt en elle, et elle s'arc-bouta violemment, avant de haleter et de chevaucher mon doigt, en réclamant plus.

— Tu es tellement mouillée..., dis-je le souffle coupé.

Ma vision commençait à se brouiller tant j'étais excité.

Mari secoua la tête puis tendit la main pour ouvrir mon jean. Ses doigts fouillaient, avides. Elle me mit un préservatif. Et dès que nous fûmes protégés, elle descendit brusquement, me forçant à m'enfoncer en elle avec puissance.

Nous criâmes tous les deux de plaisir. Puis elle se mit à aller et venir sur moi, avec force, ses seins s'agitaient devant mes yeux. Elle enfonça ses doigts dans mes épaules tandis qu'elle cherchait l'orgasme à un rythme effréné. Elle avait la tête baissée, et ses yeux étaient fixés sur mon sexe qui entrait et sortait.

— Ou... Ou..., haleta-t-elle avant de rejeter sa tête en arrière et de hurler en atteignant l'orgasme.

— Putain..., grognai-je à l'unisson, m'abandonnant moi aussi à la jouissance. Tu vas me tuer, lui dis-je quelques minutes plus tard, affalé contre le tronc d'arbre, incapable de bouger.

Étendue paresseusement sur moi, Mari leva légèrement la tête avant de la secouer négativement et de pointer un doigt vers moi.

— Si tu es en train d'essayer de me dire que c'est moi qui t'épuise, tu te trompes complètement. Ce n'est pas drôle, d'ailleurs. Mari, c'est toi qui possèdes un corps sexy, irrésistible, et ces grands yeux noirs qui me poussent à avoir envie de toi tout le temps.

Elle leva les sourcils pour me faire comprendre que j'avais tort, puis sortit son téléphone et y tapa une réponse :

*Alors pourquoi est-ce que je n'arrive pas à penser à autre chose qu'au sexe depuis notre première fois ? Tu avais raison tout à l'heure, je suis complètement fichue à cause de toi. Je n'arrive pas à penser à toi sans mouiller, sans être excitée. Je suis obligée de me soulager moi-même dans la douche tous les matins à cause de toi, et tous les soirs, sous les draps quand j'essaye de dormir. Et même, parfois, au travail.*

Je levai les sourcils, très intéressé par ce qu'elle me disait.

— Vraiment ?

Elle me regarda avant de finir sa confession : *Il m'arrive d'aller aux toilettes et de me toucher pendant que je suis en pause.*

— Merde alors, soupirai-je.

Mais, honnêtement, je ne me sentais pas tellement coupable de lui faire subir une telle torture. Au contraire, cela me fit sourire.

— C'est très excitant, lui répondis-je.

À présent, j'avais envie de passer au diner pendant ses temps de pause.

Mari leva les yeux au ciel. *C'est très gênant.*

— Non, murmurai-je en lui prenant le visage entre mes mains, à sa grande surprise.

Je soutins son regard pendant quelques secondes avant de continuer :

— C'est tout simplement merveilleux. J'ai l'impression d'être un être à part. Personne ne m'a jamais fait sentir ça. Merci. Et merci de me l'avoir dit.

Elle soupira puis se blottit contre moi, me serrant fort dans ses bras. J'embrassai ses cheveux et compris que le vrai bonheur, la béatitude, c'était exactement ça, ce que je ressentais à cet instant précis.

# Chapitre 16

*Mari*

Quand nous nous décidâmes enfin à rentrer à la maison, il faisait déjà nuit noire. Nous nous arrêtâmes juste avant la petite clairière qui accueillait la propriété de ma famille, où brillait une lumière de jardin. Zac et moi fîmes halte sous des arbres, enveloppés d'obscurité. Là, nous nous embrassâmes pendant encore cinq bonnes minutes avant de nous séparer à contrecœur. Je lui fis un signe de la main en partant.

Il me sourit chaleureusement et répondit à son tour par un signe de la main avant de se retourner pour rentrer chez lui.

J'étais si étourdie, comme ivre de bonheur, que j'oubliai d'être prudente et me précipitai dans la maison, complètement insouciante, comme si le monde n'existait pas. Je tombai alors nez à nez avec Camilo, assis au comptoir de la cuisine, buvant un verre.

Avec Enzo.

— Eh bien, regarde qui nous arrive, dit Enzo avec un sourire carnassier.

Il descendit de son tabouret et se dirigea vers moi, avec un regard lubrique et aviné.

— Où étais-tu, *mi vida* ?

Il ouvrit les bras comme pour m'attirer à lui et me donner un baiser baveux, mais je levai les mains pour le repousser et partis dans l'autre sens pour lui échapper.

— Hé, viens ici. Tu vas où ?

Je me retournai pour regagner la porte, mais il m'attrapa le bras et m'obligea à lui faire face.

Je hurlai de terreur, et Camilo finalement intervint :

— Hé, laisse-la tranquille, mec, qu'est-ce que tu fais ?

Mais Enzo lui lança un regard de défi. L'alcool lui avait donné du courage. Il me tira vers lui.

— Elle me doit quelque chose pour m'avoir tailladé, dit-il en levant la main.

Elle n'avait pas encore guéri et était toujours recouverte d'un bandage.

— D'après ce que j'ai entendu, tu l'as bien *mérité*. Allez, laisse Mari tranquille ou je vais devoir te faire du mal. Allez…

— D'accord, dit Enzo dans un grand soupir avant de me relâcher, non sans m'avoir d'abord glissé un « plus tard » à l'oreille.

Je frissonnai et m'apprêtai à partir, mais Camilo m'arrêta.

— Attends. Où tu vas ?

*N'importe où tant que ce n'est pas ici*, pensai-je avant de me retourner pour affronter le regard de mon cousin.

Je lui dis en langue des signes que j'allais dans un des autres mobile homes pour leur laisser la cuisine et la salle à manger, mais il secoua négativement la tête, refusant cette idée.

— Non, non, tu restes. Je ne laisserai pas cet imbécile s'approcher de toi, je te le promets. Tout va bien.

Je lançai un regard méfiant à Enzo auquel il répondit par un ricanement, ce qui ne me rassura pas du tout.

— Et d'ailleurs, qu'est-ce que tu faisais dehors si tard ? demanda Camilo.

Je signai le mot « rivière ».

Il leva les yeux au ciel.

— Il faut vraiment que tu arrêtes d'aller là-bas toute seule, dit-il d'un air moqueur. Ce n'est pas un endroit sûr.

Je hochai la tête pour lui faire penser que je suivrais son conseil. Puis je contournai Enzo qui me donna une tape sur les fesses au moment où je passai devant lui. Après un détour par la salle de bains, j'allai voir *Lita*. Elle dormait, respirant lourdement, mais elle ne toussait pas et ne sifflait pas, donc tout allait bien. Après ça, je me dirigeai discrètement jusqu'à la porte de derrière. Je l'ouvris doucement pour que Camilo ne puisse pas l'entendre. Personne ne vint m'en empêcher, aussi, je sortis dans la nuit froide.

Je traversai le jardin pour me rendre chez *Tio* Franco, espérant que je pourrais dormir dans l'ancien lit de Camilo pour la nuit. Il partageait sa chambre avec ses frères, Jésus et Juan. J'espérais qu'ils ne verraient pas d'inconvénient à ce que je passe la nuit là-bas.

Lorsque je frappai à la porte, ce fut *Tia* Luisa qui vint m'ouvrir. Elle prit l'air renfrogné en me voyant.

Comme elle ne s'était jamais donné la peine d'apprendre la langue des signes, elle se tourna et appela son mari.

— Juan, Mariana est ici. Est-ce que tu peux lui demander ce qu'elle veut ?

Un instant plus tard, le plus jeune de mes cousins apparut à la porte et me lança un grand sourire.

— Hé, Mari ! Qu'est-ce que tu fais là ?

Je lui demandai si cela ne le dérangeait pas que je dorme dans l'ancien lit de Camilo, juste pour cette nuit, parce qu'Enzo était dans le mobile home de *Lita* et qu'il était soûl. Mais il prit un air contrit et s'excusa.

— Je suis désolé, on s'est débarrassés du lit quand Camilo a déménagé pour nous laisser plus de place à Jésus et à moi.

Il lut la déception sur mon visage. Il me donna une tape sur le bras, en signe d'encouragement.

— Tiens-toi juste à l'écart d'Enzo, je suis sûr qu'il oubliera que tu es là.

Je secouai la tête, montrant mon désaccord, et me préparai à partir quand j'entendis Juan qui criait derrière moi :

— Camilo ne le laissera pas te toucher. Ça va aller.

Je lui fis un signe de la main, comme si je m'apprêtais à faire ce qu'il me disait, mais aussitôt la porte refermée, je bifurquai et me rendis au mobile home de *Tio* Enrique.

Je ne cognai pas à la porte, ils ne s'embarrassaient pas de ce genre de formalités - et, une fois entrée, je trouvai la pièce plongée dans le noir. La seule lumière venait de la télévision allumée devant laquelle mon oncle se trouvait assis dans un fauteuil, en train de ronfler. Il n'y avait personne d'autre dans les parages. J'allai jusqu'à la chambre de Felipe, mais elle était vide.

Forcément, un vendredi soir, il ne risquait pas d'être à la maison. Me disant que cela ne le dérangerait pas, je m'allongeai sur son lit et m'endormis rapidement. Ce n'est que tard dans la nuit que je fus tiré du sommeil par le retour de mon cousin. Il s'avachit sur le coin du matelas et alluma sa lampe de chevet. Je me réveillai en sursaut, poussant un cri qui l'effraya tant qu'il tomba à la renverse, criant lui aussi.

— *Mari !* Bon sang. Qu'est-ce que tu fais ici ?

Je m'assis sur le lit, bâillant et m'étirant avant de lui expliquer qu'Enzo était chez *Lita* avec Camilo et que j'avais besoin d'un endroit où dormir.

— Il continue à avoir les mains baladeuses ? demanda Felipe avec un regard noir. Parce qu'Angelo et moi sommes allés lui parler. Il aurait dû arrêter de t'emmerder.

Je levai les yeux au ciel et lui expliquai qu'Enzo était soûl.

— *Caray !* maugréa-t-il, passant une main dans ses cheveux. Tu as bien fait, dit-il en s'approchant du lit. Tu peux dormir ici quand je ne suis pas là, quand tu veux.

Je le remerciai avant de m'extirper du lit et de le serrer dans mes bras. Puis je lui dis qu'Enzo était probablement parti à l'heure qu'il était, que je pouvais donc lui rendre son lit.

— OK, mais n'hésite pas à revenir s'il est toujours là. Le canapé est toujours libre.

Je le remerciai et m'en allai.

Quand je passai dans la pièce principale, la télévision était éteinte, mais je vis que *Tio* Enrique était toujours là, les pieds en l'air. Sa respiration était rauque. Il n'avait pas eu la force de rejoindre son lit.

Une horloge digitale au mur m'indiqua qu'il était plus d'une heure du matin.

Je bâillai à nouveau et sortis. Je me pressai dans l'air froid pour rejoindre la maison. Mais, quand je me glissai à l'intérieur, j'entendis ronfler sur le canapé.

Je plissai les yeux pour mieux voir dans l'obscurité et découvris, très fâchée, qu'Enzo m'avait pris mon lit.

Je ressortis de la maison, furieuse. Je n'avais aucune envie de retourner chez Felipe pour dormir sur le canapé avec mon oncle endormi dans le fauteuil tout à côté. Je regardai autour de moi la nuit silencieuse, me demandant où je pourrais bien camper. Mais la température avait beaucoup baissé depuis le coucher du soleil. Je ne voulais absolument pas dormir dehors.

Je me mis donc à marcher.

Une demi-heure plus tard, je me trouvais en ville, devant une petite maison blanche décrépite. Je savais que c'était là que vivait Zac avec sa mère. Mais je n'avais aucune idée de l'endroit où se trouvait sa chambre.

J'étais trop fatiguée et j'avais trop froid pour revenir sur ma décision cependant. Aussi, je me frottai vigoureusement les bras pour les réchauffer et commençai à faire le tour de la maison pour jeter un œil aux fenêtres. La première semblait mener à la cuisine. Je continuai jusqu'à ce que j'en trouve une qui donnait clairement sur une chambre à coucher. Mais à travers une fente entre les rideaux, je vis une commode contre le mur sur laquelle se trouvaient un sac à main et des produits cosmétiques.

Je me dis que ce n'était probablement pas la chambre de Zac. Je poursuivis mon chemin. La fenêtre suivante avait une persienne fermée qui cachait totalement l'intérieur de la pièce, mais il y avait un autocollant de la Nasa sur la vitre. Je ne savais pas si Zac avait jamais été intéressé par le voyage spatial, mais il y avait plus de chances que l'autocollant soit à lui qu'à sa mère. Aussi, je me mis à cogner au carreau doucement, avec l'espoir de ne réveiller personne d'autre, mais assez fort tout de même pour le réveiller *lui*.

Au bout de trente secondes, je commençai à m'inquiéter qu'il n'entende pas. Ou peut-être n'était-ce pas la bonne fenêtre.

Je tirai mon téléphone pour lui envoyer un message quand la persienne se leva soudainement, laissant apparaître un Zac l'air passablement agacé.

Cependant, quand, à la lumière de la lune, il vit que c'était moi, il quitta aussitôt son air renfrogné et ouvrit la fenêtre.

— Mari ? Merde, qu'est-ce que tu fais là au milieu de la nuit ? me demanda-t-il à peine la fenêtre ouverte. Tout va bien ?

Je secouai la tête, les bras autour de moi pour me réchauffer, claquant des dents.

— Putain, tu dois être frigorifiée. Viens.

Il ouvrit entièrement et me tendit ses bras.

Je me précipitai sur lui et, à deux, nous parvînmes à me faire entrer à l'intérieur. Je tombai immédiatement sur son lit qui se trouvait juste sous la fenêtre.

Je laissai échapper un petit cri de surprise.

— Chut, dit Zac en posant une main sur ma bouche. Ma mère est à la maison. Elle serait furieuse si elle te trouvait ici.

Je partis d'un rire silencieux. Puis je tirai mon téléphone et commençai à taper pendant qu'il refermait la fenêtre.

Dès qu'il se tourna vers moi à nouveau, je lui montrai ce que j'avais écrit.

*Je n'arrive pas à croire que tu aies demandé le silence à une fille muette.*

Il plaça un doigt sous mon menton pour relever un peu mon visage et voir mes yeux à la lumière de la lune.

— Tu vas bien ? demanda-t-il, d'un air sérieux avant de toucher mes épaules tremblantes. Mon Dieu, tu es glacée.

Il m'attira à lui, me prit dans ses bras chauds.

Je me lovai contre lui, le laissant frotter mes bras jusqu'à ce que je n'aie plus froid. Puis je le laissai continuer à me caresser. Mes dents ne claquaient plus, mais mes tétons étaient encore durs. Ma respiration s'accéléra, et je sentis le désir monter en moi.

Quand je me mis à gémir et à me cambrer contre lui, il comprit qu'il m'avait chauffée d'une façon totalement différente de ce qu'il avait prévu au départ.

Je m'attaquai à sa chemise.

— Mari, commença-t-il à protester à voix basse, jusqu'à ce qu'il se mette à gémir quand je passai mes mains sur son torse et l'embrassai.

Quelques instants plus tard, il avait plongé ses mains dans mes cheveux et il tirait ma tête en arrière pour mieux pouvoir me dévorer de baisers. Il m'allongea sur le dos et vint s'installer sur moi. Il attrapa mon genou et enroula ma jambe autour de ses hanches pour se positionner entre mes cuisses. Puis il passa sa main sur ma peau, remontant depuis mon genou jusque sous ma robe, accrochant mes fesses nues.

— Putain de Dieu, grogna-t-il, avançant ses hanches vers ma chaleur à présent exposée. Tu veux vraiment me tuer avec ce truc de ne pas mettre de culotte.

J'étais trop occupée à gémir et à me frotter contre la partie dure de son short pour lui répondre. Et me mis à mouiller.

Je mordis son épaule, pour rester silencieuse, et il grogna de douleur, serrant plus fort mes fesses pour m'aider à arriver à l'orgasme.

À peine étais-je retombée, épuisée, qu'il se leva, cherchant partout autour de son lit en murmurant le mot « préservatif ».

Dans le noir, il se cogna l'orteil contre une chaussure ou quelque chose comme ça et jura, ce qui me fit rigoler au point que je dus poser une main sur ma bouche.

Quand il revint dans le lit, j'étais nue et prête à l'accueillir.

— Mon Dieu, que tu es belle, me dit-il en découvrant que je m'étais complètement déshabillée.

Au lieu de me couvrir de son corps, il s'allongea à côté de moi, son visage soutenu par une main, afin de pouvoir me regarder à la lumière de la lune qui entrait par la fenêtre.

— Parfait, murmura-t-il en posant un doigt sur mon nombril avant de monter doucement, d'une caresse légère, jusqu'à mes seins.

Il les massa l'un après l'autre avant de se pencher et d'engloutir un téton dans sa bouche. Quand je me mis à gémir et à me cambrer, il se tourna plus vers moi, me couvrant à moitié. Son autre main plongea entre mes jambes. Je me tortillai contre ses doigts, jusqu'à ce qu'il en entre un en moi. Je hochai la tête pour lui faire savoir qu'il prenait le bon chemin.

Il me chauffa encore, suçant mes seins et introduisant un doigt, puis deux en moi jusqu'à ce que je n'en puisse plus. J'attrapai ses cheveux, remuant les hanches, pleine d'impatience.

Il eut un petit rire.

— Patience, petite Mari, nous avons toute la nuit.

Mais j'avais envie de lui tout de suite. Je tirai plus fort sur ses cheveux et remuai plus vite mon bas-ventre contre ses doigts.

Il finit par lever la tête et me regarda, le sourcil arqué.

— Oh ! tu veux la jouer comme ça, hein ? Le jeu du contrôle ? Eh bien, c'est moi qui commande maintenant. Et c'est moi qui dis quand et comment tu reçois ma queue.

Il rampa, montant un peu plus sur moi, puis me prit une main, qu'il leva au-dessus de ma tête, clouant mon poignet sur le matelas. Puis il me regarda dans les yeux.

— Tu comprends ? demanda-t-il.

Je hochai la tête, terriblement excitée par cet aspect de lui.

Il sourit et prit mon autre poignet, le maintenant à côté du premier.

— Écarte les jambes. Aussi grand que tu peux, me dit-il sans me quitter des yeux.

Je m'exécutai, sentant mon corps apprécier. Il y avait quelque chose de terriblement érotique à me sentir si ouverte, si exposée. Je soupirai fort et ma chatte n'en pouvait plus.

Zac ne me quittait toujours pas des yeux. Il baissa ses hanches et se fraya un chemin en moi. Ses mains serrèrent mes poignets plus fort, et ses yeux étincelaient pendant qu'il alignait son gland à ma fente mouillée. Il s'arrêta un instant.

— Ça va ? demanda-t-il.

Je hochai la tête de toutes mes forces. Il poussa à peine, s'arrêtant à l'entrée. Je frissonnai. Il commença à se retirer doucement, j'avais peur qu'il arrête, mais ce ne fut que pour mieux me pénétrer d'un coup, si fort que cela me fit crier.

Il étouffa le son avec un baiser. Je mouillai sur sa queue, j'étais comme folle. Des flashs de lumière passèrent devant mes yeux, je m'arquai au maximum pour absorber la moindre sensation.

Je ne fus que plaisir pendant quelques instants. Jusqu'à ce que Zac se retire et s'effondre à côté de moi, haletant.

— OK, bon, faire l'amour au lit est officiellement ce que je préfère.

Je hochai la tête et me tournai vers lui, enfonçant mon visage dans son cou. Il me tenait dans ses bras comme si j'étais un objet précieux. Il m'embrassa gentiment la tempe et caressa mes cheveux, posa sa joue sur mon front.

Nous restâmes ainsi sans bouger, appréciant cet instant de calme jusqu'à ce qu'il lui faille retirer son préservatif. Je le relâchai, à contrecœur, pour qu'il puisse descendre du lit et traverser sa chambre sur la pointe des pieds. Après s'être débarrassé du préservatif, il ouvrit légèrement la porte et passa une tête, écoutant pendant un instant avant de refermer et de revenir à moi.

— Je ne pense pas que nous l'ayons réveillée.

Je soupirai, ayant oublié qu'il y avait quelqu'un d'autre dans la maison. Quand Zac était dans les parages, c'était difficile de penser qu'il existait d'autres personnes au monde.

Quand il souleva les draps pour se glisser dans le lit, tout le reste disparut. Il était si tendre, si agréable, si parfait.

Aussi, il me fallut un temps pour me rappeler la réponse à la question qu'il me posa tandis qu'il me prit à nouveau dans ses bras.

— Tu es prête à me dire pourquoi tu es ici ?

# Chapitre 17

*Mari*

Quand Zac me tendit le téléphone pour que je puisse lui répondre, je fronçai d'abord les sourcils avant de pousser un soupir vaincu et lui pris l'appareil des mains.

*J'avais juste envie de te voir*, finis-je par écrire.

Il lut ce que j'avais écrit avant de me lancer un regard méfiant.

— Et tu es sûre que tout va bien ?

Je poussai un nouveau soupir, agacée par la question. Je n'avais aucune envie de parler de ce qui n'allait pas. Et encore moins de m'en rappeler. Tout ça n'était que peur, laideur, problèmes.

Je ne voulais pas que la laideur, les problèmes ou la peur viennent entacher ce moment parfait avec Zac. Il était le bonheur, la légèreté.

Mais il prit mon visage dans ses mains et me regarda intensément, me faisant comprendre qu'il ne me croyait pas.

— Mari, dit-il avec une autorité qui m'obligea à cracher le morceau.

Je cédai avec un grognement et me mis à taper :

*Enzo était chez ma lita. Et il était soûl.*

Zac secoua la tête, ne comprenant visiblement pas.

— Qui est Enzo ?

Je levai les yeux au ciel. *Le frère de Lucia.*

Il hocha la tête doucement, se rappelant avoir entendu ce nom quand je lui avais fait l'arbre généalogique de la famille.

— Et c'est la petite amie de ton cousin Camilo, c'est ça ? demanda-t-il. La fille qui est enceinte et qui habite avec vous. Celle qui t'a virée de ta chambre.

J'eus envie de lui expliquer qu'ils ne m'avaient pas techniquement virée de ma chambre, puisque la chambre n'était pas à moi au départ, mais ça revenait au même, de toute façon, puisque j'avais fini sur le canapé. J'étais ravie qu'il se souvienne de tout ce que je lui avais raconté, aussi, je me contentai de hocher la tête.

— OK, dit Zac, mais pourquoi est-ce que tu dois éviter ce Enzo quand il a bu ?

*Il me met mal à l'aise*, répondis-je en essayant de calmer la colère que je sentais déjà monter chez Zac.

— Il te met mal à l'aise parce qu'il t'embête ? insista Zac. Ça veut dire quoi, il te met mal à l'aise ? C'est ce qu'il dit ? Quelque chose qu'il fait ? Dis-moi, Mari.

Merde. Je me dis soudain que je n'aurais jamais dû me laisser prendre dans cette conversation. La plupart des choses que l'on racontait sur Zac étaient fausses. En revanche, il était vrai qu'il se trouvait souvent impliqué dans des bagarres. Il n'avait pas peur de la confrontation physique. Et s'il était amené à se battre avec Enzo, toute ma famille allait se retourner contre lui. Je ne voulais en aucun cas que les miens se mettent à détester Zac avant même de l'avoir rencontré.

Mais son radar était à présent enclenché, et il continuerait à m'interroger jusqu'à obtenir une réponse.

Alors je me remis à taper, en lui disant tout et en même temps rien.

*C'est un* pendejo *complet. Il me traite comme une demeurée sous prétexte que je suis muette. Il pense que ça lui donne le droit de faire ou dire toutes les cochonneries qu'il veut.*

— Des cochonneries ? demanda Zac qui lisait par-dessus mon épaule pendant que je tapais.

*Je pense qu'il a trop peur de ce que Camilo pourrait lui faire s'il essayait d'aller trop loin, mais je ne veux pas lui en donner l'opportunité. Comme ce soir, où il a trop bu et s'est effondré sur le canapé qui me sert de lit.*

Zac resta un instant bouche bée.

— Il t'a piqué ton putain de lit ?

Je hochai la tête.

Zac passa sa main dans mes cheveux.

— Reste ici pour la nuit.

Je souris et tapai à nouveau :

*Tu ne travailles pas demain ? C'est mon samedi de libre.*

Nous pourrions peut-être faire une grasse matinée ensemble, nous lever ensemble, prendre une douche ensemble et enfin, prendre le petit déjeuner ensemble.

Zac grimaça.

— Merde, je suis désolé, maugréa-t-il, je travaille demain matin. Harvey est payé double pour réparer le pick-up de ce gamin avant dimanche. Je crois que c'est à cause d'une occasion spéciale. Mais il ne peut pas le faire parce qu'il doit aller à Omaha pour voir un spécialiste. Donc je vais aller lui donner un coup de main quelques heures demain matin pour finir le travail plus tôt.

*Oh ! OK. Et tu auras fini vers quelle heure ?*

— Probablement autour de midi. Pourquoi ? me demanda-t-il en agitant ses sourcils de manière suggestive. Tu désires aller voir un coucher de soleil ?

*Je désire QUELQUE CHOSE en tout cas.*

Il me sourit, puis me fit un clin d'œil.

— Dans ce cas, j'aurai fini pour 11 heures.

Le jour suivant, j'étais devant le garage de Harvey cinq minutes avant 11 heures. Les quatre portières du pick-up étaient ouvertes, et il passait l'aspirateur. Il ne m'entendit donc pas arriver derrière lui.

J'avais des papillons dans le ventre tandis que je m'arrêtais à deux mètres de lui pour le regarder. Il était incroyable dans tous les sens du terme possibles.

Je me souvins du baiser qu'il m'avait donné le matin même à la fenêtre après que je l'eus enjambée, et posai mes mains sur ma poitrine en souriant.

Il m'avait arrêtée au moment où je me retournais pour regagner ma maison.

— Hé, attends, m'avait-il lancé.

Quand je m'étais retournée, il était déjà en train de sauter par la fenêtre, ses bottes à la main.

— Je te raccompagne.

Je n'allais pas le repousser alors qu'il me proposait de passer encore un peu plus de temps avec lui. J'avais donc attendu qu'il enfile ses bottes et se redresse. Nous avions souri tous les deux dans la lumière du jour naissant et étions partis, main dans la main, comme le soleil commençait à monter à l'horizon.

En marchant, Zac avait lancé un regard au ciel.

— Je me demande si l'aurore est aussi belle que l'est le coucher de soleil sur la rivière, avait-il dit, amusé.

Je lui aurais bien suggéré d'aller voir, mais il était déjà bien trop tard. Je ne voulais pas inquiéter *Lita* si elle se réveillait et voyait que je n'étais pas à la maison. Aussi, j'avais haussé les épaules. Au moment où nous étions arrivés à la rangée d'arbres devant la propriété de la famille, Zac m'avait pris la main pour me retenir un peu.

Il m'avait regardée, grimaçant, visiblement mal à l'aise.

— Dis, tu es sûre que ça va aller ? Et si Enzo était encore là ?

C'était probablement le cas, mais les autres membres de la famille allaient se réveiller plus tôt que lui, et leur présence l'empêcherait de dépasser les bornes. Pour lui faire comprendre que tout irait bien, je lui avais souri et avais posé une main sur sa joue.

— Tu fais attention à toi, d'accord ? avait-il exigé, l'air déchiré.

Il avait alors fermé les yeux et s'était penché pour poser son front contre le mien.

— Je ne sais pas ce que je ferais s'il t'arrivait quelque chose.

J'avais hoché la tête et fermé les yeux à mon tour, la main toujours posée sur sa joue.

— Tiens, avait-il dit d'une voix rauque en plongeant sa main dans sa poche. Est-ce que tu veux bien me faire plaisir et prendre ça avec toi ?

Lorsqu'il avait sorti un couteau de sa poche, je m'étais raidie. Il l'avait fait tourner dans sa main, l'observant un court instant avant de me le donner. Puis il avait poussé un soupir et m'avait regardée dans les yeux.

— Est-ce que tu crois que tu serais capable de t'en servir pour te défendre en cas de besoin ?

Je m'étais mordu la lèvre. J'avais honte de ne pas lui avoir dit que je m'étais déjà défendue contre Enzo à coups de couteau. Je n'avais pas voulu l'inquiéter. Mais mon silence n'avait servi à rien, il était inquiet de toute façon.

À présent, j'avais le sentiment d'être une grosse menteuse.

Hochant la tête, j'avais pris le couteau et avais fait le signe signifiant « merci ».

Il avait incliné la tête, puis tendu la main et m'avait attrapé la nuque avant de m'attirer à lui et de coller sa bouche contre la mienne.

Me rappelant à quel point ce baiser avait été sexy, inquiet et merveilleux, je posai ma main sur ma bouche avant de revenir à Zac, toujours en train de nettoyer le pick-up, sans avoir conscience que j'étais là, près de lui.

Avec un sourire, je m'approchai de lui et passai une main sur son T-shirt.

Il sursauta et regarda autour de lui. Au début, il sembla perturbé de me trouver là, puis il jeta un œil à sa montre et poussa un juron avant d'éteindre l'aspirateur.

— Excuse-moi. Je n'ai pas vu le temps passer. Donne-moi deux minutes que je finisse, OK ?

Je hochai la tête et sortis mon téléphone pour lui envoyer un message.

*Ne t'arrête pas pour moi. J'aime bien te regarder travailler, penché en avant.*

Il s'arrêta un instant pour regarder mon message et sourit avant de lever les yeux au ciel.

Il remit le téléphone dans sa poche et ralluma l'aspirateur. Comme il était en train de finir de nettoyer le plancher du côté passager, je me faufilai à l'arrière, impressionnée par la place qu'il y avait dans ce véhicule.

Les sièges étaient moelleux, aussi.

Je soulevai légèrement ma jupe pour sentir le revêtement des sièges sous mes cuisses. Mmm... Oui. Très agréable. Une fille aurait pu se frotter contre ce revêtement toute une nuit et ne pas sentir la moindre irritation.

En tout cas, pas trop. Ça dépendait aussi principalement de la qualité des ébats.

Curieuse de savoir quelle sensation cela ferait sur mes fesses nues, je retirai ma culotte et l'envoyai à l'avant. Elle atterrit sur la main de Zac en plein travail.

Il sursauta, avant de la prendre dans la main, la laissant pendre entre ses doigts, comme s'il se demandait ce que c'était. Je vis le moment où il comprit de quoi il s'agissait, parce qu'il la mit en boule dans son poing puis se tourna vers moi.

Je vis l'excitation monter dans son regard lorsqu'il me vit soulever ma robe, écarter mes cuisses et glisser ma main sur mon sexe pour jouer avec.

Mais il avait visiblement plus envie de participer que de me regarder, parce qu'il lâcha immédiatement l'aspirateur, sans même se donner la peine de l'éteindre, et me rejoignit avant de fermer les portières.

Zac se débarrassa de son préservatif usagé, éteignit finalement l'aspirateur et vint me rejoindre pour me câliner.

— Je crois que je vais être obligé de faire dix minutes de plus de nettoyage. Parce que je vais devoir passer un coup de Febreze maintenant. Mon Dieu...

Il passa une main dans ses cheveux et secoua la tête.

— Si Harvey apprenait ce qu'on vient de faire, il me mettrait à la porte sur-le-champ.

Me sentant un peu mal, je lui écrivis immédiatement : *Je suis désolée, je ne voulais pas te mettre dans l'embarras.*

— Non, non, me rassura-t-il. Ce n'est pas ta faute. J'aurais pu t'attirer au bureau, ou n'importe où ailleurs. Surtout, je doute que personne l'apprenne jamais. Le propriétaire de la voiture ne vient la chercher qu'après le déjeuner, tout va bien.

Mais la porte du garage était ouverte. N'importe qui aurait pu entrer et nous surprendre.

Lisant mon malaise sur mon visage, Zac passa une mèche de mes cheveux derrière une oreille.

— Hé, murmura-t-il pour me rassurer, tout va bien.

Je hochai la tête et posai mon regard sur son poignet quand il retira sa main. Le tatouage qui s'y trouvait me rappela quelque chose. Je m'éclairai soudain, oubliant d'un coup toutes mes inquiétudes.

*Tu veux lire mon dernier poème ?* lui demandai-je par message.

Il acquiesça vigoureusement.

— Oui, absolument !

Je sortis mon petit carnet de ma poche, celui que j'utilisais uniquement pour mes poèmes, et passai les pages en revue jusqu'à ce que je tombe enfin sur « Les mains de mon amant » de Mariana Ruiz.

Je le passai à Zac qui le lut à voix haute, me faisant immédiatement rougir. Mais je ne pus m'empêcher de sourire. J'adorais la façon dont sa voix se posait sur mes mots.

*Des mains calleuses, mais un toucher si doux.*
*Des traces de pas tatouées sur le poignet.*
*Ma toile cartographiée par ses mains sculptrices.*
*Qu'il pose ou qu'il serre, sa pression est sublime.*
*Des gémissements d'extase, des regards brûlants.*
*Des contacts assurés qui m'effleurent,*
*Frôlant doucement, plongeant profondément.*
*Maintenant il s'impose puis se moque.*
*Il joue de moi comme de sa guitare.*
*Mon souffle devient court,*
*Sous ses coups vifs et puissants*
*J'attrape ses épaules*
*Cambre mon corps*
*Chevauche le sien ;*
*Gémissements et sanglots, je suis sa musique.*
*Ses hanches à toute allure, j'explose en mélodie.*
*Dix doigts qui travaillent sans relâche*
*Étouffant mes cris*
*Et massant mon refrain jusqu'au dernier vers.*
*Puis il touche mes cheveux, recueille mes larmes*
*Me calmant d'un effleurement patient.*
*Mais ce n'est pas assez.*
*Ce n'est jamais assez.*
*J'aimerais qu'il en ait vingt, pas deux.*
*Parce que douces ou dures, les mains de mon amant…*
*Elles savent faire.*
*Son pouce, son auriculaire, son majeur…*
*Je les révère.*
*Elles capturent mes odeurs de musc et bercent mon âme.*
*Me laissent toujours sur une plus grande faim.*

Quand il finit de lire, il leva les yeux.

— Bon Dieu, dit-il, laissant échapper un long soupir. Je ne sais pas comment tu fais ça, mais tes poèmes me font courir un frisson dans le dos. Je veux dire... Putain, continua-t-il en regardant ses mains, tu as fait de l'art de ces misérables mains calleuses.

*Elles sont une œuvre d'art*, répondis-je avant de lâcher mon téléphone et de passer mes bras autour de lui pour l'embrasser.

— Il faut vraiment qu'on sorte d'ici et que je finisse le travail, grogna-t-il au bout d'un moment.

Je hochai la tête et lui offris un sourire pour lui faire comprendre à quel point je lui étais reconnaissante pour ce que nous venions de faire, et le bien que me procurait sa réaction à mes poèmes.

Il sourit à son tour et déposa un rapide baiser sur ma joue avant d'ouvrir la portière arrière et de descendre à reculons pour pouvoir continuer à m'admirer. Puis il tendit la main pour m'aider à descendre. Je rougis, heureuse, et lui pris la main en plongeant mes yeux dans son regard ensorcelant.

Soudain, je vis du mouvement par-dessus son épaule. Je poussai un cri en apercevant une jeune femme passer les portes ouvertes du garage. À ma vue, elle s'arrêta brusquement sur ses hauts talons. Elle ouvrit la bouche, visiblement choquée, presque trahie, puis nous regarda Zac et moi tour à tour.

Devant ma réaction, Zac se retourna, plaçant son corps devant moi pour me protéger de l'éventuelle menace qui se trouvait derrière lui.

— Qu'est-ce que tu fous ici ?

Lula Everett plissa les yeux et posa une main sur sa hanche.

— Bien, bien, bien, murmura-t-elle d'un air méprisant. Regardez-moi avec qui traîne Zackie. La racaille du parc à mobile homes, Ru...

— Fais attention à ce que tu vas dire, Lula, aboya Zac, pointant un doigt menaçant sur elle. Tu ne l'insultes pas. Jamais.

Elle entrouvrit la bouche et, pendant un très court instant, elle eut l'air blessée. Elle renifla et tira ses épaules vers l'arrière, comme pour mettre sa poitrine en avant dans une compétition de soutiens-gorges avant de jeter un regard mauvais et accusateur à Zac. Puis elle reprit la parole sur un ton plein d'insolence :

— La vraie classe, Topper. Coincer la fille handicapée dans un coin où elle ne peut pas appeler à l'aide. J'ai toujours su que tu étais un genre de prédateur.

— Dégage tout de suite, lui dit Zac en lui faisant un signe de la main avant d'avancer vers elle, comme s'il s'apprêtait à la jeter lui-même dehors. Et ne reviens jamais. Vraiment, Lula. Tu n'es pas la bienvenue ici.

Le regard que lui avait lancé Zac avait dû être particulièrement menaçant, parce que je pus lire de la crainte dans ses yeux. Elle commença alors à se retourner pour partir.

— Mais ma voiture a besoin de...

— Je m'en fous complètement, cracha-t-il. Va la faire réparer ailleurs.

Puis il attrapa la corde du rideau de fer et continua de la regarder méchamment en la tirant, lui interdisant définitivement l'accès de l'atelier.

Juste avant que la porte soit totalement refermée, elle se retourna.

— Va crever, connard, lança-t-elle.

Une fois seuls, il se tourna vers moi, le poing serré.

— Je hais cette vipère. J'aimerais tellement qu'elle me foute la paix une bonne fois pour toutes.

J'inclinai la tête, curieuse, le voyant s'énerver tout seul. Il finit par apercevoir mon expression pensive.

— Quoi ? Ne me dis pas qu'elle t'a blessée ? Mon Dieu, je suis désolé, Mari. N'écoute pas cette mégère. Tout ce que Lula sait faire, c'est répandre la haine. Tu n'es pas une racaille, absolument pas.

Il s'approcha de moi pour me prendre dans ses bras, mais je pris mon téléphone et commençai à taper :

*Est-ce que vous avez été ensemble, tous les deux ?*

Zac prit à peine le temps de lire avant de sursauter et de grimacer.

— Quoi ? Non ! dit-il en levant les yeux sur moi, choqué. Vraiment pas. Comment tu peux penser une chose pareille ?

*C'est juste qu'elle s'est comportée comme une ex jalouse.*

Il sembla complètement perturbé par cette idée.

— Eh bien, ce n'est pas le cas, m'assura-t-il. Jamais. En aucune façon.

Je haussai les épaules et tapai à nouveau.

*Alors c'est qu'elle a envie d'être avec toi. Parce qu'elle m'a regardée avec une véritable haine. Et toi, comme si tu l'avais trahie. Cette fille en pince grave pour toi.*

— Mon Dieu, tu parles comme Harvey, marmonna Zac, passant une main dans ses cheveux, visiblement de plus en plus agacé. Il a pensé la même chose que toi, ajouta-t-il en faisant un bruit de dégoût. Rien que l'idée me fait flipper.

*Je ne peux pas dire qu'elle ait mauvais goût*, écrivis-je, me fichant totalement de ce qu'elle ressentait pour lui tant que le sentiment n'était pas réciproque. *Tu ne vas pas tomber sous son charme, n'est-ce pas ?*

— Tu es sérieuse ? répondit-il en levant un sourcil. Tu penses vraiment que je pourrais avoir envie de sortir avec ça alors que je t'ai toi ?

Les yeux brillants d'excitation, il s'avança vers moi et me prit dans ses bras pour me montrer à quel point c'était moi qu'il désirait et personne d'autre.

Après ça, nous fûmes si distraits par nos activités que nous eûmes à peine le temps de finir de nettoyer le pick-up avant que son propriétaire vienne le chercher. Mais la petite distraction en question en valait vraiment la peine.

Parce qu'à présent je le savais sans l'ombre d'un doute : Zac était à *moi*.

# Chapitre 18

*Zac*

Le mardi suivant, je quittai l'atelier de Harvey juste avant 11 heures pour une pause déjeuner un peu anticipée. Quand je dis à plus tard à mon boss, il me pria de lui rapporter un morceau de tarte aux pommes. J'acceptai et partis en sifflotant, heureux de voir Mari, sachant que je ne pourrais pas passer la soirée avec elle. La fille d'un de ses voisins venait d'avoir quinze ans et elle et sa famille étaient invitées à sa *quinceañera*.

C'était donc le seul moment que j'allais partager avec Mari. Et j'étais impatient de passer ces quelques belles minutes, assis au comptoir, à l'observer pendant qu'elle travaillait.

Je pouvais la regarder faire n'importe quoi.

Comme je passai devant l'agence immobilière Everett, je jetai un regard dans la vitrine, par habitude, et ne pus réprimer une grimace en voyant ma mère, debout, à côté de son bureau en train d'embrasser son patron avec autant d'ardeur que si elle cherchait à lui enlever les amygdales.

Bon sang. Elle avait dû se remettre avec lui après qu'il l'avait virée de chez lui. Pas très surprenant.

Mais pour une fois, je n'étais pas fâché qu'elle ait pris une décision que je n'approuvais pas. Si elle se laissait utiliser, puis jeter à la poubelle quand la famille d'Everett le lui demandait, c'était son problème *à elle*. J'avais dit ce que j'avais à dire, elle l'avait entendu. Tout ce qu'il me restait à faire était d'être là pour elle quand elle en aurait besoin.

De plus, à cet instant précis, j'avais autre chose en tête que les choix de vie discutables de ma mère.

Quand j'ouvris la porte du diner, Mari se trouvait derrière le comptoir, écrivant quelque chose sur son carnet. En entendant sonner la clochette, elle leva les yeux, et son visage s'éclaira.

Il y avait quelque chose de tellement spécial dans son sourire. À chaque fois qu'elle m'en offrait un, j'avais l'impression d'être la personne la plus importante du monde. La poitrine gonflée de bonheur, je lui fis un signe de la main et allai m'installer sur mon tabouret, près de la caisse enregistreuse.

Mari avait déjà préparé une tasse et commencé à m'y verser du café avant même que j'aie le temps de m'asseoir.

— Merci, murmurai-je avant de jeter un œil pardessus mon épaule pour voir combien de clients se trouvaient dans le diner. Je vis qu'il n'y avait qu'un couple, assis sur des banquettes dans un coin. Je me retournai alors vers Mari.

— Une journée calme ?

Elle haussa les épaules et hocha la tête avant de noter sa réponse sur son carnet.

*C'était plein à craquer plus tôt, mais il n'y a quasiment*

*plus personne depuis dix heures. Je vais prendre leur commande, j'arrive.*

Je levai le pouce et pris une gorgée de café en la regardant se retourner et accrocher un papier au tableau de commandes. Quand elle l'eut fait, elle ne revint pas dans ma direction. Un soupçon de déception s'empara de moi quand je vis qu'elle se dirigeait vers la table des autres clients. Mais avant, elle passa derrière moi et glissa une note sous ma tasse.

Je la pris et la dépliai, surpris. Et ma queue durcit d'un seul coup.

*Ponton Henderman ? Minuit ?*

Elle voulait que l'on se voie malgré sa sortie en famille.

J'avais, évidemment, très envie de la retrouver, mais je n'aimais pas l'idée qu'elle se promène toute seule après le coucher du soleil. Je tirai alors mon téléphone et lui envoyai un texto.

*Minuit ? Tu penses vraiment que je vais pouvoir attendre jusqu'à minuit ?*

Elle resservit les clients en café et prit leurs assiettes vides avant de tout apporter derrière. Ce ne fut qu'une fois de retour de l'autre côté du comptoir, juste en face de moi, qu'elle lut le message.

Elle releva la tête avec un regard lubrique. Elle prit une profonde inspiration, glissa son téléphone dans sa poche et sortit un carnet. Elle y jeta quelques mots à la main avant d'arracher la page, de la plier et de la placer sous ma tasse en me fixant droit dans les yeux. Elle me sourit ensuite avec malice et remplit une nouvelle fois ma tasse.

Je lui souris en retour et gardai mes yeux dans les

siens pendant que je retirais le message de sous ma tasse. J'aspirai profondément.

*Toilettes de derrière. Cinq minutes.*

Quand je relevai les yeux, je secouai la tête en levant deux doigts.

*Deux minutes.*

Elle se mordit la lèvre. Sur son visage, on lisait son tiraillement, entre l'envie de s'adonner au plaisir avec moi et son désir de rester une employée responsable. Mais elle se décida bien vite. Soudain, elle reposa le pot de café et se précipita vers les toilettes.

J'attendis trente secondes avant de me lever et traversai le restaurant à mon tour. Quand j'entrai dans les toilettes, elle m'attendait, devant le lavabo, devant la glace.

Je fermai la porte, la verrouillant derrière moi. Elle me regarda dans le miroir. Elle leva alors légèrement sa jupe pour me montrer qu'elle avait déjà enlevé sa culotte.

— Oh putain..., dis-je d'une voix rauque avant de m'avancer vers elle.

Haletant déjà, elle se pencha sur le lavabo, s'accrocha à ses bords, se préparant à me recevoir.

Mari sortit précipitamment des toilettes moins de cinq minutes plus tard, remettant sa jupe droite et se recoiffant. Quand elle jeta un regard en arrière en refermant la porte, je lui fis un clin d'œil de remerciement.

Je croisai mes bras contre ma poitrine et m'adossai au lavabo. Merde de merde. J'en pinçais déjà pour elle avant ça, mais là, j'avais bien peur d'être carrément en train de tomber amoureux.

Sauf qu'il était bien trop tôt pour ça.

N'est-ce pas ?

Certes, Mari l'avait déjà dit, mais...

Je ne voulais pas ressembler à ma mère qui pensait tomber amoureuse à chaque fois qu'elle couchait avec un homme – généralement à peine une semaine après la rencontre. Mais ici, c'était différent de toutes les relations que j'avais vu ma mère avoir. Je l'espérais, du moins. Pour moi, quoi qu'il en soit, ça ne ressemblait en rien à toutes ces fois où Grace avait fini par souffrir.

Je pouvais avoir totalement confiance en Mari.

Je le croyais en tout cas.

Pourtant. J'étais particulièrement secoué en quittant les toilettes. Je me convainquis qu'il ne s'agissait que de mon côté pessimiste, pas d'une sombre prémonition me prévenant de ralentir les choses. Je pouvais faire confiance à Mari. Je le savais.

Mon déjeuner m'attendait sur le comptoir, face au tabouret, et Mari se trouvait à la caisse, faisant régler un client qui avait acheté son repas à emporter. J'entendais le bruit de la vaisselle qui s'entrechoquait à l'arrière pendant qu'on la lavait, et la table où se trouvaient précédemment les seuls clients du diner était à présent vide, ne restait que des assiettes sales attendant d'être débarrassées.

Je me dirigeai vers mon tabouret avant de m'arrêter. La seule cliente du restaurant, qui venait de récupérer sa nourriture, se retourna et faillit mc percuter.

Nous nous figeâmes tous les deux pour empêcher la collision.

C'est alors que je découvris qu'il s'agissait de Lula. Je dus ravaler un grognement.

Sérieux... Elle était vraiment *partout*.

Elle poussa un petit cri et serra son déjeuner contre son sac à main, et une fiole de médicament tomba de ce dernier. Quand elle se pencha pour tenter de la récupérer, je poussai un grand soupir d'irritation.

Lula se releva ensuite d'un bond, m'envoyant pratiquement sa queue-de-cheval blond platine dans la figure. Puis elle plissa les yeux et regarda en direction de Mari avec un air accusateur avant de se tourner vers moi.

— Tu es dégoûtant, cracha-t-elle.

— C'est toujours un grand déplaisir de te voir pour moi aussi, répondis-je, sourcil levé.

Elle soupira d'agacement, se retourna et partit.

Je jetai un œil en direction de Mari. Elle fit tourner un doigt autour de son oreille, pour me dire qu'elle pensait que Lula était folle.

Je lui souris. Elle me sourit en retour.

Puis je m'assis enfin sur mon tabouret. Elle prit une petite bassine pour aller nettoyer la table du fond. En passant, elle fit glisser sa main contre le bas de mon dos.

J'explosais de joie. Il fallait que j'arrête d'attendre que quelque chose me tombe dessus. Tout allait bien. J'étais parfaitement bien avec elle. Le seul endroit où je me sentais complètement accepté, c'était à ses côtés. Il fallait que je me détende et que j'en profite.

Je pris ma fourchette et m'apprêtai à plonger dans mon assiette quand la porte s'ouvrit et que la clochette sonna comme un mauvais présage.

— C'est pas possible ! cria une voix joyeuse. Est-ce que c'est bien Mariana Ruiz que je vois là ?

Je regardai par-dessus mon épaule avec curiosité et aperçus l'étranger qui venait d'entrer.

Il avait un large sourire aux dents très blanches,

une montre de luxe au poignet et portait un de ces polos à la mode, rentré dans un pantalon noir sortant clairement du pressing.

Mari, qui était en train de nettoyer la table, se redressa et fixa le nouvel arrivant, bouche bée, dans un mélange de choc et de terreur.

— Tu ne me dis pas bonjour ? lança-t-il en se dirigeant vers elle les bras grands ouverts.

J'étais sur le point de le classer dans la catégorie de ses nombreux cousins quand elle me lança un regard inquiet tandis qu'il la prenait dans ses bras avec beaucoup d'insistance.

Je plissai légèrement les yeux, me demandant ce que c'était que cette histoire. Était-elle en train de m'appeler à l'aide ou... était-elle simplement gênée de me voir assister à quelque chose que je n'aurais pas dû voir ? Parce que son expression ressemblait beaucoup à de la culpabilité.

Pendant ce temps, le type l'enveloppait chaleureusement dans ses bras, la soulevant du sol pour la faire tourner.

— Bon sang, jeune fille, tu es superbe, la complimenta-t-il avant de la reposer à terre et de faire un pas en arrière pour mieux pouvoir l'admirer. Alors tu travailles ici, maintenant ?

Elle hocha la tête et déglutit nerveusement. L'étranger s'approcha d'elle à nouveau.

— Eh bien, j'approuve totalement. Tes seins sont superbes dans cet uniforme. Je veux, bon sang... Ils ont grossi ou quoi ?

Il leva les mains pour les poser sur sa poitrine. Je n'en revenais pas. Je tournai le tabouret pour leur faire face et regardai avec un intérêt croissant comment Mari rougit puis repoussa, un peu tardivement, les mains de l'homme. Puis elle leva un doigt pour le réprimander mais, visiblement, sans grande conviction. Elle avait plus l'air de jouer les effarouchées que d'être effrayée ou dégoûtée.

Je ne comprenais vraiment pas ce qui était en train de se passer et ne savais pas comment y réagir.

— Tu ne vas pas m'obliger à sortir le grand jeu encore une fois, si ? dit-il en souriant.

Il venait vraiment de dire « encore une fois » ?

Merde. Ce riche connard était-il le type avec qui elle était avant moi ?

*Non, faites que ce ne soit pas ça.* Sauf que c'était bien ça, je le savais. Et j'en eus la nausée.

Si elle nous comparait, je ne voyais aucune raison sérieuse pour que ce soit moi qu'elle choisisse. Il avait l'air riche, propre sur lui, était beau garçon et bien plus enjoué que je ne l'étais. Si j'étais elle, ce serait lui que je choisirais sans la moindre hésitation.

— Oh ! ce n'est pas grave, dit-il avec un haussement d'épaules. J'ai toujours aimé la chasse. Et je suis là jusqu'à la fin de l'été, donc..., ajouta-t-il en se frottant les mains. La partie commence.

— Hé, protestai-je nonchalamment quand il s'approcha à nouveau d'elle, comme si je cherchais simplement à attirer son attention.

*Hé, je suis là. Regarde-moi. Ne m'oublie pas.*

*Choisis-moi.*

L'autre type me regarda avec curiosité.

— Ouais, mec, quoi ? demanda-t-il.

— Je ne ferais pas ça si j'étais toi, dis-je en secouant légèrement la tête.

Il plissa le front, perplexe. Mari se précipita vers moi et me toucha le bras comme pour me rassurer.

Le type nous considéra tous les deux.

— Ah, je vois que le vent a tourné. Tu n'es plus libre, c'est ça, ma belle ? murmura-t-il.

Mari secoua la tête et serra mon bras un peu plus fort, se rapprochant encore un peu de moi.

— Merde alors, dit-il de bonne grâce. J'espérais vraiment qu'on pourrait raviver les souvenirs. Mais j'imagine que j'ai laissé passer ma chance. Pas de problème entre nous, hein ? demanda-t-il en me regardant.

— Aucun, assurai-je en secouant la tête.

— Parfait, répondit-il en souriant avant de s'approcher de moi, main tendue. Je m'appelle Javier.

— Zac, proclamai-je en lui serrant la main.

Ce que je n'aurais absolument pas fait si j'avais su les saletés qui allaient sortir de sa bouche après ça.

— Je dois dire, quand même, que je suis franchement étonné, déclara-t-il.

Il secoua la tête et fit un bruit de bouche montrant sa déception avant de me regarder à nouveau.

— Je n'arrive pas à croire qu'elle se contente d'un seul mec, tu vois. Elle aime tellement baiser que je n'aurais jamais imaginé qu'une seule queue puisse satisfaire totalement notre petite nympho.

— Qu'est-ce que tu racontes ? grognai-je en me levant de mon tabouret.

Mari, effrayée, serra mon bras encore plus fort, et Javier recula d'un pas en levant les mains.

— Hé, non, dit-il avec un rire gêné, faisant rapidement

machine arrière. Je ne voulais pas lui manquer de respect, je le jure. Le fait que Mari adore prendre une bonne queue dans n'importe quelle position, n'importe où et à n'importe quelle heure, c'est ce que je préfère chez elle. Je suis sûr que tu es d'accord avec moi, non ? ajouta-t-il en lui souriant. Tu aimes te glisser dans sa chambre à lui au milieu de la nuit, *mi vida*, parce que tu ne peux attendre pour recommencer ? Je suis sûr que tu lui glisses à lui aussi tes jolis petits messages pour dire que tu ne portes pas de culotte. Ou que tu l'emmènes sur le banc de sable ou le ponton pour *aller voir le coucher de soleil*.

Il fit des guillemets avec les doigts en disant « *aller voir le coucher de soleil* ». Et soudain, ma vision se troubla, je fus assailli par la nausée.

— Alors qu'en réalité tout ce que tu veux, c'est te faire prendre par-derrière comme une...

— Ça suffit ! le coupai-je en m'avançant vers lui, un voile rouge devant les yeux. Sors d'ici. Tout de suite.

— Oh ! du calme, mec, me dit-il, levant les mains à nouveau.

— Dehors ! grognai-je en lui montrant la porte.

— D'accord, d'accord, je m'en vais.

Avant de partir, il lança un regard à Mari et lui fit un clin d'œil.

— Préviens-moi quand tu en auras marre de ce Néandertalien, OK, ma belle ?

— Fils de pute, dis-je en me précipitant sur lui, mais Mari s'interposa et m'attrapa par le bras pour m'arrêter.

— No..., parvint-elle à prononcer, me faisant comprendre qu'elle était énervée au point d'essayer de parler et qu'il valait mieux que j'écoute. Zaa...

Ne voulant pas l'inquiéter davantage, je m'arrêtai, mais continuai à regarder par-dessus son épaule, le tintement de la porte signalant le départ de Javier.

Je me sentais terriblement blessé. J'allais avoir besoin d'une petite minute pour me remettre de ce qui venait d'arriver.

# Chapitre 19

*Zac*

Aussitôt Javier parti, je lançai un regard à Mari. Mais plonger dans ses grands yeux noirs était putain de douloureux. Chaque fois que je me rappelais les mots « chambre à coucher », « jolis petits messages », « ponton », je ressentais un lancinement dans la poitrine.

Sauf que c'était *elle* qui pleurait à cet instant précis, l'air totalement terrifié. Je décidai de mettre de côté mes problèmes pour le moment.

— Ça va ? demandai-je.

Tout le haut de son corps remuait convulsivement à force de sanglots. Elle secoua la tête et bondit sur moi pour me serrer de toutes ses forces.

Au début, je me raidis, incapable d'oublier la souffrance provoquée par le fait d'avoir appris que tout ce que nous avions vécu jusque-là n'avait rien d'unique ou d'exclusif. J'étais persuadé que ces moments n'appartenaient qu'à nous deux. Mais je ravalai ma peine et repoussai mes mauvais sentiments pour pouvoir la prendre moi aussi dans mes bras.

J'embrassai sa tête, et elle se serra encore plus contre moi.

— Tu veux que j'aille lui casser la gueule ? demandai-je en espérant qu'elle dirait oui.

Mais elle secoua la tête énergiquement. Puis, après s'être essuyé les yeux, elle renifla et tira son téléphone de la poche de son tablier.

*Et toi ? Comment tu vas ?*

Je haussai les épaules.

— Non, ça ne va pas, dis-je. J'aurais dû nettoyer le sol avec sa tête pour t'avoir parlé comme ça.

Mari secoua la tête à nouveau, ouvrant grand les yeux, l'air inquiet, et recommença à taper. Mais la porte s'ouvrit, laissant entrer de nouveaux clients.

Elle prit un air agacé, clairement frustrée, puis me regarda pour s'excuser avant de ranger son téléphone et de se diriger vers les nouveaux arrivants pour les installer. Je l'observai pendant un moment, sourire forcé, tirant son carnet pour prendre la commande. J'entendais à nouveau la voix de Javier, faisant la liste d'à peu près tout ce que nous avions fait Mari et moi.

Cela n'avait pas tellement d'importance, me dis-je. Son passé lui appartenait, et elle avait clairement signifié à l'autre con qu'elle était avec moi à présent. Que c'était moi qu'elle désirait.

Mais d'horribles petits doutes et d'affreuses questions commencèrent à s'accumuler en moi, tentant de prendre le dessus sur mon esprit.

Ils essayaient de me dire qu'elle m'avait menti pendant notre premier rendez-vous, mais je secouais la tête, refusant cette idée. Elle n'avait pas menti en me disant qu'elle ne l'avait fait qu'une fois. C'est moi qui, comme un idiot, avais mal compris. Je pensais qu'un *doigt* signifiait une « fois », quand, en réalité, c'était une « personne ». Et puis merde, même si elle m'avait menti, quel était le problème ? Je me fichais du nombre de gars avec qui elle avait été avant. J'étais tout de même heureux qu'elle s'offre maintenant à moi.

Ces sombres petits sentiments qui envenimaient tout persistèrent cependant. J'avais mal au ventre.

Il fallait que je sorte avant que Mari s'aperçoive de ma pâleur et qu'elle me pense en colère contre elle. C'était la dernière chose que je voulais. Je me levai alors, posant sur le comptoir une somme qui couvrait largement ma commande, laissai un généreux pourboire à côté de l'assiette que je n'avais pas touchée et m'en allai aussitôt.

Mari avait l'air occupée, notant les commandes des clients, aussi, je sortis sans lui dire au revoir.

Je rentrai vite à l'atelier, sans regarder autour de moi, si ce n'est en passant devant l'agence immobilière Everett. La porte du bureau de Jude était fermée, et ma mère n'était pas assise au sien. Elle devait probablement être *sur* le bureau de son boss.

Mon ventre bouillonnait, et j'avais les dents serrées quand j'arrivai en vue du garage de Harvey. J'avais oublié sa putain de tarte aux pommes.

Mais il s'en remettrait.

Je n'avais envie que d'une chose : un après-midi tout simple à changer des plaquettes de frein. Je passai la porte du garage et vis la bibliothécaire déblatérer des choses à Harvey, et elle semblait furieuse. Elle remuait le doigt devant le visage de mon patron en criant quelque chose jusqu'à ce qu'elle me voie.

— Ah, le voilà, dit-elle en pointant sur moi un doigt

accusateur. Le coupable. Demandez-lui ce qu'il a fait à ma voiture.

Je regardai en direction de Harvey, ne comprenant pas ce qui se passait.

— Quo... ?

Il soupira, épuisé, et leva les yeux au ciel.

— Maeve ici présente pense que tu as...

— Qu'est-ce que tu as fait à ma voiture sale petit con ?

Je repris mes esprits et la regardai s'agiter devant moi.

— J'ai changé l'huile... comme vous me l'avez demandé, dis-je, la regardant d'un air sévère.

— Alors pourquoi elle ne roule plus aujourd'hui ? Elle est complètement morte. Et c'est *ta* faute.

Elle se tourna vivement vers Harvey.

— Il a retiré quelque chose au moteur, j'en suis sûre. J'étais là, je l'ai vu faire.

— J'ai enlevé le filtre, expliquai-je à Harvey, entre mes dents. Ce que je lui ai d'ailleurs expliqué *pendant* que je le faisais. Et j'en ai mis un neuf à la place. Ce dont elle devrait se souvenir, grognai-je en regardant à nouveau la vieille bique. Parce qu'elle était sur mon dos, à me harceler pendant tout le temps.

— Voilà ! Vous voyez ça ? hurla la vieille, regardant Harvey et moi tour à tour. Ce manque de respect ? Ce sale merdeux n'a aucun égard pour les gens mieux que lui.

— Ou peut-être que je ne considère simplement pas que vous êtes mieux que moi, répondis-je en croisant les bras.

Elle recula d'un coup et cria comme si je venais de la gifler.

— Topper, dit Harvey calmement avec un air de réprimande.

— Quoi ? Je la traite exactement de la même façon qu'elle me traite. Et si elle n'aime pas mon attitude, eh bien peut-être qu'elle devrait penser à travailler sur la sienne.

— Comment oses-tu ? commença Maeve avant de prendre une grande inspiration, s'apprêtant sans doute à cracher tout son venin sur moi.

Mais Harvey s'avança, levant les mains pour intimer à tout le monde de se calmer.

— OK, juste..., dit-il en désignant l'entrée du bureau. Attends-moi là-bas et prends le temps de te calmer un peu mon garçon. Moi, je vais regarder sous le capot.

Il alla descendre la voiture de la bibliothécaire de sa dépanneuse.

— C'est des conneries, maugréai-je dans ma barbe en partant au coin comme un élève puni par son professeur.

— Qu'est-ce qu'il a dit ? demanda Maeve en me regardant avant de se tourner vers Harvey. Je l'ai entendu dire quelque chose. Il m'a insultée ou quoi ?

— Quoi, tu crois que je t'ai traitée de salope ou de connasse ? demandai-je, narquois, en m'appuyant contre le mur, bras croisés, amer.

Elle ne m'avait pas entendu. Mais apparemment, Harvey, si. Il me lança un regard dur.

— Il ne vous a pas insultée, Maeve, je vous promets, dit-il cependant.

— En tout cas, il a fait quelque chose à ma voiture, insista-t-elle. Je le sais.

Harvey soupira et fit le tour du véhicule jusqu'à la

portière conducteur, où il tira la manette ouvrant le capot.

Quand il le souleva, je ne pus m'empêcher de m'approcher, curieux de comprendre pourquoi cette voiture ne marchait plus.

— Ne t'avise pas de toucher à quoi que ce soit, m'avertit-elle.

— Je ne fais que regarder, objectai-je en levant les mains.

Harvey jeta un œil sous le capot et commença à lister.

— Eh bien, le nouveau filtre est bien là. Ça a l'air d'aller. Le niveau d'huile aussi, dit-il en ayant l'air de réfléchir.

Nous regardâmes attentivement le vieux moteur, perplexes. Finalement, j'allai du côté conducteur et ouvris la portière.

— Qu'est-ce que tu fais ? demanda Maeve en se précipitant sur moi. N'entre pas dans ma voiture. Je ne veux pas que tu touches à quoi que ce soit.

— Je veux juste vérifier deux ou trois choses, grommelai-je en me glissant derrière le volant pour essayer la clé.

Le moteur ne démarra pas. Je fis alors un quart de tour avec la clé, allumant le tableau de bord.

— Eh bien, ce n'est pas non plus la batterie, déclarai-je en secouant la tête.

Puis je remarquai la jauge d'essence et levai les yeux au ciel.

— On dirait que le réservoir est vide, dis-je en tapotant la jauge.

Harvey sortit la tête de sous le capot, me lançant un regard atterré.

— Tu plaisantes ?

— Non, n'y faites pas attention, nous coupa Maeve. La jauge est cassée et dit toujours que le réservoir est vide.

— Mais le réservoir pourrait être vide ? demandai-je en levant un sourcil.

— Non, répondit-elle avec un regard noir. J'ai une bonne estimation de ma consommation. Il n'est pas vide.

— Alors il reste combien d'essence, d'après vous ? la questionnai-je avec un air de défi.

Quand je n'obtins pour toute réponse qu'un regard énervé, Harvey poussa un très long soupir.

— Va chercher un jerrycan d'essence et fais boire un peu cet engin, tu veux bien ? La vérification n'est pas très compliquée à faire tout de suite.

Je sautai de la voiture et allai prendre un jerrycan qui devait contenir cinq ou six litres. Quand je revins, Maeve était encore en train d'insister sur le fait qu'elle était certaine que sa voiture n'était pas à sec.

— Alors voyez ça comme un plein gratuit, Maeve. Il faut qu'on vérifie, vous comprenez bien.

Elle grommela, refusant visiblement de comprendre. Je versai l'essence dans le réservoir puis sautai derrière le volant et ramenai la voiture à la vie au premier essai.

— Ouah ! dis-je en penchant ma tête par la portière ouverte, c'est un vrai miracle.

— Mais, comment ça se..., commença Maeve, clignant des yeux, confuse, ne sachant pas comment réagir pendant une minute, avant de faire une moue vexée et d'insister à nouveau. Je vous jure qu'il y avait encore au moins trois ou quatre litres dans le réservoir.

J'estime très bien mon kilométrage et mon niveau d'essence. Là c'est... c'est du jamais-vu.

Je ne répondis rien, me contentant de couper le moteur et de sortir de la voiture avant de fermer la portière derrière moi. Pour une raison ou pour une autre, la vieille peau y vit une attitude de défi.

— Cela n'empêche que son attitude envers moi a été intolérable. Inacceptable. Et... Et...

Quand je levai les yeux au ciel, agacé, elle continua :

— Regardez, il lève les yeux. Je vous le dis, Mitchell, si vous ne virez pas ce petit merdeux sur-le-champ, je lance une pétition contre votre garage et son service client lamentable. Et je suis parfaitement capable de vous faire couler. Vous savez que j'en suis capable.

C'était vrai. Maeve était tristement célèbre à Peril pour lancer des pétitions et réussir à les faire signer par tout le monde. L'agence de Jude avait gagné le prix d'entreprise de l'année une fois, et Maeve avait réussi à lui faire retirer le prix par le conseil municipal sous prétexte qu'il était un mari infidèle et par conséquent pas digne d'une telle distinction.

Elle aurait probablement réussi à le pousser à la faillite si elle avait voulu, mais comme elle était la tante de sa femme, elle ne pouvait pas priver Fran des revenus de son mari. Elle le tortura donc mais d'une façon qui ne le mettait pas en péril financièrement.

— Oh ! Maeve, allez, la supplia Harvey. Zac est l'employé le plus sérieux et le plus fiable que j'aie jamais eu. Ne m'oblige pas à le virer, j'ai besoin de lui. Regarde ma jambe !

Il tapa du poing sur sa prothèse, mais cela n'attendrit pas spécialement la bibliothécaire.

— Si tu as besoin d'aide, je sais que le petit-fils de Gracie Lewis, Bryant, qui vient de finir ses études, cherche un travail. Pourquoi ne pas l'embaucher *lui* ?

Harvey et moi fîmes la même grimace.

Quand vous aviez fini le lycée, à Peril, il n'y avait que deux raisons qui vous faisaient rester en ville. Soit vous étiez trop pauvre pour partir, soit trop stupide. Et la famille de Bryant Lewis était l'une des plus riches de tout le comté de Beaumont. Si Harvey l'embauchait, cet abruti risquait de ruiner toutes les voitures du garage.

Mais Harvey avait des problèmes plus graves pour l'heure, comme empêcher son affaire de couler, par exemple. Il me lança un regard d'excuse, me faisant comprendre que mon temps chez lui était terminé.

Mon cœur tomba dans mon estomac. Je secouai la tête, ne voulant pas y croire.

— Non..., plaidai-je.

Mais tout ce qu'il fit fut de maugréer rudement.

— Je suis désolé, mon garçon.

# Chapitre 20

*Mari*

Quand Zac sortit du diner, sans même me dire au revoir, je compris que les choses allaient mal. Mais je vis ensuite son assiette, encore pleine, et les billets juste à côté, et je devins carrément folle.

Je me mis à trembler de tout mon corps, sûre que c'était fini. Javier m'avait fait passer pour une telle traînée que moi-même je m'étais à moitié convaincue que j'étais une moins que rien.

Et quand Naomi arriva, j'étais malade d'inquiétude. Elle me regarda avant de me prendre le bras comme pour me stabiliser.

— Tout va bien, ma chérie ? Tu n'as pas l'air d'aller.

Je hochai la tête, mais son visage était en train de devenir flou.

Elle prit un air soucieux, semblant ne pas me croire, et posa la paume de sa main sur mon front, puis me prit la main qu'elle trouva moite, humide.

— Tu n'es pas enceinte, n'est-ce pas ? me demanda-t-elle en me regardant droit dans les yeux.

Je secouai la tête énergiquement et lui lançai un

regard noir. Même ma collègue de travail pensait que je n'étais qu'une salope. C'était vraiment merveilleux...

— OK, OK, dit-elle en rigolant et en levant les mains. Pas enceinte, j'ai compris. Mais sérieusement, si tu as besoin de faire une pause, pas de problème, d'accord ? Je peux gérer ici. Et toi, j'ai l'impression qu'il faudrait que tu voies quelqu'un.

Mais j'étais plus solide qu'elle ne le pensait. Je décidai de rester et de faire mon travail, souriant malgré la douleur, dorlotant mes clients, m'assurant qu'ils avaient tout ce dont ils avaient besoin.

Aussitôt le coup de feu du déjeuner passé, je pris un cachet pour le mal de crâne atroce que j'avais et regardai l'heure. Il était presque 2 heures. Encore une demi-heure et je pourrais aller au garage et voir comment allait Zac.

*Lita* s'attendait à ce que je rentre directement à la maison aujourd'hui pour que je puisse l'aider à se préparer à la fête pour les quinze ans d'Emely Montez. Emely et mon cousin Jésus se fréquentaient, *Lita* avait à cœur de se faire belle pour impressionner la famille de la jeune fille. Mais je ne pouvais pas rentrer à la maison avant d'avoir vu Zac.

La clochette de la porte tinta, et quatre dames entrèrent. Elles venaient une fois par semaine prendre le thé ensemble. Enfin, Mlle Jousten, la maire de la ville, prenait généralement du café, mais les trois autres buvaient du thé. Chaud ou froid. Je les voyais comme les quatre terreurs de Peril, parce que, en gros, c'étaient elles qui dirigeaient la ville. Là se trouvaient donc la maire, la femme du propriétaire de l'usine de nourriture pour chiens, la principale de l'école primaire et Mlle Maeve, la bibliothécaire, qui connaissait à peu près tous les ragots de notre belle cité.

Elles entrèrent en riant toutes les quatre, et je leur souris, heureuse de voir autant de joie. Elles s'assirent à leur table habituelle. Je commençai déjà à leur apporter des tasses que je posai devant deux d'entre elles, celles qui prenaient habituellement des boissons chaudes.

— Merci, ma chérie, dit Mlle Jousten gentiment avec un sourire, en me touchant le bras pour montrer sa gratitude pendant que je lui servais son café.

Je levai un doigt en regardant les autres dames pour leur faire comprendre que je ne les avais pas oubliées et partis préparer un thé glacé.

Habituellement, je n'écoutais pas leurs conversations. Parfois je reconnaissais un nom, ici ou là, entendais des bribes d'information sur tel ou tel habitant de la ville, mais généralement, je me fichais pas mal de savoir qui avait acheté une nouvelle voiture, qui avait fait faillite ou qui avait trompé sa femme.

Je mis donc un peu de temps avant de comprendre ce que Mlle Maeve était en train de dire quand je leur apportai leurs thés glacés.

Se redressant fièrement, elle posa ses deux mains sur la table pour faire son annonce.

— Donc, j'ai des nouvelles. J'ai fini par convaincre Harvey, le propriétaire du garage, de renvoyer ce voyou de Topper, le garçon qu'il avait embauché l'an dernier.

Je posai, en souriant, le premier thé glacé devant la principale de l'école. Et finalement, mon cerveau s'écria : *Attends, quoi ?*

Je me redressai alors et j'inclinai mon visage,

intriguée, pendant que les trois autres poussaient des cris de surprise.

— Oh ! Dieu merci ! s'exclama Mme Garner. J'ai toujours pensé que ce petit vaurien n'apportait rien de bon à ce pauvre M. Harvey. Peut-être, maintenant, les gens iront-ils plus volontiers réparer leurs voitures chez lui.

— Mais comment as-tu fait ça ? demanda Mlle Jousten.

Mlle Maeve commença à régaler ses amies avec son histoire. J'étais là, tout à côté, bouche bée. Je n'arrivais pas à croire qu'elle avait fait renvoyer Zac.

Et cela, juste après que Javier avait fait voler son monde en éclats avec tous ces détails scabreux.

Ma respiration s'accéléra, mes mains se mirent à trembler. Avant de réussir à me raisonner, je retournai doucement le verre de thé glacé que j'avais dans la main et le renversai sur les genoux de la bibliothécaire.

Elle hurla, se leva d'un bond pour retirer les glaçons de sa jupe.

Pendant ce temps, je la regardai.

Finalement, elle leva les yeux vers moi.

— Mais, ne reste pas là à ne rien faire, maladroite. Va me chercher des serviettes et donne-moi un coup de main.

Elle tira sur sa chemise trempée qui collait à sa poitrine plate.

— Et c'est ma blouse préférée en plus !

J'avalai ma salive, n'arrivant pas à croire qu'aucune d'entre elles n'avait vu que j'avais renversé le verre exprès. Mais non, elles pensaient toutes que c'était un accident.

Encore tremblante et pleine de colère pour ce que

cette femme avait fait à Zac, je cherchai Naomi du regard. Elle était comme figée sur place, tout à côté de la seule autre table occupée du restaurant.

Elle me fixait, immobile, bouche bée, une carafe d'eau à la main.

Elle avait tout vu.

Persuadée qu'elle allait tout raconter à Ginger et me faire renvoyer, j'éclatai en sanglots et quittai le restaurant en courant, jetant par terre le verre en plastique vide que j'avais à la main.

Une fois dehors, je regardai à droite et à gauche, perdue, puis je courus en direction du garage de Harvey, en espérant au fond de moi que la bibliothécaire n'était qu'une grosse menteuse.

Mais à peine avais-je passé les portes du garage que je m'aperçus que Harvey était seul, travaillant sur une voiture dont il avait enlevé les roues. Il se redressa de derrière le capot, une clé à molette à la main, et me vit.

Il grimaça en voyant mon visage et poussa un long soupir avant de secouer la tête.

— Je suis désolé, ma chérie, il n'est pas là.

Mon menton trembla, et d'autres larmes coulèrent. Je n'arrivais pas à croire que c'était vrai. Zac avait été renvoyé. Je dévisageai le propriétaire de l'atelier, incrédule, et il sembla s'effondrer.

— Oh... Ne me regarde pas comme ça. Je n'avais aucune envie de virer le garçon. En fait, je l'aimais bien ce petit merdeux. C'était le meilleur employé que j'aie jamais eu. Mais tu connais cette Maeve ; elle est capable de te tordre le bras jusqu'à ce que tu cèdes. Si j'avais résisté, ni lui *ni moi* n'aurions plus de travail à l'heure qu'il est.

J'avais envie de rester fâchée contre lui, mais je savais qu'il avait raison. Dès que Maeve avait pris la décision de s'en prendre à lui, le travail de Zac était condamné. Soit elle forçait Harvey à se débarrasser de lui, soit elle mettait carrément le garage en faillite.

Quelle horrible bonne femme. Haineuse.

Mais pourquoi détestait-elle Zac à ce point ?

Jusqu'à ce que ça me revienne tout à coup... Elle était la grand-tante de Lula Everett.

Purée, c'était vraiment une famille de cinglés.

Je fis demi-tour et partis alors en courant, sans savoir au juste où chercher Zac. Il était hors de question que je retourne chez Ginger. J'étais à peu près sûre que j'allais être virée moi aussi de toute façon.

Je n'avais pas le temps de m'inquiéter de ça pour le moment. Il fallait que je trouve Zac. Je commençai par aller chez lui, mais personne ne répondit quand je sonnai à la porte. Je tirai alors mon téléphone pour lui envoyer un message, c'est alors que je reçus un texto de Naomi.

*J'ai tout nettoyé et je n'ai pas fait payer les dames, puis j'ai dit à Ginger que tu étais rentrée chez toi parce que tu étais malade. J'espère que tu iras mieux demain et que je te retrouverai en pleine forme pour ton prochain service. Prends soin de toi, ma belle.*

Je n'arrivais pas à croire qu'elle m'ait couvert. Mais dans le fond, j'étais une employée très consciencieuse. Elle aurait sans doute du mal à trouver une serveuse aussi bonne que moi.

Je la remerciai avant de passer à Zac. Je tapai frénétiquement :

*J'ai entendu ce qui s'est passé avec Mlle Maeve. Comment tu vas ?*

Comme il ne répondit pas dans la minute, je tapai à nouveau :

*Où es-tu ?*

J'attendis en me mordant nerveusement la lèvre. Mais rien ne vint.

J'avais envie de vomir. De crier, de hurler, de taper de toutes mes forces sur quelque chose.

Les choses n'étaient pas censées se passer comme ça. Zac devait tomber follement amoureux de moi, penser que je n'avais aucun défaut. Et nous allions ensuite vivre heureux pour toujours sans que jamais il me trouve la moindre imperfection.

Ne sachant plus quoi faire, je me résignai à rentrer à la maison.

*Lita* m'y attendait avec impatience. À peine avais-je passé le seuil de la porte qu'elle se mit à me donner des ordres.

Elle savait exactement comment elle voulait être coiffée et combien de temps lui prendrait chaque étape. C'était à se demander si ce n'était pas sa *quinceañera* à *elle*.

Je compris pourquoi elle se préoccupait tant de son apparence dès que nous arrivâmes à la fête. *Lita* se dirigea immédiatement vers le grand-père d'Emely, qui était veuf, et papillonna autour de lui. Je réalisai alors, surprise, qu'elle était en train de flirter avec lui.

Je les regardai faire, un peu abasourdie.

J'avais franchement du mal à imaginer ma grand-mère avec quelqu'un d'autre qu'Abuelito. Mais cela faisait maintenant trois ans qu'il était mort. Si elle avait envie de refaire sa vie, je la soutiendrais totalement. Même si je ne savais pas exactement ce que cela signifiait pour moi, pour mon avenir, si elle décidait de se remarier.

Il était peut-être temps que je me trouve une maison à moi.

Tout en la regardant faire son numéro de charme, je tirai mon téléphone de ma poche et envoyai un nouveau message à Zac. C'était au moins le dixième.

*S'il te plaît, réponds-moi, je suis très inquiète pour toi.*

Il ne répondit pas. Et aucun des dix autres messages envoyés au cours des heures précédentes n'avait visiblement été lu.

J'étais encore en train de regarder tristement mon téléphone quand j'entendis un rire moqueur derrière moi.

— Quoi ? Tu n'es pas venue avec ton *petit copain* ?

C'était la voix d'Enzo. Je me raidis avant de me retourner lentement.

Pire encore, Enzo était en compagnie de Javier. Les deux cousins ricanaient comme s'ils savaient à quel point ma vie était pourrie à cet instant précis et que ça les amusait beaucoup.

Je plissai les yeux en regardant Javier et glissai ma main dans ma poche pour y sentir sous mes doigts le couteau que Zac m'avait donné.

— Oh ! regarde-la, la pauvre, dit Javier en donnant un coup de coude à son cousin. Je crois bien qu'il l'a larguée après avoir entendu à quel point j'avais usé la petite chatte de sa copine.

Il me fit ensuite un clin d'œil avant de poursuivre :

— Ne t'inquiète pas, je te reprends sans problème, bébé. Ça me fera une distraction pour l'été.

Comme Javier s'éloignait, Enzo eut un grognement de dédain. Il me regarda de bas en haut, de manière dégradante.

— Moi je ne veux pas de toi, en tout cas, m'annonça-t-il, visiblement contrarié d'apprendre que j'avais un copain. Quand je pense que j'ai songé à donner une chance à la *tullida*, et que non seulement tu l'as refusée mais qu'en plus tu es allée avec un putain de *gringo*.

Il secoua la tête, clairement déçu, et suivit son cousin. Les deux garçons m'ignorèrent alors complètement. Ils traversèrent la pièce pour se rendre auprès de la grande sœur d'Emely Montez et lui dirent quelque chose qui lui fit visiblement très plaisir – probablement quelque chose de gentil, d'agréable et de tout à fait approprié.

Je détournai les yeux. Je me fichai bien de ce qu'ils pensaient de moi. Je décidai d'aller voir les mamans qui, dans ce genre de fêtes, étaient les seules à me remarquer et à me traiter comme un véritable être humain. Le plus souvent, elles me serraient très fort dans leurs bras – parce que j'étais orpheline – et essayaient de me faire avaler plus de nourriture que je ne pourrais le faire en une vie entière. Mais c'était mieux que d'avoir l'impression de ne pas exister comme c'était le cas avec la plupart des autres personnes.

Emely fit son entrée avant que je puisse me déplacer, aussi, je m'arrêtai net. J'étais seule. Je vis comment la jeune fille était présentée à tous. Puis son père porta un toast en son honneur avant de la conduire, tout sourire, sur la piste pour la première danse.

J'essayai de ne pas penser à mes parents et à quel point ils me manquaient. Ils auraient sans le moindre doute organisé une magnifique *quinceañera* en mon honneur s'ils avaient survécu. Mon parrain et ma marraine, *Tio* Franco et *Tia* Luisa, avaient tout simplement oublié d'en organiser une quand j'avais eu mes quinze ans.

Je soupirai et me mis sur le côté de la piste lorsque d'autres danseurs arrivèrent. Enzo et Javier avaient trouvé des partenaires, et mon cousin Jesus mit le grappin sur Emely dès qu'elle fut libre.

Camilo tira Lucia et son gros ventre sur la piste, et mon autre cousin, Angelo, se mit à danser avec une fille qu'il avait invitée. Juan était juste derrière.

Personne ne m'invitait jamais à danser dans ces soirées, sauf parfois un de mes cousins. Mais la plupart d'entre eux avaient, semble-t-il, trouvé des partenaires. Soudain, on me tapota l'épaule.

Je levai les yeux, c'était Felipe.

Levant un sourcil en silence, il tendit la main. Je souris et entrai dans la danse avec lui.

Seul Felipe était capable de me sortir de mon cafard. Avant même la fin de la chanson, il avait tellement fait l'idiot que je ne pus m'empêcher de rigoler.

— Enfin, elle sourit ! dit-il. Je commençais à me demander si tu n'avais pas carrément oublié comment on faisait.

Je levai les yeux au ciel au moment où la chanson se terminait. Il me ramena sur le bord de la piste. Il me donna un léger coup d'épaule pour me faire lever la tête.

— Qu'est-ce qui t'a mise dans une humeur aussi maussade, aujourd'hui ? C'est Enzo ? Je l'ai vu venir te parler avec Javi.

Je secouai la tête. Je ne voulais pas que mon cousin ait une dispute ce soir à cause de moi.

— Alors qu'est-ce qui ne va pas ? s'enquit-il, le front plissé.

Je haussai les épaules. Et soudain, une idée me frappa.

*Hé, c'est bien la saison de la récolte des fraises en ce moment, non ?* lui demandai-je en langue des signes.

Il travaillait dans le plus grand champ de fraises de l'État, à une vingtaine de minutes de la ville en voiture.

— Ouais, déclara-t-il, nous sommes en plein dedans. Pourquoi tu me demandes ça ?

*Est-ce que ton patron aurait besoin de monde ?*

Felipe leva un sourcil.

— Toujours. Mais quoi ? Tu penses à quitter le diner, *prima* ?

Je secouai la tête avant de poursuivre :

*Zac a besoin d'un nouveau boulot. Tu penses que tu pourrais lui en trouver un là-bas ?*

— Merde, dit-il, je n'ai aucune envie de rendre service à ce petit con. S'il n'a pas été foutu de garder son travail chez Harvey plus d'un an, il ne tiendra pas une journée dans les champs.

*Mais ce n'est pas sa faute*, répliquai-je. Et je lui racontai ce que la bibliothécaire avait fait.

*Et M. Harvey a dit clairement qu'il ne voulait pas du tout renvoyer Zac parce qu'il était le meilleur employé qu'il ait jamais eu. Mlle Maeve l'a FORCÉ à le renvoyer.*

Felipe soupira.

— Oh ! d'accord. Je vais demander à mon patron, grommela-t-il en sortant son téléphone. Mais je fais ça uniquement parce que je t'aime, toi, ajouta-t-il avant de faire une pause et de m'offrir un grand sourire. Et parce que je veux garder un œil sur ce garçon. D'ailleurs, il y a quoi entre vous deux ?

J'eus envie de répondre : *Je l'aime.* Mais je connaissais Felipe et je savais qu'il ne prendrait pas la chose très bien.

*C'est un gentil garçon, et personne ne lui laisse jamais le bénéfice du doute. Il a juste besoin qu'on lui donne une chance*, affirmai-je.

— Très bien, très bien, je demande, dit Felipe déjà en train de composer un numéro sur son téléphone. Donne-moi une minute.

Je serrai les mains et mordis ma lèvre en le regardant parler au téléphone. Une minute plus tard, il remercia la personne qu'il avait au bout du fil et raccrocha.

— OK, me reprit-il. Ils lui donnent un jour d'essai. Il peut commencer demain. Le camion part à six heures et demie précises de la coopérative et ramène tout le monde à 5 heures. S'il n'est pas là à l'heure, c'est foutu pour lui.

*Oh ! mon Dieu ! Merci, merci, merci*, lui dis-je en le serrant fort dans mes bras.

Il rit.

— Moi, tout ce que j'ai fait, c'est lui donner une chance. Pour le reste, c'est à lui de se débrouiller. S'il fait n'importe quoi, c'est son problème. Compris ?

Je hochai la tête, submergée de bonheur, et le serrai à nouveau dans mes bras.

Il rigola encore un peu, puis Emely l'appela pour qu'il lui accorde la prochaine danse. Il ne pouvait évidemment rien refuser à l'invitée d'honneur, aussi, il me donna un coup sur l'épaule avant d'aller la rejoindre.

Et je me retrouvai seule à nouveau.

Mais cela ne me dérangeait plus, j'avais trouvé un travail pour Zac.

S'il en voulait, bien sûr.

Je sortis mon téléphone pour lui écrire encore une fois et m'aperçus qu'il avait finalement lu mes messages. Mieux encore, trois petits points apparaissaient sur mon écran. Il était en train de me répondre.

Je soupirai, soulagée, et mis une main sur ma bouche, heureuse de découvrir qu'au moins il était en vie.

Puis sa réponse apparut.

*Désolé, j'avais oublié mon téléphone à la maison. Je suis juste allé marcher un peu près de la rivière pour me changer les idées. Mais je vais bien.*

Son message me paraissait distant. Quelque chose semblait avoir changé entre nous.

Je me mordis la lèvre.

*Dieu merci, tu vas bien. Merci de me répondre. J'étais inquiète. Mais je viens tout juste d'avoir une nouvelle qui devrait te faire plaisir. Mon cousin Felipe a parlé à son patron, et il y a un poste pour toi au champ de fraises, au nord de la ville, pour le ramassage, si ça t'intéresse. Il faut juste que tu sois demain à six heures et demie près du silo à grains quand le camion vient chercher les employés.*

Il mit un certain temps à lire mon message. Puis, presque une minute plus tard, les points réapparurent.

*Merde, Mari, tu n'étais pas obligée de faire ça.*

*J'en avais envie*, répondis-je. *Quand Mlle Maeve est venue chez Ginger et qu'elle a commencé à se vanter de t'avoir fait virer, j'ai eu envie de sortir mon couteau et de lui creuser un trou dans la gorge.*

*Putain*, se réjouit-il presque immédiatement.

Ce « putain » sonnait comme une réponse admirative. Je me réjouis.

*Est-ce qu'on peut se voir ce soir ?* ne pus-je m'empêcher

de lui demander. *Après la fête ? À minuit, au ponton Henderman. Ou ailleurs.*

Je me dis soudain que suggérer le ponton Henderman était sans doute une très mauvaise idée. Sauf que j'avais déjà appuyé sur « envoyer ». Je fus à deux doigts de me cogner le front. Nous n'avions ni l'un ni l'autre fait mention de la scène avec Javier au restaurant, mais soudain, cela m'apparut comme le seul sujet important pour lui et moi.

Quand il répondit *Pas ce soir*, je faillis me mettre à hurler. Puis il ajouta : *Je ne suis pas de très bonne compagnie en ce moment.*

J'avais envie de lui dire que ça n'avait pas d'importance. Je voulais le voir, quelle que soit son humeur. Mais il avait refusé, et je ne pouvais pas le supplier, surtout que je ne savais pas ce qu'il ressentait pour moi à cet instant précis.

*OK*, écrivis-je. *Mais s'il y a quoi que ce soit que je puisse faire, dis-le-moi.*

*Merci*, se contenta-t-il de répondre.

Je quittai la fête précipitamment jusqu'à trouver un endroit isolé et me mis alors à pleurer toutes les larmes de mon corps. J'avais peur qu'entre Zac et moi les choses ne soient plus jamais comme avant.

# Chapitre 21

*Zac*

Quand le réveil sonna, peu avant 6 heures le lendemain matin, je grognai, découragé.

J'avais un terrible mal de crâne, ma bouche était sèche comme de la poussière, et j'avais un goût d'animal mort dans la bouche. Mais je pouvais encore sentir l'odeur de Mari sur mon oreiller.

Ce fut le plus terrible : me mettre à bander, tendre la main vers elle et m'apercevoir que le lit était vide.

Je poussai un juron, me remis sur le dos, sortis un bras de sous les draps pour éteindre l'horrible bruit censé me ramener à la vie. Je n'étais pas habitué à me lever tôt. Je n'arrivais jamais chez Harvey avant 9 heures. Et le fait que je me sois mis la tête à l'envers la veille n'aidait pas non plus.

À ma décharge, j'avais bu avant d'apprendre qu'un nouveau travail m'attendait aujourd'hui. Mais n'empêche...

Je n'allais pas très bien.

La veille, j'étais allé jusqu'au ponton Henderman avec une bouteille et un briquet, et je m'étais assis. Je n'avais pas arrêté d'allumer le briquet, de regarder la flamme et d'attendre que la brise l'éteigne tout en me demandant si j'allais ou non mettre le feu à tout ça. Tout le monde pensait déjà que j'étais un pyromane de toute façon, pourquoi ne pas le devenir ?

En tout cas, j'avais besoin de quelque chose pour me débarrasser des images qui se formaient dans ma tête – des images d'elle avec quelqu'un d'autre. Je savais que ça me touchait plus que ça n'aurait dû. Je surréagissais. Il fallait que je reprenne le contrôle de moi-même, que je me débarrasse de toutes les mauvaises pensées qui submergeaient mon cerveau avant de pouvoir revoir Mari. J'étais mortifié d'avoir de telles pensées. J'avais le sentiment d'être un gros loser.

Finalement, je ne mis pas le feu. J'avais trop de bons souvenirs de Mari et moi ici, de vrais souvenirs, pas des choses que j'avais imaginées. Ils étaient bien trop précieux pour que je décide de les détruire par les flammes. Aussi, je bus la bouteille plutôt que de l'utiliser pour accélérer le feu.

J'espérais vaguement que Mari finirait par se montrer et tout arranger, qu'elle me dirait que tout ce qu'il avait dit était un énorme mensonge et que cet endroit n'appartenait qu'à nous deux. Je ne lui avais peut-être pas laissé assez de temps, au restaurant, pour qu'elle puisse me dire que Javier était juste un putain de menteur. Peut-être avait-il simplement découvert tout ce que Mari et moi avions fait et s'en était servi pour m'emmerder.

Mais cela n'avait pas vraiment d'importance en réalité. Vrai ou faux, ça me bouffait de l'intérieur, et ça, c'était ma faute.

— Merde, grognai-je avant de sortir du lit.

Je pris une douche en un temps record, mis mon jean le plus miteux, pour ne pas craindre de le salir, le T-shirt le plus fin que j'avais pour ne pas fondre au soleil, puis j'attrapai une banane et une barre de céréales en sortant et me dirigeai vers la coopérative qui se situait à l'autre bout de la ville et du garage de Harvey, mais pas très loin de chez Ginger.

De là où j'étais, à côté d'un groupe d'hommes qui semblaient eux aussi attendre le camion pour aller aux champs, j'apercevais l'entrée du restaurant.

Aucun des hommes ne parlait anglais. Ils me regardaient tous un peu de travers, comme si je n'avais rien à faire là. Je décidai de les ignorer et finis tranquillement la banane avant d'aller en jeter la peau dans une poubelle tout à côté.

Je mourais d'envie d'un café, mais je n'osais pas aller jusqu'au diner pour en prendre un à emporter. Je devais trop d'excuses à Mari pour pouvoir les lui faire dans cet état. Et l'heure de l'arrivée du camion approchait, je ne voulais pas le rater.

Vers 6 h 25, je commençais à me dire qu'on s'était fichu de moi et qu'il n'y avait absolument aucun travail qui m'attendait. Mais je vis soudain un groupe d'hommes sortir du restaurant. Ils avaient tous un café à la main et une gamelle. Je vis que Felipe, le cousin de Mari, était parmi eux. Je soupirai, soulagé.

OK, tout ça était peut-être vrai finalement.

Il m'aperçut et leva son gobelet de café pour me saluer. Il quitta son groupe pour venir jusqu'à moi. De peur, mon ventre se serra. Felipe Ruiz-Ortego et moi avions été à l'école ensemble, lui un an derrière moi. Il avait toujours été un garçon joyeux, sympathique, athlétique, bien élevé avec les professeurs, blagueur avec ses copains. Tout le monde l'aimait.

Ce qui signifiait que nous n'avions jamais fréquenté les mêmes personnes.

— Hé, tu es là, me dit-il avec un sourire. Je n'étais pas certain que tu viendrais.

Pour être honnête, je n'en étais pas certain non plus la veille au soir. Mais un job éventuel, c'était quand même mieux que pas de job du tout, et je m'étais donc décidé.

Je haussai les épaules, ce qui fit rire Felipe.

— Eh bien, bienvenue à bord. Prépare-toi à transpirer comme un fou et à découvrir les pires douleurs de dos que tu aies jamais connues.

Génial. Ça avait l'air génial.

Je lui lançai un sourire mi-amusé, mi-agacé. Il se rapprocha alors de moi.

— Et comme je l'ai dit à Mari, tout ce que j'ai fait, c'est t'obtenir un job. Pour le reste, tu te débrouilles. Si tu déconnes, je ne te connais pas. *Comprendes ?*

Je hochai la tête.

— Ouais, *comprendo.*

— C'est pour elle que j'ai fait ça, pas pour toi.

— Pas de problème, lui répondis-je.

— Ce qui signifie aussi..., continua-t-il, que si tu déconnes avec elle, là, je te connais, et je me débrouillerai pour te bousiller la vie.

Je déglutis. J'espérais ne pas avoir déjà tout fichu en l'air avec elle.

— Compris, dis-je d'une voix rauque en entendant le grondement d'un moteur.

— Ah, le voici, se réjouit Felipe, souriant à nouveau

comme s'il ne m'avait pas menacé de mort. Prépare-toi à l'enfer.

Je levai les yeux et aperçus le camion le plus vieux et le plus rouillé que j'aie jamais vu. La plate-forme était entourée de lattes de bois. Le pot d'échappement crachait une fumée noire.

Mon esprit de mécanicien se mit immédiatement au travail. Je me dis que le moteur recevait sans doute trop d'essence et pas assez d'air, et je commençai à le réparer dans ma tête vérifiant le système d'admission et le filtre à air.

Le camion s'arrêta devant nous, et une voix nous commanda de monter.

Je restai un instant à observer, voir quels étaient les usages avant de m'avancer. La plupart des gars se dirigèrent vers l'arrière et montèrent sur la plate-forme, tandis qu'une poignée d'autres grimpaient à l'avant.

Un type passa devant moi et me donna un coup de coude.

— Les nouveaux, c'est à l'arrière, dit-il.

Je m'en étais douté. Je fis donc le tour du véhicule et fis la queue.

À peine étais-je dans le camion que quelqu'un donna un coup sur la carrosserie pour signaler que tout le monde était monté et le camion démarra.

— Merde, marmonnai-je en tombant à la renverse.

Tout le monde se mit à rire à mes dépens. Je les regardai d'un air mauvais et tentai d'attraper une poignée pour me tenir.

Finalement, Felipe se montra et me tendit la main pour m'aider à me relever.

Je la saisis, reconnaissant, et me releva. Nous nous

trouvâmes alors face à face, debout sur la plate-forme. Je soupirai et hochai la tête.

— Merci.

— C'est la dernière fois que je t'aide, Topper, me dit-il avant d'aller chercher une place où s'asseoir et se préparer à tous les cahots de la route.

Je trouvai un endroit où m'installer et me recroquevillai. J'avais peur qu'un cahot plus fort que les autres ne m'éjecte du camion. On avait vraiment l'impression que le chauffeur faisait exprès de passer sur tous les nids-de-poule qu'il rencontrait.

Vingt minutes plus tard – mes doigts engourdis tant j'avais serré la poignée –, nous arrivâmes enfin sur la parcelle. Le camion s'arrêta, et les ouvriers descendirent. Je sautai du camion à leur suite, les muscles déjà douloureux. Puis je regardai autour de moi et restai bouche bée. J'avais entendu parler de cet endroit mais n'y étais jamais venu. Le champ était immense, et je commençai déjà à avoir mal partout en pensant à toutes ces rangées qu'il allait falloir parcourir avant la fin de la journée.

Comme c'était mon premier jour, je supposais qu'il y aurait sans doute des papiers à remplir, que j'allais devoir montrer ma carte d'identité, des choses comme ça, mais personne ne s'occupait de moi. Je restai donc là, comme un idiot, à regarder les autres se mettre en ligne à côté d'une pile de cartons d'expédition remplis de ces conteneurs transparents en plastique ventilés, dans lesquels les produits étaient vendus au magasin. Quelqu'un crachait des ordres à tout le monde, leur disant où aller, de quelles rangées il fallait s'occuper, desquelles ne pas s'occuper. Je suivis, espérant pouvoir demander de l'aide à quelqu'un.

Quand le directeur m'aperçut, il appela Felipe.

— Ruiz, le nouveau là, tu lui montres quoi faire, d'accord ?

Felipe me lança un regard noir, je l'empêchais visiblement de faire ce qu'il avait à faire. Il attrapa un deuxième panier avant de faire un geste de la tête m'enjoignant de le suivre.

— Par ici, Topper.

Nous marchâmes jusqu'au centre de la rangée.

— Voilà comment ça va se passer, commença-t-il en me collant l'un des paniers contre le ventre et en me donnant la moitié de sa pile de barquettes en plastique. On démarre ici, ensemble. Toi tu vas de ce côté et moi de ce côté-là.

Je hochai la tête.

— Très bien, dit-il en se penchant pour me montrer comment on faisait. Tu ne les cueilles que si elles sont complètement rouges. Quand elles sont mûres, tu attrapes le pédoncule, ici, juste au-dessus de la baie et tu pinces à environ un demi-centimètre au-dessus de cette partie, ici, pour garder le calice sur chacune. Une fois que tu as assez de barquettes pour remplir un panier, tu le descends et tu en récupères un nouveau. Compris ?

Quand je hochai la tête à nouveau, Felipe se redressa, me tapa dans le dos et se retourna pour commencer à arpenter sa partie de la rangée.

— Parfait. Au boulot, alors.

C'était visiblement la seule formation dont j'avais besoin pour devenir ramasseur de fraises.

Je regardai autour de moi. Personne ne me prêtait la moindre attention. Tout le monde était occupé à faire son travail.

Je poussai un long soupir et m'accroupis pour commencer à travailler.

Au bout d'à peine dix minutes, j'avais déjà mal au dos et aux genoux. Mes doigts étaient raides. Vers 11 heures, j'avais tellement faim que j'avais l'impression que mon estomac était en train de se dévorer lui-même, et j'étais à moitié aveugle à cause de la transpiration qui coulait devant mes yeux. Pourtant, il allait me falloir attendre encore une heure avant la pause déjeuner.

Impatient de manger enfin, je suivis la ligne qui se dirigeait vers le camion où se trouvait l'eau et m'arrêtai, plus que désappointé en découvrant que les autres avaient tous apporté leur nourriture et cherchaient une place pour s'asseoir avant d'attaquer.

On nous avait donné de l'eau pendant la matinée, il y avait même des coursiers qui passaient dans les rangées pour s'assurer que nous soyons hydratés, mais apparemment, pour la nourriture, il fallait se débrouiller.

C'est alors que j'entendis une voix derrière moi.

— Tu n'as pas apporté de quoi déjeuner, hein ?

Je me retournai et lançai un regard maussade à Felipe. J'étais vraiment à deux doigts de m'effondrer par terre et de me mettre à hurler de désespoir.

Il s'approcha de moi et me donna un petit coup sur le ventre.

— Allez, viens le nouveau, j'ai assez à manger pour deux. Mais c'est la dernière fois que je te nourris.

Je l'aurais embrassé si je n'avais pas été aussi fatigué. Et si couvert de sueur. Et si sale.

Au lieu de cela, je me traînai derrière lui jusqu'à ce qu'il s'asseye avec un groupe de gars.

Là, je mangeai un demi-sandwich, une demi-orange et un truc très bon dont je ne savais absolument pas ce que c'était. Je ne compris pas un seul mot de ce qui se dit pendant le repas, sauf quand ils se fichèrent de moi parce que je travaillais trop lentement.

Malheureusement, ils avaient raison. Pourtant, je ne m'étais pas épargné. Ces types étaient de vraies machines. Même si je faisais ça pendant des années, ce qui était sûrement le cas de certains d'entre eux, je n'arriverais jamais à égaler leur rythme.

C'est après le repas que le soleil fut le plus cruel. Je m'attendais presque à sentir ma peau frire. De temps en temps, heureusement, une légère brise s'invitait.

Je n'avais jamais eu autant envie qu'une journée de boulot se termine. Quand on sonna la fin du travail, je tenais à peine debout.

Autour de moi, tout le monde ramena les paniers au camion et se mit en ligne. Je me demandai de quoi il s'agissait.

Felipe me donna une tape sur l'épaule en passant à côté de moi.

— Allez, c'est l'heure de la paie.

— Quoi ? On est payés à la journée ? demandai-je, surpris.

Il me sourit.

— C'est l'intérêt principal de ce job.

Je me mis donc à faire la queue.

Quand ce fut mon tour, quelqu'un me colla une liasse

de billets dans la main ainsi qu'un ticket détaillant le nombre de paniers que j'avais remplis.

Je comptai immédiatement ce que j'avais gagné, curieux de savoir combien ce dur travail m'avait rapporté. Et ce n'était pas si mal, finalement. Je n'avais évidemment pas empoché de quoi m'acheter une île, mais c'était tout de même un peu plus que ce que me payait Harvey. Sans doute à cause des taxes dont il devait s'acquitter puisque lui me déclarait. Mais quelle importance ?

Quand les autres commencèrent à se rassembler dans le camion pour retourner en ville, le chauffeur s'installa au volant. Le moteur gronda avant de s'arrêter. Le chauffeur essaya à nouveau, mais le résultat fut le même.

À la quatrième tentative, je lui criai de ne pas recommencer.

— Hé, tu vas noyer le moteur si tu continues comme ça.

Le chauffeur sortit la tête de la cabine et me regarda méchamment.

— Et tu suggères de faire quoi, monsieur Je-sais-tout ?

Je soupirai et sautai de la plate-forme.

— Ouvre le capot. Je vais vérifier un truc vite fait.

Il me lança un regard complètement vide.

— Est-ce que tu sais au moins ouvrir le capot ? lui demandai-je.

— Moi je suis payé pour conduire ce bordel, répliqua-t-il, pas pour le réparer.

— Mon Dieu, dis-je pour moi-même. OK.

J'ouvris sa portière et cherchai à hauteur de ses genoux avant de trouver le levier.

Je tirai dessus et me dirigeai à l'avant du camion. Je fus surpris de voir que la plupart des gars me suivaient. Je les regardai avec un air suspicieux. Je m'attendais à ce qu'ils trouvent une nouvelle raison pour se moquer de moi, mais ils avaient simplement l'air curieux et voulaient voir ce que je faisais.

— Qu'est-ce qui ne va pas, d'après toi ? demanda Felipe s'approchant dès que le capot fut levé.

Je trouvai le filtre à air dans un grand container circulaire sur le dessus du moteur.

— Il crache de la fumée noire, expliquai-je en dévissant le couvercle du container. Ce qui signifie que le moteur ne reçoit pas assez d'air, donc je regarde l'admission d'air, ici. Et voilà...

Je lui montrai alors le coupable du doigt.

— Regarde, il est encombré de cochonneries, et il y a un énorme trou dans le filtre. Ça crée de la suie, et il n'y a plus assez d'air qui passe. Si on pouvait le remplacer, ça aiderait sûrement.

— Il y a un autre camion, là-bas, qui ne marche plus, dit l'un des autres gars. Peut-être qu'on pourrait échanger les pièces.

Nous allâmes voir l'autre véhicule, et je pus intervertir les filtres à air.

Le moteur démarra au quart de tour. Tout le monde autour de moi se réjouit. Puis nous nous entassâmes tous à l'arrière du camion et pûmes enfin partir.

Certes, personne ne m'avait remercié, mais je me sentais à présent un peu plus accepté, comme s'ils étaient prêts à me donner une chance.

— N'oublie pas : pas de travail demain, me dit Felipe quand le camion ralentit à l'approche de la coopérative.

— Quoi ? Pourquoi ? demandai-je un peu perplexe.

— Ils ne veulent pas nous faire travailler plus de trois jours d'affilée, m'expliqua-t-il. Donc on est de repos les jeudis et les dimanches. Ça te va ?

Comme si j'avais un quelconque droit de me plaindre.

Je hochai la tête. En réalité, j'étais plutôt content d'avoir un jour pour récupérer.

Et tout le monde descendit.

En atterrissant sur le pavé, j'aperçus Mari. Je me figeai sur place. Elle était assise sur un banc tout à côté de l'endroit où le camion s'arrêtait habituellement. Elle semblait nerveuse, inquiète. Elle se leva d'un bond en me voyant et se dirigea vers moi, puis s'arrêta et fit une grimace.

J'hésitai à aller la voir. Je me sentais encore merdeux et n'avais pas encore réfléchi à la meilleure façon de m'excuser. Mais Felipe passa devant moi et cria : « *Prima !* »

Il pressa le pas pour la rejoindre.

— Il ne fallait pas venir m'attendre !

Il la serra dans ses bras et la souleva de terre. Elle fronça son nez avant de reprendre sa contenance normale.

— Quoi ? Je suis trop plein de sueur pour toi ? demanda-t-il en riant.

Elle s'éventa alors avec la main et se pinça le nez.

— Hé, d'après ce qu'on m'a dit, Mariana les préfère pleins de sueur, dit une voix venue de la gauche.

Je me mis immédiatement à bouillir et me tournai lentement pour regarder le connard que je m'apprêtais à massacrer.

Son visage m'était familier. Il portait un uniforme

du magasin de la coopérative, j'en déduisis qu'il était du coin. Je ne connaissais juste pas son nom.

— La ferme, Enzo. Tu n'es pas drôle, grogna Felipe.

Enzo ? C'était lui, Enzo ? Le Enzo qui s'était écroulé, soûl, dans le lit de Mari et qui lui avait fait tellement peur qu'elle avait carrément fui sa maison, et s'était réfugiée chez moi au milieu de la nuit ?

OK. Lui, j'allais le tuer lentement. Et le faire souffrir beaucoup.

Il repéra mon regard assassin et me fixa l'air énervé.

— Qu'est-ce que tu regardes, toi ?

Je secouai la tête doucement.

— Ne parle plus jamais d'elle comme ça, lui dis-je avec la voix douce d'un tueur.

— Sérieux ? me dit-il, semblant ne pas du tout comprendre ce qui était en train de se passer. Qu'est-ce que tu en as à foutre, *toi* ?

— Parce que c'est lui, *primo*, intervint une nouvelle voix. C'est le gars dont je t'ai parlé, Zac.

Je regardai vers ma droite et découvris Javier qui descendait d'un pick-up flambant neuf, refermant la portière, et se dirigeant vers moi.

— C'est lui qui est avec Mari, maintenant.

— *Lui ?* demanda Enzo en se tournant vers moi. *Zac Topper ?* déclara-t-il avec un rire narquois. Tu n'as vraiment aucun respect pour toi-même.

— *Hey*, grogna Felipe, clairement offensé. Tu ne parles pas de ma *prima* comme ça, mec.

— Comment tu veux que je fasse autrement ? hurla Enzo en levant les mains. Elle laisse ce connard profiter d'un petit cul qui était normalement pour moi.

Je le regardai méchamment.

— Mouais, désolé, mais je suis à peu près sûr qu'elle pense que tu es un sale con, lui rétorquai-je. Tu n'as jamais eu la moindre chance avec elle.

— Ooh, dit Javier, surpris.

Il se tapa joyeusement sur la cuisse pendant qu'Enzo s'avançait vers moi, cherchant à m'intimider.

Il voulait s'assurer que je comprenais bien qu'il avait au moins vingt kilos de muscles de plus que moi.

— Fais attention à ce que tu dis à mon cousin, petit Zac, lança Javier. Il ne réagit pas très bien aux insultes.

— Alors, il faudrait qu'il apprenne un peu le respect, pour ne pas les mériter, les insultes, dis-je à Javier tout en regardant Enzo froidement.

— Tu es mort, connard, lança Enzo.

Il s'approcha encore de moi. Javier en fit de même et Mari complètement effrayée fit elle aussi un pas en avant. Dieu merci, Felipe l'attrapa par le bras et la tira en dehors de la ligne de feu au moment où Enzo serrait son poing.

Il prépara son coup de poing si longtemps que j'eus tout le temps de l'esquiver quand il arriva. En me redressant, je lui donnai un direct à l'estomac qui le surprit et lui fit pousser un grognement, ce qui me permit ensuite de lui envoyer un crochet à l'œil.

Mais Javier intervint, me donnant un coup dans les côtes, et Mari poussa un cri si fort que je ne pus m'empêcher de regarder dans sa direction.

Avant même que j'aie le temps de la voir, Enzo s'était suffisamment repris pour pouvoir attaquer à nouveau. Et putain, le coup qu'il m'infligea me fit voir les étoiles.

Je chancelai. J'avais conscience que je n'allais pas gagner cette fois-ci. J'allais peut-être même être mis K-O.

Cela n'avait pas d'importance. Je me donnais toujours à fond dans une bagarre, que je sois le plus fort ou pas.

Mais la bagarre s'arrêta d'un coup. Enzo et Javier firent brusquement un pas en arrière, mains levées, en signe de reddition.

Je clignai des yeux, essayant d'en chasser les étoiles, jusqu'à ce que je puisse à nouveau voir correctement.

Soudain je réalisai que Mari s'était mise devant moi pour me protéger. Elle agitait le couteau que je lui avais donné.

— Merde, c'est quoi ton truc avec les couteaux ? ricana Enzo en continuant à reculer.

— Elle bluffe, répondit Javier, encourageant son cousin à se jeter sur elle.

— Non, elle ne bluffe pas, dit Enzo en regardant Mari droit dans les yeux, avant de se retourner et de faire signe à Javier de le suivre. Viens, on s'en va. Ces gens m'ennuient de toute façon.

Javier parut soudain perplexe, mais il haussa les épaules et repartit, accompagnant Enzo en direction de son pick-up, comme si lui non plus ne trouvait plus d'intérêt à la confrontation.

Ils montèrent dans la voiture et firent démarrer le moteur. C'est à ce moment que j'entendis une voix qui appelait Felipe depuis l'autre côté de la rue.

Je jetai un œil et vis l'adjoint au shérif qui traversait en courant. Et avec un grognement désespéré, je me préparai à retourner au poste.

Felipe arriva cependant, arrêtant le flic.

— Hé, Matt, lui dit-il avec un grand sourire. Comment tu vas ?

L'adjoint au shérif lança un regard au pick-up de Javier qui commençait à partir, puis me regarda moi.

— Tout va bien ici ? demanda-t-il un peu méfiant.

— Oui, oui, lui assura Felipe. Tout va parfaitement bien.

L'adjoint plissa les yeux de manière suspicieuse et fit un signe de tête dans ma direction.

— Alors pourquoi est-ce que Topper est en train de saigner ?

— Quoi ? Oh ! ça ? dit Felipe en me regardant comme s'il était surpris que je sois encore là. Ouais, c'est ma faute, mec. J'ai commencé à me prendre le chou avec ces deux-là, dit-il en montrant le pick-up qui tournait le coin de la rue, parce qu'ils insultaient ma cousine Mari. Et Topper est venu me donner un coup de main, c'est tout. Mais c'est réglé maintenant. Pas de problème.

— Sûr ? demanda l'adjoint l'air dubitatif. Parce que je n'ai vraiment pas envie de faire encore de la paperasse aujourd'hui. J'ai encore quatre rapports à finir.

— Oui, sûr, pas de problème. C'est terminé. Pas besoin de paperasse, dit-il en donnant une tape dans le dos de l'officier de police. On fait toujours une partie ce week-end ?

— Absolument, dit l'adjoint. Tu n'imagines pas à quel point j'ai besoin de me défouler un peu, ajouta-t-il, commençant déjà à partir. Bon, il faut que j'y aille, les vaches se sont encore sauvées de chez Whittaker.

— Ah oui, tu ferais mieux d'y aller tout de suite, renchérit Felipe en riant. Il faut protéger les citoyens de cette grande évasion.

— À plus, répondit l'adjoint en se dirigeant vers sa voiture.

Felipe poussa un grand soupir de soulagement et me lança un regard qui montrait qu'il avait clairement eu peur.

Mari fit demi-tour et s'approcha de moi.

Elle avança ses doigts pour tâter le coin de mon œil qui me lançait horriblement. Instinctivement, je reculai le visage pour ne pas qu'elle touche.

— Non, murmurai-je, levant la main pour la tenir à distance.

Et ce, pour trois raisons.

D'abord, j'empestais et mes vêtements étaient couverts de sueur et de crasse.

Ensuite, parce que même si elle me touchait avec toute la délicatesse dont elle était capable, j'étais à peu près sûr que le moindre effleurement sur ma blessure allait me faire un mal de chien.

Et enfin, parce que je n'avais pas la moindre idée de la façon dont il fallait que je me comporte avec elle.

Toutes mes terminaisons nerveuses étaient à vif, comme si on me tirait les cheveux. Je n'étais vraiment pas dans les meilleures dispositions. Et je n'avais aucune envie de me montrer comme ça.

— Pas tout de suite, ajoutai-je quand elle me regarda comme si je venais de lui donner un coup de poing dans le ventre. J'ai besoin de me calmer un petit peu, d'accord ?

— Allez, Mari, l'encouragea Felipe gentiment en lui prenant le bras. Laisse-le respirer un peu.

Son menton commença à trembler, et ses yeux se remplirent de larmes.

— Merde, dis-je en passant une main sur mon front, incapable de supporter des larmes pour le moment.

Je fis un pas en avant.

— Mari, soufflai-je.

Mais Felipe intervint, secouant la tête :

— Nan, elle va bien, t'inquiète. Tu peux t'en aller et reprendre un peu tes esprits. Vous pourrez voir ça ensemble plus tard. Va t'occuper de toi pour l'instant. Tout ira bien pour elle d'ici là.

Je cherchai le regard de Mari. Je me sentais déchiré à l'intérieur de moi. Mais elle hocha la tête, pour montrer qu'elle était d'accord avec son cousin. Je poussai un long soupir et hochai la tête à mon tour.

— OK, acquiesçai-je. Je t'envoie un texto très vite.

Elle hocha à nouveau la tête. Elle avait l'air infiniment triste. Je levai alors les yeux vers Felipe.

Il fit un signe du menton pour me dire au revoir.

— Merci, lui admis-je.

— Pour quoi ? demanda-t-il avec un regard perplexe.

— Pour m'avoir menti, dis-je en rigolant. Tu m'as dit ce matin qu'il fallait que je me débrouille tout seul et, pourtant, tu as passé la journée à me sauver la mise.

— Ouais, eh bien… c'était juste aujourd'hui, demain, tu te débrouilles, répondit-il en haussant les épaules.

Mais je savais que c'était sa façon de me dire qu'il commençait à m'accepter.

Je ravalai le nœud dans ma gorge. C'était probablement la chose la plus gentille que quelqu'un qui n'était pas Mari m'ait jamais dite.

— *Comprendo*, grognai-je.

Il me fit un signe de la main accompagné d'un petit rire.

— Ne sois pas sentimental avec moi, Topper, c'est

trop bizarre. Vas-y. Et prends une douche. Je pense que tu pues encore plus que moi.

Le sourire amusé qui me monta aux lèvres disparut aussitôt que mon regard se posa sur Mari. Elle avait toujours l'air bouleversé, et je savais que c'était ma faute.

Je me sentais merdeux pour tout ça.

— Je t'enverrai un texto, répétai-je, tête baissée, avant de me retourner et de partir.

Lula Everett traînait non loin de là, et elle avait visiblement assisté à une partie de l'altercation avec Javier et Enzo.

— Il y a de l'eau dans le gaz avec la muette, Zacchaeus ? me demanda-t-elle avec un sourire narquois.

Mes problèmes avaient l'air de lui faire manifestement très plaisir.

— Va te faire foutre, lui répondis-je, les dents serrées, en passant devant elle, espérant qu'elle s'évanouirait en sentant mon odeur.

# Chapitre 22

*Mari*

J'étais à ramasser à la petite cuiller.

Quand Zac commença à s'éloigner de la coopérative, j'éclatai en sanglots.

— Allez, *prima*, me dit Felipe en posant une main sur mon dos. Ce n'est pas si grave. Le garçon a eu une rude journée. Laisse-lui le temps de digérer tout ça. Il va se remettre d'aplomb et très vite recommencer à fondre au moindre de tes sourires.

Moi, cependant, j'avais un mauvais pressentiment. Zac m'évitait depuis que Javi lui avait pourri le cerveau avec les choses horribles qu'il avait dites. J'étais sûre qu'il ne pourrait plus jamais me regarder de la même façon.

Convaincue de l'avoir perdu pour toujours, j'éclatai à nouveau en sanglots.

— Tu ne me croiras pas tant qu'il ne t'aura pas écrit, c'est ça ? dit Felipe dans un soupir.

Je haussai simplement les épaules. Il me prit le bras.

— Allez, viens, je te ramène à la maison. Tu verras que j'ai raison, fais-moi confiance.

Je n'avais aucune envie de rentrer à la maison. Ce

que je voulais, c'était rattraper Zac et l'obliger à me reprendre. Je me fichais complètement qu'il ait besoin de digérer sa journée. Je voulais être à ses côtés, surtout quand il était dans une mauvaise passe. C'est là que je *devais* être.

Mais je rentrai malgré tout, accompagnée de mon cousin. Arrivée à la maison, je me mis à marcher de long en large dans la pièce principale. *Lita*, qui essayait de regarder les infos du soir, me dit de m'asseoir, parce que j'allais la rendre folle.

Je m'assis sur le bord du canapé, pas sûre que j'allais tenir très longtemps.

Mon genou tremblait nerveusement quand mon téléphone vibra soudain.

Je le sortis de ma poche et criai de joie en voyant le message de Zac.

*Rivière ?*

Je me levai d'un bond, frissonnant de bonheur. Mes doigts s'emmêlèrent à moitié en écrivant la réponse.

*Oui.*

*Je suis dehors, je t'attends.*

Je hochai la tête. Les larmes me montèrent aux yeux.

*J'arrive.*

Il répondit par un émoji représentant un pouce levé. Je me précipitai vers la porte.

— Hé, tu vas où comme ça, jeune fille ? demanda *Lita*.

Je m'arrêtai juste le temps de signer le mot « rivière » et sortis.

Zac m'attendait sous la rangée d'arbres à l'entrée de la propriété, les mains enfoncées dans ses poches de jean, les épaules courbées, plein d'appréhension.

— Salut, dit-il d'une voix prudente, le regard plein d'excuses.

Je ne savais toujours pas où en était notre relation à ce moment précis, mais je le pris malgré tout dans mes bras.

Il me serra à son tour, totalement, complètement, plongeant son nez dans mes cheveux, me tenant tout contre lui.

Je fermai les yeux et remerciai la vie. J'étais exactement là où je voulais être.

Il s'était changé et avait pris une douche. Ses cheveux étaient encore humides, et il sentait le propre. Je le respirai de toutes mes forces, appréciant le frais parfum du savon, même si son odeur habituelle me manquait un peu, celle de la graisse de moteur et du produit orange qu'il utilisait chez Harvey pour se laver les mains.

Nous restâmes comme ça, serrés l'un contre l'autre pendant très longtemps et, quand il me relâcha, des larmes de joie perlaient au bord de mes yeux. Je lui souris, heureuse qu'il se soit décidé à revenir vers moi.

Il me regarda gravement tandis que je faisais une petite grimace inquiète en effleurant la coupure qu'il avait au coin de l'œil, là où Enzo l'avait cogné. C'était gonflé et, déjà, un hématome était en train de se former.

Il ne recula pas cette fois-ci. Il me laissa le toucher…

— Tu veux qu'on aille sur le ponton voir le coucher de soleil ? me demanda-t-il à voix basse.

Je hochai frénétiquement la tête, surprise, me retenant de pleurer de bonheur.

Poussant un très profond soupir, Zac me prit la main avant de s'engager avec moi sur le chemin. Nous marchâmes ainsi pendant un moment. Tout était étrangement identique à ce que nous avions l'habitude de faire, et pourtant complètement nouveau et différent. Il n'y avait plus d'insouciance dans nos pas. C'était un peu comme si nous avions vécu l'enfer et que nous en étions revenus, que nous avions vu le pire l'un de l'autre et que, malgré tout, nous avions survécu à la tempête.

Espérant lui épargner un peu de souffrance, je tirai mon téléphone de ma poche et me mis à écrire :

*Je veux que tu saches que je ne suis jamais allée au ponton Henderman avec Javi. C'est lui qui décidait du quai où on allait et il était plus près du pont, un endroit que l'on pouvait atteindre avec son bateau.*

Zac lut mes mots en silence et secoua la tête avant de lever les yeux.

— Ça n'a aucune importance, dit-il fermement tout en me fixant. Même si tu es allée au ponton Henderman cent fois avant moi, c'est *notre* ponton à présent.

Je laissai échapper un soupir tremblant, soulagée, et une larme coula sur ma joue au moment où je le remerciai d'un hochement de tête.

— Mari, murmura-t-il, le regard tourmenté.

Il prit mon visage dans ses mains. Et ce fut tout.

Un véritable flot de larmes se mit à couler de mes yeux. Je pleurais sans rien pouvoir contrôler.

Zac m'attira simplement à lui et posa son bras sur mes épaules, en soutien, ce qui me permit d'enfoncer mon visage dans son cou et d'attraper sa chemise. Il nous mena tous les deux jusqu'au ponton.

Une fois arrivés là-bas, il me sourit doucement et me prit à nouveau la main, me guidant pour passer la passerelle. Nous nous assîmes sur les planches, face au soleil, genoux repliés, mon dos tout contre lui. Il avait passé ses bras autour de ma taille et posé son menton sur mon épaule.

Je regardai le ciel.

— C'est vraiment magnifique, ce soir, n'est-ce pas ? me dit-il à l'oreille.

Mais j'avais du mal à me concentrer sur les nuages. Je me retournai légèrement pour pouvoir le regarder, *lui*.

Il repéra le brin d'inquiétude qui embuait encore mes yeux.

— Je suis désolé, dit-il en soupirant lourdement. Je suis tellement désolé pour ces deux derniers jours. J'ai vraiment été un connard avec toi.

Il retint un sanglot et posa son front contre le mien.

Je secouai la tête pour lui faire comprendre que non, il n'avait pas été un connard.

— Si, absolument, insista-t-il. À cause de moi tu as dû te sentir... sale ou quelque chose comme ça. Mais ce n'était pas du tout ce que je cherchais à faire en t'évitant. Je te le jure, Mari, ça n'a jamais été mon intention. Je me suis vu si petit, si ridicule quand il a fait pratiquement toute la liste de ce que nous avons fait ensemble... J'avais, comme un idiot, imaginé que cela n'appartenait qu'à nous. Et toute cette insécurité a continué à tourner dans ma tête sans que je puisse la contrôler. Je ne... Je ne voulais pas t'ennuyer avec ça. J'avais même honte de t'avouer que je pensais ça. Je voulais le maîtriser, m'en débarrasser avant de pouvoir te revoir. Sauf qu'après il s'est passé tout ça. J'ai mis un sacré bazar, hein ?

Je secouai la tête instantanément et tapai sur mon téléphone :

*Je suis tellement désolée de t'avoir fait ressentir ça. Mais tout ce qu'on a fait ensemble était spécial et n'appartient qu'à nous. Je te le promets.*

— Ce n'est pas toi qui m'as fait ressentir ça, je te le jure. C'est moi, c'est ma faute. Mes faiblesses. C'est moi qui me suis mis d'un coup à douter de tout. Moi qui me suis demandé si tu n'avais pas fait tout ça avec moi dans le seul but de revivre ce que tu avais vécu avec lui... parce qu'il te manquait. Moi qui ai fini par me demander si je te plaisais ne serait-ce qu'un peu.

Je lâchai un bruit montrant ma consternation avant de secouer la tête, incrédule.

Mais ce...

C'est juste...

J'étais incapable d'exprimer à quel point tout cela me secouait jusqu'au fond de moi-même.

*BIEN SÛR QUE TU ME PLAIS*, écrivis-je. Il faisait bien plus que simplement me plaire. Mais je ne le lui écrivis pas.

*Zaccahaeus Topper, tu me plais énormément depuis que tu as lu ma lettre destinée à mon* Abuelito *au cimetière. Tu as tout faux.*

Il grimaça légèrement et secoua la tête, ne comprenant pas ce que je lui disais.

— C'est-à-dire, j'ai tout faux ? Je ne...

Je levai un doigt pour le prévenir d'arrêter de parler, que j'avais encore beaucoup à lui dire. Puis je me mis à taper à nouveau. Quand je tournai finalement l'écran vers lui, il poussa un gros soupir en voyant la longueur de mon message. Mais il se mit à le lire malgré tout.

*L'été dernier, quand Javi est passé en ville en chemin pour la maison de campagne de ses parents, il cherchait la première fille disponible. Et la muette locale était une cible facile. Il s'est totalement servi de moi, je le sais. Mais je me suis, moi aussi, servie de lui. Oui, c'est vrai que flirter avec lui avait quelque chose d'agréable. Mais TOI, tu es l'homme de mes rêves. Tu l'as toujours été. Je n'ai jamais imaginé que tu puisses même me remarquer. Comment cela aurait-il été possible ? Je suis... MOI. J'étais tout en bas et toi tout en haut. Alors j'ai laissé Javi faire ce qu'il voulait. Et quand il m'embrassait, je faisais comme si c'était la bouche de l'homme de mes rêves. TA bouche. Je faisais comme si c'était dans tes cheveux que je plongeais les doigts. Ton corps que je recevais dans le mien. Tu étais là, la nuit où j'ai perdu ma virginité, et toutes les fois qui ont suivi. Quand il est parti, il s'est passé toute une année avant que tu me remarques, et je n'avais qu'une envie, c'était de faire avec toi tout ce que j'avais fait avec lui, pour pouvoir l'effacer de ma mémoire, et le remplacer par toi. Les souvenirs que j'aurais toujours dû avoir.*

Quand il finit de lire, il leva les yeux vers moi.

— Je n'arrive pas..., dit-il en secouant la tête comme s'il ne me croyait pas. Je veux dire... Je t'ai toujours plu ? *Moi ?* questionna-t-il avec une grimace incrédule.

Je me mordis la lèvre et hochai la tête.

Il sembla rejeter l'idée et détourna le regard avant de revenir vers moi.

— Moi ? demanda-t-il une nouvelle fois.

Je hochai la tête.

— Mais... Merde... C'est... Je n'arrive pas à y croire. On n'a jamais brûlé pour moi en secret. C'est... C'est... Je veux dire... C'est au-delà de mes capacités de compréhension.

*Eh bien, c'est vrai quand même*, écrivis-je avec un petit sourire.

Il fit un drôle de bruit avant de répondre :

— Mais pourquoi tu ne m'as jamais rien dit ? Ce n'est pas comme si j'étais entouré d'autres femmes qui t'auraient mise à distance.

*Tu étais plus âgé. Intimidant. Et après le cimetière, je t'ai mis sur un piédestal, tu es devenu cette idole que je ne pouvais admirer que de loin. C'était impossible pour moi de te le dire. Je suis une fille muette quelconque. Je ne pouvais pas imaginer que tu t'intéresserais à moi.*

— Tu n'es pas une fille quelconque, gronda-t-il, passant sa main dans ses cheveux. Cette putain de ville, tout ce qu'elle sait faire c'est briser les gens et leur faire penser qu'ils ne valent rien. Mais ce n'est pas le cas, OK ? Tu es la personne la plus douce, la plus bienveillante, la plus empathique, la plus belle et la plus charmante que j'aie jamais rencontrée. Tu es, je te le jure, la plus belle personne que je connaisse. Grâce à toi, je sens que je suis quelqu'un, que quelqu'un me comprend. Et puis, tu as un corps de déesse. Tu pourrais avoir qui tu veux. Pourquoi moi ? Pourquoi m'avoir choisi moi ?

*Parce que tu me vois* fut la première réponse qui me vint à l'esprit. *Tu me vois comme une vraie personne, avec un cerveau et des sentiments. Pas juste une muette qu'on évite ou qu'on veut baiser. Ce que je pense t'importe. Tu comprends ma poésie. Tu me laisses être moi-même. Tu as bon cœur, tu es gentil, bien que tu aies été traité comme un moins que rien toute ta vie. Et que cette façon intense que tu as de me regarder me fait mouiller comme personne.*

— Putain, Mari, je ne suis pas vraiment..., grogna-t-il.

J'en avais assez de le voir rabaisser tout ce que je

voyais comme merveilleux chez lui. Je posai un doigt sur sa bouche pour le forcer à se taire. Je lâchai mon téléphone et pris son visage entre mes mains.

Son regard semblait me supplier de le convaincre que je ne voulais personne d'autre que lui, alors je l'attirai à moi et l'embrassai de toute mon âme.

Il m'embrassa en retour comme s'il avait peur que ce soit la dernière fois.

Je tirai sur sa chemise, essayant de la faire passer au-dessus de sa tête. Il se recula pour m'aider.

— Je ne te mérite pas, dit-il en haletant, pendant que nous nous déshabillions l'un l'autre. Je ne mérite pas ça. Tu es divine. Comment puis-je… Comment ai-je le droit de toucher quelque chose de si sacré.

Pour lui faire comprendre que moi je lui en donnais le droit, je lui pris la main et la portai à mon cœur.

Ses yeux brillaient d'émotion.

— Mon Dieu, Mari, tu me tues. Je ne serai jamais rassasié de toi.

Je lui souris, pour lui signifier que ce n'était pas du tout un problème pour moi, puis je mis sa main entre mes cuisses.

Zac entra alors deux doigts en moi. Je gémis de plaisir et me mis à me déhancher. J'avais envie de lui, je le voulais en moi.

Il me regardait dans les yeux, en continuant à me doigter. Je souriais. Je me sentais toute-puissante, reine du monde. Je remuais les hanches, prenant mon plaisir.

Zac posa son front contre mon épaule et passa son pouce sur mon clitoris. Je me raidis et gémis de plus belle.

— Je ne t'ai jamais dit à quel point j'étais content

que tu saches ce que tu faisais quand nous avons fait l'amour la première fois. J'étais heureux que tu puisses me montrer exactement ce que tu voulais, ce que tu aimais. Je pense que c'était encore mieux grâce à ça.

Ses mots me firent grimper au plafond. J'attrapai ses épaules et jouis pendant qu'il me regardait, comme en adoration.

Quand j'essayai de me calmer, haletante, il m'embrassa sur la joue.

— Je t'aime tellement, Mariana, murmura-t-il. Cette rivière ne pourrait pas contenir tous les sentiments que j'ai pour toi.

Je levai les yeux, surprise, et restai bouche bée. Il me sourit tendrement, attrapa une mèche de mes cheveux et la plaça derrière mon oreille.

Je lui souris en retour et le poussai pour qu'il se mette sur le dos. Je me mis sur ses genoux.

Il fallait que je lui montre à quel point moi aussi je l'aimais. Je pris un préservatif dans sa poche et je me mis au travail.

# Chapitre 23

*Mari*

À la tombée de la nuit, Zac et moi étions lovés l'un contre l'autre sur le ponton. J'avais ma tête sur son épaule, et sa main me caressait doucement les cheveux, le dos, les fesses. Je soupirai d'aise. Il avait l'air rassasié.

— On a raté le coucher de soleil, dit-il.

Je haussai les épaules, et cela le fit rire.

— J'ai l'impression que tu t'en fiches complètement, murmura-t-il. Moi aussi. Tu penses à quoi quand tu les regardes ? demanda-t-il, rompant ce moment de paix. Les couchers de soleil. Tu es toujours si pensive, tu regardes toujours si intensément, que je me demande.

Je tâtai autour de moi dans le noir pour retrouver mon téléphone. Comprenant ce que je faisais, Zac fit de même et me tendit l'appareil quelques secondes plus tard.

*Je ne me souviens pas*, écrivis-je. *Les choses habituelles, j'imagine. La vie. Toi. Ma famille. La poésie.*

Il hocha la tête.

— La poésie, répéta-t-il. Oui, ça marche. Tu ressembles tout à fait à un poème quand tu es là, assise.

Sa mièvrerie me fit rire. Mais elle me plaisait aussi beaucoup. Je l'embrassai sur le menton.

— J'aimerais beaucoup te regarder écrire un poème un jour. Je suis sûr que c'est une image magnifique.

Je me mordis la lèvre, timide.

*J'ai mon carnet sur moi, si tu penses vraiment ce que tu dis*, écrivis-je.

— Vraiment ? dit-il en se mettant en position assise. Putain, oui, bien sûr. Attends une seconde.

Il fouilla autour de lui pendant un instant, et tout à coup le flash de son téléphone s'alluma.

— OK, je suis prêt, dit-il, en pointant la lumière sur moi.

Je rigolai doucement, me sentant exposée, comme nue.

Il me lança un regard de petit garçon.

— Quoi ?

Je secouai la tête, ne sachant pas comment lui dire à quel point j'aimais tout de lui. Je sortis mon carnet, débouchai mon stylo et levai un genou pour y poser le cahier. Je mis le bout du stylo dans ma bouche, me demandant ce que j'avais envie de dire.

— Oh ! oui, s'exclama-t-il, j'avais raison, tu es sublime comme ça. Surtout à cet endroit.

Il pointa la lumière entre mes jambes, et je ris à nouveau, repoussant le téléphone.

Je pensai au portrait que je pouvais faire de lui. Je soupirai. J'étais prête à écrire.

Et voici ce qui me vint.

*Notre histoire, par Mariana Ruiz.*

*Un garçon silencieux plein de rêves*
*Que sa petite ville ne pouvait contenir*

*Il fait parler les gens*
*Leur fait raconter des ragots.*
*Les fait mentir.*
*Je suis la seule à connaître sa vérité.*
*Son cœur.*
*Son âme.*
*Mais ensemble,*
*Nous sommes un mystère pour les autres.*
*Parce que ma langue ne peut dire sa chanson,*
*Ne peut faire entendre sa mélodie,*
*Ne peut partager son cœur généreux.*
*Et la tension monte.*
*S'agrandit, s'épaissit*
*Jusqu'à ce que l'élastique de la souffrance*
*Soit étiré au maximum*
*Ils le détruiront s'il reste*
*Cela me tuera s'il part.*
*Nous ne serons que ruines*
*Avant que la ville brise notre mystère.*

Quand j'eus terminé, je fus envahie par une vague de pudeur. Je refermai mon carnet d'un coup et le serrai contre ma poitrine.

— Oh non, tu ne peux pas écrire un poème devant moi comme ça et ne pas me le montrer une fois terminé, me gronda-t-il. Allez, Ruiz, envoie !

Je secouai la tête, refusant.

— Tu veux quoi ? Que je te chatouille jusqu'à ce que tu me montres ?

Je secouai la tête à nouveau.

Il soupira, faussement offensé.

— Très bien, tu l'auras voulu.

Mais il m'avait à peine touchée, et encore moins

chatouillée, que je me mis à hurler de rire et lui tendis mon carnet.

Il le serra contre sa poitrine et me sourit.

— Je n'imaginais pas que ça marcherait si bien. Il faut que je garde ça en tête.

Je lui donnai un coup dans le bras, en guise de remontrance.

Il rigola et leva une main.

— Chut. J'essaye de lire.

Il se racla la gorge.

Une minute plus tard, il secoua la tête et me regarda avant de refermer le carnet et de me le rendre.

— Eh bien, putain, c'est drôlement tragique.

Je secouai la tête pour marquer mon désaccord. Ce n'était qu'un poème. Ça ne parlait pas vraiment de nous. Enfin, si, mais ce n'était pas une prédiction ou quoi que ce soit du genre.

Mais ses lèvres montraient à nouveau un sourire d'adoration.

— Cependant, dit-il, je ne comprendrai jamais comment tu fais ça. Comment tu peux dire autant en si peu de mots. C'est à la fois sublime, triste, désespéré, et on se dit en te lisant que ça vaut le coup d'avoir le cœur brisé par ton écriture malgré tout. J'adorerais vraiment pouvoir écrire comme toi.

Je haussai timidement les épaules devant ses compliments.

*Tu veux essayer ?* écrivis-je.

Il rigola.

— Moi ? Écrire un poème ? Non, je ne pense pas.

Mais je lui tendis le carnet et battis des paupières, suppliante.

Il grogna en l'attrapant.

— OK, mais tu vas regretter de m'avoir laissé vandaliser ton précieux carnet de poésie, tu peux en être sûre.

Je secouai la tête, lui assurant que ce ne serait pas le cas.

Il se racla à nouveau la gorge et imita ma posture, un genou levé. Je ne pus m'empêcher de diriger le flash du téléphone entre ses jambes à mon tour. Quand je vis sa queue bouger et commencer à durcir sous mon regard, je me léchai les lèvres et tendis la main.

Mais Zac leva un bras.

— Arrête tout de suite. On ne distrait pas le maître pendant qu'il est au travail.

J'éclatai de rire et retirai immédiatement ma main, mais à peine quelques secondes plus tard, il haussa un sourcil, perplexe.

— Oh et puis merde, caresse-moi. Ça m'aidera peut-être à trouver quelque chose à écrire.

Avec un gloussement joyeux, j'attrapai son sexe dur et soyeux dans ma main. Comme je commençai à le caresser, il grogna et rejeta la tête en arrière. Son pénis devenait de plus en plus gros sous mes bons soins.

— Oui, dit-il. Oui, mon Dieu. Je me sens très inspiré, là. N'arrête pas. N'arrête jamais ça.

Je sentais son pouls battre dans ma main. Je lui désignai le carnet, l'encourageant à écrire.

— Mmm ? demanda-t-il distraitement avant de s'apercevoir de ce qu'il avait en main. Oh oui, un poème. Un poème.

Il secoua la tête, pris de frissons sous mes caresses.

— Oh ! comme tu fais ça bien... Non, allez, un poème, je peux le faire.

La seconde d'après, il avait la tête penchée sur le carnet et commençait à écrire. Au bout d'un temps, il s'arrêta et soupira, s'intéressant surtout à ce que j'étais en train de lui faire. Je levai la main pour lui demander ce qu'il avait écrit.

Son regard était voilé par le plaisir.

— Oui, bredouilla-t-il, OK.

Il entama une lecture à voix haute.

— *Notre glorieux départ*, par Zac Topper.

Je levai un sourcil, surprise qu'il ait pris les choses si sérieusement. Je m'étais plutôt attendue à ce qu'il se lance dans un texte drôle ou cochon, avec des rimes.

Mais ça...

C'était bien mieux.

Je hochai la tête pour lui signifier mon approbation et me mis à le masturber avec encore plus d'ardeur.

*Joli titre*, semblaient vouloir dire mes mains. *J'adore*.

Il comprit parfaitement.

— Merci, parvint-il à articuler.

Puis il reprit l'écriture, mais il ne se passa pas très longtemps avant qu'il se mette à respirer très fort et à me regarder fou d'excitation.

— Je n'en peux plus, je vais...

Je hochai la tête, pour lui dire d'y aller.

Il grogna, attrapa mes cheveux et pressa son front contre le mien avant d'éjaculer dans ma main.

— Waouh, putain ! dit-il en haletant. C'était...

Il n'avait pas de mots pour décrire la chose. J'essuyai mes mains sur son caleçon, qui se trouvait à côté de moi, par terre, puis lui pris le carnet pour voir ce qu'il avait écrit.

Ce n'était qu'une phrase. Mais elle était magnifique.

*Silence à présent, et glisse avec moi dans l'éternité muette.*

Je le regardai, ébahie. Il haussa les épaules, timide.

— Ouais, je sais pas. C'est juste sorti comme ça.

Je l'encourageai alors à ne pas s'arrêter là.

*J'aime beaucoup. Continue.*

Il se contenta de rigoler doucement et de secouer la tête.

— Non, je me retire. C'est ton territoire à toi. Pas le mien.

Je repris le carnet.

*Très bien. Tu peux arrêter. Pour l'instant. Mais je vais laisser cette page blanche pour que tu finisses un jour ou l'autre.*

— Comme tu veux, murmura-t-il en me caressant doucement les cheveux puis la joue.

Il avait une expression des plus sérieuses. Il poussa un long soupir, satisfait.

— Tu me rends heureux, dit-il.

C'était, de loin, ce qu'il pouvait me dire de plus beau. Je me penchai sur lui pour l'embrasser. Il avança son visage vers moi quand son téléphone s'alluma et commença à vibrer.

Il le regarda et revint à moi, l'air las.

— C'est Grace, grogna-t-il avec une grimace me signifiant qu'il n'avait pas envie de lui parler.

Je caressai gentiment sa tête, et il soupira.

— Elle ne m'appelle jamais, il faut peut-être que je réponde.

Il me regarda comme s'il cherchait mon approbation, et je lui répondis d'un hochement de tête. Jamais je ne l'empêcherais de reprendre contact avec sa mère. Je savais à quel point il voulait faire la paix avec elle.

— Salut, répondit-il de manière un peu brusque, faussement détachée. Waouh, quoi ? Calme-toi, dit-il. Je ne peux pas... Qu'est-ce qui s'est pa... OK, respire, dit-il. OK, d'accord. Qu'est-ce qui s'est passé ? continua-t-il avant de grimacer. OK, attends. Tu as fait quoi ? Merde... Vraiment ?

Je m'approchai de lui, curieuse, espérant parvenir à entendre ce que disait sa mère, mais sa voix était trop faible. Zac me prit la main.

— OK. Attends. Qu'est-ce que ça veut dire ? Grace... Non, ne fais pas... Attends-moi. J'arrive très vite à la maison, d'accord ? Bien. Oui, j'arrive. Ne fais rien avant que je sois là.

Il raccrocha et secoua la tête en poussant un profond soupir.

— Mon Dieu...

Je serrai sa main et lui lançai un regard interrogateur.

— Eh bien... après dix ans à se fader ce connard, Grace a enfin – pour la première fois – rompu avec Jude.

Je levai les sourcils, surprise.

— Je sais, dit-il en comprenant mon expression. Je ne suis pas sûr de la croire moi non plus, mais elle avait l'air particulièrement bouleversée... Comme si... Je ne sais pas, poursuivit-il en attrapant son pantalon et en l'enfilant. Je ne sais pas, je me trompe sûrement, mais j'ai eu l'impression de sentir des ondes un peu suicidaires. Et le fait qu'elle m'ait appelé... Il faut que je rentre à la maison.

Je hochai la tête énergiquement et tapai un message sur mon téléphone.

*Bien sûr ! Il faut que tu y ailles.*

— Merci, me dit-il en m'embrassant sur la joue, se

pressant de finir de s'habiller et s'excusant tout du long. Je suis vraiment désolé d'abréger comme ça notre soirée. J'avais vraiment envie de rester avec toi et...

Je posai ma main sur sa bouche pour qu'il se taise. Je secouai la tête pour qu'il comprenne qu'il faisait ce qu'il fallait. Il devait aller voir sa mère.

Une fois rhabillé, il soupira et chercha autour de lui pour s'assurer qu'il n'oubliait rien.

— OK, dit-il avant de relever la tête. Tu es bientôt prête ?

Je compris alors qu'il attendait que je finisse de m'habiller pour pouvoir me raccompagner chez moi. Je secouai la tête.

*Ne t'inquiète pas pour moi. Vas-y*, lui écrivis-je.

— Mais, il fait nuit noire, je ne vais pas te laisser rentrer chez toi comme ça dans l'obscurité.

Je levai les yeux au ciel avant de sourire à sa galanterie.

*Je me promène dans la nuit toute seule très souvent. Je suis allée chez TOI toute seule au milieu de la nuit, tu te rappelles ? Et puis, TOI tu vas rentrer tout seul ? Il n'y a personne pour te raccompagner, TOI ?*

Il me lança un regard un peu sec.

— Mari.

*Oh ! mon Dieu*, tapai-je, *ne sois pas si vieux jeu. Ta mère a besoin de toi, va-t'en !*

— OK, très bien, concéda-t-il, même s'il semblait tout de même un peu inquiet. Fais attention à toi, ajouta-t-il avant de me lever légèrement le menton d'un doigt et de poser ses lèvres sur les miennes.

Je passai mes bras autour de son cou et me mis sur la pointe des pieds, pour me frotter à lui.

— Mon Dieu, grogna-t-il, en détachant sa bouche de la mienne. Tu es la chose la plus douce du monde.

Il me donna un dernier baiser sur la joue avant de me dire au revoir, d'une voix rauque, profonde, pleine de regrets. Puis il signa : *Je t'aime.*

Je m'éclairai de l'intérieur en le voyant faire et lui répondis de la même façon.

— À demain, me lança-il avant de prendre la passerelle pour rentrer chez lui.

Je soupirai, bras croisés, en le regardant partir dans le noir. Le ponton continua à se balancer doucement après son départ. Je sentais déjà son absence dans mes os.

Mais je me réjouissais aussi d'avoir ce moment à moi, pour repenser à tout ce qui s'était passé pendant la soirée.

Zac ne m'en voulait pas d'avoir été avec Javier. C'était un énorme soulagement, mais ce n'était pas la question qui agitait le plus mon esprit.

Il *m'aimait*. Il l'avait dit.

Je me tournai vers la rivière, pleine d'exaltation. J'entendais l'eau plus que je ne la voyais, coulant tranquillement devant moi, à son rythme paresseux. Mais même cette douce onde qui m'apaisait souvent n'arrivait pas à calmer mon cœur battant la chamade.

Zac m'aimait. Je ne rêvais que de ça depuis trois ans.

Et à présent, c'était arrivé. Et la réalité de son amour était encore plus belle que ce que j'avais imaginé.

Zac m'aimait, et ma vie semblait parfaite.

Tout ce qui pouvait m'arriver maintenant ne serait que du bonus.

Derrière moi, j'entendis alors le bois craquer et les chaînes grincer, comme si quelqu'un était monté sur la passerelle. Quand le ponton bougea, quelques secondes plus tard, je compris que je n'étais plus seule. Avant même que j'aie le temps de le comprendre, une voix s'éleva dans le noir.

— Mariana ?

Je me retournai. La lumière d'une lampe torche m'aveugla.

# Chapitre 24

*Zac*

Quand j'arrivai à la maison, toutes les lumières étaient éteintes.

Je passai par la porte de derrière et découvris que toutes les portes des placards de la cuisine étaient ouvertes, que les étagères avaient été vidées et que la table était couverte de tasses, d'assiettes, de bols, de paquets de céréales ou de pâtes. Certains objets avaient été rangés dans des cartons posés au sol.

Grace entra dans la pièce un carton vide à la main. Elle avait le visage rouge et gonflé d'avoir beaucoup pleuré.

— Que... Qu'est-ce que tu fais ? lui demandai-je en écartant les bras, perplexe.

Elle me lança un regard étrange, comme pour me dire que je devrais savoir ce qu'elle était en train de faire. Elle posa son carton sur le comptoir de la cuisine et commença à le remplir.

— Je t'ai dit qu'il était hors de question que je reste ici une nuit de plus. Alors je fais mes cartons.

*Oh...*, pensai-je en comprenant soudain. Elle voulait

dire qu'elle ne supporterait pas une nuit de plus *dans cette maison*. Pas sur Terre.

— Pourquoi crois-tu que je t'ai demandé de venir m'aider ?

Je préférai éviter de lui dire ce qui m'avait traversé l'esprit, elle allait déjà assez mal comme ça.

— Je n'entendais pas bien, ou plutôt ne *comprenais* pas bien, ce que tu me disais, répondis-je en haussant les épaules.

— Eh bien, c'était ça que je disais. Nous partons. Trouve un carton et commence à le remplir.

— Attends, quoi ? Grace !

Comme elle semblait vouloir m'ignorer, je posai ma main sur son bras.

— Je déteste quand tu m'appelles comme ça, dit-elle avec un regard irrité. Je t'ai porté pendant neuf mois, j'ai passé dix heures sur la table d'accouchement, changé tes couches, t'ai nourri, habillé, élevé. Je suis la seule personne qui se soit jamais préoccupée de toi. Je crois que j'ai droit à un peu plus de respect et le droit d'être appelée autrement que *Grace*.

Elle avait raison. Je n'aurais jamais atteint mon premier anniversaire sans elle. Je hochai la tête en guise d'approbation. Elle aurait pu décider de ne pas m'avoir. Ou de m'abandonner dans une benne après ma naissance. Mais elle m'avait gardé et m'avait élevé, alors qu'elle n'avait que dix-huit ans et aucune idée de ce que c'était que d'être parent.

Alors oui, les deux dernières années avaient été dures. J'avais vraiment eu l'impression que je ne l'intéressais plus. Mais elle était toujours ma mère.

— Maman, corrigeai-je tranquillement. Et si on

s'asseyait une minute pour que tu me racontes un peu ce qui s'est passé ? Parce que..., ajoutai-je en écartant les bras, pour embrasser le bazar qui nous entourait, je n'ai pas la moindre idée de ce qui se passe, là. Est-ce que Jude a décidé de nous expulser quand tu as rompu avec lui ?

— Non, marmonna-t-elle, très énervée. C'est seulement que... tu m'as toujours dit qu'il fallait une rupture nette. C'est donc ce que j'ai fait. Je lui ai dit que c'était fini entre nous, puis j'ai quitté mon job et lui ai annoncé qu'il pouvait commencer à chercher quelqu'un d'autre pour louer cette horrible maison.

— Tu as..., dis-je bouche bée. Tu as quitté ton travail ?

D'un côté, j'étais fier d'elle - plus fier que je ne l'avais jamais été. Elle avait finalement fait face, s'était rebellée et avait fait ce que j'espérais pour elle depuis des années. Mais, d'un autre côté... Elle avait *quitté* son boulot ?

Elle était folle ou quoi ?

— Comment... Que...

— On va s'en sortir, ne t'inquiète pas, continua-t-elle s'arrêtant un moment d'emballer ses affaires. Depuis le jour où nous sommes arrivés à Peril, tu ne rêves que d'une chose, c'est d'en partir. Et maintenant... c'est possible. En plus, j'ai appris que tu avais perdu ton travail, au garage...

Elle me lança un sourire plein d'espoir, joyeux, comme je ne lui en avais pas vu depuis des années. C'était la même expression que lorsqu'elle était effrayée mais prétendait que tout irait bien.

— Je pense que ce sera bon pour tous les deux, dit-elle avant de se remettre à faire son carton. Nous allons repartir à zéro, ailleurs.

Je la regardai, et mon estomac se retourna. C'était vraiment ma veine. La nuit où je trouvais une raison de rester dans le comté de Beaumont, ma mère décidait d'exaucer ce qui était mon vœu le plus cher depuis quatorze ans.

Classique.

J'avalai ma salive avant de répondre :

— Nous ?

Elle leva les yeux vers moi, tout en continuant de s'activer. Elle essayait de caser une boîte de préparation de pancakes entre des biscuits et un paquet de flocons d'avoine.

— Bien sûr, nous. Je ne peux pas partir sans toi. Tu es mon enfant. Toi et moi, c'est tout ce dont nous avons besoin, tu te rappelles ?

— Mais, je suis un adulte à présent, lui rappelai-je. Plus un enfant.

Elle abandonna le mélange pour pancakes et m'accorda soudain toute son attention.

— Qu'est-ce que tu es en train de me dire, Zac ? Tu ne veux plus partir, maintenant ? Tu penses qu'il faut que nous restions ici, dans ce trou perdu ?

— Ce que je veux dire, c'est que nous sommes deux personnes distinctes et que nous sommes tous les deux adultes. On n'est plus obligés d'avoir les mêmes ambitions, d'habiter au même endroit, désormais. Je n'ai plus à aller où tu vas et faire ce que tu fais sous prétexte que tu l'as décidé.

— Pardon ? Il n'y a même pas une semaine, tu m'as dit que tu serais là pour moi ! C'étaient des conneries ?

— Non, pas du tout. Je serai toujours là pour toi si tu as besoin de moi. Comme ce soir. Tu m'as appelé, et je suis venu tout de suite, non ? Ça, ça ne changera pas. Mais ça ne signifie pas qu'on est obligés de partager la même adresse.

— Alors pourquoi tu n'es pas parti plus tôt ? cria-t-elle, pleine de frustration.

— Je restais dans le coin pour t'aider comme je le pouvais ; en payant les factures par exemple.

— Quelles factures ? me demanda-t-elle, bouche bée, comme si j'avais perdu la tête.

Je levai un sourcil.

— Eh bien, voyons… le loyer, l'électricité, l'eau, le câble, déclarai-je en comptant sur mes doigts.

Elle secoua la tête.

— Non, dit-elle, Jude a arrêté d'encaisser tout ça il y a plusieurs années.

— Pas du tout, rétorquai-je. Je les ai pris en charge quand j'ai eu dix-huit ans. Pourquoi voudrais-tu qu'il arrête de facturer tout ça ?

— Parce que… Parce que nous…

Elle n'avait pas de réponse valable à ma question et elle s'en rendit compte. Elle ferma alors la bouche et avala sa salive.

— Parce qu'il t'aimait tant ? l'interrompis-je avec un rire amer.

— Ne fais pas ça, dit-elle d'une voix rauque, visiblement à deux doigts d'éclater en sanglots devant moi. Il a dit… Il a dit qu'il allait s'occuper de moi, de ne pas m'inquiéter si un mois je n'arrivais pas à payer à l'heure. Alors j'ai juste… arrêté de m'inquiéter à ce moment-là.

— Eh bien, il devait parler du seul mois en question. Parce que, il y a à peu près deux ans, il est venu à la maison, alors que tu n'étais pas là, et m'a dit que nous avions deux mois de retard sur *toutes* les factures. Alors je m'en suis occupé. Et je m'en occupe toujours depuis.

— Putain de merde ! cria-t-elle.

Elle croisa les bras, s'affala sur une chaise et se remit à pleurer.

— Il ne s'est *jamais* vraiment intéressé à moi, n'est-ce pas ?

Je me sentis immédiatement coupable de l'avoir mise dans cet état. Je m'agenouillai alors près d'elle.

— Tout ira bien, lui murmurai-je.

Je posai une main sur son genou. Elle essuya ses larmes. Elle avait l'air tellement perdue, défaite. Ça me déchirait.

Il fut une époque où c'était elle qui me protégeait, qui me mettait en sécurité. Mais, sans que l'on sache comment, au fil des ans, les choses s'étaient inversées.

— Pourquoi est-ce que je l'ai laissé me traiter comme ça si longtemps ? demanda-t-elle.

Je haussai les épaules.

— Parce qu'il te traitait mieux que personne ne t'avait jamais traitée. Il était gentil avec toi, ne s'en prenait jamais physiquement ni à toi ni à *moi*. Il te donnait l'impression d'être en sécurité, t'a fourni une maison, un travail, t'a offert des cadeaux et dit des choses que tu voulais entendre. Même moi j'ai été pris par son charme pendant un temps. Mais nous ne sommes pas sa famille. Il en a déjà une. Et elle passera toujours en premier. *Toi*, tu as besoin de quelqu'un qui *te* fasse passer en premier.

Mon discours n'eut pour effet que de provoquer de nouveaux sanglots.

— Je n'arrive pas à imaginer que quelqu'un aura jamais assez d'estime pour moi pour faire ça.

— *Moi* j'ai assez d'estime pour toi, lui dis-je doucement.

— Oh ! Zac...

Elle se pencha vers moi, pleurant toujours, et me serra dans ses bras, mouillant mon cou et mes cheveux.

Je me relevai et la relevai également pour pouvoir aller m'asseoir avec elle sur la chaise de la cuisine et la prendre sur mes genoux. Comme si je consolais ma fille plutôt que ma mère.

— Je suis désolée, désolée de la façon dont je t'ai traité.

— Ça n'a aucune importance, promis-je, ne t'inquiète pas.

Mais cela la fit pleurer encore plus fort. Elle resta comme ça, à sangloter pendant un bon moment, évacuant toute sa peine. Et moi, je restai là, près d'elle, à attendre que cela se termine.

Après avoir versé toutes les larmes de son corps, elle releva enfin la tête, s'essuya les yeux.

— Je ne sais plus quoi faire, confessa-t-elle, tremblante.

— Eh bien, pour ma part, je pense que rompre avec lui était déjà un bon début.

Elle renifla et eut un petit rire amer.

— Je n'en pouvais plus. Quand j'ai recommencé à le fréquenter, j'ai cru qu'il allait me proposer de venir vivre avec lui à la fin de l'été, quand Lula serait partie. Mais quand je lui ai posé la question, il a ri. Je ne voulais qu'une chose, être avec lui, et *il a ri*.

— Je suis désolé, lui dis-je en caressant ses cheveux.

Elle secoua la tête et me regarda droit dans les yeux.

— Je ne veux plus jamais le voir. Je ne crois pas que mon cœur pourra le supporter.

— Rien ne t'oblige à le faire, lui assurai-je. Tout ira bien, je te le promets.

— Mais nous n'avons plus de travail ni toi ni moi, et je viens de perdre notre maison...

— Shh..., murmurai-je, rassurant. Tout va bien. Bon, ça aurait été mieux si nous avions trouvé un autre endroit où vivre et un nouvel emploi avant de faire tout ça, mais tu as eu raison : couper entièrement les ponts avec lui était la meilleure chose à faire. On trouvera une solution. On peut y arriver. J'ai déjà trouvé un travail ailleurs, donc c'est une préoccupation de moins, et ça va nous aider.

— Vraiment, demanda-t-elle, surprise. Où ça ?

Je lui parlai de la cueillette des fraises.

— Mais il va falloir que l'on reste à Peril, pour ça, Zac...

— Ce n'est pas grave, lui dis-je rapidement. Ce n'est pas parce que je reste que tu dois rester toi aussi. Tu peux aller où tu veux.

— Mais toi ? Tu ne peux pas rester ici. Tu as toujours voulu partir...

Elle arrêta de parler avant de plisser les yeux.

— C'est cette fille, n'est-ce pas ? comprit-elle. J'ai entendu des rumeurs parlant de toi et de la fille sourde.

— Elle est muette, la corrigeai-je tout en soufflant profondément. Pas sourde.

— Oh non, Zac..., grimaça-t-elle avec un soupir déçu. Ne... Ne tombe pas dans le même piège que moi. Il te brisera. Tu n'as rien appris de toutes ces relations ratées que j'ai eues ?

— J'ai tout appris en observant tes relations, justement, lui répondis-je. Et ce que j'ai construit avec Mari ne ressemble en rien à ça. Et ça me donne beaucoup d'espoir.

— Mon Dieu, répliqua-t-elle avec un ricanement en passant une main dans ses cheveux, dis-moi qu'elle n'est pas enceinte.

— Non, elle n'est pas enceinte, soupirai-je. Pourquoi est-ce que tu es obsédée par ça ? Tu crois vraiment que je ne sais pas me protéger ? C'est presque insultant.

— Pardon, marmonna-t-elle, l'air désolé. Mais tu détestes tellement cet endroit. Je n'arrive pas à croire que quelqu'un ait assez d'importance à tes yeux pour t'y faire rester.

— Et pourtant c'est le cas, dis-je avec douceur. Ce qui devrait suffire à lui donner toute la crédibilité dont elle a besoin à tes yeux. Mais attends de la rencontrer. Tu verras ce que je veux dire. Mari est si douce, si adorable, tu vas l'aimer tout de suite. Et si elle veut rester ici pour être près de sa famille, alors je reste avec elle.

— Merde, lâcha Grace, genre tu *l'aimes*, c'est ça ?

— Oui, c'est ça. Et j'irai où elle ira.

Les yeux de ma mère commencèrent à se remplir de larmes, et elle poussa un soupir d'épuisement.

— Alors j'imagine qu'il va falloir que nous cherchions une maison *chacun*.

Elle avait raison, et cela me coupa le souffle. En étant expulsée de sa maison, je l'étais aussi. Il me fallait donc un nouvel endroit où vivre moi aussi.

— Combien de temps avons-nous avant de devoir partir ? demandai-je.

Elle haussa les épaules.

— Je n'en sais rien. Je lui ai dit que je partais et je suis rentrée à la maison pour faire des cartons.

— Sans avoir la moindre idée d'où tu irais après ça, dis-je à sa place, secouant la tête.

— Exactement.

Elle regarda autour d'elle, le bazar dans la cuisine, et se mit à rire.

— Et merde ! cria-t-elle en se tenant le ventre, incapable de s'arrêter de rire, essuyant ses larmes dans le même temps. Mais quel bordel !

Je lâchai moi aussi un petit rire.

— Ouais, dis-je en secouant la tête.

— On est SDF, ajouta-t-elle en riant encore plus fort. Et je n'ai plus de travail. Et je ne sais pas ce que je vais faire maintenant.

— Je parlerai à Jude demain, assurai-je. Je verrai combien de temps il nous donne. On a payé jusqu'à la fin du mois de toute façon. Ça nous laisse deux semaines pour voir venir. On ne sait pas ce qui peut arriver pendant ce temps-là.

— Depuis quand tu es devenu un putain d'optimiste ? me demanda-t-elle sans parvenir à s'arrêter de rire. C'est tellement bizarre.

Je lui souris et haussai les épaules. C'était l'amour, mais je ne pouvais pas lui dire ça. Ça paraissait trop mièvre et ne me ressemblait pas. Même si c'était vrai. Avoir Mari dans ma vie avait tout changé.

— Allez, voyons déjà ce qu'on peut emballer ce soir, et on résoudra les questions difficiles demain, lui dis-je pour l'encourager.

Puis en faisant des cartons, comme ça, tous les deux, rigolant devant la quantité d'objets inutiles que nous avions accumulés au cours des années, je compris que c'était la fin, que je ne vivrais plus avec ma mère. Que nous partions tous les deux ailleurs ou que nous restions tous les deux à Peril, j'allais chercher un autre endroit où habiter, qui pourrait accueillir Mari, si jamais elle voulait vivre avec moi.

J'avais cohabité avec Grace toute ma vie, cependant. C'était étrange de se dire que c'était fini. Mais c'était aussi une sensation agréable : nous prenions une nouvelle direction, meilleure, plus saine.

Nous arrivâmes au bout des cartons disponibles un peu après minuit.

Heureux de ne pas avoir à me lever pour aller travailler au champ de fraises, je m'écroulai sur mon lit et m'endormis presque instantanément. Le moindre de mes muscles était douloureux de tout ce travail que j'avais effectué dans la journée. Mais c'était une bonne douleur, honnête.

Une douleur fière.

Juste avant de m'endormir, je pensai à Mari.

J'avais prévu de lui écrire pour m'assurer qu'elle était bien rentrée chez elle, mais toute cette histoire avec ma mère m'avait distrait, et à présent il était trop tard. Je ne voulais pas la réveiller.

Je me dis que je lui écrirais le lendemain au réveil.

Puis je m'endormis jusqu'au matin où des coups à la porte me réveillèrent. Grognant, je me retournai pour enfouir ma tête dans l'oreiller, cachant la lumière qui entrait dans ma chambre.

— Zac Topper ! cria alors, du dehors, une voix autoritaire. Ouvre, c'est le département du shérif.

# Chapitre 25

*Zac*

Soudain complètement réveillé, je m'assis sur le lit, clignant des yeux pour essayer de retrouver mes esprits. L'horloge disait qu'il était presque 11 heures du matin. Je n'avais pas dormi aussi tard depuis bien longtemps.

Mes muscles étaient douloureux, et mon œil au beurre noir – cadeau d'Enzo – était gonflé et me lançait terriblement.

Mais les coups à la porte continuaient. Poussant un juron, je quittai le lit d'un bond et me cognai le gros orteil contre la table de nuit.

— Putain !

Boitillant, j'attrapai le premier jean qui me tomba sous la main et l'enfilai au moment où Grace apparaissait sur le seuil de la porte.

— Que se passe-t-il ? demanda-t-elle, toujours en chemise de nuit et grosses chaussettes, cheveux en pagaille tandis que je passai un T-shirt au-dessus de ma tête. Qu'est-ce que tu as fait ?

— Je ne sais pas, marmonnai-je, irrité, en enfilant une paire de chaussures sans même prendre la peine de mettre des chaussettes. Je *dormais*, putain !

— En tout cas, je doute qu'ils soient ici pour te décerner le diplôme de citoyen du mois.

— Waouh, merci, lui dis-je d'un ton à la fois ironique et agacé en quittant la pièce.

Elle me suivit jusqu'à la porte d'entrée.

— Quoi ? C'est toi qui es arrivé avec un œil au beurre noir à la maison, hier. Qu'est-ce que tu veux que j'en déduise ? me lança Grace.

Je secouai la tête et m'aperçus que, la veille, elle ne m'avait même pas demandé comment je m'étais fait ça. En fait, cela faisait des années qu'elle ne se donnait plus la peine de me questionner sur l'origine de mes bosses et mes bleus. Ces derniers temps, elle se contentait de supposer le pire.

— Je doute sérieusement qu'ils soient ici pour ça, lui dis-je en attrapant la poignée de la porte.

Lorsque j'ouvris, je découvris, surpris, non pas un ni deux, mais *trois* représentants des forces de l'ordre devant la maison : le shérif, Matt – l'adjoint avec qui Felipe était ami – et un autre adjoint plus âgé que j'avais déjà croisé, mais avec qui je n'avais jamais parlé.

Ne comprenant pas pourquoi ils avaient besoin d'être trois, j'ouvris la porte en grand et m'avançai sur le perron.

— Salut, comment ça va ?

La forte lumière du jour me fit plisser les yeux, fermant totalement mon œil au beurre noir. J'inclinai la tête pour mieux voir quand le shérif s'avança vers moi.

— Zac, me dit-il avec un hochement de tête solennel, il faut que tu viennes avec nous pour répondre à quelques questions.

Je secouai la tête pour me débarrasser de ce qui y

restait de sommeil, le cerveau encore trop cotonneux pour comprendre ce qui était en train de se passer.

— OK, répondis-je, mais pourquoi faut-il que nous allions où que ce soit ? demandai-je en me grattant la nuque. Je suis sûr que je peux répondre à toutes vos questions ici, tout de suite. Je n'ai mis le feu à rien. Je n'ai rien volé, rien vandalisé, n'ai été pris dans aucune…

Et soudain, ça me revint. Merde, OK. Oui, j'avais bien été pris dans une bagarre, la veille, avec Enzo et Javier. Mais pourquoi avaient-ils attendu si longtemps pour venir m'interroger là-dessus ? Et pourquoi étaient-ils venus à trois ?

Je fis une légère grimace et levai une main sur le coin de mon œil gonflé.

— Peux-tu te retourner et mettre tes mains derrière ton dos, s'il te plaît ? me demanda Matt en sortant une paire de menottes de sa ceinture.

— Hein ? objectai-je. Vous avez des questions à me poser ou vous *m'arrêtez* ?

— On t'emmène pour un interrogatoire, répondit le shérif de manière évasive avant de se tourner vers Grace.

— Bonjour madame, la salua-t-il en posant un doigt sur son chapeau. Désolé de vous demander ça, mais est-ce que nous pourrions entrer dans la maison et jeter un œil ?

J'avais obéi, m'étais retourné pour être menotté. Cependant je regardai le shérif avec un air abasourdi en entendant cette demande. Ça, c'était nouveau. Personne n'avait jamais fouillé ma maison lors de mes précédentes arrestations.

Peut-être Enzo et Javier étaient-ils allés raconter que je leur avais volé quelque chose.

Comment savoir.

Sur le seuil de la porte, Grace me lança un regard interrogateur, mais je n'avais pas la moindre idée de ce qui était en train de se passer, aussi, je me contentai de hausser les épaules.

Elle se frotta le bras nerveusement avant de s'effacer pour les laisser entrer.

— Oui, pas de problème, entrez messieurs, dit-elle.

C'est l'adjoint le plus âgé qui pénétra dans la maison. Comme il disparaissait à l'intérieur, ma mère se tourna vers moi.

— Est-ce qu'il va trouver quelque chose de compromettant, Zacchaeus ?

— Pas venant de *moi*, lui répondis-je avec franchise, en sursautant légèrement au moment où les menottes se refermaient sur mes poignets. Mais que se passe-t-il ?

Le shérif poussa un long soupir et ignora ma question.

— Vous voulez que je lui lise ses droits ? proposa Matt, derrière moi.

— Non, attendons d'être installés au poste de police, répondit son patron en secouant la tête.

— Êtes-vous bien sûrs que vous n'êtes pas en train de m'arrêter ?

C'est alors que l'officier plus âgé apparut à la porte et secoua négativement la tête devant le regard interrogateur du shérif.

— Pas ici, dit-il.

— Qu'est-ce qui n'est pas ici ? demandai-je, commençant à devenir franchement agité. Qu'est-ce qui se passe, putain ? C'est trop bizarre. Vous ne faites pas comme ça, d'habitude.

Le shérif, m'ignorant toujours, fit un signe à Matt.

— Vas-y, emmène-le. Nous, on va vérifier le périmètre et les dépendances. Installe-le dans la salle d'interrogatoire.

— Pas de problème, shérif, répondit l'adjoint avant de tirer sur mes menottes. On y va, Topper.

Je lançai un dernier regard à ma mère. Elle avait l'air à la fois inquiète et effrayée. Mais elle se contenta de me faire un signe de la main, restant sur le seuil de la porte, me regardant être emmené.

On me fit monter à l'arrière de la voiture. Je fermai les yeux, poussai un long soupir avant de laisser tomber ma tête en arrière.

Ce n'était pas la première fois que je me retrouvais à l'arrière d'une voiture de police, loin de là, mais aujourd'hui cela me paraissait totalement différent. Et ce sentiment ne fit que s'accentuer quand Matt s'installa au volant et démarra.

Il nous fallait traverser la ville pour rejoindre le poste. Et la douche froide commença dès le début du trajet... au garage de Harvey. Son rideau de fer était relevé, comme d'habitude.

Tandis que nous passions devant, il apparut, comme s'il savait que j'étais là. Il me lança un regard désapprobateur à travers la vitre de la voiture de police. Je ne comprenais plus rien. Il secoua ensuite la tête et se détourna, comme pour me signifier qu'il me tournait définitivement le dos.

Et l'étrange parade continua. Les gens de presque toutes les boutiques du quartier apparurent à leur vitrine ou au seuil de leur porte pour nous regarder passer. Jude Everett avait l'air triste, solennel, bras croisés, comme pour dire : « J'ai toujours su que ça se terminerait comme ça. »

Au diner, la serveuse Naomi et Ginger lui-même étaient là, devant, me scrutant avec l'air de me condamner d'avance.

En ne voyant pas Mari parmi eux, je me dis qu'elle aurait déjà dû être au travail à cette heure-ci. Pourquoi n'était-elle pas avec eux ?

Merde. Quoi qu'il ait pu arriver, c'était assez grave pour que même elle décide de se détourner de moi.

Un long filet de transpiration commença à couler depuis ma nuque. Mon genou remuait tout seul, impatient et nerveux. Je m'en voulais de ne pas avoir pris mon téléphone. Je n'avais jamais autant eu envie d'appeler Mari.

Tout le monde pouvait me détester à Peril, je m'en fichais. Mais pas elle.

Pourquoi n'était-elle pas devant le diner ?

De l'autre côté de la route, les ouvriers qui travaillaient au silo à grains firent une pause pour me regarder. J'aperçus Enzo ricanant avec délectation devant ma situation, puis découvris d'autres curieux regroupés près de la banque et de l'épicerie. Toute la ville savait quelque chose que j'ignorais. Et cela n'avait clairement rien à voir avec la bagarre devant la coopérative l'autre jour.

Je n'aimais vraiment pas ça.

— Mais que se passe-t-il ? demandai-je à nouveau sans obtenir de réponse de Matt.

Connard.

La voiture tourna, et nous passâmes quelques pâtés de maisons avant d'arriver. Sauf que la voiture n'emprunta pas la rampe qui descendait jusqu'aux cellules, elle passa lentement devant.

Je me redressai, alarmé. Ce n'était jamais arrivé auparavant.

— Qu'est-ce que vous faites ? Où m'emmenez-vous ? Vous ne deviez pas tourner ici ? protestai-je.

— Je t'ai dit que tu n'étais pas en état d'arrestation, répondit finalement Matt. On t'emmène pour t'interroger.

— Mais m'interroger à quel sujet, bordel ? Qu'est-ce qui se passe ? hurlai-je.

Il arrêta la voiture sur le parking visiteur du tribunal. Là se trouvaient d'autres personnes rassemblées, qui attendaient de me voir conduire à l'intérieur.

En regardant attentivement, je m'aperçus que ce n'étaient pas juste des gens ordinaires. Il s'agissait d'une seule et même famille.

La famille de *Mari*...

— Mais qu'est-ce que... ?

Il y avait sa grand-mère, petite et potelée, ses oncles, quelques-uns de ses cousins et la fille enceinte qui avait viré Mari de sa chambre.

L'un des oncles avait les yeux fermés, le visage incliné vers le ciel, et bougeait les lèvres, comme s'il priait, un chapelet à la main. Une tante embrassait son pendentif.

Je les regardai, bouche bée. Je n'étais plus inquiet, j'étais à présent totalement effrayé.

— Pourquoi la famille de Mari est-elle là ? demandai-je à l'adjoint.

Et où donc était Mari ?

Mais Matt ne me répondit pas et se contenta de

descendre de la voiture. Il en fit le tour et ouvrit la portière arrière pour me faire sortir. J'avais besoin de réponses.

Matt attrapa la chaîne qui se trouvait entre les menottes. Il tira dessus tandis que je me retournai vers le clan Ruiz.

J'avais vraiment besoin de réponses. Je paniquais totalement.

— Mais que se passe-t-il ? S'il vous plaît...

La grand-mère de Mari s'avança, détournant mon attention de l'adjoint. Elle leva un doigt accusateur dans ma direction et cracha des paroles avec tant de force que son visage devint rouge. Je n'avais aucune idée de ce qu'elle disait, car elle me parlait en espagnol.

— Espèce de fils de pute, dit Felipe en se détachant du groupe. Dire que je commençais à t'accepter, espèce de vaurien.

— Mais de quoi tu... ? essayai-je de demander, mais Matt me coupa aussitôt la parole.

— On ne parle pas ! lança-t-il en tirant un grand coup sur la chaîne, m'entraînant jusqu'à l'entrée du tribunal qui abritait également le poste de police.

Je jetai un regard plein d'inquiétude à la famille, qui me suivait des yeux avec l'air de me haïr.

— Que se passe-t-il ?

Personne ne répondit, je me retournai donc à nouveau vers l'officier de police.

— Est-ce que ça concerne Mari ? demandai-je. Elle n'était pas devant le diner quand nous sommes passés, dis-je en atteignant le seuil du tribunal. Je ne l'ai vue ni à la porte ni à travers la vitrine. Si elle n'est ni avec sa famille ni au travail, où est-elle ? Elle va bien ?

Matt se tourna alors vers moi avec un regard me signifiant que j'étais sur la bonne piste, mais qu'il n'était pas autorisé à me dire quoi que ce soit.

— Assieds-toi ici. Quelqu'un viendra très vite pour parler avec toi.

Je jetai un regard circulaire à la pièce dans laquelle il voulait m'installer. Il y avait une table, une poignée de chaises pliables autour et une caméra dans un coin du plafond. Rien d'autre.

Je refusai d'entrer et me tournai à nouveau vers Matt.

— Est-ce que vous pouvez au moins me dire si elle va bien ou pas ?

Je lus une forme de regret et d'empathie dans ses yeux.

— Je suis désolé, mon garçon, je ne peux pas.

Putain de merde. Le besoin de lui écrire, de la *voir* de mes propres yeux pour m'assurer qu'elle allait bien me dévorait littéralement.

— Installe-toi, m'encouragea Matt avec douceur. Je suis certain que le shérif t'expliquera tout en arrivant.

Quelque chose dans son expression me faisait dire que je pouvais lui faire confiance. Je hochai la tête. Il fit de même. Et, allant contre mon instinct qui me poussait plutôt à résister, j'entrai dans la pièce.

Matt ferma la porte derrière moi, et je serrai les dents, seul dans cette salle, pris au piège.

Je ne pus m'asseoir, j'étais trop nerveux, mon cœur battait à tout rompre et refusait de se calmer. Il me fallait des putains de réponses. Je me mis à marcher de long en large dans la pièce, regardant autour de moi, cherchant un élément qui me permettrait de déterminer le temps que j'avais déjà passé là. Je n'avais même pas mis ma montre.

C'était vraiment la merde.

Après ce qui me parut des siècles d'attente, la porte s'ouvrit enfin, et le shérif entra en compagnie de son adjoint plus âgé. Je me précipitai vers eux.

— Est-ce que Mari va bien ?

Il fallait que je sache.

Le shérif eut un sursaut et me regarda en plissant les yeux.

— Pourquoi est-ce que tu me poses cette question ?

— Parce que toute sa famille était devant quand je suis arrivé, et qu'ils ressemblaient à une foule prête à me lyncher. Et qu'elle n'était pas avec eux. Et que je ne l'ai pas vue non plus au diner quand nous sommes passés devant chez Ginger. Tout le monde était dehors sauf elle, et elle aurait dû être là. Pourquoi est-ce qu'elle n'était pas là ? Est-ce qu'elle va bien ? Est-ce que vous pouvez au moins me dire ça ?

Les deux hommes se regardèrent l'un l'autre avec un air de lassitude, puis le shérif poussa un long soupir et me désigna la table.

— Est-ce que tu veux bien t'asseoir, Zac ? Que l'on puisse discuter de tout ça tranquillement.

— Discuter de quoi ? rétorquai-je énervé. Je ne fais rien tant qu'on ne me dit pas que Mariana Ruiz va bien.

— Eh bien, je suis désolé, mais je ne peux pas.

— Putain de merde, dis-je horrifié, le menton tremblant. Ça signifie qu'elle ne va pas bien ? Que... Que s'est-il passé ? Est-ce qu'elle est... ?

Je n'étais pas capable de poser la question. J'avais trop peur de la réponse.

— Que lui est-il arrivé ?

Le shérif prit une grande inspiration avant de regarder son adjoint et de se tourner à nouveau vers moi.

— Carlotta Navarro nous a appelés toutes les heures depuis 6 heures ce matin, folle d'inquiétude pour sa petite-fille. Apparemment, Mariana a quitté la maison brusquement vers 6 ou 7 heures hier soir et n'est pas, depuis, rentrée à la maison.

— Pas rentrée ? répétai-je, le souffle coupé, secouant la tête, niant que ce soit possible. Comment ça, pas rentrée ? Elle...

J'étais pris de terreur.

— Ce n'est pas possible. Comment a-t-elle pu ne pas rentrer à la maison ? Où est-elle ?

— Eh bien, c'est bien la question à laquelle il nous faut répondre, Zac. Quand l'as-tu vue pour la dernière... Hé, arrête ! dit le shérif en bondissant avant de me saisir par le bras quand je me précipitai vers la porte pour partir. Mais où tu crois que tu vas ?

— Je vais la chercher, putain ! hurlai-je tandis que les deux hommes m'attrapaient et me collaient contre le mur.

Avec mes mains menottées, cela ne leur fut pas difficile.

— Merde, quoi, si Mari a disparu, dis-je en me débattant, il faut que je...

Dire ces mots à voix haute me fit voir les choses d'une manière totalement différente, et mes genoux se mirent à trembler.

— Oh ! mon Dieu, sanglotai-je, il faut que je la retrouve.

Mari avait disparu.

— Je ne l'ai pas raccompagnée, éructai-je, sentant

mon corps s'engourdir, pendant que les deux autres me tenaient solidement contre le mur. J'allais le faire, mais elle m'a dit que ça irait. Ma mère m'a appelé, elle était bouleversée. Mari était habituée à rentrer toute seule chez elle le soir, c'est ce qu'elle m'a dit, et je ne me suis même pas donné la peine de lui envoyer un message pour m'assurer qu'elle était bien rentrée. Il était trop tard quand j'ai fini de calmer ma mère, je ne voulais pas la réveiller et... Mon Dieu, lâchai-je, essayant à nouveau de me libérer. Laissez-moi aller la chercher. Je peux la retrouver. Je sais que je peux. Ou peut-être qu'elle répondra si je lui envoie un message, même si elle ne répond à personne d'autre. J'ai juste besoin de mon téléphone.

— Pourquoi on ne respirerait pas un grand coup, plutôt, et on ne discuterait pas de tout ça de manière rationnelle ? suggéra le shérif.

Je ricanai. J'étais absolument incapable de me calmer et de voir les choses de façon rationnelle.

— Il faut que je retrouve Mari, dis-je, la voix tremblante. Vous ne pouvez pas me garder ici, vous m'avez dit que je ne suis pas en état d'arrestation.

— En fait, si, on peut te retenir, dit l'officier de police. Tu es retenu officiellement pour ce qu'on appelle un soupçon raisonnable.

— Soupçon raisonnable de quoi ? criai-je. Vous ne pensez tout de même pas que je lui aurais fait du mal ?

Sauf que si... ils le pensaient. J'étais toujours le premier à être suspecté.

— Mon Dieu, repris-je dans un gémissement, comprenant que personne n'allait me laisser sortir d'ici malgré tout ce que je pourrais dire. Vous ne savez rien. Vous n'avez pas la moindre idée, c'est ça ?

S'ils avaient su ce que Mari représentait pour moi, ils ne m'auraient jamais accusé de lui faire du mal d'aucune manière. Ils ne l'auraient même pas suggéré.

Bande d'imbéciles.

— Alors aide-nous à comprendre, essaya le shérif. Assieds-toi et dis-nous ce qu'il faut que nous sachions pour t'aider à la retrouver.

Je le regardai. Je savais qu'il cherchait juste à me calmer en me disant ce que j'avais envie d'entendre. Mais ça marchait. Il pouvait me mentir autant qu'il voulait. Cela n'avait aucune importance. Il fallait juste que je découvre où se trouvait Mari. Et si *lui* pouvait m'aider, alors j'allais m'en servir.

— Tu ne sortiras pas d'ici tant que tu ne nous auras pas parlé, alors assieds-toi et débarrassons-nous de cette discussion pour que tu puisses partir d'ici au plus vite. D'accord ?

Je hochai la tête, séduit par l'idée d'une sortie rapide. Si me faire arracher une dent sans anesthésie m'avait permis de sortir plus vite, je n'aurais pas hésité une seconde.

Les derniers mots me calmèrent un peu, et l'adjoint proposa de me retirer les menottes.

Une fois les mains libres, je jetai un regard à la porte, tenté de m'enfuir, mais non, plus des gens étaient impliqués dans la recherche de Mari, mieux c'était.

# Chapitre 26

*Zac*

Je frottai mes poignets endoloris avant de m'asseoir sur une chaise. Le shérif et l'homme qu'on me présenta enfin sous son titre de détective s'assirent face à moi.

On me lut mes droits et on me demanda si je souhaitais l'assistance d'un avocat – que je déclinai.

— Quand as-tu vu Mlle Ruiz pour la dernière fois ? m'interrogea-t-on ensuite.

Je fis une grimace, irrité par la question. Ils le savaient déjà, mais je répondis tout de même :

— La nuit dernière.

Les deux policiers levèrent les sourcils, surpris.

— Alors, tu le reconnais ?

— Je reconnais quoi, l'avoir vue hier soir ? Oui, bien sûr, pourquoi je ne le reconnaîtrais pas ?

— C'était quand ? Et où ? questionna le détective qui commençait à prendre des notes sur son carnet.

— À la rivière, leur dis-je. C'est son endroit préféré. On s'assied sur le vieux ponton où personne ne va plus jamais pour y admirer le coucher de soleil presque tous les soirs. D'habitude, je la raccompagne jusque chez elle après. Mais hier soir, ma mère m'a appelé, elle avait l'air bouleversée. Elle m'a demandé de rentrer, alors je suis rentré.

— Et quelle heure était-il ?

— Euh… merde…

Je réfléchis. À quelle heure l'avais-je vue pour la dernière fois ?

— Neuf heures et demie… 10 heures. Quelque chose comme ça. Il faisait déjà nuit noire.

— Et pourquoi n'êtes-vous pas partis ensemble ? Pourquoi ne pas l'avoir raccompagnée ?

— Parce que… Et merde, je n'en sais rien, répondis-je en me passant la main dans les cheveux, me posant cette question à moi-même, avec le sentiment d'avoir magistralement déconné. Parce que je suis un imbécile, finis-je par admettre. J'étais inquiet pour ma mère. Elle venait de rompre avec son petit ami. Et Mari m'a dit qu'elle était allée à la rivière et en était rentrée seule des centaines de fois avant ça. Elle m'a dit que tout irait bien. Alors je n'ai pas… Je l'ai crue.

— À présent, dis-nous où est ce ponton.

— Il est au bout du sentier qui mène au coin de pêche. Une fois arrivés à la rivière, vous tournez à gauche, vous marchez pendant environ cinq minutes et vous y êtes, répondis-je immédiatement en me disant que, oui, peut-être Mari était-elle toujours là-bas. Peut-être avait-elle décidé de rester et de dormir sur place.

Mais alors, pourquoi n'était-elle pas à son travail à cette heure-ci ? Elle se serait sûrement réveillée et serait allée travailler si elle avait fait ça. À moins que…

— Vous êtes sûrs qu'elle n'est pas à son travail ? demandai-je soudain. Vous avez vérifié avec Ginger, n'est-ce pas ?

Les deux hommes me lancèrent un regard noir.

— *Oui.* Nous avons vérifié avec Ginger.

Puis l'homme plus âgé tapota le carnet dans lequel il venait d'écrire.

— Est-ce que tu parles du vieux ponton abandonné de M. Henderman ?

— Oui, répondis-je énergiquement. Celui-là même. Vous ne voulez pas aller y voir ? Elle est peut-être tombée, elle s'est peut-être fait mal et n'a pas pu rentrer à pied.

Mon ventre se retourna à l'idée qu'elle ait pu rester coincée là-bas toute la nuit, seule et blessée. Le shérif hocha la tête et se leva.

— Est-ce que M. Henderman vous a jamais donné la permission d'aller là-bas ? demanda soudain le détective.

— Non, répondis-je en plissant les yeux, comme si l'homme était devenu fou.

— Donc vous vous introduisiez sans autorisation dans une propriété privée ?

À la porte, le shérif appela Matt et le chargea d'aller voir du côté du ponton de M. Henderman.

— Entendu, shérif, dit Matt, pendant que le détective, face à moi, continuait à me regarder fixement, attendant une réponse.

— Oui, finis-je par répondre agacé. Oui, j'imagine que nous entrions sans autorisation dans une propriété privée.

— Est-ce que vous vous êtes disputés, hier soir ? me demanda le shérif en revenant à la table. Ou est-ce que vous vous êtes disputés récemment ?

— Quoi ? Non, dis-je en secouant la tête. Tout allait

bien. Tout allait même parfaitement bien. Elle était heureuse et souriante quand je l'ai quittée hier soir.

Les deux hommes se regardèrent, comme s'ils savaient que ce n'était pas vrai.

— Quoi ? protestai-je.

— Ce n'est pas ce que nous avons entendu, dit le shérif. La rumeur dit que tu t'es disputé avec elle hier soir, devant la coopérative.

Je fronçai les sourcils sans comprendre, jusqu'à ce qu'il regarde avec insistance mon œil poché.

— *Je* me suis disputé, m'exclamai-je, avec deux connards. Et Mari était là. Mais je ne me suis pas disputé *avec elle*. Pas du tout.

— Alors pourquoi vous êtes partis furieux après ça, quand elle essayait de vous conforter à la fin ? demanda le détective.

Je restai bouche bée, abasourdi, puis je reniflai et secouai la tête.

— J'étais encore très énervé à cause de ma... mauvaise rencontre, avec les deux autres types. Attendez. *Enzo*..., dis-je en claquant des doigts. Vous devriez parler à Enzo.

Le shérif et le détective se regardèrent perplexes avant de se tourner vers moi.

— Enzo qui ?

Je clignai des yeux. Je n'en avais pas la moindre idée. Puis je me souvins qu'il s'agissait du frère de Lucia et je connaissais son nom à *elle*.

— Perez, éructai-je. C'est l'un des deux types avec lesquels je me suis disputé hier. Parce qu'ils harcelaient Mari. Elle a très peur de lui. Elle est même venue chez moi au milieu de la nuit une fois, pour lui échapper.

Peut-être qu'il l'a coincée hier soir pendant qu'elle rentrait chez elle et...

Merde. Cette idée me remplissait de rage. Si Enzo lui avait fait du mal, je n'hésiterais pas à le massacrer.

— Enzo Perez ? demanda le shérif avant d'évacuer la question d'un geste de la main. Non. On l'a arrêté hier soir vers 7 ou 8 heures. Il était soûl et troublait l'ordre public devant un bar du quartier. Il n'est sorti que ce matin, bien après les premiers coups de téléphone de Carlotta nous avertissant que sa petite-fille avait disparu. Lui et son cousin Javi ont été arrêtés tous les deux. Ils ont passé la nuit derrière les barreaux, à une heure où *toi* tu étais dehors.

— Merde, soupirai-je, me rencognant sur ma chaise, déçu.

Cela aurait été tellement simple si Enzo avait été le coupable. Mais ça ne pouvait pas être lui. Et maintenant, j'étais encore plus perturbé, me demandant où Mari pouvait bien être.

— Revenons un peu à cette altercation avec les cousins Perez. Tu dis que c'était pour défendre Mlle Ruiz. Mais alors pourquoi es-tu reparti aussitôt après si tu n'étais pas fâché contre elle ?

— Parce que... j'avais besoin de me calmer avant de la laisser s'approcher de moi. Je ne voulais pas dire ou faire quoi que ce soit qui aurait pu la blesser alors que j'étais dans cet état. Je suis donc parti jusqu'à ce que mon sang arrête de bouillir. Et dès que j'ai été mieux, la première chose que j'ai faite, c'est de lui envoyer un message pour lui demander si elle voulait bien m'accompagner au ponton.

— Et si on regarde l'historique de ton téléphone

tout de suite, on trouvera bien la confirmation de ce message ?

— Oui ! criai-je. S'il vous plaît, allez chercher mon téléphone. Il est sur la commode de ma chambre. Il est encore branché, en charge. Je vous donne mon code secret. Vous pouvez lire tout ce qu'on s'est écrit depuis le début. Et voyez s'il n'y a pas de messages non lus arrivés pendant que vous y êtes. Trouvez-la putain ! Il *faut* que vous la retrouviez...

Je n'avais plus de souffle, et mes yeux me piquaient. J'essuyai les premières larmes avec la paume de ma main et reniflai.

— Il *faut* que vous la trouviez. Je ne sais pas ce que je ferais sans elle.

— On la retrouvera, m'assura-t-on. Est-ce que tu vois un autre endroit où elle aurait pu aller ?

Je respirai profondément, tâchant de fouiller mon esprit.

— Si elle n'est pas à la maison ou au travail, alors elle doit être dans le coin de la rivière, c'est le seul endroit que je vois. Elle aime marcher le long de cette petite cascade qui surplombe un banc de sable sur l'autre rive, ou alors marcher dans les bois, pas loin. Elle a du mal avec la foule et le bruit, ça peut lui donner la migraine, alors elle cherche souvent des endroits calmes.

— Dis donc, tu la connais vraiment bien, n'est-ce pas ? demanda le détective, sourcil levé.

Je haussai les épaules. Ce que j'aurais aimé connaître à ce moment-là, c'était le lieu où elle se trouvait.

— OK, très bien, conclut le shérif en se levant. Nous allons vérifier quelques petites choses et te dire ce qu'il en est. Tu restes tranquillement ici jusque-là.

Rester ici ?

Je me redressai soudain.

— Mais vous m'avez dit que je pourrais partir si je répondais à toutes vos questions.

— Et ce sera le cas. Mais seulement quand nous en aurons fini avec nos questions. Nous allons en avoir d'autres à te poser.

Salaud !

— Conneries, marmonnai-je en les regardant se diriger vers la porte.

Je me levai pour les suivre, mais ils me fixèrent durement pour m'en dissuader, puis se pressèrent de sortir et m'enfermèrent dans la pièce, tout seul.

Je secouai la poignée à plusieurs reprises, sans résultat. Je donnai un coup du plat de la main sur la porte.

— Vous êtes des connards ! criai-je.

À partir de là, il me fallut attendre. Je tournais dans la pièce comme un lion en cage. Je passais ma main dans mes cheveux, jurais. Pleurais un peu, aussi. J'allais même jusqu'à prier.

La colère et la peine m'envahissaient par vagues successives, l'une chassant l'autre avant de revenir.

Je cognai à la porte régulièrement. Toutes les quinze minutes. Ou peut-être était-ce toutes les cinq minutes. Ma notion du temps avait totalement disparu.

Essayant de jauger l'heure qu'il pouvait être, je tâchai de calculer le nombre d'heures depuis la disparition de Mari.

Mon Dieu, je n'arrivais toujours pas à croire qu'elle avait vraiment disparu. J'avais peur. J'espérais qu'elle n'était pas blessée. Ou pire.

Je fus brièvement submergé par la panique à l'idée

que je ne la reverrais peut-être pas vivante. J'en perdis la vision, le souffle, au point que je dus m'accrocher à une chaise, cherchant à reprendre le contrôle de moi-même.

Où qu'elle soit, j'espérais qu'elle n'avait pas peur. J'espérais qu'elle n'avait pas mal. Qu'elle n'était pas prise au piège quelque part.

Dieu, ce n'était pas juste. J'aurais dû être dehors, à la chercher. Je poussai un rugissement de frustration, serrai le dossier de la chaise dans mes mains et la fis voler à travers la pièce. Lâcher un peu de violence me fit du bien. Aussi, j'attrapai la table et la retournai, renversant d'autres chaises.

Quelques secondes plus tard, l'adjoint Matt entra dans la pièce comme une furie.

— Qu'est-ce qui se passe ici ? cria-t-il.

Haletant, je posai mes mains sur mes genoux et soufflai, soulagé.

— Tout va bien, lui assurai-je en levant les mains pour lui faire comprendre que j'étais calmé. Désolé, j'ai eu un coup de folie, dis-je en me redressant. Avez-vous eu des nouvelles ? Est-ce qu'ils l'ont retrouvée ?

Il tressaillit avant de secouer la tête en silence.

— Putain de merde !

Mon menton se remit à trembler. Je pris un moment avant de me calmer. Puis je hochai la tête pour le remercier.

— Quelle heure est-il ?

— Deux heures et quart, dit-il.

Puis, désignant la pièce, il ajouta :

— Ramasse tout ça avant qu'ils reviennent, ou tu vas rester ici plus longtemps que prévu, tu peux me croire.

— Bien reçu, répondis-je.

Puis il disparut, refermant la porte et la verrouillant derrière lui.

Je pris une minute pour essuyer mon visage et attendre que mes mains arrêtent de trembler, puis je remis la table et les chaises à leur place.

Je m'assis au sol, en m'appuyant contre le mur et fermai les yeux, essayant de penser à autre chose qu'à ces sentiments qui ne cessaient de me lacérer.

*Mari face à un coucher de soleil.* Calme. Sereine. Elle serait même capable de faire de toute cette expérience un merveilleux poème.

Un petit rire m'échappa, puis je fus pris d'un sanglot. Mon Dieu comme elle me manquait déjà. Je ne savais pas si elle avait disparu pour de bon, mais mon cœur espérait qu'elle allait bien pendant que mon esprit ne parvenait qu'à imaginer les pires choses.

Une larme coula sur ma joue.

Je la laissai tomber et décidai de jouer un tour à mon esprit pour m'aider à arrêter de penser à ma peur et à la panique. Je me concentrai alors sur les bruits qui se cachaient dans le silence autour de moi, et me demandai comment Mari les décrirait.

Le silence m'enveloppa complètement, et quelques notes émergèrent. Ma respiration, pour commencer, la respiration torturée et tremblante d'un homme condamné. Puis ce fut l'eau qui courait à travers la tuyauterie dans le mur. Quelqu'un avait tiré une chasse d'eau ou ouvert un robinet. Le grésillement des ampoules au-dessus. Des voix étouffées. Le tic-tac d'une horloge. Il y avait de la vie, de l'activité tout autour de moi. Des gens qui se fichaient totalement que mon monde soit en train de s'écrouler.

S'ils ne retrouvaient pas Mari vivante, je ne savais pas ce que je ferais. Je ne voulais pas continuer à vivre sans elle. J'aurais préféré disparaître. Mais, d'une certaine façon, elle m'avait donné tous les outils pour me permettre de survivre à un tel chagrin. Ce qui me faisait l'aimer encore plus.

La porte s'ouvrit d'un coup, et le shérif entra. Je me relevai d'un bond.

— Alors, vous l'avez retrouvée ?

Ma voix était pleine d'espoir, elle tremblait, mais je ne cherchais même pas à le cacher.

Il secoua la tête négativement.

— Mais j'ai d'autres questions à te poser. Est-ce que tu sais ce que c'est que ça ?

Il me montra un petit carnet qu'il agita devant moi. Je m'avançai d'un coup, les yeux écarquillés.

— Mon Dieu, oui. C'est le carnet de poésie de Mari. Où l'avez-vous trouvé ?

Je tendis la main pour m'en saisir, mais le shérif recula. Il me désigna une chaise d'un signe de tête. Je m'assis, ne voulant pas retarder le moment où il me donnerait des informations. Le temps passait. Il fallait que nous la retrouvions.

Il s'assit face à moi avant de me répondre :

— Il était sur le ponton, exactement à l'endroit où tu nous as dit être avec elle hier soir.

— Merde, soupirai-je, secouant la tête. Elle n'abandonnerait son carnet pour rien au monde. Pas même accidentellement. C'est peut-être l'objet le plus important du monde à ses yeux.

— Ouais. Et ce carnet nous a fourni une lecture très intéressante. Comme ce poème, par exemple.

Il l'ouvrit et fit défiler les pages avant de s'arrêter sur une. Celle sur laquelle se trouvait le poème « Les mains de mon amant ».

Je serrais les dents. Je n'aimais pas l'idée que quelqu'un d'autre lise ses pensées intimes sur nous deux.

— Cette phrase en particulier a retenu toute mon attention.

Il désigna les mots « des traces de pas tatouées sur son poignet » et leva les yeux sur moi, accusateur.

— Tu veux bien me montrer l'intérieur de tes poignets, Topper ?

Je levai les yeux au ciel et lui montrai le poignet où se trouvait le tatouage.

— Si vous me demandez si c'est de moi que parle ce poème, alors oui. C'est bien le cas. Elle me l'a fait lire. Qu'est-ce que ça a de choquant ? Je pensais que vous aviez déjà compris la nature de nos relations.

— Donc tu reconnais avoir eu des relations sexuelles avec Mlle Ruiz ?

— C'est ma copine, oui, putain, répliquai-je carrément. Nous sommes majeurs… Et oui, nous avons des relations sexuelles.

— Pas la peine d'être aussi agressif, me dit-on avec sévérité.

— Mais on dirait que vous venez de découvrir un secret. Ce n'est pas un secret.

— Je me demandais simplement pourquoi tu ne nous as rien dit avant ça.

— Je ne l'ai pas dit ? Vous êtes sérieux. Je ne savais pas qu'il *fallait* que je le fasse ! criai-je de plus en plus excédé. Est-ce que vous précisez aux gens que vous avez des relations sexuelles avec votre femme quand vous dites que vous êtes marié ? Je ne cherche pas à vous cacher quoi que ce soit si c'est ce que vous voulez insinuer. Moi aussi, je veux qu'on la retrouve. *Plus* que vous. En fait, si vous me laissez sortir d'ici, je serai heureux de vous *aider* à la retrouver.

— J'ai encore quelques questions à te poser.

Avec un soupir agacé, je me radossai sur ma chaise et me passai les mains sur le visage.

— Évidemment que vous avez d'autres questions...

— Ce poème, ici, est-ce que tu veux bien me l'expliquer ?

Encore un poème ? Il se foutait de moi ou quoi ? Est-ce qu'il pensait sincèrement qu'il allait la retrouver grâce à un fichu poème ?

Espérant que si je coopérais je sortirais plus rapidement, je laissai retomber lourdement mes mains sur mes genoux et me penchai pour voir ce qu'il me montrait. C'était ce poème idiot que j'avais commencé et pas terminé.

Je haussai les épaules, sans bien comprendre.

— Oui et alors ? demandai-je. J'essayais juste de lui faire plaisir en écrivant un poème. Où est le problème ?

— Mais qu'est-ce qu'il *signifie* ?

Je plissai les yeux, ne comprenant pas du tout où il voulait en venir.

— Je ne sais pas. Ça ne veut rien dire, éructai-je.

Le shérif n'avait absolument pas l'air convaincu.

— Alors pourquoi ne me dites-vous pas ce que *vous* pensez qu'il signifie ? lançai-je.

— Très bien, dit-il en lâchant un soupir. Pour moi, ça ressemble à une dernière note de meurtre-suicide.

— Quoi ? m'exclamai-je, complètement choqué.

— « Silence à présent, et glisse avec moi dans l'éternité muette. » Comment ne pas penser qu'il s'agit de la mort ? De mourir ensemble ?

— Il était question de quitter la *ville* ensemble. Il nous arrive parfois de nous demander ce que ça ferait de quitter Peril et d'aller… putain, n'importe où ailleurs. Dans un lieu où *vous* n'êtes pas, vous tous.

— Alors, pourquoi ne pas m'avoir répondu ça quand je t'ai demandé ce que ça voulait dire ?

— Je pensais que c'était *évident*.

— Alors pour ces mots, « l'éternité muette » ?

— Parce qu'elle est muette, putain ! dis-je. J'essayais de lui faire comprendre que je pourrais être parfaitement heureux avec elle, dans ce silence, pour le reste de ma vie. Et j'ai essayé de le dire d'une manière poétique. Mais putain de merde… je crois bien que j'ai raté.

— Mmm…, murmura le shérif, notant quelque chose sur son carnet.

Levant les yeux au ciel, je ne pus m'empêcher de poser la question qui me brûlait les lèvres.

— S'il s'agissait d'un meurtre-suicide, dites-moi alors pourquoi je suis encore en vie ?

Le shérif haussa les épaules.

— Bien souvent, les personnes qui planifient ce genre de choses se dégonflent après avoir tué leur partenaire. Elles n'arrivent pas, bien souvent, à retourner l'arme contre elles.

— Doux Jésus, maugréai-je en secouant la tête. C'est ridicule. Je ne l'ai pas tuée. Je n'ai pas essayé de me tuer. Et je ne l'ai pas enlevée ni ne lui ai fait de mal. Je ne sais pas où elle est. Ni si elle est vivante, et je suis pétrifié à cette idée. Donc, si vous n'avez pas prévu de me laisser sortir, est-ce que vous voulez bien au moins arrêter de me poser des questions idiotes et... essayer de la retrouver ? Je vous en supplie. C'est la personne la plus merveilleuse que j'aie jamais rencontrée. Je veux juste savoir qu'elle va bien.

Les larmes me montèrent aux yeux. Je les essuyai avec irritation.

Je pleurai pendant quelques minutes. Le shérif était là, assis à côté de moi, à me regarder, comme s'il cherchait à savoir si j'étais sincère ou si je jouais la comédie.

— Autre chose ? finis-je par demander, en ayant assez d'être observé comme un insecte sous un microscope.

— En fait, oui, dit-il. Il y avait des traces de pneus dans les bois, et elles s'arrêtent au ponton de M. Henderman.

— Alors quoi ? Elle a été enlevée ? questionnai-je en panique. Mon Dieu.

Imaginer qu'elle était tombée et s'était blessée en rentrant chez elle était déjà terrible, mais l'idée que quelqu'un ait pu s'en prendre physiquement à elle, que quelqu'un la *vole*, lui fasse du mal... Je serrai le poing contre ma poitrine. Les tremblements reprirent.

Qui pourrait kidnapper Mari ? Comme Enzo et même son cousin avaient tous les deux un alibi, je n'arrivais pas à avoir une idée.

— Est-ce que tu possèdes une voiture, Zac ? interrogea le shérif.

— Vous savez bien que non.

Il hocha la tête lentement.

— Mais je sais que ta mère en a une, répliqua-t-il.

Je levai les yeux au ciel.

— Je n'utilise jamais sa voiture, jamais.

Pas depuis que, quand j'avais dix-huit ans, je l'avais surprise avec Jude sur la banquette arrière.

Elle aurait dû être à ma remise de diplômes ce jour-là. C'était mon grand jour, celui où j'allais faire mentir tous ceux qui pensaient que je ne finirais pas le lycée. J'étais assis avec mon chapeau et ma toge, parmi mes camarades de classe, je regardais dans les gradins autour de nous, cherchant ma mère.

Mais je ne l'avais pas trouvée et j'avais compris qu'elle n'était tout simplement pas là. Alors je m'étais levé et j'étais parti. Elle était la seule raison pour laquelle j'étais présent à cette remise de diplômes. Si elle n'était pas là, ce n'était pas la peine que je reste dans le coin.

Il se trouve qu'elle avait *essayé* de venir. Elle était arrivée jusqu'au parking du lycée, où elle avait dû croiser Jude. Et elle avait décidé que coucher avec un homme marié était plus important que de me voir recevoir mon diplôme.

Et après les avoir surpris, j'avais décidé de ne plus mettre les pieds dans sa voiture. Ce qui me condamnait à rester dans cette ville de merde depuis.

— Mais tu sais conduire, n'est-ce pas ? me demanda le shérif.

— Oui, je sais conduire, affirmai-je en soupirant.

— Donc, que tu aies ou non emprunté la voiture de ta mère hier soir n'a que très peu d'importance. Il se trouve qu'un pick-up a été volé au garage de Harvey la nuit dernière.

Je fronçai les sourcils, surpris. À présent, je savais pourquoi Harvey ne me soutenait pas.

— Je ne travaille plus là-bas, continuai-je lentement.

— Ce qui te donne un sacré bon motif d'aller voler chez lui, non ? demanda le shérif. Il t'a viré pour une raison injuste, et c'est comme ça que tu t'es vengé, c'est ça ?

C'était très étrange de l'entendre dire aussi ouvertement que le motif de mon licenciement était *injuste*. Pourquoi personne ne me défendait jamais, même quand on savait que je subissais un traitement injustifié ? Et par-dessus le marché, j'étais la première personne qu'ils accusaient quand il se passait quelque chose.

— Je n'ai pas volé de véhicule chez Harvey, ripostai-je avec lassitude. Est-ce que vous êtes sûr que c'était bien le véhicule volé qui est passé dans le bois près du ponton ? Est-ce que les deux incidents sont forcément liés ? Est-ce que vous avez vérifié les traces de pneus ?

— Ne t'inquiète pas pour ça, on s'en occupe, me répondit-on.

Je ne pus réprimer un rire ironique.

— Vous comptez me garder encore combien de temps ici ? demandai-je. Il faut que j'aille à la rivière, que j'aille voir de mes propres yeux. Il faut que je retrouve Mari. Et que je *quitte* votre putain de ville, merde !

Je recommençai à perdre mon calme. Je pressai les paumes de mes mains sur mes yeux fermés, tâchant de réguler ma respiration.

Le shérif se leva doucement.

— Tu seras détenu jusqu'à ce qu'il n'y ait plus de soupçon sur ton implication dans un crime contre Mariana Ruiz.

Puis il quitta la pièce, me laissant m'effondrer à nouveau.

# Chapitre 27

*Zac*

À la fin de la journée, on m'escorta depuis la salle d'interrogatoire jusqu'aux cellules, via un ascenseur. Ils avaient décidé de me garder pour la nuit.

— Tu as raté le dîner, me dit Gladys, la surveillante, en m'enfermant. Mais il y a une bouteille d'eau, histoire que tu ne meures pas déshydraté.

Je n'avais pas soif de toute façon. Ni faim. Je voulais simplement sortir de cet endroit. Je bus, cependant, pour m'aider à passer la nuit. Je m'allongeai sur la couchette, mais ne parvins pas à m'endormir. J'avais l'impression d'avoir vieilli de dix ans quand le shérif vint me voir le lendemain matin.

Quand je le vis arriver, je me levai d'un bond.

— Quelque chose ? Vous l'avez retrouvée ?

Le shérif secoua la tête. Il commençait à avoir l'air épuisé.

— Nous allons mettre quelques bateaux à l'eau et draguer la rivière autour du ponton.

Je fis un pas en arrière. J'avais la sensation d'avoir reçu une bûche sur la poitrine.

— Vous pensez qu'elle... s'est noyée ?

*Mon Dieu, oh mon Dieu. Non, faites qu'elle ne se soit pas noyée*, priai-je en silence. L'eau était ce qu'elle préférait au monde. Elle ne pouvait pas l'avoir tuée.

Le shérif ne répondit pas. Je fronçai les sourcils.

— Alors vous pensez qu'elle s'est noyée ou que quelqu'un l'a kidnappée ? demandai-je avec impatience. De quoi on parle ?

— Comme tu n'es pas très coopératif, nous essayons juste d'écarter des possibilités, me répondit-il, l'œil noir.

— Vous voulez que je vous aide ? grognai-je. Alors, laissez-moi sortir d'ici et je la retrouverai moi-même.

— Je veux que tu me dises ce qui lui est arrivé, c'est ça que je veux ! explosa-t-il en attrapant les barreaux de ma cellule et en se mettant à les secouer. C'était quoi ? Un accident ? Tu as été un peu trop rude avec elle et ça a mal tourné ? Dis-moi quelque chose... *N'importe quoi.*

Je fermai fort les yeux et serrai les dents.

— Je ne lui ai rien fait, je le jure. Je ne ferais jamais de mal à Mari. Je l'aime.

— Ouais..., dit-il en secouant la tête. J'ai vu comment tu te comportes avec les gens que tu aimes.

J'ouvris grand les yeux, incrédule.

— Qu'est-ce que c'est censé vouloir dire ?

— Simplement qu'on ne peut pas dire que tu aies une excellente relation avec ta mère, n'est-ce pas ? répondit-il en haussant les épaules.

— Bordel, crachai-je entre les dents. Vous êtes un sacré numéro, vous.

Ce type était vraiment un sale connard.

— Je ne fais que dire la vérité.

— Je ne sais pas où est Mari, répétai-je, les dents serrées.

Je ne savais plus quoi dire d'autre.

— OK, murmura-t-il, en levant une main pour me faire comprendre qu'il allait me laisser le temps d'y réfléchir un peu, tout seul. Fais comme tu veux.

Il partit.

Il revint quelques heures plus tard, juste après que le déjeuner avait été servi. J'étais assis dans ma cellule, à chipoter ma nourriture, sans vraiment manger, même si je savais qu'il le faudrait. Mon corps commençait à faiblir, et je me sentais bizarre.

— Nous avons trouvé un corps, déclara-t-il avant même que je puisse lui poser une question.

Je le regardai pendant un instant, puis commençai doucement à secouer la tête.

— Non, dis-je. Non, ça ne peut pas...

J'avais l'impression que le peu de nourriture que j'avais ingurgité allait ressortir.

— ... Ce n'est pas elle. Ça ne peut pas être elle, gémis-je.

— Et un téléphone, dit-il en soulevant un sac plastique. Bien qu'il soit couvert de vase et de mousse visqueuse, je reconnus le téléphone de Mari.

— Dommage qu'il soit fichu. On ne peut rien en faire. Mais sa grand-mère nous a confirmé qu'il s'agissait bien du portable de Mari.

— Oh ! mon Dieu...

Je tombai alors à genoux et me mis à vomir dans les toilettes qui se trouvaient dans le coin de la cellule.

Derrière moi, le shérif attendit que j'aie fini de vider mon estomac.

— Le téléphone était juste sous le ponton, continua-t-il une fois que je m'étais vidé. Il n'a pas dérivé. Mais le corps, lui… il était quatre cents mètres plus bas, coincé dans des fourrés, juste sous l'eau.

Je déglutis en imaginant la chose. Puis je fronçai les sourcils. Parce que… les deux n'avaient pas été trouvés ensemble ?

Je levai la tête, plein d'espoir.

— Alors ce n'est peut-être pas elle ?

Il soupira, montrant son désaccord.

— Il s'agit d'une jeune femme, aux longs cheveux noirs. À part cela, oui, on ne peut pas l'identifier. Vérifier son identité va prendre plusieurs jours. Mais c'est probablement elle.

— Non, ce n'est pas elle. Ce n'est pas possible, rétorquai-je, déterminé.

Le shérif restait planté là, à me regarder, comme s'il attendait que j'avoue quelque chose. Mais je n'avais rien à lui dire. Quand il finit par faire demi-tour, je me levai d'un coup.

— Attendez, dis-je en m'accrochant aux barreaux. Elle… Elle a une marque de naissance. Juste ici, sous son nombril. Elle fait à peu près la taille d'une fraise et elle en a la forme.

— Ouais, dit-il, sa grand-mère nous en a déjà informés.

— Et ? m'exclamai-je en me demandant pourquoi ils n'avaient pas déjà vérifié.

— Cette euh…, hésita le shérif avant de se racler la gorge et de grimacer. Cette partie de son anatomie a déjà été euh… mangée par les poissons.

Je le regardai fixement, sans pouvoir bouger. Des images me venaient à l'esprit par vagues, atroces. Puis les tremblements reprirent, rapidement suivis par des sanglots.

— Ce n'est pas elle.

C'était tout ce que je réussis à articuler. Je reculai, jusqu'à ce que l'arrière de mes genoux touche la couchette. Puis je glissai lentement dessus.

— Ce n'est pas elle.

À partir de là, la notion de temps disparut totalement. C'étaient peut-être des heures, des jours... des années qui passaient. Je savais simplement que je survivais dans un grand vide où seules existaient la souffrance, la peur et la perte. Mais rien ne semblait réel. Ce n'était pas possible. Mari ne pouvait pas s'être noyée. La vie ne pouvait pas être aussi cruelle.

Puis je me mis à réfléchir. Je m'étais précipité pour quitter le ponton. Et j'étais allé si vite que, peut-être, mes pas lourds avaient fait se balancer la passerelle si fort qu'elle aurait pu tomber dans l'eau. Et peut-être qu'elle s'était cogné la tête, ou qu'elle avait été prise dans de hautes herbes et n'avait pu regagner le bord.

Est-ce que je m'étais retourné pour lui faire un dernier signe avant de partir ? Je n'arrivais pas à m'en souvenir.

Mon Dieu, elle avait pu se noyer à dix mètres de moi sans que j'en aie la moindre idée. Je l'avais peut-être tuée et ne m'en étais pas aperçu.

Lorsque le shérif revint, j'étais pratiquement prêt à avouer son meurtre. J'avais tant pleuré que j'avais mal au crâne, que mes yeux étaient gonflés, ma gorge irritée et que tout mon corps me faisait mal dans des proportions inconnues jusque-là. Le shérif s'approcha des barreaux et s'arrêta.

— Non, sanglotai-je, remuant la tête comme un fou, genoux repliés contre ma poitrine, assis sur la couchette.

Je le suppliais du regard, je n'étais pas prêt à entendre qu'elle était partie pour toujours.

Je fus donc abasourdi quand il sortit un jeu de clés de sa poche et en inséra une dans la serrure.

— Ce n'était pas elle, confirma-t-il.

Je clignai des yeux, certain d'avoir mal entendu.

— Quoi ? murmurai-je à travers mes lèvres sèches et craquelées.

— Ce n'était pas elle.

— Ce n'était pas elle…, répétai-je, hébété et incrédule, comme je glissai sur le côté de ma couchette pour essayer de me lever.

Mes genoux se dérobèrent, je dus recommencer l'opération.

— Vous êtes sûr ? demandai-je en me tenant au mur une fois debout. Ce n'est pas elle ? Ce n'est vraiment pas elle ?

— C'était la fameuse campeuse qui avait disparu au mois de mai, m'informa-t-il.

Je soufflai si fort que je faillis m'évanouir tant j'avais expiré d'oxygène. Puis je posai une main sur ma poitrine et cherchai, suppliant, le regard du shérif.

— Mais alors… où est Mari ?

Il avait presque l'air compatissant quand il ouvrit enfin la porte de la cellule.

— Je n'en ai aucune idée. Mais nous n'avons plus aucune raison de te garder ici pour le moment. On a retrouvé le pick-up volé à Harvey sur une route de gravier, plus loin dans le comté. On l'a incendié. Il était encore en feu quand on l'a découvert, et toi, tu étais ici, donc tu n'y es pour rien.

— Est-ce que Mari aurait pu être dedans ? Dans ce pick-up ?

— Il n'y avait pas de corps à l'intérieur, répondit-il en haussant les épaules. Et malheureusement, toutes les empreintes ont disparu dans le feu. Et les traces de pneus près du ponton n'étaient pas assez nettes pour qu'on puisse déterminer clairement s'il s'agissait ou non du même véhicule.

— Donc, le vol chez Harvey n'a peut-être rien à voir avec la disparition de Mari ?

Il hocha la tête.

Retour à la case départ. Je lâchai un juron.

Quand il recula et tendit une main ouverte pour me montrer qu'il me rendait ma liberté, je déglutis fortement. Même en sortant de cette cellule, je me sentais pris au piège.

Mari avait disparu, et ne pas savoir où elle se trouvait était la pire sensation au monde.

En sortant, je clignai des yeux devant la lumière du jour, et la première chose que j'entendis fut un chœur qui chantait dans l'église catholique de l'autre côté de la route.

On était dimanche. Merde. On m'avait arrêté jeudi.

Était-il possible que Mari ait disparu depuis plus de *trois jours* ? Je frottai ma main sur mon menton et m'aperçus que ma barbe avait poussé dru.

— Putain de merde.

Le premier endroit où je me rendis ne fut ni la maison ni celle de la famille de Mariana. Il fallait que j'aille au dernier endroit où je l'avais vue, elle. Il fallait que j'aille moi-même inspecter le ponton.

Mais il avait été entouré de rubalise, le faisant ressembler à une scène de crime.

Je passai par-dessus le ruban jaune et m'avançai sur la passerelle, regardant autour de moi pour voir si je trouvais quelque chose que personne n'avait vu. Je m'assis même, jambes croisées, sur les planches de bois et les inspectai avec beaucoup d'attention dans le cas où elle aurait gravé un message.

Mais rien.

Après ça, je dépassai la cascade pour aller voir du côté du banc de sable.

Rien là-bas non plus.

Et elle n'était pas non plus dans le bois où nous avions fait l'amour contre un arbre. Elle n'était pas sur le sentier qui ramenait en ville. Elle n'était nulle part.

Je rentrai, abattu. La maison était silencieuse, et tous les cartons que Grace avait emballés la nuit où tout était parti en sucette avaient disparu. J'ouvris la porte d'un placard et trouvai nos affaires de retour sur les étagères, comme s'il n'avait jamais été question de partir.

Je ne savais pas ce que ça pouvait bien *signifier*, mais pour l'heure, ça n'avait pas d'importance.

Une fois dans ma chambre, je mis la main sur mon téléphone. La police l'avait entièrement regardé, je leur avais donné mon mot de passe, et il était débranché. Mais ils ne l'avaient pas pris. Je vérifiai qu'il n'y avait pas de nouveau message de Mari.

Personne n'avait cherché à communiquer avec moi. Alors je lui écrivis, espérant, de manière un peu folle, qu'elle me répondrait, même si j'avais vu son téléphone complètement fichu de mes propres yeux.

Bien entendu, elle ne répondit pas.

Ne sachant plus où chercher, j'allai errer en ville.

J'avais besoin de m'assurer qu'elle ne se trouvait à aucun des endroits où elle était censée être, je me dirigeai donc vers le diner.

À peine étais-je entré dans le restaurant que le silence se fit, tout le monde resta bouche bée, comme si je m'apprêtais à les escroquer.

Finalement, la serveuse, Naomi, prit la parole pour me grogner dessus :

— Tu es drôlement gonflé de montrer ton visage ici, jeune homme.

— Ouais, répondis-je, voix rauque, je sais ce que vous pensez de moi. Mais là, tout de suite, ça n'a aucune importance. La seule chose qui compte, c'est de retrouver Mari, OK ? Alors, allez, dites-moi. Qui a vu quelque chose ? Qui sait quelque chose ?

Le restaurant resta silencieux. Les gens se regardaient et semblaient plus inquiets de ce que j'allais faire que du sort de Mariana.

— Vraiment ? criai-je, les faisant tous sursauter. Vous fourrez tout le temps votre nez partout, vous êtes de vraies commères. L'un de vous a forcément vu quelque chose. Soit quelqu'un qui *rentrait* de la rivière, soit quelqu'un qui y allait, ce soir-là. Ou quelqu'un qui rôdait autour du garage de Harvey. *Quelque chose !* N'importe quoi...

Mais personne ne pipa mot. Je me pris la tête entre les mains. Perdant toute patience.

Perdant tout espoir.

— Bordel de merde, m'écriai-je, ignorant les regards désapprouvant ma façon de parler. C'est quoi votre problème ? Elle est l'une d'entre vous. Elle est née ici. Elle a grandi dans ces rues. Elle est devenue orpheline, ici. Tout ce qu'elle s'est contentée de faire, ça a été d'apporter de la joie à cet endroit avec son sourire. Citez-moi une seule fois où vous ne l'avez pas vue sourire.

— *Moi*, je peux en citer une, lança Naomi tout fort, l'air passablement irrité. Un ou deux jours avant qu'elle disparaisse... Je t'ai vu *toi* quitter le restaurant au moment où j'arrivais, et elle pleurait. Tu ne vas pas me dire que tu n'as rien à voir avec ça.

La souffrance vécue ce jour-là se répandit en moi à nouveau. Je me souvenais de cette atroce journée, juste après le départ de Javi, où je m'étais senti à la fois idiot et totalement insécure.

— Ouais, me vis-je contraint d'admettre, en essayant de ravaler mes larmes. Je l'ai fait pleurer ce jour-là. Mais est-ce que ça ne vous donne pas des raisons *supplémentaires* de vouloir l'aider ? Elle s'est retrouvée à sortir avec le voyou de la ville. Vous devriez vouloir la sauver. Vous le lui *devez*. Je veux dire, après la mort de ses parents, qu'avez-vous fait ? Vous vous êtes détournés d'elle et avez fait comme si elle n'existait pas parce qu'elle ne pouvait plus parler et que sa présence vous mettait mal à l'aise. À présent, c'est l'heure de vous lever et de faire quelque chose pour vous rattraper de toute cette apathie, cette négligence.

Cette fois-ci, le silence qui suivit était plein de culpabilité.

— Elle m'apportait toujours mon café, exactement comme je l'aime, avant même que j'aie besoin de le commander, murmura quelqu'un.

Je hochai la tête. Puis quelqu'un d'autre intervint :

— Elle était vraiment souriante, c'est vrai. C'était agréable de voir ça en venant ici. Et elle me donnait toujours du rab en douce.

Je pointais du doigt vers la personne qui venait de parler.

— N'est-ce pas ? C'est la serveuse la plus gentille et la plus attentionnée du monde. Elle ne ferait pas de mal à une mouche. Elle est, de loin, la meilleure personne que j'aie jamais rencontrée. Et elle est ma personne *préférée*. Et je vais la retrouver. Nous allons tous la retrouver. Compris ?

— Qu'est-ce que tu attends de nous, au juste ? interrogea Naomi.

— Je ne sais pas... Pourquoi pas une équipe de recherche ? Oui, nous allons la chercher tous ensemble, fouiller le moindre centimètre de terre entre la rivière et les mobile homes des Ruiz. Aujourd'hui, à midi, tout le monde se retrouve à l'entrée du sentier qui mène à la rivière. Compris ?

— Mais est-ce que ce n'est pas au shérif d'organiser quelque chose comme ça ?

— Et pourquoi ça ? demandai-je en haussant les épaules. Pourquoi les citoyens ne pourraient-ils pas s'organiser ? C'est notre ville. Notre disparue. Il faut que nous le fassions. Pour Mariana.

Personne ne réagit vraiment, et j'eus l'impression que ça ne les intéressait pas.

— Eh bien moi, je serai sur le sentier à midi, affirmai-je, têtu. Et qui veut peut se joindre à moi pour partir à sa recherche.

Je toisai ensuite toutes les personnes présentes avec un air de dédain avant de quitter le restaurant.

Je ne savais pas si qui que ce soit se montrerait. Mais même si je devais le faire tout seul, j'allais arpenter chaque centimètre du sentier et des bois alentour.

Ensuite, j'entrai dans toutes les boutiques ouvertes le dimanche qui longeaient la rue principale et exposai mon idée de battue. Je pénétrai même dans l'église en plein milieu de la communion pour en parler aux fidèles.

La grande majorité de la famille de Mari s'y trouvait, aussi, je ne me donnai pas la peine d'aller jusque chez eux pour les convier aux recherches. J'étais certain qu'ils avaient bien reçu le message. Ils m'avaient dévisagé l'air mauvais tandis que je quittais l'église. Ils avaient *forcément* entendu.

À midi moins le quart, j'arrivai au sentier qui menait à la rivière et vis que trente ou quarante personnes étaient là, à attendre que les réjouissances commencent.

Certains d'entre eux étaient clairement là par curiosité malsaine, j'en étais sûr. J'entendis même un groupe d'hommes discuter du niveau de décomposition d'un corps après tant de temps.

D'autres étaient juste des fouineurs qui voulaient savoir ce qui allait se passer.

— Je continue à penser que c'est Zac Topper qui l'a tuée, dit une jeune fille à son amie, quand je passai derrière elles. Il a juste organisé cette battue pour éloigner les soupçons et nous faire penser que...

Elle arrêta de parler au moment où son amie me désigna du doigt et lui donna une tape sur l'épaule pour la faire taire.

Elle se retourna doucement, et ses yeux s'ouvrirent grand quand elle m'aperçut.

— Pensez ce que vous voulez, lui dis-je en haussant

les épaules. Je n'en ai vraiment rien à foutre. Je suis juste content que vous soyez là pour la chercher.

Quand arriva Grace, main dans la main avec Jude, je secouai la tête doucement. Elle avait dû se remettre avec lui pendant mes quelques jours d'absence. La chose la plus étrange était que Lula était avec eux, marchant à côté de son père. Elle était avec eux... en public.

Grace s'approcha de moi.

— J'ai entendu parler de cette battue, se contenta-t-elle de dire en guise de salut, en m'offrant un demi-sourire. Je n'avais même pas réalisé qu'ils t'avaient déjà laissé sortir.

Déjà ?

Moi, j'avais eu l'impression que ça avait duré des siècles. Mais je me contentai de hausser les épaules.

— Ouais, dis-je. Alors, vous êtes à nouveau ensemble ? la questionnai-je en montrant Jude.

Elle hocha la tête et croisa les bras.

— Il a été très présent quand ils t'ont emmené.

Je reniflai et me grattai la nuque avant de répondre :

— Je suis content que vous soyez venus pour m'aider à retrouver Mari. Ça compte beaucoup pour moi.

Mais ma mère n'avait pas encore fini de parler d'elle.

— C'est différent, cette fois-ci, insista-t-elle. Il a fini par tenir tête à Lula hier soir, après qu'elle est revenue d'un court séjour chez sa mère. Il lui a dit que je ferais partie de sa vie, quoi qu'il arrive. Et j'imagine qu'elle avait simplement besoin d'un vrai ultimatum, puisqu'elle semble l'avoir accepté.

Je fronçai les sourcils et lançai un regard dubitatif à ma mère. Ça me semblait impossible. Je n'arrivais pas à imaginer que Lula puisse vraiment avoir accepté la relation de son père avec Grace.

Mais j'étais bien trop préoccupé par cette recherche pour essayer de comprendre quel coup tordu elle était en train de préparer.

Je passai simplement une main dans le dos de ma mère.

— Si tu es heureuse, je suis heureux.

Tout ce que je voulais, c'était retrouver Mari.

Mon attention fut immédiatement détournée par Felipe, que je vis arriver au loin.

Il avait l'air très sombre. Je me raidis et retins mon souffle, me préparant au pire. S'il avait l'intention de me frapper et de proférer de nouvelles accusations, j'allais être obligé de l'arrêter. Je n'avais pas de temps pour ces conneries. Pas avant que l'on retrouve Mari.

Mais il se contenta de se poster à quelques mètres de moi et de me faire un geste de la main, moitié salut, moitié excuses.

— Alors tu ne l'as vraiment pas enlevée ? demanda-t-il à voix basse, même si, de son attitude, je compris qu'il connaissait la réponse à cette question.

— Non.

Il poussa un soupir, plein de remords.

— Mec... je suis désolé pour le...

— Non, ne fais pas ça, le coupai-je en levant la main. Pas le temps pour les excuses. Merci d'être venu. N'importe quel indice sera le bienvenu, et plus il y a de gens qui cherchent, plus nous avons de chances de trouver quelque chose.

— Tu n'as vraiment aucune idée de l'endroit où elle pourrait se trouver ? dit-t-il, l'air malheureux.

— Non, pas du tout. Est-ce que dans ta famille quelqu'un a une idée ?

— Non, mec, rien du tout. C'est vraiment... Ça ne me ressemble pas du tout à Mari. Il a dû se passer quelque chose de très grave.

Mon estomac se retourna en voyant l'inquiétude dans les yeux de Felipe, au point que je dus détourner le regard.

— Alors je crois qu'on ferait mieux de commencer à chercher.

Et sans plus attendre, je me tournai vers le groupe qui s'était rassemblé là et tapai des mains pour réclamer leur attention.

— Très bien ! criai-je. Commençons.

# Chapitre 28

*Zac*

Nous nous séparâmes en deux groupes. Une partie des gens fouillerait les bois jusqu'à la rivière, l'autre partie irait en direction des maisons des Ruiz. Une centaine de personnes étaient là, rassemblées pour retrouver Mariana.

Matt, l'adjoint au shérif, nous rejoignit, en uniforme, et j'aperçus le reste de la famille de Mariana : tous ses cousins, ses oncles et tantes.

J'optai pour les bois en direction de la rivière, et la majorité de la famille de Mari me suivit, probablement pour pouvoir garder un œil sur moi.

Le soleil était éclatant, pas un nuage à l'horizon, ce qui signifiait que nous allions avoir très chaud. Et que le coucher de soleil de ce soir ne serait pas particulièrement beau.

Des ruisseaux de transpiration se mirent bientôt à dégouliner le long de mon dos, collant ma chemise à ma peau. Je passai ma main sur mon front et continuai à regarder au sol, m'arrêtant tous les quelques mètres pour observer une brindille, une feuille ou un gland.

De temps à autre, quelqu'un criait, pensant avoir

découvert un indice. Mais généralement, il s'agissait d'un blouson perdu, probablement par quelqu'un dix ans plus tôt, ou d'un vieux coffre à pêche, voire d'une lunette de toilettes.

— Combien de temps pensez-vous qu'on va devoir continuer à chercher comme ça ? entendis-je derrière moi.

— Mec, j'ai super faim, quelqu'un a apporté à manger ou à boire ? dit une autre voix.

J'étais sur le point de perdre mon équipe de recherche, je le sentais. Mais... je m'en fichais. Je continuerais à chercher quoi qu'il arrive.

— Merde, entendis-je quelqu'un maugréer à la gauche.

Je regardai dans cette direction et découvris que le T-shirt de Lula s'était accroché à un arbre. Elle essayait de se dégager, mais l'arbre ne semblait pas avoir l'intention de la laisser faire.

Je soupirai en me disant qu'elle aurait mieux fait de ne pas venir. Cette pipelette était plus une nuisance qu'une aide.

Comme d'habitude.

Je m'approchai d'elle pour l'aider et je fus soudain abasourdi en la voyant sortir un couteau de sa poche pour se libérer.

Le couteau m'était affreusement familier.

Elle commença à en replier la lame puis s'aperçut que je la fixais.

— Quoi ? me lança-t-elle, irritée, en essuyant un filet de sueur sur son visage.

Mon regard se posa ostensiblement sur le couteau en sa possession. Quand je levai à nouveau les yeux sur elle, je vis les siens s'écarquiller. Elle se retourna alors d'un coup et se mit à courir, mais je la rattrapai d'un bond.

— Oh ! non, tu ne pars pas, dis-je en lui attrapant le poignet et en serrant très fort.

Elle cria de surprise, fit volte-face et m'envoya une gifle. Mais j'attrapai sa main avant qu'elle m'atteigne.

— Comment oses-tu me toucher ? hurla-t-elle d'une voix de crécelle.

Je grognai et la poussai contre un arbre. Une fois son dos fermement posé contre l'écorce, les gens tout à côté se mirent à crier. Certains s'approchèrent, mais personne ne tenta vraiment de m'arrêter.

— Où as-tu trouvé ce putain de couteau ? demandai-je en rugissant.

— Je ne... Lâche-moi ! cria-t-elle d'une voix stridente, visiblement effrayée. C'est *mon* couteau.

— Topper ! grogna une voix autoritaire derrière moi. Tu la lâches ou je te donne un coup de Taser.

Je n'eus pas besoin de regarder derrière moi pour savoir qu'il s'agissait de l'officier Matt, pointant son pistolet électrique dans ma direction. Mais je n'avais aucune intention de la lâcher, pas tant que je n'aurais pas eu de réponse.

J'étais prêt à mourir.

Je fixai Lula avec des yeux noirs avant de lui prendre le couteau des mains et de le brandir devant son visage.

— Il est à toi, c'est vrai ça ? Alors pourquoi est-ce qu'il y a mon nom gravé dessus ?

Je dépliai lentement l'arme et tournai la lame vers elle pour qu'elle puisse y voir les trois lettres qui s'y trouvaient, Z, A, C, gravées avec un autre couteau le jour de mes dix ans, quand son père à elle me l'avait offert.

À la vue de mon nom, les yeux de Lula s'embrasèrent, horrifiés.

— C'est mon couteau, lui dis-je. Je l'ai depuis des années, jusqu'à ce que je l'offre à Mari, il y a quelques jours. Alors comment se fait-il qu'il soit entre tes mains ? demandai-je, tandis que la rumeur enflait autour de nous.

Lula se contenta de secouer la tête. Mais on pouvait lire de la culpabilité dans son regard.

— Je ne... Je ne sais pas. Je l'ai trouvé.

— Tu l'as trouvé où ? hurlai-je. Quand ?

— Le... L'autre soir, dit-elle, évasive.

Je n'y croyais pas une seconde.

— Menteuse !

— Lâche-moi ! hurla-t-elle.

Perdant à moitié la tête, je me mis à beugler et pressai la lame du couteau sous sa gorge.

— Réponds-moi ! Qu'est-ce que tu sais de la disparition de Mari ?

À partir de là, tout se déchaîna. Ma mère hurlait mon nom, prise de terreur. Jude criait : « Faites quelque chose, c'est ma fille, bordel ! Tirez-lui dessus ! » Et les membres de la famille de Mari se précipitaient vers nous, voulant obtenir des réponses.

Très vite, je sentis deux aiguilles percer mon dos, et un terrible choc me traversa, comme si la main de Dieu lui-même cherchait à me coller au sol. Tous les muscles de mon corps se figèrent, et je tombai d'un bloc, comme une pierre. Le couteau m'échappa des mains.

La puissante sensation qui me traversa, paralysant douloureusement tous mes muscles, sembla durer une éternité – même si, probablement, cela ne dura pas plus de cinq secondes.

Cependant, cela laissa le temps à quelqu'un de me sauter sur le dos et de me clouer au sol, m'étouffant pratiquement.

— Non, dis-je une fois que je fus capable de parler à nouveau.

Je me débattis, cherchant à retourner vers Lula et à la menacer à nouveau pour obtenir des réponses. Mais le policier, rapide, s'était déjà débrouillé pour me mettre les mains dans le dos, les tordant afin de me passer les menottes.

Je levai les yeux pour voir si Lula était toujours là. Elle ne pouvait pas s'enfuir avant que j'aie toutes mes réponses. Je vis que Felipe et son frère l'entouraient. Leur simple présence physique l'intimidait suffisamment pour qu'elle ne quitte pas l'arbre contre lequel je l'avais collée.

— Est-ce que tu sais où est Mariana ? demanda Felipe avant de se baisser pour ramasser le couteau, l'observant un instant avant de reporter son attention à nouveau sur Lula. Elle avait ce couteau avec elle le soir où elle a disparu.

— C'est vrai, confirma Enzo, qui s'approcha de Felipe pour regarder la lame. Je l'ai vue avec, moi aussi.

Une autre femme s'approcha. Elle était du clan Ruiz, mais je ne connaissais pas son nom. Elle arracha le couteau des mains de Felipe et le posa sur la gorge de Lula, exactement comme je l'avais fait moi.

— Tu vas répondre à mes garçons, maintenant. Où est ma nièce ?

— Rosita, non ! l'avertit l'officier de police assis sur moi. Tu ne bouges pas, me somma-t-il.

Il me donna un coup sur l'épaule pour me signifier qu'il me parlait à moi. Puis il se releva et sortit sa radio.

— J'ai besoin de renforts dans les bois pour la battue. J'ai besoin de renforts.

— Oh ! mon Dieu, ne me faites pas de mal, pleura Lula.

— Lâchez ma fille ! ordonna Jude.

— Rosita, la supplia Matt. Reposez le couteau. Tout de suite.

Mais la mère de Felipe s'approcha encore plus près de Lula.

— Où est Mariana ?

— Je ne sais pas, sanglota Lula en secouant énergiquement la tête.

— Mauvaise réponse, grogna Rosita.

Lula se mit à hurler de toutes ses forces :

— Ce n'est pas ma faute. C'était supposé être un simple avertissement, je voulais juste lui dire de se tenir éloignée de Zac, mais elle a tout fait foirer.

Je restai bouche bée. Je ne m'attendais pas à ce qu'elle avoue. La tante de Mari eut elle aussi l'air abasourdie en entendant la réponse de Lula. Elle recula, retirant le couteau de sa gorge.

Tout le monde se rapprocha pour écouter.

— Qu'est-ce que tu as fait, Lula ? demanda Felipe. Où est Mari ?

— Elle est partie, dit Lula en sanglotant si fort que l'on comprenait à peine ce qu'elle disait. Elle est partie. Depuis longtemps.

— Partie où ? s'enquit Matt.

Mais cette idiote de Lula n'arrivait pas à dire autre chose que « elle est partie ».

— Partie comment ? la pressa Felipe. Elle est morte ou elle a juste quitté le comté de Beaumont ? Partie *comment* ? Lula, merde ! Dis quelque chose.

Je parvins à rouler sur moi-même et à m'asseoir, puis à me relever malgré mes mains menottées dans mon dos. Lula haussa les épaules, comme si elle ne savait rien.

— Je ne... Elle était encore vivante la dernière fois que je l'ai vue, dit-elle en secouant la tête.

— Et c'était quand ? demanda l'adjoint. Où ça ?

— D... Dodge City...

Lula regarda autour d'elle, et sa lèvre se mit à trembler quand elle s'aperçut que tous les participants à la battue s'étaient arrêtés pour entendre ce qu'elle avait à dire.

Je me frayai un chemin au milieu des gens qui l'entouraient et m'arrêtai près de Felipe.

— Dodge City, dans le *Kansas* ?

Quand Lula me vit, son attitude changea entièrement.

— Avec un peu de chance, elle est *peut-être* encore en vie, lança-t-elle d'un ton ironique. Ou alors elle a peut-être été expulsée.

— Mari ne peut pas être expulsée, dit Felipe, agressif. Elle est née sur le sol américain. Elle a un putain de numéro de sécurité sociale.

— Mais elle ne peut pas parler pour le donner, poursuivit Lula en haussant les épaules.

— Putain de Dieu, grommelai-je. Ce n'est pas parce qu'elle ne peut pas parler qu'elle est incapable de communiquer. Elle peut toujours signer, écrire, taper.

Comment Lula pouvait-elle en savoir si peu sur Mariana ?

— Elle *pouvait* écrire, dit Lula en me lançant un sourire satisfait. Mais c'était avant qu'elle ait tous les os des mains brisés.

Je m'avançai vers Lula, menaçant.

— Quoi ? Qu'est-ce que tu as fait à ses mains ?

— OK, OK, intervint Matt en me poussant avant de se tourner vers Lula. Il va falloir que tu m'accompagnes au poste de police et que tu répondes à toutes ces questions dans un cadre *légal*.

Lula eut un mouvement de recul, ouvrant la bouche, horrifiée, comme si elle venait de comprendre qu'elle allait vraiment avoir des problèmes.

— Mais je n'ai rien fait de mal. C'est elle qui m'a attaquée avec cet affreux couteau. Je n'ai fait que me défendre.

— Tourne-toi et place tes mains derrière ton dos, lui ordonna Matt.

— C'est *elle* qui m'a attaquée, insista Lula, secouant la tête et essayant d'échapper à l'adjoint. Mais Felipe, Angelo, sa mère et même Enzo firent bloc, dressant un mur humain pour l'empêcher de s'enfuir.

— Papa ! gémit-elle, se sentant piégée.

— Lula, fais ce que te demande l'officier, l'implora son père, derrière moi. Et pour l'amour du ciel, ne dis *plus un mot* avant que je te trouve un avocat.

— Rien de tout cela n'est de ma faute, sanglota la pauvre fille.

— Où sont mes fichues menottes ? grommela Matt en fouillant sa ceinture, sourcils froncés.

Pendant ce temps, Felipe secouait la tête.

— Mais pourquoi *Dodge City* ? demanda-t-il.

— C'est moi qui les ai, vos menottes, dis-je à l'adjoint, lui montrant mes mains attachées.

— Tout ça, c'est *ta* faute, dit Lula avec un sourire narquois.

— Qu'est-ce que tu racontes, putain ! répondis-je en secouant la tête.

— Je ne l'aurais jamais approchée, je n'aurais même jamais su qu'elle existait si tu n'avais pas été là. Mais il a fallu que tu me la mettes sous le nez, n'est-ce pas ? Bavant sur elle au diner tous les jours, te faufilant avec elle dans les toilettes ou sur des banquettes arrière de voitures qui ne t'appartiennent même pas.

Après avoir jeté un coup d'œil aux habitants de la ville qui écoutaient ses élucubrations – certains d'entre eux ayant même pris des vidéos d'elle en train de perdre les pédales –, elle pointa un doigt accusateur sur moi.

— Il l'a même baisée en pleine nature, sur l'un des pontons. Je les ai vus de mes propres yeux.

— Qu'est-ce que c'est que ce bordel ? dis-je, stupéfait. Tu nous as *suivis* ?

Putain, ça ne tournait pas rond chez cette psychopathe…

— Si tu ne l'avais pas approchée, je n'en aurais jamais rien eu à foutre de cette fille.

— Et du coup, tu…

Je m'étouffai.

— … tu l'as agressée. Tu lui as brisé les mains. Tu l'as emmenée au Kansas et tu l'as abandonnée là-bas ?

Un voile rouge s'abattit devant mes yeux.

— Salope, je vais te tuer.

Je me foutais totalement que tout le monde me

regarde, je me foutais que mes mains soient menottées, et que les piques du Taser avec lequel j'avais été électrocuté soient encore enfoncées dans ma chair. Je voulais faire du mal à Lula Everett. Elle avait enlevé Mari, l'avait blessée. Ce n'était pas possible.

Je voulais qu'elle expérimente exactement ce que j'avais ressenti au moment où j'avais cru que l'amour de ma vie s'était noyé et que c'était ma faute.

Rugissant, je fonçai sur elle.

Mais je ne l'atteignis pas.

Les renforts venaient d'arriver, et ils se jetèrent *tous* sur moi.

On m'avait arrêté.

Évidemment.

On me retira les dards du Taser avant de me remettre dans mon ancienne cellule – au-dessus de laquelle mon nom aurait pu être gravé, à force – pour que je me calme un peu, avant de pouvoir m'enregistrer.

Je tournai tant en rond dans la cellule que j'aurais pu en user le sol. Et je passai tant de fois ma main dans mes cheveux que je n'aurais pas été surpris si j'y avais fait naître une calvitie.

Gladys finit par apparaître.

— OK, Top. On va t'enregistrer, d'accord ?

Je me précipitai aux barreaux, les serrant, avide.

— Est-ce que quelqu'un a appelé Dodge City ? Est-ce qu'ils l'ont retrouvée ? Est-ce qu'elle va bien ?

Elle n'eut pas besoin de me demander de quoi je parlais. J'étais à peu près certain que tout le monde à Peril savait parfaitement ce qui s'était passé dans les bois à l'heure qu'il était.

Gladys inséra la clé, en soupirant.

— Oui. Nous avons appelé le bureau du shérif. Ne t'inquiète pas de ça.

— Et ? insistai-je, trop impatient d'entendre la réponse pour penser à sortir de la cellule qu'elle venait d'ouvrir.

Gladys inclina un regard vers moi qui me disait qu'elle n'avait pas à me répondre.

Mes épaules s'affaissèrent.

— Allez, Gladys. *S'il vous plaît*. Est-ce que vous l'avez retrouvée ? Dites-moi au moins si elle est vivante ?

# Chapitre 29

*Mari*

Dieu du ciel, j'avais eu l'impression que j'allais mourir.

Je n'arrivais toujours pas à croire que Lula Everett avait brisé la plupart des os de mes mains. Avec une putain de batte de base-ball ! Ça avait été assez choquant de la voir ce soir-là sur le ponton, m'acculant quelques secondes après le départ de Zac.

Elle commença par me braquer le flash de son téléphone en pleine figure, ce qui me fit cligner des yeux et lever une main pour me protéger de la lumière, passablement irritée. Ensuite, elle remonta la passerelle jusqu'à moi, et je pus enfin distinguer son visage derrière la lumière.

— Tu t'es bien amusée avec Zac, n'est-ce pas ? me demanda-t-elle sur un ton acerbe.

J'inclinai la tête pour bien voir son visage. Elle ricana dans le noir, menaçante. Elle avait quelque chose de démoniaque.

Complètement paniqué, j'essayai de la contourner pour atteindre la passerelle et partir, mais elle se plaça devant moi pour m'en empêcher.

— Mais où penses-tu aller, petite salope ? Je n'ai pas

fini de te parler. Tu n'as rien contre une petite *discussion*, n'est-ce pas ? dit-elle en rigolant à sa propre blague.

Je lui jetai un regard noir. Tout ça ne m'amusait pas du tout.

Elle s'approcha de moi.

— Je t'explique le deal. Je t'ai laissée t'amuser avec lui, mais maintenant, ça suffit. C'est fini. À partir de demain, tu ne le verras plus, est-ce que c'est clair ?

Je fronçai les sourcils pour lui montrer que ce n'était certainement pas elle qui allait me dire ce que je devais faire. Puis je secouai la tête, l'air grave.

— Ne secoue pas la tête. Ton temps avec Zac est terminé. Il est à *moi*. À moi, pour le torturer, le contrôler, jouer avec lui comme je veux, le manipuler selon mon bon vouloir. Et un jour, il sera à moi, entièrement. Et ce n'est pas une putain de serveuse à la Little Miss Sunshine toute guillerette qui va me le prendre.

Je laissai échapper un rire, impressionnée par son aplomb. Elle pensait vraiment qu'elle allait me dire quoi faire et que... j'obéirais ? Elle avait un sacré culot. Elle était certes complètement folle, avec un complexe de supériorité énorme et absolument déconnectée de la réalité, mais merde... elle n'avait en tout cas pas peur de me faire savoir ce qu'elle voulait.

— La prochaine fois que tu le verras, tu rompras avec lui. TU M'ENTENDS ? dit-elle en élevant la voix et en parlant très lentement comme si j'étais trop bête pour comprendre.

Pour me faire facilement comprendre, je levai le majeur et le lui présentai, bien haut.

Lula sembla totalement indignée.

— Sale petite pute.

Je n'avais malheureusement pas vu qu'elle avait une batte de base-ball. Elle la balança sur ma main qui était encore en l'air, doigt tendu.

Je hurlai. C'était atrocement douloureux, ça lançait, ça brûlait. Des larmes jaillirent de mes yeux.

— Merde, avait crié Lula. Regarde ce que tu m'as fait faire. Pourquoi est-ce que tu as fait ça ?

OK, j'en avais assez de cette histoire. Serrant ma main mutilée contre ma poitrine, je sortis le canif de Zac de ma poche et l'ouvris. Je l'agitai devant moi pour menacer Lula, espérant la faire partir.

Je supposais qu'elle tenait suffisamment à son visage pour qu'elle se sente obligée de reculer dans un coin du ponton, et une fois que la voie de la passerelle serait libre, je pourrais foncer en direction du rivage et m'échapper.

Mais non. Lula était plus folle que je ne le pensais. Elle poussa un cri de guerre et balança à nouveau sa batte, sur ma main valide.

*J'entendis* littéralement les os se briser cette fois.

Je laissai tomber le canif, mugissant de douleur, et Lula se baissa prestement pour le ramasser avec la main qui tenait le téléphone. Elle le rangea et dirigea à nouveau la lumière vers moi.

— Putain, merde, tu es bien esquintée avec toutes tes bêtises. Maintenant, je ne peux plus te laisser partir, ajouta-t-elle. Tu trouverais sûrement un moyen de moucharder.

Sachant qu'elle allait cogner à nouveau, je levai les mains pour me cacher le visage et la supplier d'arrêter. Il n'y avait pas assez de place sur le ponton pour me permettre de reculer, et j'avais trop peur de tomber à l'eau.

Peut-être aurais-je dû plonger et nager jusqu'à un endroit sûr, le courant n'était pas très fort à cet endroit, mais non. Mon cerveau n'était plus en mesure de réfléchir logiquement.

Je tentai de dire « Non... », mais le son qui sortit de ma bouche ne ressemblait pas du tout à ça. Essayer de prononcer un mot m'était toujours plus difficile avec le stress, la peur ou la pression.

Lula donna un nouveau coup de batte sur mes *deux* mains.

Je hurlai à nouveau, sanglotant, cachant encore mes mains brisées contre ma poitrine. Ce qui exposait à présent mon visage.

Et c'est là qu'elle cogna ensuite.

Et tout devint noir.

Je ne sais pas au bout de combien de temps je repris connaissance. Mais je n'étais plus sur le ponton quand je me réveillai.

J'étais recroquevillée sur la banquette arrière d'un pick-up. J'avais les poignets et les chevilles attachés. Mes mains étaient gonflées et me lançaient atrocement. Je n'arrivais à bouger aucun de mes doigts. Je gémis et me mis en position assise. J'avais aussi horriblement mal au crâne.

— Eh bien, bonjour la dormeuse, dit Lula presque gaiement depuis l'avant du véhicule.

Il faisait encore nuit noire.

Elle se redressa sur le siège conducteur, qui semblait dix fois trop grand pour elle, pour pouvoir me regarder dans le rétroviseur. Elle me sourit chaleureusement et se mit à me parler comme si nous étions les meilleures amies du monde.

Mon cerveau était une telle bouillie que, au début, je n'arrivais pas à trouver un sens à ce qu'elle me disait. Mais plus je me réveillais, plus je me concentrais, plus je comprenais que c'était ce qu'elle disait qui n'avait aucun sens. Cette fille était complètement instable mentalement.

Elle m'avoua qu'elle avait pensé à me tuer et à faire porter le chapeau à Zac.

— Ce qu'il n'aurait vraiment pas été difficile, me lança-t-elle sur le ton de la conversation. Mais cela l'aurait conduit en prison pour toujours, et nous n'aurions jamais eu l'opportunité de vivre notre histoire.

Je me dis que Zac allait s'en vouloir de ne pas m'avoir crue quand je lui avais fait remarquer qu'elle craquait pour lui.

Évidemment, je n'avais pas compris à quel point elle était obsédée par Zac. Nous avions donc plus ou moins tort tous les deux.

Oups.

Elle m'en dit beaucoup plus que ce qu'elle aurait dû, tout en conduisant. Je finis par croire qu'elle pensait peut-être que je ne comprenais pas. Ou qu'elle avait oublié que je n'étais pas sourde.

Apparemment, le véhicule qu'elle conduisait avait été volé au garage de Harvey dans l'espoir que tout le monde pense que Zac était coupable.

— Ils seront tellement occupés par le vol qu'ils ne s'apercevront même pas que la fille sourde a disparu. Jusqu'à ce que tu sois loin, en tout cas. Et à ce moment-là, ils supposeront simplement que tu es partie pour ne pas être associée à un criminel comme Zacchaeus Topper.

Je levai un sourcil. Son plan était plein de failles et d'imprécisions.

— Il faudra quand même que je rende le pick-up à mon retour, dit-elle, pensive, en se tapotant le menton. Ce qui l'innocentera. Je ne veux pas qu'il reste en prison trop longtemps. Mais tu n'as pas à t'inquiéter de tout ça : tu seras de l'autre côté de la frontière à ce moment-là.

La frontière ? Elle comptait m'emmener à la *frontière* ?

Avec moi à l'arrière du véhicule, mes mains et mes chevilles ligotées ?

Ouais... il était peu probable qu'elle puisse passer la douane comme ça.

Elle avait tout de même négligé pas mal de choses dans son plan. Comme de consulter une carte, par exemple. Car nous ne prenions absolument pas le chemin le plus court pour aller vers le sud. Elle se dirigea d'abord longuement vers l'est, puis tourna vaguement vers le sud, sans prendre les routes principales. Je me dis qu'elle conduisait sans but, sans réelle destination.

Le ciel commençait à peine à s'éclaircir quand le voyant du réservoir d'essence se mit à clignoter.

Dieu merci.

J'allais peut-être avoir une chance de m'enfuir.

Un panneau, au loin, m'indiqua que nous étions sur la route 400 et que nous approchions de Dodge City.

— Reste tranquille, m'ordonna-t-elle en sortant à la première station-service qu'elle croisa. Nous allons reprendre la route très bientôt.

Lorsqu'elle s'arrêta devant une pompe et tira le frein

à main, mon esprit commença à s'échauffer, cherchant tous les moyens de fuite possibles.

— Tu as besoin de quelque chose ? Tu as soif ? me demanda-t-elle en regardant par-dessus son épaule avec un sourire narquois.

Je lui lançai un regard assassin.

— Non ? Je m'en doutais, dit-elle en rigolant.

Elle attrapa son sac à main et descendit de la voiture. Comme elle entrait pour prépayer son essence, je me tournai vers la portière à côté de moi et essayai d'utiliser mes mains pour l'ouvrir. C'était atrocement douloureux.

Des larmes de douleur et de frustration me montèrent aux yeux quand je compris qu'il fallait que la portière avant soit ouverte pour pouvoir ouvrir celle de l'arrière. Je gémis, désespérée, puis essayai de passer à l'avant avec mes poignets et mes chevilles attachés et mes deux mains cassées.

Jamais je n'avais ressenti une douleur pareille, mais je parvins tout de même à me tortiller et à atteindre le siège conducteur. J'ouvris alors la portière en appuyant sur le bouton qui commandait les serrures, avec les coudes, et tirai sur le levier avec les pieds.

Dès que je fus libre, je me glissai dehors, laissant la voiture grande ouverte. Je me dandinai comme je le pouvais devant la pompe à essence puis sautillai en direction de l'entrée de la station, juste au moment où Lula en sortit.

Elle se figea, ne s'attendant visiblement pas à me voir là.

Elle cligna des yeux, comme si elle n'arrivait pas à croire que je me sois libérée.

— Qu'est-ce que tu penses faire, là ? éructa-t-elle.

Mes joues étaient couvertes de larmes, mon cœur battait à toute allure, je sentais la chaleur brûler mon visage, mais je continuais à sautiller de toutes mes forces en direction de la station-service, en poussant des hurlements de supplication.

Lula se mit en travers de mon chemin et ouvrit les bras pour me forcer à retourner au véhicule, mais j'étais déterminée à continuer à avancer et à obtenir de l'aide.

Lorsqu'elle m'attrapa le bras pour m'arrêter, un homme sortit de la boutique comme un boulet de canon.

— Qu'est-ce qui se passe, ici ? cria-t-il

— Oh merde, dit Lula en regardant derrière elle.

Elle me poussa et se précipita vers le pick-up, me faisant perdre l'équilibre au passage. Incapable de me rattraper, je tombai lourdement, visage contre terre.

— Hé ! hurla l'employé de la station, agitant ses mains et se mettant à courir derrière Lula.

Mais elle monta dans le véhicule, démarra le moteur et s'enfuit. Le pauvre employé dut sauter sur le côté pour éviter de se faire écraser.

Et c'est comme ça que je fus officiellement abandonnée à Dodge City, aux bons soins d'un parfait étranger.

J'étais encore essoufflée de mon évasion acrobatique et toussais à cause du nuage de poussière soulevé par le départ en trombe de Lula. Mon sauveur se gratta la tête en me regardant, comme si je venais de tomber d'une autre planète.

Moi, j'étais à terre, sanglotant. Mes genoux et mon visage étaient écorchés, mes mains devenues noires et bleues étaient gonflées. Les liens qui serraient mes poignets et mes chevilles ne faisaient qu'empirer les choses.

— Eh bien, on ne voit pas ça tous les jours, murmura l'homme avant de s'approcher plus près et de se pencher légèrement pour voir comment j'allais. Ça va, ma petite demoiselle ?

Je ne pouvais évidemment pas lui dire que ça n'allait pas, mais je supposais qu'il se rendrait compte par lui-même que j'avais eu des jours meilleurs que celui-ci. Je me contentais de continuer à sangloter.

— Pourquoi vous ne viendriez pas un peu à l'intérieur avec moi ?

Je hochai la tête. Il me prit gentiment le coude pour m'aider à me relever. Quand il tira un couteau de son vieux jean, je sursautai, puis reculai. Mais il leva les mains pour me dire de me calmer.

— Oh ! tout va bien. Je me suis juste dit que je pourrais vous retirer les liens pour que vous puissiez marcher. Vous voulez bien ?

Je déglutis nerveusement, hochai la tête et lui tendis mes mains.

Il grimaça en voyant ce que Lula avait fait à mes doigts.

— Bon Dieu, ils vous ont sacrément amochée.

Je hochai la tête.

— Comment vous vous appelez, ma belle ?

J'ouvris la bouche et tentai de toutes mes forces de dire Mariana. Mais ce qui sortit ressemblait plus à Mrar...

J'essayai encore, mais ce fut pire. Plus j'essayais, plus la frustration était grande, et plus cela devenait difficile.

Il me regarda bizarrement.

— Ils vous ont droguée, ou quelque chose comme ça ? questionna-t-il finalement.

Je secouai la tête et tentai de signer pour lui dire que j'étais muette. Mais quand j'arrivai au moment où il fallait que je ferme la main, je ne parvins pas à faire bouger mes doigts. Il devait avoir l'impression que j'agitais juste mes bras comme une folle.

— C'est de la langue des signes ou un truc comme ça ? interrogea-t-il en se mettant à genoux pour libérer mes chevilles.

Je hochai la tête.

— Je ne connais pas la langue des signes, désolé. Je m'appelle Earl.

Il me prit le bras délicatement et me conduisit vers la station.

— Voyons si on arrive à trouver quelqu'un qui pourrait nous aider, d'accord ?

Je hochai de nouveau la tête. Earl eut la gentillesse de me donner une bouteille d'eau et de me dire de choisir quelque chose à manger dans les rayons de la boutique.

— Salut, shérif, dit-il au téléphone. Je crois que j'ai interrompu un kidnapping ou un truc comme ça, ici, dans ma boutique. La pauvre gosse est sortie d'un pick-up qui s'était garé à la pompe, ficelée comme une dinde de Thanksgiving, les mains et les chevilles attachées. Elle a sautillé vers la boutique pendant que la personne qui l'a enlevée payait l'essence. Non, non, c'est une femme qui l'a enlevée, pas beaucoup plus âgée qu'elle. Non, elle a payé en cash... Oui, elle est partie... Non, je n'ai pas eu le temps de relever sa plaque d'immatriculation, désolé. Mais elle est partie vers l'est... Ben, c'est là le problème, ajouta-t-il en se grattant la tête, je crois qu'elle ne peut pas parler. Et ils lui ont bien bousillé les mains, donc elle risque de ne pas pouvoir écrire non plus.

Il écarta le combiné du téléphone de son oreille et se tourna vers moi.

— Est-ce que tu peux écrire ? me demanda-t-il.

Je levai les mains et les observai un instant avant de lui lancer un regard dubitatif.

— Ouais, ça va être compliqué d'obtenir des informations, annonça-t-il au shérif.

Il répondit à quelques autres questions, expliquant notamment que j'avais l'air en assez mauvais état et que ce ne serait pas mal d'envoyer une aide médicale, puis il raccrocha.

— Bien, dit-il ensuite. La cavalerie arrive, mademoiselle.

Je parvins à signer un « merci », mais il n'avait pas la moindre idée de ce que je lui disais.

Je fis un signe en direction des W-C.

— Oui, tu peux y aller, acquiesça-il en hochant la tête.

Je me précipitai vers les toilettes des femmes, contente d'avoir retrouvé l'usage de mes jambes, mais contrariée de ne pas pouvoir faire grand-chose de mes mains. Je refermai la porte avec le pied et m'accordai un instant pour pleurer. Puis, après m'être soulagée, je me nettoyai comme je le pouvais. Utiliser mes mains provoquait une douleur qui irradiait jusque dans mes bras. Des choses aussi simples que tirer la chasse ou ouvrir un robinet me demandaient un effort surhumain.

Je me regardai dans le miroir au-dessus du lavabo.

J'avais la moitié droite du visage gonflée, à l'endroit où Lula m'avait mis un coup de batte. Et j'étais dans un état de confusion tel que je me demandai un instant si je n'avais pas un traumatisme crânien. Mais je décidai de m'inquiéter de ça plus tard. L'objectif principal à présent était de trouver un moyen de rentrer à la maison.

Lorsque je sortis des toilettes, Earl était avec deux clients. Et il leur parlait de moi.

— La voilà, dit-il en me désignant de la main.

Quand les deux clients, des hommes âgés, se tournèrent vers moi avec curiosité, je m'arrêtai, timide.

— Mon Dieu, la pauvre petite, elle est drôlement amochée.

— Je te l'avais dit, répliqua Earl.

— Ce que tu as oublié de dire, c'est qu'elle est jolie comme un cœur, s'exclama le deuxième client.

— Tu penses qu'ils ont essayé de la kidnapper pour la vendre à un de ces réseaux de trafic de femmes ? demanda le premier.

— Ça ne m'étonnerait pas, répliqua son ami tristement. Quelle honte. C'est incroyable ce que le monde est devenu.

— Et tu dis qu'elle ne parle pas, Earl ?

— Non. Elle a essayé, mais c'est une espèce de bouillie qui est sortie.

— Elle est sourde ou un truc comme ça ?

Je secouai la tête, les sourcils froncés.

— Non, je ne crois pas qu'elle soit sourde, rétorqua Earl à ma place.

L'un des deux autres s'approcha et se mit à parler plus fort pour s'adresser à moi :

— D'où tu viens, ma jolie ?

Earl lui donna un coup sur la nuque.

— Mais comment veux-tu qu'elle réponde ? demanda-t-il.

L'autre se contenta de hausser les épaules.

Lorsque la porte s'ouvrit, laissant entrer une nouvelle personne, je criai et reculai instinctivement, de peur qu'il ne s'agisse de Lula. Mais c'était simplement un fermier.

— Hé, Earl, est-ce que je peux faire le plein ?

À ma vue, il arrêta de parler et plissa les yeux.

— Qu'est-ce que vous fichez tous les trois autour de cette pauvre fille ?

— On n'a rien fait, se défendit l'un des deux clients.

Et ils racontèrent toute l'histoire, expliquant la façon dont je m'étais échappée après avoir été kidnappée.

Lorsque l'ambulance et le shérif arrivèrent enfin, une douzaine de clients s'étaient déjà arrêtés à la station, et aucun d'entre eux n'en était reparti, trop curieux de savoir comment cette affaire allait se terminer.

Le shérif fut assez malin pour me poser des questions auxquelles je pouvais répondre par oui ou par non.

— As-tu été enlevée contre ta volonté ?

— Connais-tu la personne qui t'a enlevée ?

— Es-tu citoyenne américaine ?

— Viens-tu d'un endroit proche d'ici ?

Ils prirent des photos de mon visage, de mes poignets, de mes chevilles et de mes mains. Ils tentèrent même de prendre mes empreintes, mais j'avais trop mal et je me mettais à pleurer à chaque fois qu'ils essayaient.

S'ils m'avaient donné une carte, j'aurais pu utiliser mon nez ou mon coude pour montrer le Nebraska. Mais personne ne me montra de carte. Et je ne pouvais pas en demander une.

J'aurais peut-être pu écrire mon nom avec ma bouche, aussi, si quelqu'un avait pensé à me donner du papier et un stylo. Mais personne n'en eut l'idée, et je n'en voyais pas autour de moi.

C'était terriblement frustrant et irritant de ne pas pouvoir donner d'informations autres que celles qui ne requéraient qu'une réponse positive ou négative. Je me remis à pleurer.

Le personnel médical finit par arrêter de me poser des questions, inquiet pour mon état de santé. Ils dirent à la police de les suivre s'ils souhaitaient continuer à me parler. Puis ils me mirent à l'arrière de l'ambulance et me conduisirent à l'hôpital.

J'étais tellement épuisée que le roulis de la voiture m'assoupit et que je dormis pendant toute la matinée. Quand je me réveillai, dans l'après-midi, j'étais allongée dans un lit d'hôpital. Un adjoint était assis à côté de moi. À la seconde où il me vit remuer, il appela une infirmière qui débarqua aussitôt et me fit la liste de mes blessures.

J'avais en effet un léger traumatisme crânien. Une bonne partie des os de mes deux mains étaient cassés, mais ils allaient guérir sans problème. Et j'étais légèrement déshydratée et épuisée. Mais à part ça, j'allais bien.

Il ne leur restait plus qu'à découvrir qui j'étais.

L'hôpital de Dodge City me garda pour la nuit. Mais le vendredi, ils se décidèrent à demander l'assistance des services d'une plus grande ville, espérant que la police de Wichita aurait plus de chances de découvrir mon identité et l'endroit d'où je venais.

Un détective du nom de Fletcher arriva peu avant midi pour m'emmener avec lui. Je pleurai pendant pratiquement les trois heures de voyage, coincée à l'arrière d'une voiture qui sentait le déodorant.

Ils me déposèrent dans un foyer de femmes abusées qui se cachaient de leurs conjoints violents. Ils m'appelèrent Jane Doe, comme on le fait pour les cadavres non identifiés, et je finis aux infos locales ce soir-là.

J'étais beaucoup trop loin de la maison pour que quelqu'un me voie aux informations, et cela me fit pleurer encore plus.

Comme je n'étais arrivé au foyer que le vendredi, tard dans l'après-midi, il allait falloir que je reste là tout le week-end, jusqu'au retour du détective le lundi matin.

Mais à présent, nous étions lundi, quatre jours depuis mon enlèvement, et personne n'était venu. Je pleurais toutes les larmes de mon corps. Je voulais rentrer à la maison, revoir Zac, ma famille, et retourner travailler chez Ginger.

J'étais désespérée. Et pour la première fois depuis l'accident de voiture qui m'avait rendue muette, j'eus véritablement l'impression qu'il y avait quelque chose que je ne parviendrai pas à accomplir : anéantie, je me demandais si j'arriverais un jour à retourner à la maison.

— J'ai eu une idée ! m'annonça fièrement le détective Fletcher quand il arriva au foyer où je me trouvais plus déprimée et découragée que jamais. Nous allons réussir à te faire parler, me dit-il en sortant des *flashcards*, ces cartes de support visuel pour apprendre à lire. Tu sais épeler, n'est-ce pas ?

Je hochai la tête et m'assis sur le canapé pendant qu'il prenait place sur une chaise à côté du lit.

— L'autre soir, je jouais avec ces cartes avec ma

petite fille, à manipuler les chiffres et les lettres, et ça m'a frappé. Tu n'es pas capable d'écrire, mais tu peux probablement mettre des lettres dans l'ordre.

Je hochai la tête frénétiquement, me rapprochai de lui et le regardai positionner les lettres dans l'ordre alphabétique.

— Très bien, murmura-t-il quand il eut terminé. Est-ce que tu peux me donner ton nom ?

Ravie de cette idée, j'utilisai les deux boules de gaze qui me servaient de mains pour faire glisser le M vers le centre de la table. Puis je plaçai le A à côté, avant de chercher le R et le I. Mais je m'arrêtai et me mordis la lèvre.

— Qu'est-ce qui ne va pas ? demanda Fletcher les sourcils légèrement froncés.

Quelques-unes des femmes présentes dans le foyer s'approchèrent pour regarder. Certaines d'entre elles cherchaient déjà à prononcer mon prénom.

Je levai les yeux et montrai le A entre le M et le R, et le bougeai à côté du I.

— Ah, oui, dit Fletcher avec un hochement de tête, je n'avais pas pensé à la répétition des lettres.

Il tira un carnet de notes de sa sacoche et nota un A en majuscule d'imprimerie et le posa entre le M et le R. Il le fit une nouvelle fois quand je repris le A pour finir d'épeler mon prénom.

— Mariana ! s'enthousiasma toute la salle quand j'eus terminé.

Souriant largement, je hochai la tête. Ma poitrine se remplit à nouveau de tout l'espoir que j'avais perdu le jeudi précédent.

Quand j'eus révélé mon nom complet et ma ville

d'origine, M. Fletcher n'eut plus qu'un coup de téléphone à passer.

— Bonne nouvelle, m'annonça-t-il juste après avoir raccroché. Je n'ai même pas eu à appeler le comté de Beaumont. Ils avaient déjà remonté ta piste jusqu'à notre commissariat, et mes hommes étaient sur le point de m'appeler pour me donner l'information. La police de Peril a obtenu la confession d'une certaine Lula Everett, qui a avoué t'avoir agressée et kidnappée.

Je hochai la tête énergiquement pour lui faire comprendre que ses informations étaient correctes. C'était bien Lula qui m'avait enlevée. Et je me demandais comment, à la maison, ils avaient réussi à le découvrir.

— Son père a admis qu'elle ne prenait plus ses médicaments et qu'elle avait dû avoir un épisode psychotique qui l'a poussée à s'en prendre à toi.

Je fronçai les sourcils en découvrant l'état psychiatrique de Lula. Si elle était vraiment malade, c'était très certainement le secret le mieux gardé de toute la ville. D'un autre côté, cela expliquait peut-être la façon dont elle se comportait parfois. Et le fait que sa sœur ait mis fin à ses jours à un si jeune âge n'avait pas dû aider.

— Quoi qu'il en soit, continua Fletcher, ils l'ont envoyée dans un hôpital psychiatrique à Lincoln, et ta grand-mère et ton oncle sont en chemin pour venir te chercher en ce moment même.

J'étais tellement heureuse d'entendre ça que je sautai du canapé et me jetai dans ses bras.

Cela le fit rire avec bienveillance.

— Je suis heureux que tu puisses rentrer chez toi, me dit-il.

Je hochai la tête, heureuse moi aussi, et je me mis à pleurer. Je m'étonnai d'avoir encore des larmes à verser, mais c'étaient, cette fois-ci, des larmes de joie. J'allais rentrer à la maison.

# Chapitre 30

*Mari*

M. Fletcher ne m'avait pas menti en me disant que ma famille était en route.

Peril était à plus de six cents kilomètres, c'est-à-dire à six heures et demie de route des gens que j'aimais. *Lita* et *Tio* Hernando arrivèrent au commissariat où on m'avait amenée en début d'après-midi, ce lundi.

*Lita* pleura dès qu'elle m'aperçut. Elle ouvrit grand les bras et se précipita sur moi. Je me levai d'un bond en la voyant et pleurai moi aussi.

« *Mi nieta* », ne cessait-elle de dire en caressant mes cheveux. Elle prit mon visage dans ses mains et sourit à travers ses larmes, avant de me serrer à nouveau dans ses bras.

J'étais tellement heureuse de la voir que je n'arrivais pas à la lâcher, où qu'elle aille. Je lui tenais le bras comme je pouvais, ou posais simplement mes mains sur son dos, avec cette peur irrationnelle qu'elle disparaisse si je ne la touchais plus.

Pendant notre trajet de retour à la maison, ma grand-mère et mon oncle me racontèrent tout ce qui s'était passé en ville pendant mon absence – comment ils avaient harcelé le shérif jusqu'à ce qu'il accepte de partir à ma recherche. Ils avaient même dragué la rivière autour du ponton Henderman et avaient trouvé cette campeuse, disparue des semaines plus tôt, et ils avaient cru que c'était moi pendant un temps.

Cela avait dû être terrifiant pour eux.

Puis *Lita* m'expliqua à quel point toute la ville s'était inquiétée pour moi et qu'ils avaient organisé une battue pour fouiller les bois pendant de longues heures, à chercher des indices, jusqu'à ce que Lula sorte un couteau que Felipe m'avait vu utiliser la veille de ma disparition.

Mes sourcils remontèrent à la racine de mes cheveux lorsqu'elle me raconta comment *Tia* Rosita avait menacé Lula avec ce même couteau jusqu'à ce qu'elle avoue tout.

C'était vraiment une sacrée histoire. J'étais presque triste d'avoir manqué tout ça.

Mais ma grand-mère ne mentionna Zac à aucun moment de son récit. Elle ne parla pas du fait qu'on lui avait sans doute demandé où je pouvais me trouver, et ne dit pas s'il avait aidé à ma recherche. Et je détestais ne pas pouvoir poser de questions le concernant.

Avait-il eu même conscience que j'avais disparu ?

Oui, sûrement.

Si mes mains n'avaient pas été recouvertes de bandages, je me serais sans doute rongé les ongles pendant toute la durée du voyage. J'étais impatiente de rentrer.

Après un voyage sans pause, nous fûmes de retour à Peril vers 10 heures du soir. La première chose que j'eus envie de faire fut d'aller trouver Zac, mais quand

*Tio* Hernando gara la voiture en face de nos maisons, toute ma famille était rassemblée, prête à m'accueillir.

Je fus franchement étonnée de voir combien ils étaient heureux et excités de me voir rentrer. J'avais habituellement l'impression d'être une gêne ou une nuisance pour la plupart d'entre eux. Mais j'imaginais que ma disparition avait dû faire suffisamment de bruit en ville pour faire de moi un genre de célébrité locale.

Je souris et hochai la tête, acceptai les embrassades. Mais je détestais ne pas pouvoir m'exprimer. Parce que, plus que tout, je voulais savoir où se trouvait Zac.

Quand j'aperçus Felipe en train d'envoyer un message sur son téléphone, j'allai le voir et montrai l'écran de son portable avec mes mains bandées, puis désignai ma poitrine, espérant qu'ils comprendraient que je voulais savoir où se trouvait mon téléphone à moi.

Il fronça les sourcils, semblant ne pas comprendre pendant un instant. Puis son visage s'éclaira.

— Oh ! tu veux savoir où est *ton* téléphone ?

Je hochai la tête. Il grimaça.

— Désolé. Lula l'a jeté dans la rivière. On l'a repêché mais il est fichu. Ne t'inquiète pas, on t'en achètera un autre.

Je me sentis flétrir tant j'étais déçue. Je soupirai, perdant tout espoir de pouvoir entrer en contact avec Zac. J'avais tant besoin d'avoir de ses nouvelles.

Pourquoi n'était-il pas encore venu me voir ?

Le matin suivant fut tout aussi frustrant. Jusque-là, j'étais sûre que si je parvenais à revenir à la maison, tout rentrerait dans l'ordre. Que tout le monde comprendrait ce dont j'avais besoin, que je pourrais retourner travailler et que je finirais par retrouver Zac. Mais je me sentais presque autant prise au piège ici, chez moi, que je l'avais été à l'arrière de la voiture de Lula.

Avec mes mains hors service, personne ne comprenait ce que je voulais dire ou faire.

Et Zac... Son absence me rendait folle.

Je voulus quitter la maison pour aller le voir chez lui, mais à peine la porte passée, *Lita* me courut après, frénétique, et me fit rentrer à l'intérieur.

Je ne pouvais pas lui dire que j'allais bien ou ce que je voulais faire. Et quand elle se mit à pleurer et à prendre mon visage dans ses mains, me parlant de mon père et du fait qu'il lui manquait terriblement, je me sentis obligée de rester.

Je finis par trouver du papier et un stylo, et tentai de les utiliser sans avoir l'usage de mes doigts. J'essayai même d'écrire avec la bouche, mais *Lita* m'arrêta et me reprit le stylo, me disant que je reparlerai bien assez tôt. Que ce n'était pas la peine de me presser. Il fallait que je songe à me reposer et à guérir, c'était tout.

C'est à ce *moment-là* que j'aurais dû comprendre qu'elle ne voulait pas entendre ce que j'avais à dire parce qu'elle savait déjà ce que j'allais lui demander. Mais je ne m'en rendais pas compte.

Je me sentais complètement seule et abattue, même si la famille était aux petits soins avec moi. Je ne pouvais dire à personne que ce dont j'avais besoin à cet instant précis, c'était de voir Zac.

La fenêtre devint ma meilleure amie. Je regardais par la vitre toutes les cinq minutes. Mais il ne vint pas.

Je vivais une bataille intérieure. Une partie de moi pensait que quelque chose lui était arrivé pendant mon absence, tandis qu'une autre partie se demandait si mon retour à la maison l'intéressait vraiment, ou s'il se fichait du fait que j'avais vécu un véritable enfer. S'il savait à quel point j'avais besoin qu'il me prenne dans ses bras.

Peu avant le déjeuner, *Lita* m'informa que nous devions nous rendre au poste de police pour répondre à quelques questions concernant mon kidnapping. Je ne savais pas vraiment comment cela allait être possible puisqu'on ne me laissait pas écrire avec ma bouche, mais j'y allai malgré tout, excitée à la perspective de me rendre en ville. Peut-être que j'allais pouvoir me faufiler jusqu'à la maison de Zac à un moment où personne ne ferait attention.

Sauf que je me sentis immédiatement coupable d'avoir eu cette idée : je ne voulais pas que ma famille s'inquiète à nouveau de ma disparition.

*Lita* entra dans la salle d'interrogatoire avec moi, mais la convocation s'avéra totalement inutile. Ils n'essayèrent pas les techniques de communication auxquelles avait pensé M. Fletcher. Il n'y avait aucun papier, aucun matériel que j'aurais pu utiliser pour écrire. Et je ne pouvais évidemment pas en *demander*.

Ils ne firent que me poser des questions auxquelles je pouvais répondre par oui ou par non, que je finis par ignorer au bout d'un moment. Je me sentais confinée dans ma propre tête et je me mis à pleurer. Je détestais ça.

— Ça suffit, lança *Lita* en récupérant son sac à main. C'est assez pour aujourd'hui. Nous partons à présent.

— Oui, bien sûr, dit le shérif en me tapotant paternellement l'épaule pendant que nous nous levions. Nous n'arrivions à rien obtenir de toute façon.

Puis il m'adressa un sourire empathique.

— Concentre-toi sur ta guérison, d'accord ?

Je hochai la tête en guise de remerciement, et *Lita* me conduisit jusqu'à la sortie en maugréant contre toute cette affaire. Elle prit la direction de la voiture, mais mon regard chercha au loin, dans la rue. Quand elle s'aperçut que je ne la suivais pas, elle soupira avec impatience.

— *Nieta !* Allons-y.

Mais je secouai la tête.

Elle me regarda avec un air sévère.

— Comment ça, *non* ?

Je montrai la rue et partis avant qu'elle puisse m'arrêter.

— Mariana ! cria ma grand-mère, choquée. Qu'est-ce que tu... ? Reviens ici tout de suite, jeune fille. On rentre à la maison.

Oui, rentrer à la maison, c'était ce que j'étais en train de faire. J'allais retrouver Zac. C'était lui ma maison. Je le savais aujourd'hui plus que jamais. Je ne pouvais pas aller bien si je n'étais pas avec lui.

Je continuai à marcher d'un pas décidé, et ma grand-mère finit par pousser un soupir de résignation.

— OK, d'accord. On va où tu as envie d'aller. Mais après on rentre à la maison.

Je lui adressai un sourire de gratitude avant de me pencher et de l'embrasser sur la joue. Elle marmonna quelque chose, puis lâcha un nouveau soupir et me tapota le bras.

— Je suis tellement contente que tu sois de retour.

Nous arrivâmes sur la rue principale quelques minutes plus tard. Comme nous nous approchions de chez Ginger, les gens commencèrent à me remarquer.

En un rien de temps, tous les clients du diner sortirent et se rassemblèrent autour de moi pour voir comment j'allais ou pour me dire qu'ils étaient heureux que je sois de retour.

D'autres personnes encore arrivèrent. J'avais l'impression que le comté tout entier s'était rassemblé là pour me voir. La majorité des gens me disait des choses gentilles ou se montrait pleine de compassion pour mes blessures au visage et aux mains.

Mes yeux s'embuèrent devant ce soutien, particulièrement quand Naomi me prit dans ses bras et me serra fort.

— Ne pleure pas, tu es à la maison, me dit-elle. Tu es en sécurité maintenant. Et très bientôt, tes mains vont guérir et tu reviendras travailler.

Travailler.

Oui. Retourner au travail, c'était comme le paradis pour moi à cet instant.

Tout était si étrange et irréel. Je n'avais pas l'impression d'avoir manqué une semaine de travail au restaurant. Ni même d'avoir été enlevée par Lula.

Je pleurais encore un peu en souriant à tous ces habitants venus me souhaiter la bienvenue.

Mais, au bout d'une vingtaine de minutes, j'en eus assez. La foule s'était éclaircie, aussi, je repris ma route, abandonnant les quelques personnes qui étaient encore là, dont une partie n'était là que par voyeurisme.

— *Nieta !* cria *Lita*, en essayant de me rattraper. Tu ne peux pas partir comme ça, sans prévenir ! Et où vas-tu d'ailleurs ?

J'allais chez Zac. Je pointai donc un doigt dans cette direction tout en continuant à marcher.

— Ça ne me dit rien, grogna-t-elle, avant de marmonner « *me frustras !* » dans sa barbe.

C'était elle qui me frustrait depuis mon retour. Je n'avais donc pas beaucoup de scrupules à la frustrer en retour.

Quand nous passâmes devant l'agence immobilière Everett, je regardai à l'intérieur, me disant que je pourrais faire appel à la mère de Zac en dernier recours pour le retrouver. Mais les lumières étaient éteintes et la porte arborait la pancarte « Fermé ».

— Il est allé à Omaha pour trouver un avocat et aider sa maudite fille à retrouver la liberté, répondit *Lita* à la question que je n'avais pas posée. Mais j'espère qu'elle pourrira en enfer.

Lula avait en effet été envoyée dans un genre d'hôpital psychiatrique. Je frissonnai et espérai qu'elle y resterait un petit moment. Je n'étais pas prête à me retrouver face à elle. Je doutais d'ailleurs que cela arrive.

Mais je me fichais complètement de Lula ou de son père à cet instant précis, je continuais à marcher.

— Mais où vas-tu donc, maintenant ? demanda *Lita*.

Je l'ignorais et regardais en direction du garage de Harvey, me demandant s'il n'avait pas embauché Zac à nouveau depuis mon départ. Sauf que la personne qui se trouvait devant le capot ouvert d'une voiture ne ressemblait ni à Zac ni à Harvey.

Il était possible que Zac soit retourné au champ de fraises travailler avec Felipe. Auquel cas, je retournerais m'asseoir sur ce banc, près du silo à grains, jusqu'à ce que l'équipe revienne. Mais d'abord, je voulais aller chez lui.

Je quittai l'artère principale et m'engageai dans une rue perpendiculaire.

— Mariana, m'avertit ma grand-mère avec une voix sévère, il fait chaud. Il faut que nous rentrions à la maison maintenant.

Je continuai à marcher.

Au bout d'un pâté de maisons, je vis la maison de Zac et accélérai le pas, mais *Lita* m'attrapa le bras.

— Non ! aboya-t-elle.

Je la regardai, surprise, puis fronçai les sourcils avant de secouer la tête et de retirer mon bras pour me libérer. Je repartis pratiquement en courant.

— J'ai dit non ! s'écria *Lita* avec autorité.

Elle surgit devant moi d'un bond, et je dus m'arrêter pour ne pas la faire tomber.

Elle me prit le bras à nouveau et essaya de me forcer à faire demi-tour, mais je restai ferme sur ma position. Elle se mit à pleurer et me lâcha.

Je me mis alors à courir en direction de la maison.

— *Nieta !* hurla-t-elle. Non !

Je continuai à l'ignorer.

— Il n'est pas là, finit-elle par crier.

Je m'arrêtai d'un coup et me retournai pour lui lancer un regard interrogateur.

Elle secoua la tête et répéta ce qu'elle venait de dire.

— Il n'est pas là. Est-ce qu'on peut rentrer à présent ?

Je compris soudain qu'elle savait depuis le début où je voulais me rendre. Elle savait que je voulais le voir depuis le moment où elle était venue me chercher à Wichita. Et c'est à dessein qu'elle avait évité de prononcer son nom – voire de carrément faire référence à son existence. C'était sans doute pour cela que *personne* ne l'avait évoqué dans la famille depuis mon retour. Si elle avait dit à tout le monde de garder le silence, personne n'aurait osé lui désobéir.

Je secouai la tête, lentement au début, pour lui faire entendre que je ne la croyais pas, puis plus énergiquement pour qu'elle comprenne qu'elle avait perdu une grande partie de ma confiance. Ensuite je fis demi-tour et partis en courant.

Avant même que j'aie pu atteindre le perron de la maison, la porte s'ouvrit.

Je faillis tomber à la renverse en voyant Grace Topper sortir de chez elle.

En m'apercevant, elle poussa un « oh » de surprise. Puis elle regarda ma grand-mère, derrière moi, qui essayait sans doute de me rattraper. Enfin, elle revint à moi et me fixa pendant un moment.

Comme je ne pouvais rien dire, je restai là, impatiente, espérant qu'elle comprendrait rapidement que je cherchais son fils.

Elle se racla la gorge, visiblement mal à l'aise, et regarda brièvement en direction de *Lita* une nouvelle fois.

— C'est euh... Mariana, n'est-ce pas ?

Je hochai la tête avec impatience.

Mais elle se contenta de fermer la porte derrière elle, de réajuster la sangle de son sac à main sur son épaule pour me faire savoir qu'elle était sur le départ.

— Eh bien, je... je... je suis désolée de ce qui t'est arrivé, ma chérie. Ça a dû être une expérience terrible.

Un court frisson me parcourut en repensant à la peur que j'avais ressentie quand je m'étais réveillée ligotée à l'arrière d'une voiture. J'étais presque certaine que Lula allait me tuer, me vendre à quelqu'un, ou pire encore. Faire quelque chose de si atroce que j'aurais préféré être morte. Et à l'instant présent je n'avais pas spécialement envie de repenser à tout ça.

Et la compassion de Grace ne me disait toujours pas où se trouvait Zac.

Je lui lançai alors un regard suppliant. Elle s'éclaircit la gorge à nouveau, l'air coupable.

— Je savais, finit-elle par avouer.

Je reculai d'un pas. Je ne m'attendais pas à ça.

Comment ça, elle savait ?

Elle savait que Lula m'avait enlevée ? Et elle n'a rien dit ?

Je secouai la tête, montrant mon incompréhension, alors elle continua :

— Je savais qu'elle avait... des problèmes. Des problèmes psychiatriques. Mais j'ai gardé le secret pendant toutes ces années. Pour Jude, dit-elle en reniflant, avant de s'essuyer les yeux et de me lancer un regard implorant. Il se sentait si coupable. Il disait que c'était sa faute, que c'était un problème génétique qui venait de lui. Et après ce qu'a fait Patience, il a... En fait, ils sont arrivés à contrôler la santé mentale de Lula grâce à des médicaments. Mais après la séparation de Jude et sa femme, aucun des deux n'a vraiment gardé un œil sur elle, et personne n'a vu qu'elle avait arrêté de prendre son traitement. Et...

Elle poussa un long soupir. Elle faisait peine à voir. Elle me regarda à nouveau dans les yeux avant de poursuivre :

— Peut-être que si je l'avais convaincue de rendre publics les problèmes psychiatriques de sa fille, ou...

Je ne sais pas. Si tout le monde avait été au courant qu'elle avait besoin d'aide, peut-être aurait-on fait plus attention, aurait-on tous été plus vigilants à son égard. Je... Je suis désolé pour mon silence. Si j'avais su ce que cela allait provoquer... je n'aurais pas... je ne sais pas. Je me sens vraiment mal.

Je m'approchai alors d'elle doucement. Elle me lança un regard plein d'espoir et me fixa longuement, les yeux pleins de larmes.

— Je suis désolée, mon enfant, déclara-t-elle d'une voix brisée avant de me prendre dans ses bras.

Je lui caressai les cheveux avec mes mains bandées, et elle me serra encore plus fort avant de me lâcher et de me dire merci.

— J'espère que mon fils sera aussi indulgent que toi, me dit-elle en passant ses doigts sur mon hématome à la tempe. J'étais sur le point d'aller lui rendre visite. Et de lui avouer que je savais pour Lula.

En entendant évoquer Zac, mes yeux s'allumèrent. Je me redressai, montrant mon intérêt.

Grace ne comprenait pas que j'étais en train d'essayer de lui demander où il se trouvait. Elle me donna une petite tape sur l'épaule et tenta de me contourner.

— Si tu veux bien m'excuser, je dois y aller maintenant. Voir si on peut mettre ça derrière nous, lui et moi. Il t'aime tellement que je ne sais pas comment il va réagir.

Je bondis devant elle pour l'empêcher de faire un pas de plus en direction de sa voiture.

Elle s'arrêta d'un coup, surprise.

— Euh, je... je ne comprends pas ce que tu essayes de

me dire, lança-t-elle avec un rire gêné, nous regardant tour à tour *Lita* et moi.

Puis elle fixa *Lita*, lui demandant de traduire ce que cela signifiait. Mais ma grand-mère ne répondit pas.

— Mariana, on y va maintenant, se contenta-t-elle de dire.

— Naaahh, m'insurgeai-je en secouant la tête, faisant comprendre à *Lita* qu'elle n'avait plus le contrôle de mon existence.

Puis j'attrapai le bras de Grace comme je pouvais, à cause de mes mains bandées.

— Zaaa… ? essayai-je de demander.

Elle plissa les yeux, comme choquée.

— Zac ? interrogea-t-elle. Tu veux savoir où est Zac ?

Je hochai la tête avec enthousiasme.

— Eh bien, honnêtement, il a eu de meilleurs jours, soupira Grace.

De meilleurs jours ? Mais que lui était-il arrivé ? Était-il blessé ? À l'hôpital ? Pourquoi n'allait-il pas bien ?

Grand Dieu, Lula s'en était-elle prise à lui aussi ?

En lisant la confusion dans mes yeux, Grace eut une légère grimace d'inquiétude.

— Tu sais *où* il se trouve, n'est-ce pas ?

Je secouai la tête pour lui dire que je ne savais littéralement *rien*. Elle resta bouche bée. Elle jeta un coup d'œil en direction de *Lita*, qui nous lançait à présent un regard noir à toutes les deux. Puis elle revint vers moi.

— Oh ! ma chérie, murmura-t-elle en me prenant le bras. Il est en prison depuis que tu as disparu.

# Chapitre 31

*Mari*

Je dus avoir l'air tellement abasourdie en entendant ce que Grace venait de m'annoncer qu'elle posa sa main sur mon épaule.

— Je suis désolée que personne ne t'ait rien dit.

Et moi donc.

Je hochai la tête, avec l'impression qu'on venait de me cogner dans la poitrine avec une enclume.

Je me tournai vers *Lita* et la fusillai du regard. Je voulais qu'elle voie à quel point je me sentais trahie. Nous étions même allées au poste de police, juste au-dessus de la prison, et elle ne m'avait rien dit.

Elle se contenta de croiser les bras, l'air résolu.

— Je ne veux plus te voir traîner avec ce *bellaco*, dit-elle. C'est un puits à problèmes.

— À problèmes ? s'exclama Grace hors d'elle. Comment pouvez-vous dire ça après qu'il a organisé la battue pour retrouver Mari ? Après qu'il a remarqué le couteau de Lula ? Sans lui, votre petite-fille ne serait toujours pas rentrée.

La surprise devant cette information faillit me faire tomber à la renverse. Je braquai mon regard sur *Lita*, attendant une explication.

Elle répondit en levant les yeux au ciel :

— Et de ce qu'a dit cette jeune folle, ma *nieta* n'aurait pas été prise pour cible si elle n'avait pas fréquenté votre *fils*.

Grace eut un rire mauvais.

— Zac n'a rien à voir avec l'accès psychotique de Lula. Il est autant une victime dans cette affaire que... Mariana.

— Il attire les problèmes, c'est tout, répondit *Lita*. Et je ne veux pas le voir fréquenter ma *nieta*. Qui sait ce que sa malchance aura comme effet sur elle la prochaine fois.

Avec un soupir d'humeur, Grace se tourna vers moi, décidant d'ignorer ma grand-mère.

— D'abord, ils ont cru qu'il était responsable de ta disparition, m'expliqua-t-elle, ce qui m'horrifia. Puis ils l'ont traîné au commissariat pour l'interroger et l'ont gardé là-bas pendant plusieurs jours, continua-t-elle. Et quand ils ont été obligés de le relâcher parce qu'ils n'avaient aucune preuve, il a organisé une battue pour te retrouver.

Je posai une main sur ma poitrine. Je n'arrivais pas à imaginer Zac capable d'adresser la parole à qui que ce soit à Peril, en tout cas assez longtemps pour organiser quelque chose et encore moins une battue.

Lisant l'expression sur mon visage, Grace eut un petit rire.

— Je sais, ça a surpris tout le monde. Mais ensuite, au cours de la battue, il a vu que Lula avait un couteau qui, selon lui, t'appartenait et... je ne sais pas. Tout est allé très vite à partir de ce moment-là. Mais quand il l'a menacée pour la faire parler, eh bien… Ouais, ils l'ont remis en prison. Il est là-bas depuis.

Je me tournai vers *Lita*, des éclairs plein les yeux, me demandant comment elle avait pu à ce point effacer Zac de l'histoire qu'elle m'avait racontée pendant le retour à la maison.

*Lita* sembla énervée, de mauvaise humeur. En tout cas, elle n'avait pas l'air de s'excuser. Je me retournai alors vers Grace et montrai la voiture.

Elle sourit.

— J'imagine que ça veut dire que tu aimerais venir lui rendre visite *avec moi*.

Je hochai joyeusement la tête.

— Euh… Eh bien, moi je suis d'accord si…

Elle lança un nouveau regard à *Lita*, auquel ma grand-mère répondit par un grognement.

— Elle n'a pas l'autorisation de s'approcher de votre garçon.

Je levai une main, cachant ma vision périphérique, et gardai mes yeux dans ceux de la mère de Zac pendant que je montrai à nouveau sa voiture.

— Je crois que je vois pourquoi il t'aime tant, dit Grace avec un sourire. Très bien, ma chérie, tu peux venir avec moi, ajouta-t-elle en inclinant légèrement la tête.

— Mariana ! cria *Lita*, l'air désolé et pathétique.

Je laissai échapper un soupir. Je l'aimais, même si elle avait eu tort, même si elle m'avait menti. Je me précipitai vers elle, bras ouverts. Elle se mit à pleurer en me serrant dans ses bras, soulagée.

— Dieu merci, tu as décidé de revenir à la raison.

Quand elle me prit le visage entre les mains et me sourit, je lui souris à mon tour, pleurant moi aussi, tout en secouant la tête. Puis ce fut moi qui pris son visage dans mes mains bandées et lui embrassai le front avant de faire un pas en arrière, pour montrer que je me séparais d'elle.

Elle sembla choquée.

— Mari ? dit-elle.

Mais je me retournai pour aller m'installer sur le siège passager de la voiture de Grace dont elle avait ouvert la porte pour moi.

Ma maison c'était Zac dorénavant.

Grace s'installa derrière le volant avant de démarrer le moteur.

— J'ai trouvé un avocat à North Platte qui a accepté de venir défendre Zac, m'expliqua-t-elle en reculant pour sortir de l'allée. Il devrait être là avant la fin de la semaine.

J'étais heureuse d'entendre ça, même si je n'étais pas franchement ravie de le savoir derrière les barreaux. Et à cause de *moi* qui plus est. Tout cela était franchement ridicule.

— Tu veux savoir quand j'ai compris l'importance que tu avais à ses yeux ? me demanda sa mère en s'engageant dans la rue.

Je la vis hocher la tête plus pour elle-même que pour moi.

— C'était le soir où tu as disparu. Après des années et des années à me supplier de quitter Peril, j'avais finalement décidé que ce n'était pas une si mauvaise idée. Sauf que, quand il est rentré à la maison ce soir-là et que je lui ai demandé de m'aider à emballer nos affaires, il m'a dit qu'il ne viendrait pas avec moi. Sauf si tu venais aussi, ajouta-t-elle avec un petit sourire.

Je déglutis et posai mes mains sur ma poitrine. J'avais mal tellement il me manquait.

— Ça m'a complètement abasourdie, poursuivit Grace. Rien ne lui avait jamais donné envie de rester avant ça. Et c'est là que j'ai su... Que tu n'étais pas une simple amourette, et que mon petit garçon n'était plus un petit garçon.

Je reniflai et essuyai mes yeux. J'étais plus que prête à le revoir.

Lorsqu'elle se gara devant le tribunal, à côté de la voiture de *Lita*, je serrai les dents, me sentant un peu coupable de forcer ma grand-mère à devoir traverser la ville à pied pour récupérer son véhicule. Mais quand Grace m'ouvrit la portière, je bondis et courus sur l'allée qui menait à l'entrée du tribunal.

Zac était là, dans ce bâtiment.

Grace me rattrapa à la porte et l'ouvrit pour moi. J'entrai la première mais m'aperçus que je ne savais pas où aller. Je la laissai donc prendre la direction des opérations. Elle emprunta un couloir, tourna plusieurs fois avant de trouver le bureau du shérif.

Quand il nous vit toutes les deux, cognant à sa porte, il eut un temps d'arrêt, puis se leva précipitamment.

— Grace ! Mademoiselle Ruiz ? C'est une... C'est vraiment une surprise.

— As-tu pensé à une manière de nous en dire plus depuis notre échange de tout à l'heure ? me demanda-t-il.

— Un échange ? répéta Grace, surprise avant de nous montrer du doigt tour à tour. Vous voulez dire que vous l'avez déjà vue depuis qu'elle est revenue et personne n'a eu l'idée de lui dire que Zac était ici ?

Le shérif eut l'air surpris.

— Eh bien, c'est que..., bafouilla-t-il. Je supposais qu'elle était au courant.

— Eh bien, ce n'était pas le cas, dit Grace abruptement. Et à présent, elle aimerait le voir. Nous aimerions le voir *toutes les deux*, si vous voulez bien.

L'homme sembla complètement chamboulé pendant un instant.

— Euh, oui, je crois. Je veux dire, ce sont les heures de visite. Je peux vous conduire en bas si vous le voulez.

— Oui, nous aimerions bien. Merci, lui répondit Grace avec un air malicieux.

Le shérif nous accompagna jusqu'à l'ascenseur. Là, il tira une carte magnétique de sa ceinture et la fit glisser dans une fente dans le mur avant d'appuyer sur le bouton pour le sous-sol. Les portes se refermèrent et nous descendîmes à l'étage le plus bas où elles se rouvrirent sur un endroit sombre, miteux, qui avait des allures de donjon, où une dame âgée tenait le registre.

— Gladys, annonça le shérif, Topper a de la visite. Pouvez-vous emmener ces dames derrière pour le voir ?

— Mais qui voilà ! Revenue de parmi les morts ! dit la dame qui s'appelait Gladys.

Avec un grand sourire, elle se leva de son tabouret et fit le tour de son comptoir pour nous accueillir.

— Top va être surpris, j'en suis sûre. Il me supplie de lui donner de vos nouvelles à chaque fois que je vais le voir.

— Vous voulez dire que personne ne lui a dit qu'on l'a retrouvée ? demanda Grace, stupéfaite.

— Ce n'est pas à moi de le faire, dit Gladys en haussant les épaules.

— Bon Dieu ! Vous êtes incroyables ! se fâcha Grace.

Mais ce que pensait la mère de Zac ne semblait pas perturber Gladys. Elle nous ouvrit le chemin en sifflotant joyeusement pour elle-même.

Grace et moi nous regardâmes, incrédules. Si j'avais été un personnage de dessin animé, de la fumée me serait sortie par les oreilles. Je n'arrivais pas à croire que personne n'avait dit à Zac que j'étais vivante et que j'allais bien.

Mon pauvre, pauvre Zac.

J'étais impatiente de découvrir sa tête quand il me verrait.

Devant nous, Gladys continuait à nous guider, ouvrant porte après porte jusqu'à ce qu'enfin nous arrivions dans une pièce où se trouvaient trois cages aux barreaux métalliques.

— Hé, Top ! cria Gladys en s'approchant de la seule cellule occupée.

Il me fallut avancer de quelques pas et regarder au fond à gauche en plissant les yeux avant de pouvoir distinguer la minable couchette sur laquelle se trouvait une silhouette qui nous tournait le dos.

— Je vous l'ai dit, grommela-t-il d'une voix rugueuse, je ne veux pas déjeuner.

— Eh bien, tant mieux, lui rétorqua Gladys, parce que je n'ai rien apporté. Mais tu as de la visite. Peut-être que ça tu veux bien ?

— Quoi ?

Il s'assit et se tourna vers nous avant de pousser un cri. Puis, sa mâchoire s'ouvrit et pendit jusqu'au sol.

— Mari... ?

Il se tortilla comme un bretzel pour s'extirper de la couchette au plus vite. À tel point qu'il trébucha et s'écrasa face contre terre avant de se relever d'un bond pour me regarder fixement.

— Qu'est-ce que tu... ? Oh ! mon Dieu, tu es là, dit-il avant de faire une pause et de reprendre : Tu es vraiment là ?

Je hochai la tête, les yeux pleins de larmes, et m'approchai de la cellule avant de passer mes bras à travers les barreaux et de lui dire de s'approcher.

— Tu es..., dit-il en se précipitant vers moi avant de s'arrêter en voyant mes bandages. Mon Dieu, tu vas bien ? Qu'est-ce qu'elle... ?

Il prit doucement mes mains dans les siennes et les observa avant de lever le regard vers moi.

— Putain, je n'arrive pas à croire que tu es là. Je ne suis pas en train de rêver, hein ?

Je secouai la tête en riant et en pleurant en même temps. Puis je lui fis signe de s'approcher encore un peu pour que je puisse le prendre dans mes bras.

Il continua à me fixer d'un air ahuri pendant un instant. Ses yeux étaient rouges et enfoncés dans leurs orbites, comme s'il n'avait pas dormi depuis dix ans.

— Mon Dieu, Mari, dit-il dans un sanglot.

Il plaça ses bras entre les barreaux pour pouvoir me serrer lui aussi.

— Tu vas bien ?

Je hochai la tête et il soupira.

— Je ne vois pas comment. Ton visage est plein d'hématomes. Tes mains – ton seul moyen de parler – sont hors d'usage pour Dieu sait combien de temps. Et tu viens d'être kidnappée par une folle furieuse. Je ne vois pas comment tu pourrais aller bien.

Je secouai la tête pour le rassurer. J'étais dans ses

bras, je savais que tout irait bien maintenant, parce que j'étais chez moi, enfin. Puis je fus distraite par sa barbe, qui était longue et drue.

Je la touchai, intriguée.

Zac rigola à travers ses larmes et passa lui aussi une main sur son menton.

— Oui, avoua-t-il, je crois que j'ai besoin d'une nouvelle coupe, mais sur mon visage cette fois.

Je secouai la tête immédiatement, et il leva un sourcil, intrigué.

— Quoi ? Ça te plaît ? demanda-t-il.

Quand je hochai la tête, il laissa échapper un nouveau rire plein de larmes. Il appuya alors son visage contre les barreaux et soupira avant de fermer les yeux.

— Alors je ne la raserai plus jamais.

Je penchai moi aussi mon visage, et nos fronts se touchèrent presque.

— Elle est rentrée hier, dit Grace tandis que nous nous serrions encore dans les bras.

Zac regarda sa mère l'air perplexe.

— Mais elle ne pouvait pas demander où tu étais, et personne ne le lui a dit. Elle ne l'a appris qu'il y a quelques minutes, quand elle a tenu tête à sa grand-mère et qu'elle est venue à la maison pour te chercher. Et là, elle a immédiatement demandé à venir te voir, en faisant de grands gestes très insistants. Sa grand-mère était contre cette idée mais... Ta petite amie est particulièrement têtue, Zacchaeus.

Il quitta alors sa mère des yeux pour me regarder.

— Elle est parfaite, dit-il avant d'ajouter d'un air abattu : Mais ta famille a raison de me détester et de m'en vouloir. C'est ma faute. Je t'ai abandonnée dans le noir, toute seule. Tout ça est de ma faute.

Je secouai la tête et tentai de le prendre à nouveau dans mes bras, mais il recula.

— Je suis désolé, Mari. Tellement désolé. Je n'ai jamais, jamais voulu que tu sois blessée.

Je secouai la tête encore plus fort pour montrer que je n'étais pas d'accord avec ses excuses. Mais il insista.

— Elle ne s'en serait jamais prise à toi sans moi. Elle t'a fait du mal à cause de moi. Tu peux regarder ça dans tous les sens, c'est ma faute. Tu as même essayé de me dire de faire attention à elle, et je ne t'ai pas écoutée. Mon Dieu, j'ai cru que tu étais morte. J'ai cru que tu avais disparu à tout jamais. Et c'est de ma...

Je posai ma main sur sa bouche pour l'empêcher de parler.

Il se mit à pleurer encore plus fort.

— Mon Dieu, Mari, je t'aime tellement, dit-il en prenant délicatement mon poignet pour dégager sa bouche. Et je suis tellement heureux que tu sois revenue. Tu ne peux pas imaginer. J'étais fou d'inquiétude. Mais... Je pense qu'il faut que tu t'en ailles, ajouta-t-il tristement. Va-t'en et ne regarde pas en arrière. Il faut que tu partes aussi loin que possible.

— Zac, lui dit sa mère d'un air de douce réprimande, ne lui dis pas ça.

— Pourquoi ? demanda-t-il. Je n'apporte que des problèmes aux gens qui m'entourent. Regarde-toi, maman. Ta vie est merdique depuis que j'y suis entré.

— Non, ce n'est pas du tout à cause de ça..., répondit sa mère en secouant la tête avec insistance.

Mais il ne voulait rien entendre.

— Elle a été blessée à cause de moi, la coupa-t-il. Elle a été kidnappée. Séparée de sa famille à cause de moi. Et moi...

Il ouvrit les bras en grand, recula d'un pas et laissa échapper un rire dépréciateur.

— ... moi, tout ce que je sais faire, c'est de me faire arrêter. Tu n'as pas besoin de ça dans ta vie, continua-t-il avec un regard suppliant. Tu ne mérites pas cela dans ta vie. Tu devrais avoir ce qu'il y a de mieux, et ce n'est pas moi.

Je tapai du pied, commençant à perdre patience. Il avait l'air tellement têtu et arrêté.

La peur commençait à s'insinuer en moi, je me mis à penser que j'allais peut-être finir par le perdre malgré tout.

Quand je me mis à gémir, il s'avança à nouveau vers moi, effleurant l'hématome sur mon visage du bout des doigts.

— Que faut-il que je dise pour que tu m'écoutes ? me murmura-t-il tendrement.

Quoi dire ? En le regardant dans les yeux, je compris qu'il ne pouvait rien dire qui me ferait changer d'avis. C'était à moi de m'exprimer pour qu'il change le sien.

— Zaaa..., commençai-je lentement, grimaçant en entendant mon horrible voix. Che, commençai-je, massacrant un mot de seulement deux lettres, mais je continuai, t'êêêm.

Une épaisse larme coula sur sa joue.

— Moi aussi, je t'aime, répondit-il. Mais c'est plus que ça. Je veux que tu sois heureuse et en sécurité.

Pff... S'il voulait vraiment me rendre heureuse, il avait intérêt à m'écouter.

— Tttu mmm'as prooom... is, lui dis-je surprise de la façon dont les mots sortaient alors que je n'avais pas réussi à en prononcer un seul à Dodge City quand ma vie en dépendait.

Mais cet idiot n'arrivait visiblement pas à apprécier mes miraculeux efforts comme ils le méritaient.

— Je t'ai promis quoi ?

— Me gaaarder tou... jours.

— Merde, laissa-t-il échapper avant que son visage devienne rouge et que de nouvelles larmes se mettent à couler. Je t'ai promis de te garder toujours, hein ? Même si je ne te mérite pas ?

Je hochai la tête.

Et il secoua la sienne.

— Mais tu as été blessée.

Je soupirai, frustrée.

— Tu avais raison dans ce poème que tu as écrit, insista-t-il. Cet endroit va nous foutre en l'air. Même si on essaye de rester ensemble, Peril fera tout ce qui est en son pouvoir pour nous séparer. On n'a aucune chance ici.

— Alllors, repris-je, respirant profondément, essayant de détendre les muscles de ma bouche entre chaque mot, parce que je n'avais probablement pas plus d'une ou deux syllabes en réserve avant que mon cerveau explose. Oon part.

— On part ? dit-il en se redressant avant de se tourner vers sa mère pour s'assurer qu'elle avait entendu la même chose. Tu veux partir ? demanda-t-il. Quitter la ville ?

— C'est ce que j'ai compris, moi, intervint sa mère.

Je hochai la tête et il se pencha plus près.

— Tu veux quitter Peril avec *moi* ? Recommencer à zéro quelque part ?

Je hochai à nouveau la tête, et il laissa échapper un énième sanglot, comme s'il avait peur d'espérer.

— Tu es sûre ? Toute ta famille est ici.

Mon cerveau était bien trop fatigué pour me permettre de former d'autres mots, aussi, je me contentai de poser mes mains sur son cœur et Grace traduisit pour moi.

— Pas toute sa famille, dit-elle doucement. *Toi*, tu seras avec elle.

Je hochai la tête, confirmant les mots de sa mère, et son visage se remplit d'émotion.

Et puis, je n'avais pas l'intention de me couper complètement des miens. J'étais certaine de revenir pour leur rendre visite... une fois que je leur aurais pardonné de m'avoir menti et d'avoir cherché à me tenir éloignée de l'amour de ma vie.

La plupart des enfants quittaient le foyer une fois arrivés à un certain âge. Visiblement, j'avais atteint cet âge.

— Alors..., commença Zac.

Il devait avoir du mal à comprendre le concept puisqu'il eut besoin de le reformuler d'une demi-douzaine de façons différentes.

— Quand je sortirai de prison, tu veux que nous partions tous les deux...

Je lui souris et pris son visage entre mes mains avant de l'attirer à moi pour l'embrasser.

— Ui, lui dis-je, parlant contre sa bouche. Oui !

Quand il se laissa aller à mon baiser, je compris que j'avais gagné. Et que tout irait bien à présent.

# ÉPILOGUE

*Zac*

J'étais là, à essayer de faire une sieste tranquille, sur la plage, au soleil, allongé sur ma serviette bien moelleuse, torse nu, ne portant qu'un maillot de bain, quand une ombre passa au-dessus de mes paupières fermées, me tirant de mon demi-sommeil.

J'aurais pu penser qu'il s'agissait d'un nuage glissant au-dessus de moi si je n'avais pas entendu les petits bruits de pas dans le sable, tout à côté, suivis d'un gloussement étouffé, puis d'un murmure.

— Chut...

En comprenant qui étaient les coupables, et qu'ils s'apprêtaient probablement à attaquer, je fis semblant de continuer à dormir, jusqu'à ce que j'entende l'un des deux dire : « Maintenant ! »

Et c'est à cet instant que je me relevai d'un bond, rugissant, et ouvris mes bras pour attraper les deux petits démons qui, surpris, lâchèrent les seaux pleins d'eau de mer qu'ils s'apprêtaient à me verser dessus, avant d'essayer de décamper.

— Où croyez-vous que vous allez ? demandai-je.

Je les attrapai toutes les deux par la taille et les tirai à moi jusqu'à ce qu'elles tombent toutes les deux sur mes genoux.

— Papa !

Je les tenais prisonnières, mais elles tentèrent de s'échapper. Je commençai alors à les chatouiller pour obtenir leur reddition. Elles hurlèrent, rirent, demandèrent grâce.

— Vous pensiez vraiment que vous pouviez me faire une blague ? Eh bien, réfléchissez bien, mesdemoiselles. Personne ne bat le *pap* !

— Stop, stop, me supplia Sophie. Papa, arrête, s'il te plaît, je vais me faire pipi dessus.

— Moi aussi, dit sa petite sœur.

J'eus finalement pitié d'elles et les laissai partir. Sauf qu'aucune des deux filles ne se dépêcha pour retrouver la liberté.

Au lieu de cela, elles se regardèrent en silence avant de décider de se liguer contre moi une nouvelle fois, et elles attaquèrent, essayant de *me* chatouiller. Mais cela ne marcha pas très bien. Je les repris sous mon contrôle aussitôt, adorant chaque instant de ce jeu.

La séance de chatouilles se termina en câlin, et nous nous retrouvâmes tous les trois étendus sur le sable, enlacés, pantelants, essayant de retrouver notre souffle.

— Vous avez réussi à attraper des crabes, avec grand-mère ? demandai-je après les avoir embrassées sur le front.

Elles étaient parties une heure plus tôt avec ma mère, déclarant qu'elles allaient à la pêche au crabe et qu'elles en rapporteraient suffisamment pour dîner. J'avais eu quelques doutes à ce sujet.

Ana se releva avec un grand sourire, révélant le trou de sa première dent manquante.

— On en a deux seaux pleins, annonça-t-elle fièrement.

— Quoi ? Mais non ? dis-je en levant les sourcils.

— Mais si, répondit Sophie. Grand-mère dit qu'elle

n'en a jamais attrapé autant de toute sa vie. Elle a dit qu'on était ses trèfles à quatre feuilles.

— Oui, ça, ça ne m'étonne pas, acquiesçai-je en m'asseyant pour scruter la plage, jusqu'à ce que je repère ma mère pas très loin, posant une casserole sur son gril pour faire cuire le dîner.

Grace me fit un signe de la main en me voyant.

— Et où est votre mère ? lançai-je en m'apercevant que la serviette à côté de la mienne était vide.

Les deux filles haussèrent les épaules, mais Sophie finit par montrer l'unique planche de surf, plantée dans le sable derrière nous.

— Sa planche n'est plus là, dit la petite. Elle a dû aller surfer.

— Sans moi ? demandai-je en me tournant vers l'eau, surpris.

Depuis que nous étions venus vivre en Caroline du Nord, environ deux mois après que j'avais été libéré de prison au Nebraska, tant d'années auparavant, Mari était fascinée par les surfeurs sur la plage.

Aussi, avec le premier chèque reçu de mon nouveau travail de technicien de service – qui consistait à installer et à réparer des portes de garage –, je nous avais payé des leçons de surf à tous les deux – et Mari s'était comportée dans l'eau comme un véritable poisson. Au cours des années, elle avait même fini par gagner des compétitions locales de surf.

Mais chaque fois qu'elle se retrouvait sous une vague, je retenais mon souffle. Et pendant un instant je redevenais ce gamin perdu dans une cellule de prison à Peril, se demandant s'il allait jamais la revoir. C'était généralement à ce moment-là qu'elle surgissait, pleine d'écume, et me faisait signe. Je remerciais alors ma bonne étoile de l'avoir toujours auprès de moi.

— Regarde, elle est là, dit Ana en la pointant du doigt. Et, ooooh, elle est sur le point de prendre une grosse vague.

Je regardai dans la direction que me montrait Ana. La vague arrivait. Je vis ma femme, en bikini blanc, se préparant à monter sur sa planche, alors qu'un mur d'eau monstrueux s'élevait derrière elle. Elle fut bientôt debout, se stabilisant avec les bras, et la mer la porta, avant de l'envelopper complètement, jusqu'à ce qu'elle réapparaisse de l'autre côté, chevauchant l'eau avec majesté.

Sophie et Ana l'encouragèrent et se mirent à courir vers elle. Moi, je restai un instant sans bouger, admirant la scène avec émerveillement, n'arrivant toujours pas à croire que tout cela était ma vie.

Après deux enfants et dix ans de mariage, Mari était toujours la plus belle chose qui me soit jamais arrivée. Elle pouvait me couper le souffle d'un seul regard. Je lui appartenais complètement. Je ne cesserais jamais de l'aimer, elle, ou la vie que nous avions construite tous les deux.

Je secouai la tête pour me débarrasser de cette puissante émotion qui m'envahit, et me mis finalement à courir pour aller retrouver ma famille.

*Vous avez vu ?* demanda Mari aux filles en langue des signes dès qu'elle eut atteint la rive et posé sa planche sur le sable.

— On a tout vu ! lancèrent Sophie et Ana.

— C'était incroyable, maman !

— Il faudrait que tu le refasses quand *Lita* et oncle Felipe et tous les autres viendront nous rendre visite.

— Ils vont être abasourdis en voyant comme tu es forte.

Les deux filles signaient tout en parlant à voix haute. Je ne pus m'empêcher de passer ma main dans les cheveux d'Ana et de les ébouriffer.

Mari leva les yeux vers moi, attendant mon verdict.

*Merveilleux*, signai-je en silence avec un sourire plein de fierté. Parce que tout chez elle était merveilleux.

Nous avions eu des hauts et des bas, c'est vrai. Nous avions traversé la peur d'un cancer pour moi et un harcèlement au travail pour elle. Mais elle avait trouvé un job dans un restaurant, comme cuisinière. Puis il y avait eu une fausse couche après la naissance des filles. J'avais également monté ma propre affaire. J'installais des portes de garage, et elle avait finalement quitté le restaurant pour s'occuper de la comptabilité de ma petite entreprise. Mais, quelles que soient les tempêtes que nous traversions, nous parvenions toujours à les surmonter et à en ressortir plus forts et plus proches que jamais. Je n'aurais changé ma vie pour rien au monde.

Je ne regrettais même pas les années à Peril, puisqu'elles m'avaient permis d'avoir ça.

Nous retournions là-bas de temps en temps pour voir le clan Ruiz qui avait triplé au cours de la dernière décennie. Et nous avions emmené les filles voir le coucher de soleil sur la rivière quelques fois. Cela ne les avait pas beaucoup impressionnées. Il faut dire qu'elles avaient grandi avec les couchers de soleil sur l'océan. Mais ces crépuscules à la rivière voulaient dire quelque chose pour Mari et moi.

La ville elle-même avait beaucoup changé depuis notre départ. Harvey était décédé et son garage avait été démoli. Ginger était parti à la retraite et Naomi avait repris la direction du restaurant. Le champ de fraises avait été fermé à cause de pratiques illégales, et l'agence immobilière Everett était devenue une pâtisserie. De ce que nous avait raconté Felipe, Jude avait vendu l'endroit peu de temps après que ma mère l'avait quitté, le laissant sans maîtresse et sans assistante. Et il avait, lui aussi, déserté la ville.

Personne ne savait ce qu'était devenue Lula – si elle était toujours en hôpital psychiatrique ou si elle avait guéri et en était sortie. Mais rien de tout cela n'avait d'importance dans notre monde, où les vagues n'attendaient que les surfeurs, et où le sourire de Mari était éclatant, enchanteur, exactement comme le jour où elle me l'avait offert pour la première fois. Ce qui comptait à présent, c'était ça. C'était nous.

*Je t'aime*, signai-je avant de la prendre par la taille.

Je la tirai à moi et l'embrassai de toutes mes forces, la remerciant pour cette merveilleuse famille.

Je savais à coup sûr que je n'aurais jamais trouvé cette paix, cette satisfaction, sans cette jeune fille de quinze ans qui avait écrit une lettre d'adieu à son grand-père, toutes ces années auparavant.

Et je lui en étais plus que reconnaissant.

FIN

Édité par HarperCollins France.

*Composition et mise en pages*
*Nord Compo à Villeneuve-d'Ascq*

Achevé d'imprimer en mai 2024.

FIRMIN-DIDOT

à Mesnil-sur-l'Estrée (Eure)

Dépôt légal : juin 2024.

Pour limiter l'empreinte environnementale de ses livres, HarperCollins France s'engage à n'utiliser que du papier fabriqué à partir de bois provenant de forêts gérées durablement et de manière responsable.

***Imprimé en France***